EN
CLAIR-OBSCUR

EN CLAIR-OBSCUR

TONI ANDERSON

Traduit par Diane Garo
pour Valentin Translation.

AUTRES LIVRES DE TONI ANDERSON EN FRANÇAIS

Le sommeil des justes

Dans l'ombre de la loi

Par une nuit si froide

Entre chien et loup

L'eau qui dort

En clair-obscur

Comme l'ombre d'un doute (Bientôt disponible)

Consultez le site web de Toni Anderson pour connaître toutes ses nouvelles parutions en français :

www.toniandersonauthor.com/french-translations

Pour mon frère, Ian,
qui a essayé de m'enseigner la physique, sans succès.
Espérons qu'il aura plus de chance avec ses élèves
de la Royal Air Force.

CHAPITRE UN

L E VIEUX PICK up qu'Audrey Lockhart avait emprunté à la station de recherche s'arrêta dans un fracas métallique lorsqu'elle coupa le contact, contemplant la forêt tropicale colombienne. Il n'était que 17 heures, mais si près de l'équateur, le soleil se couchait tôt, et la nuit commençait déjà à tomber. Elle sauta du véhicule et tira sa lourde valise à roulettes de la plateforme du pick up avant de prendre dans ses bras deux gros sacs de courses, son ordinateur portable et un imperméable léger.

L'Institut de recherche sur l'Amazonie où elle effectuait ses travaux sur le terrain était associé aux universités locales, qui organisaient des stages et louaient des locaux aux scientifiques invités. Audrey s'était rendue sur place à plusieurs reprises au cours des cinq années précédentes, et elle adorait la Colombie – ses forêts vertes luxuriantes, sa faune abondante, danser la salsa, et même le système routier dément et le manque de commodités. La vie était plus simple. La pression de sa vie académique retombait comme des chaînes brisées. Le seul inconvénient était que le petit chalet fourni par l'Institut était perché au sommet d'une colline escarpée, sans accès routier. Elle commença donc à monter la côte à pied.

Après une série de vols matinaux de Miami à Leticia en passant par Bogota, elle s'était rendue directement à la station de recherche pour aller voir ses grenouilles. Elle était partie précipitamment pour le Kentucky quelques semaines plus tôt lorsque sa sœur avait failli mourir. Heureusement, elle s'était rétablie. En l'absence d'Audrey, son étudiant diplômé Mario s'était occupé de ses animaux et avait fait un si bon travail qu'elle lui avait donné quelques jours de congé en récompense.

Le plastique des lourds sacs de courses lui sciait les doigts, et cognait contre ses tibias à chaque pas. Sa sonnerie de téléphone – le très reconnaissable *Carmina Burana* d'Orff – retentit. Elle poussa un soupir de frustration et posa les sacs de courses pour mettre la main dans sa poche. Si elle ne répondait pas, sa mère paniquerait.

— Tu ne m'as pas appelée pour me dire que tu étais bien arrivée, dit Sandra Lockhart d'un ton de reproche.

— Je comptais t'appeler une fois que j'aurais rejoint mon chalet.

Elle regarda avec nostalgie le haut de la colline.

— Vu tous mes autres sujets d'inquiétude, je pensais que tu aurais au moins la courtoisie de m'appeler dès l'atterrissage.

— Désolée, maman.

Audrey se frotta le front. Chez elle, dans le Kentucky, Audrey pouvait passer des semaines sans voir ses parents, mais dès qu'elle se rendait au sud de l'équateur, sa mère paniquait et avait besoin de nouvelles quotidiennes. Ça devenait lassant.

— Tout va bien de votre côté ? demanda-t-elle pour changer de sujet. Pas d'urgences ?

— Ton père met Redford au lit.

Redford était son neveu de deux ans, de père inconnu.

— Sienna a un nouveau rendez-vous avec Devon.

N'était-ce pas étrange ? Sa droguée de sœur qui sortait avec l'ex-petit ami d'Audrey !

— Je pense qu'il est conquis.

Sa mère avait l'air ravie. Probablement parce que Devon était l'héritier d'une fortune pharmaceutique dépassant le milliard de dollars. Elle avait été contrariée quand Audrey avait cessé de le voir.

Audrey ne voulait plus avoir à gérer de drames. Sauf qu'elle était coincée avec cette nouvelle réalité pour un futur proche.

— Espérons juste qu'elle arrive à rester clean.

Audrey grimaça devant le cynisme de ses mots, mais l'expérience lui avait appris à s'attendre au pire. L'overdose accidentelle de Sienna en décembre avait été la troisième en cinq ans. Audrey s'était résignée depuis longtemps à ce que ce ne soit qu'une question de temps avant qu'ils n'enterrent sa belle et douce sœur. Mais tant qu'elle n'était pas prête à se débarrasser de sa dépendance à la drogue, rien ne changerait, et Audrey n'avait fait qu'empirer les choses en insistant trop.

Mais qu'y avait-il de pire que de mourir et de laisser son précieux enfant orphelin ?

Ce n'était pas le problème d'Audrey – pas pour le moment. Son problème était de rattraper ses recherches après un mois d'absence.

— Je dois y aller, maman. Je dois ranger mes courses.

— Sois prudente là-bas.

Audrey s'abstint de lui dire qu'elle avait connu plus de crimes violents aux États-Unis que là où elle se trouvait, mais cela n'aurait pas arrangé les choses. Elle dit au revoir à sa mère et raccrocha. Puis elle ramassa ses lourds sacs et lutta pour monter la colline.

Le bruit des insectes se faisait de plus en plus fort, comme dans un crescendo entraînant. La sueur et la crasse de la journée lui collaient à la peau, alors que la brise fraîche agitait les cheveux sur sa nuque. Elle avait hâte de prendre une douche, de se glisser dans son lit et de dormir pendant huit heures d'affilée.

Elle sentit le malaise la gagner en prenant conscience de l'obscurité environnante. Pendant les cinq minutes où elle était restée immobile, le crépuscule avait pris la noirceur veloutée de la nuit. La lumière du porche du chalet ne s'était pas allumée comme elle était censée le faire – l'ampoule avait dû griller.

Le claquement d'une brindille la fit sursauter. Elle regarda autour d'elle.

Oh, non, hors de question d'avoir peur des ombres.

Elle chassa la peur et se força à continuer d'avancer, un pas maladroit après l'autre. Une tragédie n'allait pas définir sa vie. *Elle* avait eu de la chance.

Avoir survécu à un crime violent rendait les choix de sa sœur encore plus frustrants, mais c'était la beauté et le poids de la liberté et du choix personnel. Tout le monde ne faisait pas nécessairement ce qu'il fallait. Audrey traîna ses sacs sur les dernières marches avant la porte d'entrée et chercha la clé dans ses poches. Il faisait si sombre qu'elle pouvait à peine voir sa main devant son visage. Derrière elle, le cri d'un singe hurleur fendit l'air.

Son cœur manqua de s'arrêter. Puis elle rit et la tension retomba. Elle aimait la vie sauvage du coin – sauf les cafards. Elle aurait clairement pu s'en passer.

En se repérant au toucher, ses doigts passèrent sur le bois lisse et trouvèrent le métal froid de la serrure. Elle inséra sa clé et entra, appuyant sur l'interrupteur. Rien ne se produisit. *Bon sang.* Elle allait devoir redescendre la colline et parler au gardien.

Un bras s'enroula soudain autour de sa taille, la tirant brutalement contre un corps inflexible. La terreur l'envahit quand une main gantée se plaqua sur sa bouche.

Non, non, non !

Son agresseur la souleva et elle laissa tomber ses courses. Les œufs s'écrasèrent sur le carrelage. L'odeur de sueur, la puissance de ses bras, les muscles de son torse lui indiquaient que son agresseur était grand, en bonne forme physique et de sexe masculin. Elle lui administra un coup de talon et atteignit son tibia, mais ses sandales n'eurent que peu d'impact. L'adrénaline inondait son corps, lui rappelant un autre moment de terreur où elle avait cru mourir. Tendant les bras derrière elle, elle enfonça ses ongles dans la chair de sa taille. Il laissa échapper un gémissement quand elle le griffa, puis la neutralisa aussi facilement qu'une mouche agaçante. Il la porta jusqu'à la cuisine et l'allongea, face contre terre, sur le sol impitoyable.

Il attrapa l'un de ses bras et le mit derrière son dos. La douleur remonta jusqu'à son omoplate et elle poussa un cri lorsqu'il enroula quelque chose de fin et de rigide autour de son poignet, faisant brutalement glisser son autre main vers la première. Il serra les liens en plastique. Ses bras étaient solidement attachés.

Oh, mon Dieu !

Il allait la violer. Elle allait mourir.

La panique explosa comme une bombe nucléaire dans son cerveau. Elle se démena comme une folle, se tordant dans tous les sens, puis elle retrouva sa voix et hurla. Le poids de l'homme vint lui compresser la cage thoracique, chassant tout l'air de ses poumons. Son cri fut étranglé. Elle pouvait à peine bouger. Ce n'était pas possible.

— *No te voy a hacer daño.*

La voix était un murmure rauque en espagnol. Un habitant du coin ?

Je ne vais pas te faire mal.

Bien sûr. C'était ce que les meurtriers et les violeurs disaient pour que les gens ne leur causent pas de problèmes pendant qu'ils détruisaient leur vie.

— J'ai un message pour toi.

En anglais cette fois.

La respiration sifflante, elle rétorqua :

— La plupart des gens envoient des e-mails pour ça, connard…

La pression sur son dos s'accrut. Il pesait sur elle de tout son poids. Bon sang, pourquoi n'avait-elle pas fermé sa stupide bouche ? Les larmes lui montèrent aux yeux. Ses poignets tiraient sur le plastique serré tandis qu'il se mettait à califourchon sur son dos, puis pivotait vers ses pieds. Elle lui administra un coup de pied au visage, mais il attrapa ses jambes l'une après l'autre, et enroula un autre lien autour de ses chevilles, en serrant bien. En moins de 20 secondes, elle était ficelée comme un putain de rôti du dimanche. Il resta sur elle pendant un moment, respirant lourdement. Elle lui attrapa les bourses et serra.

Il poussa un juron et se mit rapidement hors de portée, se tournant dans l'autre sens, mettant encore plus de poids sur son dos en s'allongeant sur elle. Elle eut la chair de poule.

Puis il gloussa.

— *Luchadora.*

Fougueuse ? Elle n'était pas fougueuse, elle était furieuse.

Elle sentait la nausée monter.

— S'il vous plaît, je… je n'arrive pas à respirer.

La terreur rendait sa voix fluette, et elle tenta de se calmer, même si son cœur s'emballait. C'était impossible. Elle était prête à le supplier s'il le fallait. Elle ne voulait pas mourir.

Sa vision devint trouble. Les murs se resserraient autour d'elle. Les battements de son cœur résonnaient dans ses oreilles. Le sol était d'une dureté impitoyable contre sa joue, le carrelage s'enfonçant douloureusement dans ses hanches et ses seins. Elle se concentra pour essayer d'élargir sa cage thoracique. Après cinq longues secondes de silence, l'homme relâcha la pression sur son dos, suffisamment pour qu'elle puisse aspirer un peu d'oxygène. Il bougea avec prudence, même s'il était évident qu'elle n'était pas une menace. Elle tourna la tête pour le regarder, mais il faisait trop sombre pour distinguer ses traits. Il portait des vêtements noirs et peut-être même une cagoule.

Peut-être ne la tuerait-il pas si elle ne pouvait pas l'identifier ?

Elle tenta de déglutir, mais il n'y avait plus de salive dans sa bouche. La dernière fois qu'elle avait eu aussi peur, sa meilleure amie était morte dans ses bras.

— *Tengo un mensaje para ti*, répéta l'homme dans un espagnol rude et profond.

— Je ne comprends pas ce que vous dites !

Il se pencha plus près. Son souffle chaud lui caressa l'oreille.

— *Yo se cuando estas mintiendo, chica. Para que sepas.*

Je sais quand tu mens, chica. Histoire que tu le saches.

Elle était manifestement américaine, alors comment savait-il qu'elle parlait espagnol ?

— Je ne le dirai qu'une fois. Tu dois faire attention.

Il parlait à présent anglais avec un fort accent guttural.

La douleur se propageait le long de ses bras dès qu'elle essayait de bouger. Une peur grandissante la paralysait.

— C'est terminé.

Quoi ? Qu'est-ce que cela signifiait ? Allait-il la tuer ? Elle inspira pour crier, mais une main gantée se plaqua sur sa bouche, le cuir souple froid contre sa peau.

— Le projet Gateway est terminé.

La voix était devenue menaçante.

— Celui qui te donne des ordres est tout seul maintenant. Nous trouverons cette personne, et nous la ferons taire. Tu ferais mieux de ne pas être dans les parages à ce moment-là.

Il ôta sa main de sa bouche.

— Je ne comprends pas.

Elle se retourna pour essayer de le regarder.

— Est-ce que c'est une blague ?

Il passa un doigt ganté sur sa joue.

— Ce n'est pas une blague. Ce sera ton seul avertissement, *chica*. Ne me fais pas regretter de ne pas t'avoir tuée.

Elle n'avait aucune idée de ce dont il parlait, mais la colère remplaça la peur, et elle le regarda fixement dans l'obscurité.

— Regarde par terre, ordonna-t-il.

Elle s'exécuta. La pression sur sa poitrine se relâcha lorsqu'il se leva et elle prit une profonde inspiration dont elle avait bien besoin. Elle rassembla des forces. Pendant quelques secondes, il n'y eut que le silence. Elle regarda autour d'elle, mais l'homme avait disparu aussi silencieusement qu'il était apparu.

Le soulagement lui fit l'effet d'un coup de poing.

Que venait-il donc de se passer ?

Plus important encore, était-il parti pour de bon, ou allait-il revenir ?

L'inquiétude la poussa à s'activer. Elle se servit de son coude pour se mettre en position assise. Elle se traîna jusqu'au meuble situé à côté de l'évier de la cuisine et se plaça dos à lui, s'appuyant contre le bois lisse jusqu'à ce qu'elle parvienne à se remettre debout. Elle ouvrit maladroitement le tiroir à couverts, s'accrochant au bord et manquant de tomber. Ses doigts fouillèrent jusqu'à ce qu'elle trouve une lame dentelée. Essayant de garder l'équilibre, elle se pencha sur le comptoir et scia le plastique rigide qui lui liait les mains derrière le dos. Cela prit un certain temps en raison de l'angle. Elle peina à retenir un cri de douleur lorsqu'elle s'égratigna le bras. Finalement, le lien céda d'un coup sec et elle s'attaqua à ses chevilles.

S'il revenait… *Oh, mon Dieu.*

Elle scia plus vite et parvint à libérer ses jambes. Gardant la main sur le manche du couteau, elle contourna ses affaires et ses courses éparpillées, s'arrêtant devant la porte grande ouverte. Elle jeta un coup d'œil dans la nuit, mais ne vit personne. Un singe hurlait dans la jungle, mais son assaillant avait disparu. Elle espérait que ce bâtard ait été mordu par un serpent, ou qu'il se soit cassé la jambe en trébuchant sur une racine d'arbre.

Pauvre type.

Elle descendit avec précaution les premières marches, peinant à conserver l'équilibre dans l'obscurité. Dès qu'elle trouva le chemin pavé, elle se mit à courir, le cœur battant de rage et de soulagement, la poitrine serrée d'avoir eu si peur. Ses jambes flageolantes la portèrent jusqu'au chalet du gardien.

Faites qu'il soit là.

Le bruit des insectes transperçait ses tympans comme de

petits cris. La pénombre grouillait d'un million d'yeux invisibles. La sueur coulait sur ses flancs, et l'odeur de sa propre peur l'étouffait. Elle atteignit la maison du gardien et tambourina à sa porte.

— Ouvrez ! Laissez-moi entrer.

Cela parut prendre une éternité, mais elle finit par entendre des bruits de pas. L'homme ouvrit la porte, et elle se glissa sous son bras.

— À l'aide. Aidez-moi. Quelqu'un m'a attaquée dans mon chalet. Il a menacé de me tuer. Appelez la police.

Il la suivit à l'intérieur, les yeux noirs d'inquiétude.

— *¿Estás herida ? ¿Viste quién era ?*

Êtes-vous blessée ? Avez-vous vu de qui il s'agissait ?

Sa gorge était à vif à force de retenir des émotions qui menaçaient à présent de l'étouffer.

— Je n'ai pas vu son visage. Il parlait d'un truc appelé Gateway. Je n'ai aucune idée de ce qu'il me voulait.

Les yeux de l'homme s'embrasèrent en la détaillant et en s'arrêtant sur ses poignets ensanglantés, et sur le couteau.

— Il vous a violée ?

Il était passé à l'anglais.

Elle secoua la tête, reconnaissante de s'être sortie de cette rencontre sans aucun véritable dommage physique, même si elle savait par expérience combien les blessures psychologiques pouvaient être importantes.

— Il m'a attachée et menacée, mais il ne m'a pas vraiment touchée.

L'homme plissa les yeux.

— Il y a de mauvaises personnes par ici. Des hommes très mauvais. Êtes-vous certaine de vouloir parler à la police ?

Car parfois, les flics locaux se souciaient plus des agresseurs que des victimes – c'était ce que le gardien essayait de lui dire. Audrey était américaine. Elle connaissait la différence entre le bien et le mal, et ce n'était pas parce que ce connard ne l'avait pas violée ou battue qu'il n'avait pas fait ces choses à quelqu'un d'autre. Si porter plainte pouvait servir à sauver quelqu'un, ça en valait la peine.

— Appelez la police.

Elle frissonna en se rappelant son étrange avertissement.

— Je veux que cet enfoiré finisse sous les verrous.

L'APPEL ARRIVA A deux heures du matin.

Sa main tâtonna sur sa table de chevet avant de trouver le téléphone.

— Qu'est-ce qu'il se passe ?

Au début, les mots n'eurent aucun sens pour lui. La voix parlait précipitamment avec un fort accent, ce qui la rendait difficile à comprendre. Audrey Lockhart. Attaque. Homme cagoulé. Il fixa le plafond de sa chambre, l'esprit encore embrumé.

— Dites-moi exactement ce qu'elle a dit dans sa déposition, marmonna-t-il.

Deux mots le réveillèrent en un instant. Il balança ses jambes par-dessus le bord du lit et traversa la pièce.

— Relisez-le, exigea-t-il.

Il pouvait presque entendre Audrey s'énerver contre les flics locaux. Quelqu'un l'avait attaquée et l'avait avertie que le projet Gateway était terminé, mais elle n'avait aucune idée de ce dont il s'agissait.

Il s'approcha de la fenêtre. Son reflet pâle le fixait. Il tendit le bras pour toucher le verre froid du bout du doigt.

C'était ce qu'il voulait, se rappela-t-il. C'était le point culminant d'un jeu auquel il jouait depuis tant d'années qu'il avait presque oublié qu'il devait prendre fin. Il fut frappé par un chagrin et un regret inattendus. Cependant, il ne pouvait pas risquer que quelqu'un découvre la vérité derrière ses mensonges soigneusement élaborés.

— Que dois-je faire, *amigo* ? demanda le Colombien à l'autre bout du fil.

Un réseau de givre s'était insinué entre les carreaux et un frisson parcourut sa peau nue. Il était temps d'en finir. La fin de la partie avait sonné.

— Débarrassez-vous du rapport. Tuez la femme.

CHAPITRE DEUX

Selon l'analyste de données préférée de Patrick Killion à l'Agence, il lui manquait un bon centimètre pour être le parfait héros romantique. Tant que le centimètre dont elle parlait concernait sa taille et non sa queue, il s'en fichait.

Ce jour-là, du haut de son quasi-mètre quatre-vingts, il dominait largement les locaux. Sa taille, combinée à ses cheveux blonds décolorés par le soleil, ne lui permettait pas de se fondre dans la population colombienne. Inutile d'essayer.

La CIA s'occupait de l'évaluation des menaces et des niveaux de probabilité, de la manipulation et des renseignements humains. L'apparence de Lockhart, son expertise, son compte bancaire caché aux îles Caïmans et le fait qu'elle se trouvait au bon endroit au bon moment pour le meurtre du vice-président Ted Burger faisaient d'elle son suspect numéro un. Ainsi, malgré le fait que l'ASAC Lincoln Frazer du FBI lui ait demandé de la laisser filer la veille, il la suivait toujours. Il ne pouvait pas laisser tomber comme ça.

La nuit précédente, il avait secoué l'arbre pour voir ce qui en tomberait.

Il ignora le picotement de sa conscience. Il avait été un peu brutal. Il n'avait pas voulu prendre le risque qu'elle ait le dessus. Il lui avait donné une carte sortie de prison et lui avait probablement sauvé la vie ; cela devait bien compter.

Sauf qu'elle ne s'était pas comportée comme elle aurait dû. Elle n'avait pas appelé son employeur. Elle n'avait pas pris un sac avant de s'enfuir. Au lieu de cela, elle avait signalé l'agression aux policiers locaux et était allée travailler. Elle était peut-être occupée à détruire des preuves ou voulait attendre le dernier moment avant de se précipiter vers un petit aérodrome privé. Peut-être avait-elle trop confiance en ses capacités. Ou peut-être était-elle innocente.

C'était ce dernier « peut-être » qui le dérangeait.

Alors qu'il faisait la queue pour obtenir un ticket pour le parc écologique, une jolie rousse portant un petit top à bretelles et des talons hauts regarda son T-shirt orange fluo et son short à carreaux rouges avec une grimace de dégoût. Il avait commis un crime de lèse-majesté et la police de la mode était sur le point de le condamner.

— La compagnie aérienne a perdu mes bagages.

Killion leva les mains avec un haussement d'épaules pitoyable, rendant suffisamment misérable son apparence usée par le voyage pour que l'expression de la femme passe immédiatement du dégoût à l'empathie.

— Ça, c'est nul. Ça fait combien de temps ?

— Deux jours maintenant. Ils ont juré de me les renvoyer dans la journée…

Elle émit un grognement sceptique.

— Oui, une fois, ils ont perdu mes bagages lors d'un voyage au Mexique et le temps qu'ils arrivent, je prenais l'avion du retour. Pire, ils ont refusé de me rembourser tous les vêtements que j'avais dû acheter…

Et elle poursuivit. Le tour était joué. Phase 1 de cette mission accomplie. Il entrait ainsi dans le conservatoire comme membre d'un groupe de touristes américains, plutôt que comme un homme blanc voyageant seul. Ils papillonnaient en tous sens, regardant les spécimens de lépidoptères qui volaient tels des confettis géants.

C'était une famille de sept personnes – cinq femmes qui auraient toutes visiblement préféré être au centre commercial, un homme plus âgé, et un adolescent qui lisait chaque information comme s'il préparait un examen. Killion resta près de la rousse à forte poitrine parce qu'il avait l'air d'être le genre de gars qui resterait près d'une rousse à forte poitrine, mais il discuta aussi avec les autres membres du groupe, glanant des informations. Ils venaient de Floride, pour rendre visite à leur famille à Noël. Les Américains étaient arrivés dans un minivan avec un chauffeur armé, qui était resté auprès du véhicule. Ils ne s'inquiétaient donc pas pour la sécurité. Dans ce pays, rester trop longtemps au même endroit revenait à attirer l'attention – et pas du genre « Vous avez de beaux yeux ».

Ce n'était pas une bonne chose.

Un soleil brûlant pleuvait sur la canopée de la forêt qui ombrageait le parc écologique. Le petit centre d'interprétation affilié à l'Institut de recherche sur l'Amazonie attirait les écoles locales ainsi que les touristes occasionnels, mais en ce lundi 5 janvier, les écoles étaient fermées, et ce jusqu'à l'Épiphanie. L'endroit était désert, à l'exception de cette petite bande d'explorateurs intrépides. Le sol était humide et de la sueur perlait sur sa peau tandis que son groupe d'adoption déambulait lentement d'enclos en enclos. La transpiration coulait sous sa chemise.

Un énorme papillon jaune voleta au-dessus de sa tête et vint se poser sur un morceau de fruit découpé sur le plateau de la mangeoire. La rousse peina à contenir son cri d'excitation et le mitrailla – au moins 20 clichés – avec son appareil photo compact. L'outil de Killion servant à mitrailler comportait quant à lui 14 cartouches et s'enfonçait dans sa colonne vertébrale. Leur groupe se dirigea enfin vers l'enclos des amphibiens où la terre humide en décomposition se mélangeait à des traces d'ammoniac et au musc des feuilles pourries.

Bienvenue dans la jungle.

Sa nouvelle amie lui attrapa le bras en pointant quelque chose du doigt.

— Comme elles sont mignonnes !

Une minuscule grenouille jaune fluo était coincée sur le côté d'un terrarium en verre.

— Elles ont peut-être l'air mignonnes, dit une voix familière avec un soupçon d'accent du Kentucky, mais une grenouille venimeuse dorée contient assez de toxine pour tuer 10 à 20 hommes adultes.

Le Dr Lockhart portait des lunettes accrochées à un cordon autour de son cou et lui rappelait l'intello de la classe, celle que tous les garçons convoitaient en secret, sans jamais oser l'inviter à sortir avec eux. Le professeur avait des yeux d'un bleu violet inhabituels qui montraient des signes évidents d'une nuit blanche. Il aurait dû se sentir coupable, mais plus d'une personne lui avait dit qu'il était un salaud sans cœur qui n'avait pas de conscience. Un sociopathe, pour ainsi dire.

Il s'en foutait ; ils avaient donc probablement raison. Bon sang, elle aurait dû le remercier. Être ligotée et menacée était préférable à un voyage dans un Black Camp ou à la prison à perpétuité – et c'étaient là les options les plus civilisées.

Audrey Lockhart portait un jean classique, des Birkenstocks et un débardeur blanc qui moulait ses seins ; laissant peu de place à l'imagination indéniablement vive de Killion, le tout surmonté d'une fine chemise violette qu'elle laissait ouverte. Elle ne portait pas d'arme – à moins qu'elle n'ait une grenouille dans la poche.

— Je suis le Dr Lockhart, j'étudie les anoures et plus particulièrement la famille des *Dendrobatidae* – les grenouilles venimeuses.

Elle semblait être exactement ce qu'elle disait. Une scientifique, dévouée à ses recherches. Il se fiait rarement aux apparences. C'était à ça que servaient les analystes de données, la surveillance et la vérification des antécédents – sans parler des interrogatoires.

— Je pensais que les grenouilles en captivité n'étaient pas venimeuses ?

Killion montra du doigt une petite bête de moins de trois centimètres de long, décrivant un angle précaire, assise sur une grande feuille verte. Les créatures n'avaient pas l'air réelles. On aurait dit des jouets en plastique miniatures. Elles ne ressemblaient certainement pas aux créatures les plus mortelles de la planète. Il posa légèrement sa main sur le dos de la rousse, et elle se coula contre lui, prouvant que son goût à elle pour les hommes était aussi terrible que son goût à lui en matière de vêtements.

Le professeur le regarda, lui et sa nouvelle compagne, puis détourna les yeux, le considérant comme un simple touriste.

Elle n'avait pas reconnu en lui l'homme de la nuit précédente. Il n'y avait pas de ruse dans son regard. Pas de tromperie.

— Vous avez raison de dire que les individus élevés en captivité ne présentent aucune toxicité, mais *ces* spécimens ont été extraits directement de la forêt tropicale voisine où ils sont endémiques et, croyez-moi, vous ne survivriez pas à une rencontre rapprochée.

Sa voix était rauque, suffisamment sexy pour qu'il la perçoive comme une femme plutôt que comme une cible.

Il avait toujours eu un faible pour les voix. Et les intellos.

— Il leur faut des années pour perdre leur toxicité, et le simple fait de toucher un essuie-tout qui a été en contact avec la peau de ces individus peut vous tuer. Ils sont *extrêmement* dangereux.

— Mourir aux pattes d'une grenouille, fit-il avec un sourire en coin qui n'atteignit pas ses yeux. Je parie que ce n'est pas joli à voir.

La rousse rit. Pas le professeur.

— Nous faisons très attention quand nous les manipulons.

Elle avait l'air sévère à présent, comme si elle était le professeur et lui le vilain écolier. Et voilà que son imagination débordante s'emballait à nouveau.

— Avez-vous déjà vu quelqu'un mourir après en avoir touché une ? demanda sa nouvelle amie.

— Fort heureusement, non.

Le regard du professeur semblait sincère.

À quoi s'était-il attendu ? À voir un crâne et des os croisés à la place de ses pupilles ? Il était dans la Compagnie depuis assez longtemps pour repérer un agent d'un simple regard, mais cette femme était une énigme. Soit c'était une actrice incroyable, soit il s'était trompé dans son évaluation des faits. Peut-être n'était-elle qu'une autre écolo-dingo qui essayait de sauver la planète – ou, dans le cas présent, les grenouilles.

— Est-ce qu'elles ont le goût du poulet ? plaisanta-t-il.

Ses yeux bleu violet lancèrent des éclairs.

— Je ne sais pas, cracha-t-elle. Vous n'avez qu'à essayer. *Aoutch.*

Sa réponse enflammée était chaude comme la braise, mais manifestement elle n'appréciait pas son sens de l'humour – c'était quelque chose qu'on devait apprendre à aimer. Il ne détourna pas le regard, mais en profita pour l'étudier attentivement. Ses yeux étaient déterminés, mais il y lisait également de la peur – à cause de la frayeur qu'il lui avait causée la nuit précédente ? Ou vivait-elle dans une peur constante, attendant son heure d'être en ligne de mire ? Être un assassin ne devait pas être particulièrement bon pour la santé à long terme. Quelqu'un, quelque part, finissait toujours par faire le lien.

Les informations qu'il avait sur Lockhart étaient solides, mais les faits ne permettaient pas nécessairement d'aboutir à la vérité – chose qu'il avait apprise pendant son séjour en Irak. Il devait creuser plus profondément, se rapprocher. Mais il ne voulait pas éveiller ses soupçons. D'où son petit voyage touristique du jour. Comme Lockhart avec ses grenouilles, il voulait l'étudier dans son environnement naturel.

— Vous n'avez pas peur de travailler avec elles ? demanda sa nouvelle amie d'une voix plus haut perchée que ses talons. Je veux dire, et si l'une d'entre elles vous sautait dessus ?

— J'ai plus peur des gens que des grenouilles.

La tristesse effleura un côté de la bouche sévère de la biologiste.

Bienvenue au club, ma sœur.

— Moi, je serais terrifiée.

La femme frissonna sous sa paume et se détendit contre lui. Il retira sa main. Bon sang, il détestait utiliser les gens, et pourtant il était tellement doué pour ça.

— Qu'est-ce que vous leur donnez à manger ?

Il essayait de poser des questions typiques de touriste,

plutôt que de demander « restez-vous regarder vos cibles mourir, ou décollez-vous rapidement pour éviter le trafic ? »

— Fourmis, coléoptères, un peu de matière végétale. Nous allons chercher de la nourriture fraîche dans la jungle tous les deux ou trois jours, lui répondit le professeur.

— Vous allez dans la forêt tropicale toute seule ? Vous n'avez pas peur d'être kidnappée ? demanda-t-il.

Kidnappings et demandes de rançons étaient des activités lucratives répandues dans toute l'Amérique du Sud et centrale, ainsi que dans de nombreux pays du Moyen-Orient. L'un de ses meilleurs amis était un ancien soldat du SAS qui travaillait à plein temps comme négociateur pour les familles de victimes d'enlèvement. C'était un terrain de choix pour qui cherchait à extorquer un peu d'argent de poche avec un investissement relativement moindre. Alors pourquoi le Dr Lockhart n'avait-il pas peur ? Les sales types du coin avaient-ils plus peur d'elle qu'elle ne les craignait ? Entretenait-elle un lien quelconque avec eux ? Aucune de ses sources n'avait trouvé d'informations sur le professeur qu'il n'avait pas déjà glanées lui-même.

— Je ne vais pas dans la jungle *toute seule*.

Le regard de Lockhart l'embrocha, mettant sérieusement en doute son intelligence. Il avait l'habitude.

— Je suis extrêmement prudente, évidemment, mais ce n'est pas plus dangereux ici que dans certaines régions des États-Unis. Je n'ai jamais eu de problème dans la forêt tropicale.

Elle avait pourtant connu des problèmes, et pas seulement lors de sa visite la nuit précédente – il pouvait voir l'écho de cette expérience dans ses yeux. Les hommes comme lui exploitaient ce type de faiblesses.

— Vous étudiez ces choses depuis longtemps ?

Il cherchait à la tirer de ses souvenirs.

Cette fois-ci, elle le regarda droit dans les yeux, lui faisant comprendre qu'elle ne l'aimait pas beaucoup. Ignorant sa question, elle consulta sa montre et appela les autres pour commencer sa démonstration. 16 heures pile.

Killion se rapprocha, assez près pour sentir l'odeur de la lavande sur sa peau et pour voir son regard se poser sur lui. Son teint était pâle, le grain de sa peau était fin. Des lèvres douces et délicieusement roses.

Elle avait une ossature délicate, petite, mais pas maigre. Malgré tout, il avait eu un mal fou à la retenir la nuit précédente et avait failli se faire arracher les couilles. Il ne la sous-estimerait pas une seconde fois.

Il reporta son attention sur son exposé.

L'adolescent posait beaucoup de questions. Peut-être voulait-il devenir incollable sur les grenouilles. Ou peut-être aimait-il écouter la voix de la doc autant que Killion. Elle avait un petit rire malicieux qui semblait affecter une certaine partie de son anatomie qui aurait dû savoir à quoi s'en tenir. Il remua, mal à l'aise.

Si sa carrière scientifique venait à capoter, elle pourrait faire fortune dans le téléphone rose.

Le fait qu'il pense au sexe alors qu'elle expliquait avec beaucoup de sérieux que le champignon chytride et le changement climatique étaient les plus grandes menaces mondiales pour les populations de grenouilles, combinées à la destruction de leur habitat et à la surexploitation par le commerce d'animaux de compagnie, laissait penser que cela faisait bien trop longtemps qu'il ne s'était pas envoyé en l'air. Il en savait maintenant beaucoup plus qu'il ne l'avait jamais voulu sur les grenouilles et l'effet de la voix d'Audrey Lockhart sur sa libido.

Quelle torture.

Elle connaissait son sujet, mais c'était son domaine. Le sien consistait à trouver des gens qui ne voulaient pas être trouvés et à leur soutirer des informations qu'ils ne voulaient pas révéler. Son expertise permettait généralement à ceux qu'il capturait de passer du temps dans une institution américaine. Les plus chanceux voyageaient dans le monde entier, même s'il était difficile de faire du tourisme avec un sac sur la tête.

Audrey Lockhart, la scientifique, avait l'air irréprochable, mais elle se trouvait dans le Kentucky le jour où Ted Burger avait été assassiné avec de la batrachotoxine, un alcaloïde mortel sécrété par la peau de *Phyllobates terribilis*, la grenouille venimeuse dorée. Assassiné par une femme prétendant être la femme de chambre, de la même taille et du même poids que le professeur. La couleur des yeux et des cheveux était facilement modifiable, mais combien de femmes savaient manipuler ces choses sans tomber raides mortes ? Pas beaucoup.

Simple coïncidence ?

Peu probable.

Le problème, c'était qu'Audrey Lockhart ne dégageait pas les vibrations habituelles des agents, et ça le dérangeait. Ça le dérangeait beaucoup. La femme qui avait tué le vice-président avait passé la sécurité de sa maison de luxe, avait servi du thé à l'homme, puis s'était éloignée calmement pendant que le type gisait, la bouche pleine de mousse, sur le sol de son bureau. Il fallait soit des couilles, soit un sang-froid de sociopathe. Et il ne voyait pas ces choses chez elle. Ni la veille au soir ni ce jour-là.

Lockhart paraissait innocente. En fait, elle avait l'air presque trop innocente, avec son côté intello toute guillerette, ce qui mettait immédiatement ses sens en alerte. Comment quelqu'un pouvait-il être aussi innocent après les 14 dernières années ? Ou peut-être se ramollissait-il. La tempête de merde qui se déchaînait au Moyen-Orient l'amenait à se demander à quoi avaient servi toutes ces années dans le désert. Ben Laden était mort, mais la situation était plus pourrie que jamais avec des extrémistes qui tentaient de déclencher l'Armageddon – et pas au sens figuré. Ils essayaient littéralement de provoquer la fin des temps, comme si le monde n'était pas assez pourri comme ça.

Qu'est-ce qui clochait chez ces trous du cul ?

Les Américains n'avaient aucune idée de la chance qu'ils avaient, et c'était son travail de s'assurer qu'ils continuaient à prospérer dans cette ignorance bienheureuse. Il aurait dû être en mission, cherchant à aider les gens modérés à reprendre le contrôle de leur pays et à réduire la menace qui pesait sur sa patrie. C'était ce qu'il aurait dû faire.

Au lieu de quoi, il s'extirpa de la foule, sortit son téléphone portable et prit une photo du groupe. Il en avait assez vu, mais il attendit que le professeur ait fini son baratin et il s'éloigna avec les autres. Ne pas attirer l'attention sur lui. Ne pas se démarquer. Il acheta même un T-shirt représentant une grenouille à la boutique de souvenirs, et adressa un chaleureux au revoir à sa nouvelle amie de Miami et à sa famille.

C'était la fin de l'après-midi et le soleil se couchait rapidement dans cette partie du monde. Il commençait déjà à faire nuit. Il démarra le moteur de sa voiture de location, mais hésita lorsqu'une petite berline s'arrêta devant le centre écologique. Killion prit en photo l'homme qui sortait de la voiture avant de se diriger rapidement vers l'entrée. C'était loin d'être un petit joueur à en juger par la bosse près de son épaule gauche. Le type avait laissé le moteur allumé, ce qui indiquait clairement qu'il voulait pouvoir s'enfuir rapidement. Était-ce le chauffeur d'Audrey Lockhart ? Peut-être le gars avait-il sa nouvelle identité cachée dans les poches de sa veste en cuir de mauvais garçon.

Killion composa un numéro qu'il connaissait par cœur.

— Crista. J'ai besoin d'une identification sur la photo que je viens d'envoyer.

Il y eut une pause.

— On la passe dans les programmes de reconnaissance faciale. Comment ça va, bébé ?

— Ça va mieux Alors, ce nouveau petit ami ?

— Ex-petit ami. Un crétin.

— Donne-moi son numéro, histoire qu'on crée un club.

— Oh, arrête. Tu n'es clairement *pas* un ex-petit ami.

— Je crois me souvenir d'avoir fait des activités dignes d'un petit ami avec toi il y a quelques années.

Il se frotta le menton, ne se concentrant qu'à moitié sur la conversation.

— Le fait que tu confondes sexe et rendez-vous prouve ce que j'avance. Tu as déjà partagé l'intimité d'une femme ?

— Ne me dis pas que tu as dormi pendant les meilleures expériences de ma vie ?

— Je ne parle pas de cette forme d'intimité-là crétin. Je parle du côté spirituel, pas physique. On sait toutes que tu es un expert en matière de corps féminin, mais as-tu déjà essayé de t'intéresser à l'esprit d'une femme ?

— Bon sang, non. Et qu'est-ce que tu veux dire par « on sait toutes » ?

Il surveillait toujours la porte.

— Tu as créé ton propre club ?

— Pas encore, mais j'y pense.

Il reporta son attention sur la conversation.

— Ce type t'a vraiment retourné le cerveau, hein ?

— Je suppose.

— Le bâtard.

— Tu pourras le tuer pour moi ?

— Dès que je serai de retour, promit Killion.

— Désolée d'avoir été méchante, mais je le pensais vraiment quand je parlais de ton incapacité à dépasser la connexion physique quand tu es dans une relation.

— Je n'ai jamais de relations.

— Exactement. Oh, avant que j'oublie, Maclean te cherchait.

— Qu'est-ce que tu lui as dit ?

— Rien.

La dernière chose dont il avait besoin était que son patron mette soudain son nez dans ses affaires pendant cette mission particulière.

— Merci.

— De rien, chéri. OK, j'ai un nom pour toi. Hector Sanchez. Répertorié comme un associé connu de *El cartel de Mano de Dios*.

Killion écarquilla les yeux. Il avait entendu parler du bon vieil Hector. Ce type était un aficionado de la cravate colombienne. Audrey Lockhart avait vraiment des amis dans les bas-fonds. Elle l'avait berné.

Ce n'était pas la première fois, mais il détestait se faire avoir par un joli minois.

— Merci, Crista. Je dois y aller.

— Fais attention, lui dit-elle.

— Toujours.

— Menteur.

Il sourit en raccrochant, puis regarda pensivement l'entrée du parc. Qu'est-ce qui prenait tant de temps à Lockhart et Sanchez ?

AUDREY RETOURNA AU laboratoire. Elle aurait aimé pouvoir chasser l'anxiété qui la tourmentait depuis son attaque, la veille au soir. Tout ce qu'elle voulait, c'était dormir, mais l'idée de rentrer chez elle pour se coucher la glaçait d'effroi. Son SSPT s'était atténué au fil des ans, mais l'agression de la nuit précédente avait fait ressurgir les symptômes par vagues déferlantes et elle savait qu'elle devait s'attendre à des semaines de flash-back et de cauchemars.

Elle détestait vivre dans la peur.

Les inspecteurs qui étaient passés prendre sa déposition la nuit précédente s'étaient montrés plus intéressés par son corps que par les menaces de son agresseur. Ils avaient pris sa déposition, mais n'avaient fait aucun effort pour chercher des preuves et n'avaient même pas mis sous scellés les liens en plastique qui avaient servi à menotter ses poignets et ses chevilles. Elle n'avait pas été violée, volée ou battue et ils ne semblaient pas savoir pourquoi elle les avait appelés. Quand elle en aurait l'énergie, elle prendrait contact avec l'ambassade de Bogota, mais pour l'heure, il n'y avait rien d'autre à faire que de sursauter devant les ombres et de crier comme une mauviette dès que quelque chose bougeait dans son champ de vision.

Le projet Gateway. De quoi s'agissait-il ? Elle avait cherché sur Google et n'avait trouvé que des sites en lien avec des ordinateurs.

Son téléphone sonna. Elle vérifia l'identité de l'appelant : Devon Brightman. S'il s'était simplement agi de son ex ou du nouveau petit ami de sa sœur, elle l'aurait envoyé promener. Mais il était aussi le jeune frère de Rebecca et, à cause du chagrin qu'ils avaient partagé, indépendamment de son état du moment, elle décrochait toujours.

— Salut.

— Salut, comment va mon intello préférée ?

— Dit le technogeek.

— Les technogeeks sont bien plus cool que les intellos.

— Ce sont les seuls à le penser, avec leurs jouets.

Elle rit. Quand Devon n'était pas trop exigeant et possessif, c'était un type bien.

— Tu es rentrée en Colombie ? demanda-t-il.

— Oui.

Elle retira de la verrerie d'un autoclave et la rangea sur un support.

— Ça te va que je sorte avec ta sœur ?

— Bien sûr.

Elle réfléchit un moment et réalisa qu'elle le pensait vraiment. Devon et Sienna étaient plus proches en âge, tous deux ayant quelques années de moins qu'elle, et avaient beaucoup plus en commun.

— Ne fais pas tout foirer.

Il rit.

— Tout va bien là-bas ?

Elle ouvrit la bouche pour lui parler de son attaque de la nuit précédente, mais s'interrompit. Il risquait de le dire à Sienna et sa sœur moucharderait certainement. L'idée de donner à sa mère une raison réelle de s'inquiéter était suffisante pour qu'elle fasse vœu de silence.

— Tout va bien, mais j'ai beaucoup de travail. Je dois y aller.

Ne voulant pas s'attarder, elle raccrocha.

Satisfaite de la maturité avec laquelle elle avait géré cette transition, elle se mit au travail. Shakira sortait à fond de sa sono et elle balançait les hanches tout en mesurant le liquide de Ringer. Son travail consistait à examiner en quoi les niveaux élevés de batrachotoxine dans la peau de la grenouille indigène affectaient le champignon qui éliminait leurs congénères dans le monde entier. Cela pourrait donner aux grenouilles venimeuses un avantage dans un environnement de plus en plus difficile. Ou pas. Elle s'efforçait d'être optimiste, mais il était difficile de protéger l'environnement face aux grandes entreprises. Elle se disputait souvent avec le père de Rebecca et Devon, Gabriel Brightman, sur la façon dont il dirigeait son énorme entreprise pharmaceutique. Il l'écoutait de temps à autre, mais il prêtait davantage attention aux dires de ses actionnaires.

Même si le champignon était naturellement présent dans l'environnement, elle ne le conservait pas sur place. Elle ne voulait pas risquer qu'il s'échappe dans la nature et soit responsable d'autres morts. Au lieu de cela, elle utilisait un laboratoire de niveau 3 en ville et dans son université d'origine à Louisville, dans le Kentucky, pour mener les expériences d'exposition dans des conditions contrôlées. Elle pouvait ainsi récupérer des œufs et des échantillons de la toxine.

Les expositions publiques et les visites guidées de l'Institut de recherche sur l'Amazonie étaient un moyen d'éduquer et d'inciter les locaux et les touristes à s'engager en faveur de leur environnement et à soutenir les efforts de préservation. C'était aussi une façon de rendre service à la communauté. Elle aimait habituellement partager ses connaissances et son enthousiasme avec les gens, mais pas ce jour-là. Après la nuit précédente, elle voulait juste se fondre dans le décor.

Elle remonta ses lunettes sur son nez. Peut-être pourrait-elle trouver de la compagnie pour aller boire quelques verres dans un bar ce soir-là. Puis elle pensa à sa sœur et décida que compter sur un antidépresseur chimique pour sombrer dans l'oubli n'était peut-être pas la meilleure idée.

Elle enfila ses gants en latex et rabattit les manches de sa blouse sur ses poignets avant de mettre ses mains dans le terrarium. Elle passa le bout d'un coton-tige stérile sur le dos de la grenouille la plus proche. Elle était docile et ne semblait pas trop perturbée, mais elle devait la titiller un peu pour qu'elle sécrète plus de toxine. C'était mieux que de lui enfoncer un bâton dans le corps et de le faire sortir par sa patte arrière, comme le faisait la tribu Embera quand elle avait besoin de poison pour ses flèches. Mais c'était leur culture, qui était-elle pour les juger ? Leur impact sur l'environnement était minime. Elle ne voulait pas penser aux dommages que sa culture avait infligés au monde, sans quoi elle aurait passé tout son temps à courir en rond en criant : « On va tous mourir. »

Après avoir recueilli un tas d'écouvillons auprès de plusieurs individus différents, elle plaça les cotons-tiges dans des récipients stériles pré-étiquetés et les referma. Puis elle repéra une victime dans le coin du terrarium. Le corps sans vie lui rappelait toutes les choses qu'elle ne pouvait pas contrôler, comme la toxicomanie de sa sœur et l'inconnu qui l'avait attaquée dans le noir. Elle ramassa le corps mou de la grenouille morte. Le bruit de la porte principale qui s'ouvrait et se refermait la poussa à regarder autour d'elle. Elle n'avait pas réalisé qu'il y avait encore quelqu'un. Un homme qu'elle ne connaissait pas entra dans le laboratoire et tourna la tête dans tous les sens comme s'il cherchait quelqu'un. Il avait des cheveux d'un noir de jais et des épaules saillantes sous un T-shirt moulant et une lourde veste en cuir. Ses yeux étaient noirs comme du charbon et quand leurs regards se croisèrent, ils se fixèrent sur elle. Il lui adressa un sourire qui lui fit froid dans le dos.

Était-ce l'homme de la nuit précédente ?

— *¿ Quién es usted ?* demanda-t-elle.

Qui êtes-vous ?

Il ne répondit pas, et continua de marcher vers elle.

— Puis-je vous aider ? demanda-t-elle, sa voix montant dans les aigus sous l'effet de la panique.

Pas de réponse. Il avançait toujours vers elle.

Oh non.

Vu l'expression de son visage et son absence de salutation, elle ne comptait pas s'attarder pour savoir ce qu'il lui voulait. Elle prit ses jambes à son cou. Quand il commença à la poursuivre, elle sut qu'elle avait de sérieux problèmes.

Elle se précipita par la porte qui donnait sur le parc et appela à l'aide, mais il n'y avait personne pour l'entendre. Le réceptionniste qui vendait aussi les billets au kiosque partait toujours à 17 heures précises. Audrey avait donné un jour de congé à son étudiant, et la plupart des scientifiques locaux étaient encore en vacances. L'endroit était désert. La nuit était tombée.

Tant mieux. Autant d'endroits où se cacher. Sa blouse blanche faisait d'elle une cible facile, mais l'homme était sur ses talons et elle n'avait pas eu le temps de l'enlever. Elle portait toujours ses gants et tenait la petite grenouille morte dans sa main. Elle devait se souvenir de ce qu'elle touchait pour pouvoir nettoyer plus tard. Elle faillit rire. Ce qui passait par la tête des gens dans les moments critiques était parfois stupide – Rebecca était morte dans ses bras en la suppliant encore et encore de prendre soin de son chat, Marley.

Le souvenir déchira l'esprit d'Audrey comme une machette.

Elle n'allait *pas* mourir.

Ses pieds martelaient le béton. Si elle parvenait à atteindre la zone où ils faisaient éclore les chrysalides des papillons, elle pourrait verrouiller et barricader les portes, puis utiliser le téléphone fixe pour appeler à l'aide. Son portable était resté dans son sac à main au labo.

Elle s'élança avec agilité sur un petit chemin qui serpentait entre différents enclos. Il n'y avait pas de lumières, car ils ne voulaient pas perturber les rythmes naturels des animaux, mais elle connaissait le chemin. Elle entendit l'homme trébucher et jurer. Elle reprenait du terrain. Tant mieux. Elle sentit l'exaltation monter. Elle allait y arriver.

Sa sandale s'accrocha à un bout de tuyau d'arrosage et elle décrivit un vol plané, perdant ses lunettes une fraction de seconde avant de se cogner la tête contre un poteau. La douleur et la confusion explosèrent dans son crâne. Le son d'une respiration laborieuse la ramena au présent. Une ombre noire s'agenouilla à côté d'elle. L'odeur de la cigarette, d'une haleine rance et chaude lui retourna l'estomac.

— Que voulez-vous ? demanda-t-elle faiblement.

Quelque chose de tranchant l'atteignit au côté, et elle tenta de se soustraire au contact, mais en vain. La douleur était dévorante, et le choc la transperça tandis qu'un couteau s'enfonçait profondément. Elle ouvrit grand la bouche sous l'effet de la surprise et saisit les poignets de l'homme, sentant la nausée la gagner. Elle lutta frénétiquement pour repousser son bras.

— P… pourquoi me faites-vous ça ? haleta-t-elle.

Elle était à l'agonie. Elle pouvait à peine respirer, encore moins penser.

— Au secours, supplia-t-elle. Aidez-moi.

Mais personne n'entendit ses suppliques.

Il dit quelque chose qu'elle ne comprit pas en espagnol, mais quelques secondes plus tard, il relâcha sa prise sur le couteau et tomba à la renverse. Elle ne pensait qu'au fait que cet homme l'avait *poignardée* et que ça *faisait mal.* Elle comprit alors ce qui s'était passé. L'alcaloïde stéroïdien neurotoxique de la peau de la grenouille avait été transféré depuis ses gants et faisait à présent battre le cœur de son agresseur trop vite, car le poison ouvrait de manière irréversible les canaux sodiques tensiodépendants des cellules de son corps. Elle se mit à genoux, enlevant sa blouse au cas où elle aurait eu de la batrachotoxine dessus également. L'homme avait besoin de soins médicaux immédiats s'il voulait vivre. L'ignorant et ignorant sa propre blessure, elle enleva soigneusement ses gants, les roulant en boule avant de les jeter. Le sang coulait sur sa hanche en un filet chaud qui glissait le long de sa jambe.

S'accrochant à la clôture, elle se releva et tituba le long du chemin. Elle savait qu'elle ne devait pas retirer le couteau, mais il la transperçait à chaque pas. Le sang imprégnait son jean, humide et lourd contre sa jambe. Elle tanguait, s'accrochant désespérément à la clôture. Son agresseur s'était effondré sur le sol derrière elle, en proie à une attaque.

L'équivalent de deux grains de sel pouvait tuer un homme.

Elle doutait qu'il tienne jusqu'à ce qu'elle appelle l'ambulance, mais elle devait essayer.

Un bruit de pas la glaça d'horreur. Son assaillant avait un partenaire. Elle aurait voulu hurler de frustration face à l'injustice de la situation. Elle ne pouvait pas courir. Elle pouvait à peine marcher. Le faisceau d'une lampe de poche la cueillit en plein visage, et elle essaya de se réfugier dans l'ombre.

— Vous venez finir le travail ? cracha-t-elle.

Sa douleur au côté était si intense qu'elle ne pouvait pas se concentrer, mais la sensation d'étourdissement due à la perte d'une quantité importante de sang était plus inquiétante encore. Le faisceau de lumière passa d'elle au sol, où l'homme qui avait bien failli la tuer était allongé sur le dos, la bouche grande ouverte, les yeux fixés sur le ciel. S'il n'était pas déjà mort, il le serait bientôt. Le nouveau venu se pencha pour vérifier son pouls radial.

— Non, le prévint-elle sèchement. Poison sur les gants.

Ses mots avaient du mal à sortir.

— Transféré sur la peau.

Une vague lancinante de douleur la traversa.

— Je… Je ne voulais pas lui faire de mal.

Pourquoi le prévenait-elle ? Pour qu'il puisse finir le travail que son copain avait commencé ? Mais éviter le danger inhérent aux grenouilles était tellement ancré en elle qu'elle était incapable de se taire.

— Si vous le touchez, vous pourriez mourir aussi.

Elle avait parlé en anglais, car son cerveau n'était pas en mesure de traduire dans une autre langue, mais il parut comprendre. Ses pensées étaient émoussées par la perte de sang et le choc. Tout son côté gauche était chaud, collant et engourdi. Elle s'éloigna en titubant le long du chemin.

Elle n'alla pas loin. Elle crut d'abord qu'elle s'était évanouie. Puis elle réalisa que le vertige était dû au fait qu'elle avait été soulevée par des bras puissants qui la transportaient le long du chemin. Sa joue était collée contre un torse musclé et elle sentait son cœur battre contre ses côtes. Quelque chose dans son parfum éveilla ses sens, mais l'impression disparut tandis qu'elle sombrait dans l'inconscience.

CHAPITRE TROIS

KILLION N'AVAIT PAS la moindre idée de ce qui se passait, mais il ne s'était pas attendu à trouver un homme de main connu du *cartel de Mano de Dios* en train de convulser après avoir essayé d'éliminer le Dr Audrey Lockhart. Tous ses doutes quant à son implication s'évanouirent en même temps que la capacité d'Hector Sanchez à respirer.

Travaillait-elle pour le cartel ? Ils avaient supposé que le meurtre avait un rapport avec le projet Gateway, désormais dissous, car des meurtriers connus avaient été empoisonnés de la même manière et cela correspondait à leur mode opératoire. Mais *Mano de Dios* aurait-il pu ordonner l'assassinat de Ted Burger en représailles à l'enfermement de leur leader dans une prison américaine de haute sécurité ? Et le cartel faisait-il à présent le ménage pour que personne d'autre ne le découvre ?

Il repassa l'idée dans sa tête. C'était plausible. Le vice-président s'était acharné sur le trafic de drogue après la mort de son fils, victime d'une overdose de cocaïne. Cela dénotait un certain pragmatisme. Utiliser un tueur à gages non associé à leur groupe pour se débarrasser du problème sans que personne ne soupçonne qu'ils étaient impliqués afin de ne pas attirer les foudres de l'armée américaine sur leur organisation – et de ne pas apparaître sur sa liste personnelle.

Il souleva le professeur dans ses bras, en faisant attention au couteau qui dépassait. Elle n'était pas très grande. Elle n'était pas très lourde.

À l'entrée du parc, il jeta un coup d'œil pour s'assurer qu'il n'y avait personne. C'était la pleine nuit désormais. Les lampadaires étaient rares dans cette zone non résidentielle. Il remonta la colline, dépassa la berline d'Hector Sanchez qui tournait au ralenti, et plaça Lockhart maladroitement sur la banquette arrière de sa voiture de location. Ses yeux étaient fermés.

— Hé, réveillez-vous !

Elle ouvrit les yeux.

— Appuyez sur la plaie, lui dit-il sévèrement.

Il retourna au parking, se pencha à l'intérieur de la berline de l'homme de main, coupa le contact et empocha les clés. Il ferma la portière, en s'assurant de ne rien toucher avec sa peau nue. Langley n'apprécierait pas qu'un de leurs agents soit lié à un meurtre brouillon. Certain que personne ne l'avait vu, il remonta dans sa voiture et démarra le moteur. Lockhart était allongée dans l'obscurité, haletante, essayant de lutter contre la douleur. Le manche de la lame dépassait juste au-dessus de son os de la hanche, sur son côté gauche. Au moins, ce n'était pas dans les intestins ou la poitrine, mais les coups de couteau faisaient un mal de chien. Hector Sanchez avait une réputation de sadique, et avait probablement l'intention de jouer avec le Dr Lockhart aussi longtemps que possible, pour la faire saigner et crier.

Le monde se porterait mieux sans lui.

Killion mit la voiture en marche et descendit lentement la colline, traversa la ville, passa devant les bars locaux et le poste de police sombre. Il enleva son T-shirt orange et le lui jeta.

— Utilisez ça pour essayer d'arrêter l'hémorragie.

Il conduisait calmement, respectant la limite de vitesse dans une partie du pays qui ne se souciait généralement pas des limitations. Il ajusta le rétroviseur, vit que ses yeux étaient à présent fermés et qu'elle semblait avoir perdu connaissance.

— Hé, Lockhart ! Réveillez-vous, cria-t-il.

Ses yeux s'ouvrirent.

— H-hôpital.

Leurs regards se croisèrent brièvement.

— Vous savez que je ne peux pas faire ça.

Elle n'avait pas beaucoup de choix – pas dans cette ville, pas avec un couteau du cartel planté dans le côté. *Mano de Dios* n'allait pas tarder à rechercher son homme de main, et quand ils apprendraient sa mort, ils parcourraient tout le pays à la recherche de cette femme. S'ils la trouvaient, elle prierait pour qu'ils en finissent rapidement avec elle.

— Pourquoi pas ? croassa-t-elle.

Bon sang.

— Vous savez pourquoi.

Allait-elle vraiment continuer cette mascarade ?

Ses traits se tordirent alors qu'elle pressait le T-shirt contre son côté. Son visage était moite, sa peau claire.

— Si vous ne m'emmenez pas à l'hôpital, je vais me vider de mon sang.

— Si je vous emmène à l'hôpital, vous mourrez avant le lever du soleil.

— Ils ne sont pas si mauvais que ça.

Il fronça les sourcils et se concentra sur la route devant lui. Voulait-elle parler du cartel ? Ou bien des médecins ? Ses doigts se crispèrent sur le volant. Était-elle si confiante dans sa capacité à maîtriser les trafiquants de drogue, même après sa récente mésaventure ? Avait-elle des choses sur eux ? Peut-être qu'elle baisait avec l'un d'entre eux – elle était assez attirante, mais Hector Sanchez ne travaillait pas en free-lance. S'il avait essayé de tuer Audrey Lockhart, c'était à la demande de son seigneur et maître. Raoul Gómez – le frère de Manuel Gómez qui purgeait une peine de prison à vie dans une prison fédérale de Californie – était un fils de pute diabolique qui n'hésitait pas à assassiner des femmes et des enfants pour maintenir son emprise sur son organisation. Killion ne comptait pas se faire repérer par ce bâtard avant d'avoir trouvé qui avait ordonné le meurtre du vice-président, car telle était sa mission. Et sa mission était primordiale, même si ses méthodes étaient peu orthodoxes, voire carrément illégales. Rien ne pouvait le détourner de son but.

Audrey Lockhart pourrait l'aider. En fait, elle était probablement la seule capable de l'aider à découvrir la vérité. Il fallait qu'elle reste en vie.

Elle cria quand il roula sur un nid de poule, mais les choses allaient devenir beaucoup plus chaotiques par la suite. Il avait peu d'options. Il pouvait l'emmener à l'ambassade de Bogota, mais alors tout ce merdier deviendrait officiel. Sachant que les cartels détenaient la moitié des flics et des politiciens d'Amérique du Sud, les diplomates pourraient décider que remettre Lockhart aux autorités locales pour qu'elle soit confrontée à la justice sur place était plus opportun que de protéger ses droits en tant que citoyenne américaine. Et il ne pouvait en aucun cas révéler des informations confidentielles sur l'importance de cette mission, même aux autres agents de la CIA, ni même à son patron. En théorie, il devait retourner au QG dans quelques semaines pour recevoir sa prochaine affectation, qui, selon toute probabilité, serait une affectation temporaire à l'étranger. En réalité, sa mission actuelle allait prendre un certain temps.

Hormis lui-même, le président et une poignée de membres de l'équipe du DSC-4 du FBI de Lincoln Frazer, personne ne savait que Burger avait été assassiné. Selon les rapports officiels, l'homme avait fait une crise cardiaque et la nation avait fait le deuil de l'homme d'État. Killion ne savait pas combien de gens étaient au courant du projet d'assassinat, mais au moins une personne l'était et il aurait parié sa pension du gouvernement qu'elle se vidait de son sang sur la banquette arrière.

Il serra la mâchoire en réalisant autre chose. On ne pourrait pas laisser parler Lockhart. Jamais. Si le monde découvrait que le meurtre de Burger avait été dissimulé, sa vie et ses actes seraient passés au crible. Burger était impliqué jusqu'au cou dans des affaires sales et des complots terroristes internationaux. Le fait qu'ils aient dissimulé son meurtre au public serait le dernier de leurs problèmes. La troisième Guerre mondiale risquait d'éclater si la vérité voyait le jour.

Les pensées se bousculaient dans son esprit tandis qu'il évaluait ses options. Le plan A consistait à s'assurer que l'assassin savait que l'organisation de justiciers – le projet Gateway – avait été dissoute. Les hommes de Frazer avaient surveillé les communications d'Audrey pour voir qui elle contactait et où elle allait, dans l'espoir de remonter jusqu'au cerveau derrière le meurtre de Burger. Killion jeta un coup d'œil à la femme sur la banquette arrière qui haletait tout en serrant le couteau planté dans son flanc.

C'était l'heure du plan B.

Il conduisit quelques kilomètres de plus, puis prit vers l'ouest. Au cours des 20 dernières années, le paysage de la drogue en Colombie avait changé. Aujourd'hui, les cartels fonctionnaient selon les mêmes principes qu'un réseau terroriste, les petits groupes ne connaissant que leur partie de l'opération. Ainsi, s'ils étaient arrêtés, ils ne pouvaient pas faire couler tout le cartel. Les agriculteurs cultivaient de petites parcelles de coca dans des régions de forêt dense, plus faciles à cacher aux avions de repérage et des autorités gouvernementales. Les rebelles marxistes contrôlaient toujours de vastes étendues de terres, véritables zones de non-droit. La Colombie s'ouvrait peut-être au tourisme, mais le Mexique aussi, et seuls les crétins ne voyaient pas que c'était un pays dangereux en dehors des complexes hôteliers.

Il s'engagea sur un chemin de terre tranquille entouré de plantations des deux côtés et se gara sur le bord de la route. Il n'y avait pas de lampadaires. Ce n'était que végétation dense et obscurité épaisse. Les locaux avaient à peine l'électricité. Il grimpa sur la banquette arrière et se fit de la place en déplaçant les jambes de Lockhart sur le côté. Elle poussa un cri, mais il n'avait pas le temps d'être doux. Il alluma le plafonnier.

— Je vais retirer le couteau et panser la plaie.

— Non ! Ça pourrait aggraver l'hémorragie.

Sa voix était un murmure rauque, trop douloureux pour être sexy, même de loin.

— Nous n'avons pas vraiment le choix.

Elle avait déjà perdu beaucoup de sang, mais il ne pouvait rien y faire.

— Je dois sortir le couteau pour vous éloigner de cette zone avant que tous les membres de *Mano de Dios* ne viennent nous chercher.

— Le cartel en a après vous ?

Il était temps d'arrêter les conneries.

— Le clown que vous avez éliminé avec votre gant empoisonné était Hector Sanchez, l'homme de main de Raoul Gómez, le chef de *Mano de Dios*.

Comme si elle l'ignorait.

— Et il en avait après *vous*. Maintenant que *je* vous ai sauvée, il en aura après moi, aussi.

Psychologie de base. Lui rappeler qu'elle lui était redevable de lui avoir sauvé sa vie.

— Si vous voulez vivre, vous allez devoir faire ce que je dis.

Ses sourcils se rapprochèrent.

— Je ne comprends pas.

Bon sang.

— Mais bien sûr.

— Vous êtes le touriste de tout à l'heure.

Touriste ? Comme s'il n'avait pas « espion » tatoué sur le front ?

— Vous étiez avec une famille. Une petite amie.

— Je n'ai pas de petite amie.

Il avait des relations, des contacts, des sources et des collègues, qui l'aidaient tous dans l'interminable guerre mondiale contre le terrorisme, qu'ils le sachent ou non.

Il passa la main dans le compartiment arrière, tira son sac et le déposa sur le siège passager avant. Un assassin professionnel pourrait retirer le couteau et le découper en filets comme un foutu poisson s'il le voulait. Mais elle avait dû comprendre que l'homme qu'elle avait tué appartenait à la *Mano de Dios*. Elle était foutue si elle restait dans le coin. Elle était foutue si elle l'accompagnait également, mais elle ne le savait pas encore. Pour l'instant, elle avait besoin de lui. Il était son seul espoir. Façon Obi-Wan Kenobi. Il prit la trousse de premiers secours dans son sac et un autre haut. Le T-shirt orange était sombre, imbibé de sang. Il le jeta par terre.

Il prit un paquet de QuikClot dans la trousse, déchira l'emballage puis écarta les cheveux du visage de la femme. La peur et la vulnérabilité dans ses yeux le prirent par surprise. Un élan de sympathie le traversa. Personne ne voulait mourir.

— Ça va faire mal.

En prononçant ces mots, il retira la lame de sa chair et versa de la poudre sur sa blessure.

— La bonne nouvelle, c'est que le couteau n'a pas section-né d'artères.

Dans le cas contraire, elle serait déjà morte.

— Je ne pense pas que je veuille connaître les mauvaises nouvelles.

La sueur brillait sur sa peau.

Le couteau pourrait avoir entaillé un organe, elle pourrait déjà avoir une hémorragie interne. Faire un choc septique.

— Probablement pas, acquiesça-t-il.

Il pressa fort le tissu du T-shirt propre contre son côté et regarda ses yeux exorbités sous l'effet de la douleur. Puis elle les referma et cessa de lutter, le tout sans émettre le moindre son.

Elle avait perdu connaissance. Tant mieux.

Quinze ans plus tôt, lors de sa première affectation tempo-raire, il avait passé du temps au nord de la région du Darién au Panama, pour comprendre les réseaux de distribution des cartels colombiens. De petits aérodromes illégaux jouaient un rôle majeur dans l'acheminement des produits des agriculteurs vers les usines où ils étaient raffinés, devenant de la cocaïne. Ces aérodromes étaient présents partout, mais il en avait utilisé un dans le coin, des années plus tôt, avec un groupe d'agents de la DEA et de Navy SEALs qui chassaient active-ment les narcos.

Les singes hurlaient dans les arbres autour de lui, l'avertissant que ce n'était pas son territoire. Il enfila un T-shirt noir à manches longues et un treillis, glissant son SIG dans un étui d'épaule et des chargeurs supplémentaires dans sa poche. Il n'y avait pas beaucoup d'espace, mais il s'était changé dans des endroits bien pires. Il se réinstalla sur le siège conducteur et descendit des routes non pavées à moitié emportées par les pluies de la mousson. Il traversa une rivière, en espérant qu'elle n'était pas trop profonde pour son véhicule de location. Il mit les gazes et l'eau s'engouffra par les côtés des fenêtres. Ils parvinrent à traverser – de justesse. Audrey cria depuis le siège arrière. Il serra les dents pour faire taire toutes les platitudes rassurantes qui voulaient s'échapper de ses lèvres. La situation était loin d'être idéale, et tout était de sa faute.

Dix minutes plus tard, il éteignit les phares et enfila une paire de lunettes de vision nocturne pour poursuivre le chemin. Après avoir parcouru 6 km de plus, il coupa le moteur, descendit une petite colline, puis s'arrêta sur le bas-côté avant de mettre ses gants de cuir. L'aérodrome était toujours là. Un petit avion à turbopropulseur se trouvait juste derrière les portes ouvertes d'un hangar d'apparence récente. Le responsable n'avait pas peur des voleurs, probablement parce que personne n'était assez fou pour voler le cartel.

Aucune activité visible dans le hangar, mais il ne se faisait pas d'illusions. L'aérodrome ne pouvait être désert. Il monta sur le siège arrière pour vérifier à nouveau la blessure d'Audrey. L'hémorragie s'était arrêtée. Pour le moment. Il déboutonna son jean et le descendit assez bas pour lui faire un bandage. Il était impossible de ne pas remarquer son corps, mais elle était couverte de sang, ce qui signifiait qu'il était plus préoccupé par l'idée de la garder en vie que d'admirer le paysage.

Le détachement émotionnel était sa came.

Retourner les esprits aussi.

Pas reluquer des femmes inconscientes.

Il prit de la gaze et un bandage dans la trousse, enveloppa la femme avec, soulevant ses hanches et serrant le pansement autant que possible avant de bien le fixer. Une fois terminé, il s'assit et inspira profondément pour se concentrer.

Les bons agents de renseignement s'épanouissaient dans l'ambiguïté, dans le dévouement à la mission et dans des idéaux plus grands qu'eux-mêmes. Les bons agents de renseignement devaient déterminer quelle décision prendre lorsque toutes les décisions étaient en contradiction avec leurs valeurs et obligations – et lorsqu'aucune n'était bonne. Les agents de renseignement échouaient souvent. Heureusement, l'échec était un meilleur professeur que le succès. Killion était un sacrément bon agent de renseignement parce qu'il avait beaucoup échoué par le passé. Il n'avait pas l'intention de réitérer l'expérience ce soir-là.

Il sortit par la porte, après avoir désactivé la lumière intérieure – technique d'espionnage basique. Le plan B risquait de ne pas être très populaire auprès de la CIA, mais s'il jouait bien ses cartes, la CIA ne le saurait jamais. Il prit son sac de voyage, en fermant silencieusement la portière de la voiture, car le bruit portait dans cette partie du monde. Les lunettes de vision nocturne facilitaient le repérage, mais aplatissaient le paysage, si bien qu'il devait faire attention à ne pas érafler ses bottes sur la terre. Il resta à la limite du terrain, se faufilant dans l'obscurité jusqu'à ce qu'il atteigne le hangar. Un rapide inventaire révéla deux petits avions et une jeep à l'intérieur. De la lumière provenait d'une petite pièce au fond du hangar –

probablement une sorte de bureau. C'était trop calme. Il souleva ses lunettes et essaya d'ouvrir la porte de l'avion. Elle n'était pas verrouillée. Les clés étaient sur le contact. Il posa silencieusement son sac sur le siège passager. Les sièges arrière avaient été retirés, mais l'espace de chargement était vide, ce qui signifiait qu'ils n'allaient probablement pas faire de livraison de drogue ce soir-là. Bonne nouvelle. Il sortit son SIG P229 et se faufila sans bruit dans le bâtiment sombre au toit de tôle ondulée caverneux qui faisait résonner le moindre bruit comme un tambour. Un cafard se glissa entre ses pieds. Il vérifia le deuxième appareil, mit la main à l'intérieur et empocha discrètement les clés.

Le bruit d'une chaise raclant le sol le cloua sur place. Après une minute de silence, il se rapprocha du bureau jusqu'à ce qu'il puisse regarder à travers une fente entre la porte et le montant. Un homme était penché sur un ordinateur, pianotant sur un clavier, marmonnant en espagnol. Silencieusement, Killion s'avança et le cueillit à la tempe avec la crosse de son arme. L'homme s'affaissa et Killion prit du ruban adhésif sur une étagère et lui attacha les poignets derrière le dos, puis les chevilles aux pieds de la chaise. Il enroula du ruban adhésif autour des yeux et de la bouche de l'homme, s'assurant qu'il pouvait encore respirer.

Il fouilla le reste du bâtiment, mais il n'y avait personne. Un pick up en piteux état, qui appartenait probablement à l'homme du bureau, se trouvait à l'arrière. Killion courut jusqu'au SUV dans lequel Lockhart était toujours inconsciente. Il les rapprocha du bâtiment, se garant dans l'ombre à côté du hangar.

Il ouvrit le bouchon du réservoir et mit des papiers de la boîte à gants dans le tuyau, puis ouvrit la portière arrière et traîna Lockhart sur le siège.

Elle se réveilla en protestant.

— Aïe.

— Silence, ordonna-t-il.

Bien qu'il n'ait vu personne d'autre garder la zone, il ne voulait pas annoncer sa présence avant d'y être obligé. Elle chancela sur ses pieds et il la serra contre lui pour la rattraper. Son corps était doux et féminin. Il la détourna de lui, remonta son pantalon, et ferma sa fermeture éclair et son bouton. Le pantalon permettait de maintenir la pression sur les bandages, mais cela devait lui faire mal. Il l'appuya contre le capot pendant qu'il vérifiait qu'il n'avait pas laissé de preuves accablantes derrière lui.

Elle leva une main vers son visage et laissa une trace de sang sur sa joue.

— Je n'ai jamais fait de cauchemar aussi convaincant.

— Ne faites pas de bruit, Dorothy. Nous ne sommes plus au Kansas.

— Est-ce que je suis morte ? Parce que si je devais être coincée au purgatoire, je préférerais être avec quelqu'un de sexy et drôle comme Dean Winchester. Sans vouloir vous offenser, chuchota-t-elle, prouvant qu'elle n'avait pas totalement perdu la tête.

— Je vous sauve la mise, au cas où vous ne l'auriez pas remarqué, marmonna-t-il à voix basse, observant l'aérodrome à la recherche d'un éventuel signe d'activité. Vous pourriez être un peu reconnaissante ?

— Ça ressemble plus à un enlèvement qu'à un sauvetage, grommela-t-elle.

Il préférait ne pas lui donner l'impression de l'enlever, au cas où elle mettrait à exécution son propre plan B.

— Hé, certaines femmes me trouvent sexy.

— Personne n'est aussi sexy que Jensen Ackles.

Il passa un bras autour de ses épaules, et elle le surprit en lui saisissant la taille de ses doigts fermes et forts.

— Qu'est-il arrivé à Dean ?

— Jensen, Dean, peu importe.

Elle grimaça et ses doigts se resserrèrent sur sa chemise alors qu'elle faisait un pas.

— Volage. Mon type de femme préféré.

Il était presque certain que cette conversation était la seule raison pour laquelle elle ne s'était pas encore effondrée.

— Je suis plus sexy qu'eux.

Il n'avait jamais eu à se plaindre à ce niveau-là. C'était la « disponibilité émotionnelle » et le fait de rester avec une femme qui étaient ses points faibles.

— Les hommes pensent toujours qu'ils sont sexy. Ça doit être un trait héréditaire du chromosome Y.

Elle passa en mode conférence, ce qui était l'une des faiblesses de Killion.

— Même les hommes gros et les moches se trouvent sexy, alors que les femmes incroyablement belles s'inquiètent de ne pas être parfaites ou d'avoir un ventre pas assez plat.

Il haussa les épaules.

— Donc je suis gros, moche *et* sexy.

— Et mon ventre est incroyablement plat.

Il sourit. Elle était plus drôle que ce à quoi il s'attendait. Définitivement plus sexy. Il pourrait le mettre à profit, et détestait penser ainsi. Mais son travail n'était pas fait que de conneries et de balles. Parfois, les sacrifices n'avaient pas à être ressentis comme tels, et ils permettaient de supporter les jours où il avait l'impression qu'on lui arrachait le cœur avec des pinces.

Elle aspira l'air entre ses dents lorsqu'ils firent un pas.

— Attendez un moment.

Il la plaqua contre le côté du hangar et sortit un briquet de sa poche. Il retourna vers le SUV et alluma les papiers dans le réservoir d'essence. Il retourna à l'endroit où il l'avait laissée, la saisit par la taille pour éviter qu'elle ne se blesse, tenant son arme dans l'autre main.

— Allez, on se taille.

Il ne pouvait pas se permettre de baisser la garde. Elle pouvait se jouer de lui avec son apparente coopération, en attendant l'occasion de révéler sa présence aux occupants du hangar. Le moment semblait opportun. Un agent de la CIA pourrait être assez précieux pour l'échanger contre sa vie, mais il en doutait. Personne ne survivait à une rencontre avec *Mano de Dios*.

Ils passèrent maladroitement la porte. L'endroit était plus calme qu'un cimetière, mais le silence serait de courte durée. Killion ouvrit la porte arrière du Cessna et fit descendre l'escalier escamotable, installant tranquillement le professeur à l'intérieur. Il alluma les phares pour pouvoir voir la piste, puis s'installa dans le siège du pilote et effectua une rapide vérification avant le vol. Le réservoir d'essence de l'avion était plein – c'était toujours ça.

Un grand *woush* s'éleva d'un côté du bâtiment lorsque la voiture de location prit feu. Avec un peu de chance, il n'en resterait plus grand-chose au moment où quelqu'un cherche-rait à éteindre les flammes. Ils auraient facilement pu remonter jusqu'à la société de location et il avait désormais grillé un alias utile qu'il avait utilisé pendant des années. Il démarra le moteur, regardant les hélices accélérer. Gardant un œil dans le rétroviseur, il commença à rouler. Des flammes orange brillaient sur un côté du hangar, léchant la charpente en bois. Son SIG reposait sur ses genoux. Lockhart essayait de ne pas faire de bruit alors qu'elle se tordait de douleur sur le sol derrière lui.

Des phares apparurent sur la route au loin. Et merde. Un nouvel arrivant se pointait à leur petite fête. L'avion prit de la vitesse le long du chemin de terre en direction de la piste de fortune. Une jeep apparut soudain et les prit en chasse.

Killion accéléra, espérant avoir assez de vitesse et de longueur de piste pour faire décoller ce bébé. Il fallait que ça fonctionne. Il regarda la distance qui les séparait des arbres. Il savait que ce serait juste, et qu'ils n'auraient qu'une seule chance.

— Allez.

Il tira sur le manche, et soudain, ils décollèrent, mais sans avoir l'altitude nécessaire pour franchir les arbres. Il retint son souffle alors que la forêt se rapprochait. *Et merde.* Il allait mourir en raison de sa propre incompétence et emporter Audrey Lockhart avec lui. Il se débattit avec les commandes et tira plus fort, en virant à droite. Finalement, l'avion répondit et ils s'élevèrent au-dessus de la forêt tropicale, les roues grattant les feuilles de la canopée.

— Wouhou !

Il sentit une décharge d'adrénaline en regardant l'aérodrome rapetisser en dessous. De petites silhouettes couraient frénétiquement, essayant d'éteindre le feu qui devait les retarder assez longtemps pour qu'ils puissent s'échapper. Il jeta les clés du SUV et les autres clés de l'avion par la fenêtre, la brise vive lui faisant monter les larmes aux yeux avant qu'il ne referme.

— On a réussi, dit-il joyeusement à sa compagne d'infortune.

Mais Audrey Lockhart s'était évanouie dans l'espace de transport, et seuls les mouvements réguliers de sa poitrine lui indiquaient qu'elle n'était pas morte.

Il ressortit ses lunettes de vision nocturne. Le fait qu'elle soit inconsciente était une bonne chose. Il pouvait désormais se concentrer sur la navigation de nuit sur plus de 1 500 kilomètres au-dessus de la forêt amazonienne et espérer, une fois arrivé à destination, se souvenir de la façon de faire atterrir l'un de ces engins. Après quoi, il aurait une décision à prendre. En supposant qu'Audrey survive au voyage, qu'allait-il faire d'elle ?

———

LES VIBRATIONS DE l'avion bourdonnaient dans ses os et faisaient claquer ses dents. Audrey ne savait pas ce qui se passait, sauf que quelqu'un l'avait poignardée et que le touriste blond était venu à son secours. Les larmes lui piquaient les yeux, non seulement à cause de la douleur fulgurante qui la traversait dès qu'elle bougeait, mais aussi à cause du choc de tout ce qui s'était passé. Elle était reconnaissante d'être encore en vie. Une nouvelle vague d'agonie vint la frapper et elle laissa échapper un gémissement.

— Tout va bien derrière ? demanda son improbable sauveteur.

Question stupide.

— Où avez-vous appris à piloter un avion ?

Sa voix était râpeuse et métallique. Il y avait un million de choses qu'elle voulait savoir, mais elle n'avait pas l'énergie pour déterminer laquelle était la plus importante. Tout cet épisode ressemblait à un cauchemar surréaliste.

— Ici et là.

Qui était ce type ? Pourquoi l'avait-il aidée ? Son esprit penchait pour un soldat des forces spéciales en vacances – Jason Bourne en Amérique du Sud. Peut-être le type était-il en vacances et l'avait-il entendue crier à la station de recherche avant de courir à son secours ? Il pouvait être n'importe quoi, d'un tueur en série à un aspirant Indiana Jones. Jusqu'à ce qu'elle puisse respirer sans être pliée en deux par la douleur, elle était à sa merci. Et s'il avait raison de dire que son agresseur était un membre du cartel local, ils devaient trouver un hôpital en dehors de la région.

Elle était impuissante. Elle devait lui faire confiance.

— Vous auriez de l'eau ?

Il tritura quelque chose sur le siège avant et avala une longue gorgée d'une bouteille en plastique, puis referma le bouchon et la lui jeta. Elle roula sur le sol. Elle tendit le bras et l'attrapa alors que la bouteille se rapprochait. Elle retira le bouchon en tremblant. Elle n'arrivait pas à croire à quel point elle était faible. Elle prit une gorgée d'eau tiède et remit soigneusement le bouchon en place.

— Merci, chuchota-t-elle.

— De rien.

Ses yeux brillaient lorsqu'il se tourna vers elle.

— Essayez de dormir un peu. Je vous réveillerai quand on atterrira.

Elle hocha la tête et ses yeux se refermèrent. La folie et la confusion des dernières heures disparurent lentement. La dernière chose qu'elle entendit avant de s'endormir fut le bruit d'un sifflement provenant du siège du pilote. Au moins l'un d'entre eux s'amusait.

———————

— Vous êtes en train de me dire qu'une femme d'à peine 1,60 m a éliminé votre meilleur tueur à gages à mains nues ?

Et *Mano de Dios* était censé instiller la terreur auprès de la population locale ?

— Hector l'a poignardée avant qu'elle ne le tue. Elle a saigné comme un porc, elle pourrait bien être déjà morte. Son complice l'a emmenée. Vous ne m'aviez jamais dit qu'elle travaillait avec quelqu'un.

Le ton était accusateur.

— Audrey ne travaille avec personne.

La femme n'avait pas la moindre idée de ce qu'il se passait.

— Alors qui est l'homme qui a volé mon avion et l'a emmenée ? Vous me devez un nouvel avion, *amigo*.

Il ne devait rien à Gómez.

Mais quelles étaient les chances que ce soit une coïncidence ? Quelqu'un l'avait mise en garde contre le projet Gateway un soir, et arrachée à Hector la nuit suivante ?

Peu probable.

Mano de Dios avait mis trop de temps à se débarrasser du problème. On pouvait supposer que quelqu'un de la CIA, ou quiconque enquêtait secrètement sur la mort de Burger, était intervenu et avait emmené Audrey.

Pourquoi n'avaient-ils pas laissé Hector finir le travail ? Il aurait pensé que se débarrasser d'Audrey aurait joué en leur faveur. En fait, pourquoi l'avertir tout court ? La réponse était aveuglante de simplicité. Ils ne voulaient pas l'assassin – ils voulaient celui qui l'avait engagé. Heureusement, Audrey n'en avait pas la moindre idée.

Allaient-ils la torturer ? L'enfermer ? L'idée était séduisante. Son incompétence évidente les persuaderait-elle qu'elle était un bouc émissaire, ou s'acharneraient-ils plus encore pour la briser ? Il aurait préféré pouvoir se permettre d'attendre, de la laisser souffrir, mais les enjeux étaient trop importants.

— Une fois la mort de Lockhart confirmée, vous aurez votre argent, Raoul, mais je veux des preuves. Pas des ouï-dire. Et si vous tuez celui qui l'a enlevée, je double la récompense.

Le ton de Raoul se fit sournois.

— Ils ne sortiront pas du pays. Tout le monde les cherche maintenant.

Le Colombien avait donc un plan. Il fallait espérer qu'il soit plus efficace que le dernier.

— Merci, mon ami. Cela n'affectera pas les expéditions ?

Le ton de Raoul s'était fait menaçant.

— Tout se déroulera comme prévu. Sans retard.

— Bien.

Ils se dirent au revoir et il composa un autre numéro.

— Je dois te voir au bureau.

Il ne pouvait plus se permettre de faire confiance aux Colombiens pour faire le travail.

Quelques minutes plus tard, on frappa à sa porte et une femme entra. Séduisante, la trentaine, blonde. Tracey Williams, cheffe de la sécurité. Ce n'était pas son vrai nom.

— On a un problème, dit-il avant qu'elle ne prenne cette convocation pour autre chose qu'une affaire professionnelle urgente à régler. Les Colombiens ont merdé. Ils disent qu'ils peuvent régler le problème, mais j'aimerais que tu y ailles et que tu vérifies ça pour moi.

Ses lèvres maquillées s'entrouvrirent sous l'effet de la surprise.

— Elle s'est enfuie ?

— Elle a eu de l'aide.

Elle haussa les sourcils.

— Cette affaire requiert ton attention *immédiate*, ajouta-t-il en voyant qu'elle ne bougeait pas.

Son expression se crispa, mais elle hocha la tête.

— Je prends le prochain vol.

Une partie de la tension quitta sa poitrine. Contrairement aux Colombiens, elle ne l'avait jamais déçu.

CHAPITRE QUATRE

CELA FAISAIT LONGTEMPS que Killion n'avait pas piloté, et reprendre avec un avion volé sans se faire repérer, de nuit, au-dessus de la jungle, n'était pas le meilleur moyen de s'y remettre. Il était épuisé, fonctionnant à l'adrénaline pure, mais enfin, au terme de nombreuses heures de vol, ils avaient atteint leur destination – un autre aérodrome clandestin dans la banlieue de Carthagène, sur la côte nord caribéenne de la Colombie. L'avion gronda le long de la piste d'atterrissage. Il était heureux d'être de retour sur la terre ferme, même si la situation était quelque peu incertaine. Il faisait encore nuit lorsqu'il se dirigea vers le coin le plus éloigné du petit aérodrome où un homme de grande taille était appuyé nonchalamment contre le hangar en bois. Killion ralentit et roula à l'intérieur avant d'arrêter l'avion et de couper le moteur. Il jeta un coup d'œil par-dessus son épaule vers l'espace de chargement. Lockhart avait dormi pendant presque tout le voyage. Ou alors elle était morte. Il était presque trop fatigué pour s'en soucier.

La porte s'ouvrit et un homme qu'il n'avait pas vu depuis deux ans lui sourit. L'ancien soldat du SAS britannique évalua rapidement la situation d'un simple coup d'œil.

— Tu as déjà eu plus mauvaise mine, mais je suppose que ce n'est pas son cas.

Il fit un clin d'œil à Killion et monta dans l'avion, mettant ses doigts sur la gorge d'Audrey.

Logan Masters et quelques-uns de ses copains britanniques s'étaient installés en Amérique du Sud quelques années plus tôt. Le nom de leur société, « Penny Fan », faisait penser à un prodige chinois du piano, mais rappelait en fait la tristement célèbre montagne galloise qui faisait partie du processus de sélection du SAS, le Special Air Service. On les consultait sur des questions de sécurité pour les entreprises : négociations d'otages, enlèvements avec rançons et réduction globale des menaces. Killion savait qu'ils faisaient d'autres choses, des choses secrètes, des opérations qui ne devaient pas être reliées à leur gouvernement. Comme la plupart des agents des services secrets, Killion croyait en l'approche des trois singes de la sagesse pour traiter avec ses alliés – ne rien voir, ne rien dire et ne rien entendre de mal.

— Elle est encore en vie ?

Il se surprit à retenir sa respiration, espérant qu'elle avait survécu à son sauvetage maladroit.

— Son pouls est filant et rapide.

Masters examina rapidement sa blessure. La femme ne se réveilla pas pour autant.

— C'est rouge et enflammé. Elle a besoin d'une perfusion et d'antibiotiques.

Il lança un regard à Killion.

— Je suppose que tu ne veux pas l'emmener à l'hôpital ?

— Pas d'hôpital. Je dois la faire sortir de Colombie sans que personne ne sache qu'elle est en vie.

— Une destination ?

— Bonne question, fit-il en riant. J'y travaille.

Masters descendit de l'appareil et sortit son téléphone,

appuyant sur un bouton avant de le remettre dans sa poche.

Killion jeta son SIG dans son sac et sortit de l'appareil, ses pieds heurtant le sol avec un bruit sourd. Ils se serrèrent la main. Puis Killion étira ses bras et son dos jusqu'à ce que ses vertèbres craquent et que la tension de ses muscles se relâche. Il avait besoin de nourriture, d'eau et de sommeil, mais il devait d'abord s'occuper de sa captive.

Le mot était affreux. Cela lui rappelait d'autres choses qui avaient été faites au nom de Dieu et de la patrie.

— Je ne vais pas recevoir un appel de quelqu'un qui veut m'engager pour la retrouver, n'est-ce pas ? demanda prudemment Masters.

— Seulement si tu t'es mis à travailler pour Raoul Gómez.

Le regard du Britannique se durcit.

— Ce connard ? Tu es au courant qu'il porte des pyjamas pare-balles pour aller au lit maintenant ? J'attends toujours d'être invité à tester leur efficacité contre deux balles dans la tête.

Il afficha un sourire de prédateur, les dents brillantes.

Killion savait exactement ce que Masters ferait s'il s'approchait du chef du cartel ; ce ne serait pas joli, mais ce serait rapide et ce serait fatal. C'était la principale raison pour laquelle il avait choisi de venir voir ces types au lieu d'utiliser ses autres contacts. Le chef du cartel avait tué deux hommes du SAS plus de dix ans plus tôt. Le régiment était rancunier et ne les aurait jamais vendus à cet homme. Le vieux dicton disait que la vengeance était un plat qui se mangeait froid… Il avait en face de lui un praticien de classe mondiale de cet adage.

— Ce connard n'apprécie pas particulièrement ma passagère. Et il est possible que j'aie accidentellement emprunté son avion sans demander la permission quand je l'ai sauvée. Il pourrait y avoir un traceur dessus, le prévint-il.

— Le hangar bloque tout signal électronique non autorisé.

Les sourcils du Britannique se rapprochèrent et il regarda le petit avion.

— Je peux faire disparaître le Cessna, sur le papier en tout cas.

Il sourit.

— Ça pourrait s'avérer utile à un moment donné. Tu as prévu un autre moyen de transport ?

Killion secoua la tête.

— J'ai mis des gens dessus. Mon plan d'évasion consistait à faire sortir la femme de son territoire. J'ai agi sur le moment.

— Tu n'utilises pas les ressources de la Compagnie pour cette mission ?

— Non, pas pour celle-là.

Il avait contacté Frazer depuis l'avion, mais il était en arrêt maladie. L'agent du FBI était furieux de ne pas être disponible pour l'aider, mais il s'était arrangé pour qu'un ancien agent de la CIA et spécialiste de la cybersécurité, Alex Parker, travaille avec lui sur cette affaire. La participation de Parker était une bonne nouvelle, mails il y avait mieux encore. Jed Brennan était de retour au bureau de Quantico, et il dirigeait le DSC-4 du FBI jusqu'à ce que Frazer reprenne le travail. Killion faisait confiance à Brennan, qui travaillait à lui trouver une planque avec Audrey. En espérant qu'elle n'implique pas une cabane isolée dans les bois du Wisconsin avec le père de Brennan, obsédé par les complots, pour surveiller ses arrières. Si c'était le cas, Killion risquait de recevoir une balle dans le crâne, car le vieil homme ne faisait confiance à personne, et certainement pas à la CIA, et en particulier pas à lui.

Idéalement, ils trouveraient quelque chose sur une plage

quelque part. Killion préférait le chaud au froid. Le soleil à la neige. Les brunes aux rousses…

— Noah est en route avec notre chauffeur. Je suppose que vous vous accommoderez d'un peu d'hospitalité britannique pour quelques heures ?

— Ce serait formidable.

— Gómez ne risquerait pas d'encourir la colère de la CIA juste pour récupérer son avion.

Les yeux de Masters pétillèrent de curiosité.

— C'est quoi l'histoire avec la femme ?

— Gómez ne sait pas que la CIA a la femme. Il ne sait pas que la CIA est impliquée et je ne veux pas que ça change. Ce connard a envoyé Hector Sanchez à ses trousses. Hector n'est pas sorti vivant de leur rencontre. Je me trouvais dans le coin à ce moment-là et je l'ai tirée de là.

Les yeux du Britannique s'écarquillèrent, témoignant d'un certain respect.

— Ça concerne les affaires de la Compagnie ?

— Elle a des informations dont j'ai besoin, répondit prudemment Killion.

Masters leva les mains. Il savait tout des trois singes de la sagesse. Et tout des compétences de Killion.

Killion se tourna vers la porte du hangar en entendant le bruit d'un moteur de voiture. Un SUV noir s'arrêta à l'intérieur et un homme aux cheveux bruns en sortit et s'approcha, arborant un sourire arrogant.

Noah Zacharias, un autre soi-disant *ancien* soldat du SAS, lui tendit la main.

— Content de te voir, mon pote.

Noah et Logan faisaient partie d'un groupe de soldats que Killion avait eu la chance de sauver après qu'une erreur logistique eut failli coûter la vie aux combattants d'élite. Ce n'était pas tous les jours qu'il pouvait faire le bon choix. À présent, il collectait ses dettes.

— Noah, le salua Killion avec un sourire. Tu écris toujours des chansons d'amour ringardes pour les femmes ?

Noah ricana.

— Seulement quand je ne suis pas en train de botter le cul d'un taré d'Américain. Et toi, tu causes toujours des ennuis ?

C'était une question rhétorique. Le regard de Noah passa par-dessus l'épaule de Killion, s'arrêtant sur l'avion.

— Ne te donne pas la peine de répondre à cette question. On dirait que ton amie vient de se réveiller.

———————

AUDREY REGARDA PAR la porte ouverte et trouva trois hommes qui la fixaient avec des expressions allant de l'inquiétude à la curiosité en passant par la spéculation. Les détails de la nuit précédente étaient flous. Sa peau était ardente. Sa bouche la brûlait. Elle n'avait aucune idée de l'endroit où elle se trouvait, ni même de la date. Il faisait sombre dehors. C'était la nuit. Entre la perte de sang et l'absence de ses lunettes, elle voyait flou. Elle était à l'intérieur du petit avion que le touriste avait volé plus tôt. Elle tituba jusqu'à la porte ouverte et s'assit sur le bord alors qu'une douleur fulgurante lui transperçait le flanc.

— Comment vous sentez-vous ? demanda le touriste.

— Comme si j'étais morte, mais avec une douleur atroce.

Elle haleta en déplaçant sa jambe gauche. Elle n'avait jamais rien ressenti de tel. Rebecca avait-elle autant souffert après s'être fait tirer dessus, ou cela avait-il été encore pire ? Audrey ne voulait pas penser à son amie. Même après cinq ans, cela lui faisait toujours mal et pour l'instant, elle devait surmonter son propre traumatisme.

— Je dois aller à l'ambassade américaine. Je n'ai pas de passeport et je dois dire à la police ce qui s'est passé à la station de recherche.

L'expression des hommes s'apparentait à un masque. Ils avaient le visage fermé. Elle déglutit nerveusement, réalisant que même si ces hommes ne représentaient pas une menace évidente, ils n'étaient pas nécessairement ses amis. Heureusement, ils n'avaient témoigné que de la gentillesse à son égard.

— Où suis-je ?

— Toujours en Colombie, répondit son héros dont elle ignorait toujours le nom.

— Pouvez-vous m'emmener à l'ambassade ?

Tout ce qu'elle voulait, c'était rentrer chez elle, mais elle ne savait pas si les compagnies aériennes l'autoriseraient à prendre l'avion sans passeport et avec une blessure par arme blanche.

Son sauveur acquiesça. Dieu merci.

Sa tête commençait à la lancer. Comme s'il avait lu dans ses pensées, l'homme porta une bouteille d'eau à ses lèvres. Elle renversa sa tête en arrière et sentit l'humidité bienvenue sur sa langue. L'eau avait un arrière-goût, mais elle mit ça sur le compte de la bouteille en plastique chaude. Quand elle eut fini, elle essuya une goutte sur le côté de sa bouche. Elle n'était pas sûre de la quantité de sang qu'elle avait perdue, mais assez pour ne plus avoir d'énergie.

— Qui êtes-vous, tous autant que vous êtes ?

Ses mains commençaient à trembler de fatigue. Personne ne répondit.

— Comment avez-vous su que j'étais en danger hier ?

Elle supposait que c'était la veille qu'elle avait tué un homme. Le fait de réaliser qu'elle avait pris la vie de quelqu'un lui donna la nausée. Puis elle chassa la culpabilité. La mort d'un homme était terrible, mais c'était de sa faute à lui. C'était *lui* qui l'avait attaquée. Ce n'était que par un coup du sort qu'elle avait survécu.

Elle essaya de se lever, mais la douleur traversa tout son corps. La peau autour de sa blessure était à la fois fragile et brûlante. L'homme qui l'avait sauvée s'empressa de l'aider, glissant ses mains sous son dos et ses genoux et la soulevant contre son torse. Elle eut à peine la force de le remercier.

Même son œil non exercé pouvait repérer le port militaire des deux autres hommes, mais le touriste possédait une aura différente. Elle fronça les sourcils. Ce n'était pas un militaire. Il n'était pas du genre à suivre les règles, si l'on se fiait à l'incendie de la voiture de location et au vol de l'avion. Il était rapide, vif, confiant. Était-ce un criminel ? Elle laissa reposer sa tête contre le torse de l'homme. Même s'il était un meurtrier, elle n'avait pas la force de faire autre chose que tirer du réconfort de l'attention qu'il lui offrait. Son odeur chaude l'enveloppait. Les battements de son cœur tambourinaient contre sa joue. Elle se blottit un peu plus contre lui.

Il se glissa à l'arrière d'un SUV, la maintenant fermement contre lui. Ce n'était probablement pas un meurtrier. L'un des hommes s'installa à la place du conducteur et ils s'éloignèrent rapidement. Le deuxième homme resta derrière. Il n'y avait rien qu'elle puisse faire pour le moment, à part récupérer et retrouver ses forces. Elle n'arrêtait pas de sombrer dans l'inconscience. L'idée d'un sommeil sans rêves était si tentante qu'elle l'accueillit à bras ouverts, même lovée contre un étranger.

NOAH CONTOURNA LA ville elle-même et s'enfonça dans la campagne. Fondée par les Espagnols au XVIe siècle, la ville portuaire de Carthagène était un haut lieu du tourisme en Amérique du Sud, la forteresse de Saint-Domingue étant son édifice le plus impressionnant. Mais ils n'étaient pas là pour faire du tourisme. Le Britannique semblait sentir son épuisement et ne voulait pas le fatiguer davantage avec des bavardages futiles. Il était sans doute conscient que la plupart des choses que Killion avait à dire ne pouvaient être révélées à proximité d'oreilles indiscrètes, même celles en apparence inconscientes.

Killion accueillit l'obscurité qui l'entourait comme une vieille amie. La lumière du jour révélait trop de choses – exposant toutes les fissures et les défauts de sa profession, rendant difficile de nier la cruelle réalité de ce qu'il faisait. Le système de *rendition* ou restitution – transfert généralement secret de personnes détenues dans d'autres pays sans respect des procédures comme l'extradition – déchirait des familles. Même lorsque le détenu était un terroriste radicalisé qui avait l'intention de nuire à autrui, les familles ignoraient souvent les actes de leurs proches. À l'ère d'Internet, le problème ne se limitait plus à ceux qui fréquentaient les mosquées dirigées par des extrémistes. Aujourd'hui, les recrues potentielles pouvaient être formatées et manipulées en ligne, à des milliers de kilomètres du Moyen-Orient et d'une zone de guerre désignée. Les fonds pouvaient être transférés de manière anonyme lors d'un événement à l'aide de QR codes et de bitcoins, ce qui les rendait intraçables. Les campagnes pour financer le lancement d'entreprises et les associations caritatives spontanées à la suite de catastrophes naturelles rendaient la collecte illégale de fonds plus facile que jamais.

La clé était de contrôler le web, mais les gouvernements étaient réticents à le faire. Les nations devaient trouver un équilibre entre la liberté individuelle et les besoins de la sécurité nationale, et aucune d'entre elles n'était particulièrement douée en la matière.

Audrey était blottie contre lui comme un petit chiot, mais il ne pouvait pas se permettre de tomber dans le panneau de l'innocence. En vérité, s'il n'avait pas vu le corps d'Hector Sanchez de ses propres yeux, il n'aurait probablement pas cru qu'elle était l'assassin, or il était sûrement l'agent de renseignement le plus blasé et le plus cynique de l'Agence. La main de la femme s'accrocha à sa chemise dans un réflexe. Il pressa ses lèvres sur son front, pas pour l'embrasser, mais pour évaluer sa température. Elle était chaude, et pas seulement dans le bon sens du terme.

Elle avait de la fièvre et la plaie était infectée.

Et merde.

Il aurait peut-être dû l'emmener à l'hôpital et mettre les politiques au parfum pour qu'ils fassent suffisamment de bruit pour la ramener aux États-Unis où il pourrait l'interroger dans un établissement fédéral. Mais il était tout aussi probable que le pouvoir en place nie toute connaissance de la situation et les mette tous les deux à l'écart.

C'était plus facile de simplement disparaître.

Killion le faisait régulièrement pendant les missions. Ce n'était pas inhabituel. Les services secrets ne voulaient pas d'officiers qui avaient besoin qu'on leur tienne la main. Mais si McLean avait commencé à poser des questions, c'était que son aide était probablement requise pour une mission, et cela signifiait que des vies américaines étaient en danger. Cependant, pour cette mission particulière, le Président des États-Unis lui-même lui avait fait prêter serment de garder le secret et, bien qu'il n'y ait rien sur papier, il était difficile de revenir sur ce genre de promesse en gardant sa réputation, sans parler de son emploi fédéral.

Habituellement, Lincoln Frazer s'occupait des conneries politiques et Killion de la recherche d'informations. Ils se faisaient confiance pour se couvrir l'un l'autre. Mais Frazer était hors-jeu pour l'heure et, même si cela n'avait pas été le cas, son réseau n'était pas aussi vaste que Killion le souhaitait. Si les flics locaux les attrapaient, Audrey ou lui en Colombie, c'en serait fini de sa recherche d'informations. *Game over* pour Audrey, aussi.

C'était pour cela qu'il était venu demander de l'aide à Masters et Zacharias. Peu de gens connaissaient ses liens avec les Britanniques. Ceux qui étaient au courant étaient soit membres de l'Agence, soit des compagnons d'armes d'Afghanistan. Il leur faisait confiance. Plus surprenant encore, ils lui faisaient confiance.

Noah conduisit pendant encore 15 bonnes minutes avant de tourner dans une grande propriété à la périphérie de Carthagène avec un manoir en ruine et des murs de pierre de près de quatre mètres de haut. De lourdes portes en fer forgé se refermèrent solidement derrière eux. Des projecteurs contrôlés par des détecteurs de mouvement éclairèrent le terrain à leur approche.

Il observa les points d'entrée et de sortie, et sut que les Britanniques avaient renforcé la sécurité.

— C'est sympa ici.

Noah sourit dans le rétroviseur.

— C'est mieux que le trou à rats du Helmand. On a l'électricité, l'eau courante et les communications ici.

— Aucun seigneur de guerre local n'a essayé de te tuer ?

— Ah, c'était le bon vieux temps.

Noah sourit en se remémorant le passé.

— Ils préfèrent les semi-automatiques par ici.

— Rien ne vaut un bon fusil d'assaut, convint Killion.

Ils se garèrent sous un abri pour voiture à côté de la maison. Il était recouvert de suffisamment de plantes grimpantes pour le masquer depuis le ciel. Le jaune vif du manoir brillait comme l'or des Incas à la lumière.

Noah consulta son téléphone et sortit du véhicule, attrapant le sac de son ami alors que Killion se glissait à l'extérieur, les bras chargés d'une femme douce et chaude. Il suivit Noah jusqu'à une porte latérale et ils traversèrent un espace utilitaire pavé de pierres et entrèrent dans une cuisine lumineuse avec des armoires en chêne et des comptoirs en marbre.

Killion suivit Noah dans un autre couloir. Ils s'arrêtèrent devant une simple porte blanche.

— La chambre d'amis.

Noah ouvrit la porte. À l'intérieur, il y avait un lit simple avec des draps blancs propres, une chaise, une petite salle de bain attenante. Pas de fenêtres. Une caméra au-dessus de la porte, face au lit.

Killion haussa les sourcils d'un air interrogateur.

— C'est habituellement réservé aux visiteurs indésirables, mais c'est l'endroit le plus proche de la cuisine et on doit garder un œil sur ton amie jusqu'à ce que sa fièvre tombe. Et si on doit quitter la maison pour une raison quelconque, on est sûrs qu'elle sera en sécurité. Et qu'elle ne risque pas de s'en aller.

Killion acquiesça. Il était temps qu'il commence à traiter Audrey comme sa prisonnière et non comme sa petite amie.

Noah fouilla dans un tiroir et trouva un grand T-shirt blanc.

— Déshabille-la et nettoie-la. La plaie est infectée. Je vais chercher le matériel pour une perfusion et des points de suture.

Quand Noah partit, Killion fit la grimace. Le Britannique avait raison, il devait laver tout le sang séché de son corps et voir exactement à quoi ils avaient affaire, mais il avait glissé un sédatif léger dans la bouteille d'eau et elle allait être inconsciente pendant des heures. *Et merde.* Il entra avec elle dans la salle de bain, enleva la chemise violette des épaules d'Audrey et la jeta dans le lavabo. Puis il fit de même avec son pantalon, le poussant avec sa culotte le long de ses jambes, insistant lorsque le sang le collait à sa peau. Le pantalon se bloqua au niveau de ses chevilles. Il l'assit alors contre le mur, lui enleva ses sandales, son pantalon et sa culotte, et jeta le tout dans le lavabo. Il alluma la douche et testa la température jusqu'à ce qu'elle soit bonne. Même cela ne suffit pas à la réveiller. Il jeta un coup d'œil au jet d'eau et à la femme presque nue allongée sur le sol de la douche, et réalisa que l'eau seule ne suffirait pas à la nettoyer. Il retira ses bottes, son T-shirt et son pantalon, et grimpa à côté d'elle. Il attrapa du savon, puis glissa ses mains sous ses bras et la tira avec précaution jusqu'à ses pieds. Elle était comme une poupée de chiffon dans ses bras, son débardeur en coton blanc ne cachant plus quoi que ce soit à présent qu'il était mouillé. Il essaya de ne pas y prêter attention. De faire comme si elle n'était qu'une sale terroriste qu'il avait ramassée dans la rue.

Mais cela ne suffisait pas.

Formidable.

L'idée d'être attiré par sa captive n'était pas facile à accepter. Il se rappela qu'elle avait tué le vice-président avec un sang-froid de sociopathe, et qu'elle avait abattu un homme de main expérimenté comme Hector Sanchez sans même une arme de poing pour se défendre. Mais la femme qu'il avait secourue n'était ni calme ni compétente. Elle pataugeait. Elle était désespérée. Confuse.

Peut-être était-elle juste meilleure pour faire semblant qu'il ne le serait jamais.

Ou peut-être était-elle innocente ?

C'était cette idée qui le torturait. Et s'il s'était trompé sur Audrey Lockhart ?

La tenant d'un bras, il la lava de haut en bas, savonnant sa peau, s'assurant d'être minutieux et aussi cliniquement détaché que possible – ce qui s'avéra être un échec total.

Killion aimait les formes féminines et il aurait fallu qu'il soit un moine pour ne pas apprécier la silhouette mince, mais bien dessinée qu'elle cachait sous des vêtements pratiques. Il n'était pas un moine. Loin de là. Son caleçon mouillé lui collait inconfortablement à la peau. Il était censé mépriser cette femme, mais ça ne semblait pas avoir d'importance. Au contraire, il était de plus en plus excité.

Formidable. Tout simplement génial.

Il défit le bandage qu'il lui avait fait sur le bord de la route et l'ôta de sa taille. L'hémorragie s'était arrêtée et la plaie avait commencé à se refermer, mais une partie de celle-ci était d'un rouge vif et manifestement infectée. La peau autour de la blessure lui brûla le bout des doigts.

OK, c'était officiel, il était horrible de convoiter une femme malade, mais ce n'était pas nouveau. Il n'allait pas recevoir de prix pour son bon comportement. Pas dans cette vie.

Irrité par son attitude, il coupa l'eau et l'enveloppa dans une énorme serviette. Puis il la souleva et la porta jusqu'à la chambre, laissant une traînée d'eau dans son sillage. Noah l'attendait, ce qui lui fit l'effet d'une douche froide.

— Enlevons son haut mouillé et mettons-lui plutôt la chemise sèche.

À présent, Noah allait voir Audrey nue, aussi. Killion ne savait pas pourquoi cette pensée l'agaçait. Enlever les vêtements d'un prisonnier était habituellement la première étape d'une restitution, mais il n'y avait rien d'habituel dans tout cela. Audrey choisit ce moment pour soupirer dans ses bras.

La gorge de Killion se serra. Il était incapable de parler.

Killion l'allongea doucement sur les draps de bain que Noah avait étalés sur le lit et ajusta la serviette qu'elle portait de manière à ce qu'elle recouvre le bas de ses hanches, préservant sa décence. Noah lui leva les bras et commença à remonter son débardeur.

Killion attrapa le bas du vêtement et tint bon.

— Je m'en occupe. Tourne-toi, dit-il à l'homme.

— Hé, je suis un médecin professionnel.

Noah secoua la tête, mais se détourna, visiblement amusé par la tentative de Killion de préserver la pudeur d'Audrey. Killion se débarrassa du débardeur et du soutien-gorge d'Audrey et fit semblant de ne pas voir les petits seins parfaits aux mamelons roses et durs. Un T-shirt propre le frappa sur le côté de la tête et il revint à l'instant présent. *Et merde.* Il le fit glisser par-dessus la tête d'Audrey et passa ses bras dans les manches, la couvrant ainsi de manière à ce que seul son ventre soit nu.

Noah le regardait à présent avec un sourire curieux, comme si Killion avait révélé plus de choses qu'il ne le voulait. Le fait est qu'il n'était plus aussi impitoyable et cruel qu'il l'avait été. Il avait appris à faire preuve de prudence et d'un certain respect pour ceux qui étaient sous sa garde. Il ne s'était pas adouci ou n'avait pas acquis de conscience, il avait juste affiné ses méthodes. L'expérience lui disait qu'être gentil avec Audrey le mènerait bien plus loin que de se présenter comme un connard dur à cuire. On obtenait les meilleures informations dans le cadre d'une relation de confiance, quand chacun avait quelque chose à gagner de l'échange d'informations.

Il ne s'était pas ramolli. Il jouait intelligemment.

Noah inspecta sa blessure et inséra une intraveineuse dans son bras.

— Elle est brûlante, mais ça devrait aider.

Killion se détourna à la vue de la vilaine blessure sur la peau d'un blanc si pur. Il s'éclaircit la gorge.

— Je vais me doucher et me reposer. Besoin de moi ?

Noah le regarda distraitement.

— Non, mon pote. On verra comment elle ira après la première dose d'antibiotiques et on essaiera de faire baisser la fièvre. Elle pourrait encore avoir besoin d'aller à l'hôpital.

— Pas d'hôpital.

Les lèvres de Noah se resserrèrent.

Gómez avait le bras long, et un simple coup de fil pouvait conduire à une injection létale qui suffirait à se débarrasser de cette femme et des informations qu'elle détenait.

Elle laissa échapper un profond soupir et détourna la tête de lui. Ses joues étaient plus rouges que le reste de son visage. Ses cheveux étaient un désordre de soie sombre et humide se détachant sur le coton blanc. Killion se força à ne pas regarder. À ne pas s'en soucier. Si Audrey mourait, au moins il aurait essayé. Ses chances étaient bien meilleures avec lui que seule contre le cartel.

Ironiquement, le sauvetage d'Audrey – si on pouvait l'appeler ainsi – suivait à la lettre les recommandations du manuel d'interrogation des ressources humaines de la KUBARK pour une restitution réussie. Surprise et inconfort maximal, sentiment intense de choc, d'insécurité et de stress psychologique. Audrey souffrait, était confuse et ne savait pas qui la détenait ni où elle se trouvait.

Médaille d'or pour Killion.

Il prit son sac et rassembla ses vêtements, entra dans la chambre d'à côté, retirant la clé de la serrure. Il sauta sous la douche et se frotta avec du savon. Il se rinça et se sécha tout aussi rapidement. Enroulant une serviette autour de ses hanches, il retourna dans la chambre d'Audrey.

— Appelle-moi si elle se réveille.

— Ça marche.

— Dès qu'elle se réveille. Je suis sérieux, dit-il sévèrement.

Noah le regarda d'un air sévère.

— J'avais compris la première fois. Tu as une sale gueule, mon pote. Dors un peu avant de t'effondrer. Je m'occupe de ta protégée.

Killion luttait contre l'envie de rester la surveiller, ce qui lui indiquait qu'il était déjà trop investi. Mais il pouvait obtenir les informations qu'il voulait en étant charmant aussi facilement qu'en étant un con. Il se sentit vide à cette idée, mais il mit cela sur le fait qu'il était trop désabusé pour se prostituer pour son pays.

Le souvenir d'un enfant mort dans ses bras lui traversa

l'esprit, mais il le chassa. Finie la culpabilité liée au serment qu'il avait fait à son pays. Il se rendit dans la pièce d'à côté et s'écroula sur le lit. Il aurait aimé être trop fatigué pour s'en soucier.

CHAPITRE CINQ

QUAND AUDREY REFIT surface, elle était allongée sur un lit avec un homme étrange penché sur elle.

— Comment vous sentez-vous ?

L'étranger avait des yeux gris magnifiques entourés d'épais cils noirs et parlait avec un accent britannique sexy. Les souvenirs lui revinrent sous forme de flash. Il était dans le hangar quand ils avaient atterri.

— Comme si quelqu'un m'avait poignardée.

Elle essaya de lever la main, mais même cela représentait un trop gros effort.

Le Britannique pressa une paille contre ses lèvres et lui souleva la nuque pour qu'elle puisse boire.

— Juste une gorgée jusqu'à ce que votre estomac s'habitue.

Au moins, cela laissait vaguement entendre qu'elle survivrait peut-être. La douleur à son côté s'était atténuée, mais elle avait toujours l'impression de brûler de l'intérieur et était incroyablement faible.

— Où suis-je ?

Sa voix était un râle sourd.

— Dans un endroit sûr.

— Depuis combien de temps suis-je ici ?

— Pas longtemps.

Ses jolis yeux gris souriaient, mais elle remarqua qu'il ne

répondait pas à ses questions.

— Comment vous sentez-vous ? Des maux de tête ? Des nausées ?

— Les deux.

Elle hocha la tête, puis grimaça lorsque le mouvement déclencha un véritable gyroscope à l'intérieur de son crâne.

Il toucha son bras, ajustant son intraveineuse. Elle n'avait pas l'habitude d'être aussi dépendante de quelqu'un, surtout pas d'un étranger.

— Vous êtes docteur ?

— Médecin militaire

Elle bougea dans le lit et réalisa que sous un T-shirt blanc inconnu, elle était nue. La gêne lui monta aux joues. Quelqu'un l'avait déshabillée et lui avait changé de vêtements. Un sentiment de vulnérabilité et d'impuissance l'envahit.

— Je n'ai rien vu. C'est promis.

Ses yeux gris brillaient.

— Votre chien de garde a protégé votre pudeur. Je m'appelle Noah, au fait. Ma mère a toujours dit qu'elle n'aurait jamais dû m'appeler comme ça parce que tout ce que je disais quand j'étais petite, c'était « non ».

— J'ai quelques idées de prénoms qu'elle aurait pu te donner, lança une voix familière depuis la porte ouverte.

Ses yeux se tournèrent vers son sauveur qui était appuyé contre le cadre de la porte.

— Mais je ne devrais probablement pas les prononcer en aussi charmante compagnie

De charmante compagnie, elle ? Une biologiste spécialiste des batraciens, confuse, à demi nue et à demi morte ?

Ses yeux bleus étaient vifs et perçants, mais on lisait des ombres au fond de ses orbites. Ses cheveux blonds auraient eu besoin d'une bonne coupe et une légère barbe lui recouvrait la mâchoire. Il portait un T-shirt foncé avec un pantalon de toile noir, mais ses pieds étaient nus. Alors que le Britannique, Noah, était grand, brun et charmant, ce type était maigre, blond, et respirait la confiance comme des phéromones.

Lorsqu'il était au centre d'accueil la veille, elle avait supposé qu'il faisait partie d'une famille et n'y avait pas prêté trop d'attention, car elle n'avait pas l'habitude de reluquer les maris ou les petits amis des autres femmes. Mais à un moment donné, il lui avait dit qu'il n'avait pas de petite amie. Elle avait donc dû se tromper.

L'intelligence brillait dans les yeux bleus qui scrutaient son visage. Suffisamment pour la rendre nerveuse.

Elle essaya d'humidifier sa langue.

— Et comment votre mère *vous* appelait-elle ? demanda-t-elle sans ambages.

Il plissa les yeux un instant avant de retrouver son sourire.

— Dans les bons jours, elle m'appelait Patrick.

L'expression de Noah était imperturbable, mais cela lui apprenait tout de même quelque chose. Ces hommes étaient prudents avec les informations qu'ils partageaient avec elle. Étaient-ils des sortes de criminels ? Mais ils ne lui avaient pas fait de mal et des criminels feraient-ils vraiment autant d'efforts pour aider une femme qu'ils ne connaissaient pas ? Si Patrick avait raison de dire que l'homme qui l'avait poignardée faisait partie du cartel *Mano de Dios*, il lui avait sauvé la vie au péril de la sienne.

Elle lui était redevable.

Une nouvelle vague de douleur la frappa. Elle s'allongea sur l'oreiller et fixa le plafond. Elle aurait voulu pouvoir remonter le temps de 24 heures et recommencer la journée.

— Où sommes-nous ? demanda-t-elle. Avez-vous contacté l'ambassade pour moi ? Je dois parler à mes parents. Ma mère doit être folle d'inquiétude.

Noah se leva.

— Je vais vous faire une tasse de thé à tous les deux.

Patrick avança dans la pièce quand Noah partit. Sa blessure était soigneusement pansée, mais elle était consciente que son ventre était exposé. Elle descendit le T-shirt et le regard de Killion, un brin coupable, croisa le sien. Y avait-il de l'intérêt dans ses yeux ?

— Vous vous sentez mieux ? demanda-t-il.

— Comparé à hier, quand on a essayé de me tuer ? Je me sens mieux. Comparé au jour précédent ? Pas tant que ça.

Il fit un signe de tête. Il la regardait comme s'il avait quelque chose en tête, mais elle n'avait aucune idée de ce dont il s'agissait.

— Je ne comprends pas, dit-elle enfin.

Il haussa un sourcil.

— Quelle partie ?

— Je ne comprends rien. Pourquoi m'a-t-on attaquée ?

Sa voix monta dans les aigus sous l'effet de l'agitation.

— Pourquoi m'avez-vous amenée ici ?

Un homme comme lui n'avait pas besoin de kidnapper une femme pour faire l'amour. Même un tueur en série pervers aurait trouvé des moyens plus faciles d'enlever ses victimes que de voler les avions de barons de la drogue et de traverser le continent sud-américain. Ses actes n'avaient aucun sens.

— Je ne comprends pas pourquoi vous ne m'avez pas emmenée à l'hôpital. C'est presque comme si vous me reteniez captive, mais sans raison.

Patrick continua de scruter son visage, comme s'il cherchait une réponse à une question non exprimée. Il secoua la tête.

— Je ne peux pas vous emmener à l'hôpital.

— Pourquoi pas ? Le cartel ne peut pas avoir des espions partout ! Quand ils comprendront qu'ils ont fait une erreur en m'attaquant, ils me laisseront sûrement tranquille ?

Il s'assit sur une chaise à côté du lit, penché en avant, les jambes écartées, les coudes posés sur les genoux. Même si elle se sentait terriblement mal, elle était gênée à l'idée qu'un homme attirant soit assis près d'elle, alors qu'elle était à moitié nue dans le lit.

— Pourquoi le cartel vous laisserait-il tranquille ? demanda-t-il calmement. Ils ont des milliards de dollars et des pions partout. S'ils voulaient vous tuer, pourquoi vous *laisseraient-ils* tranquille ?

Sa colère se répercuta en écho contre les murs blancs.

Elle déglutit.

— Mais je n'ai rien fait de mal.

Sa lèvre se retroussa comme s'il pensait qu'elle mentait.

— Soyons sérieux.

Pourquoi ne la croyait-il pas ? C'était tellement insultant.

— Écoutez, ils ont fait une erreur. L'homme qui m'a poignardée m'a aussi attaquée la nuit précédente. Il m'a dit que le projet Gateway était terminé et que je devais le dire à mon patron. Mais mon patron n'avait pas la moindre idée de ce dont ils parlaient, lui non plus.

— Avez-vous été blessée la première nuit ?

Il la regardait d'un air circonspect, comme s'il ne la croyait pas, ce qui était dingue. Si elle en avait eu l'énergie, elle aurait levé les yeux au ciel. Pourquoi mentirait-elle sur tout ça ?

— Il m'a attachée, m'a fait mourir de peur, mais ne m'a pas fait de mal – pas à ce moment-là en tout cas. Il est évidemment revenu pour finir le travail.

Son énergie commença à la quitter. Ses yeux étaient lourds.

— Je l'ai signalé aux flics que j'ai trouvé plus effrayants que mon agresseur.

Son cerveau s'embrouillait. Elle soupçonnait qu'il y avait une sorte d'analgésique et de sédatif dans sa perfusion parce qu'elle n'avait plus mal, mais ne parvenait pas à garder les paupières ouvertes.

— Patrick ? demanda-t-elle en sentant la torpeur la gagner.

— Oui ?

Sa voix semblait proche, comme si ses lèvres étaient à côté de son oreille.

Elle tourna la tête en provenance du son, ouvrit les yeux et le trouva à quelques centimètres d'elle, la fixant avec une expression indéchiffrable.

— Merci de m'avoir sauvé la vie.

TRACEY WILLIAMS ENTRA dans le poste de police colombien et sourit au jeune officier qui s'ennuyait derrière le bureau. Il ne portait pas d'alliance et il avait cette vibration masculine amplifiée, débordant de virilité et de testostérone. Il faisait partie des personnes facilement manipulables. Elle était plus âgée que lui, mais elle restait en parfaite forme. Elle croisa ses bras sous ses seins, attirant l'attention sur son impressionnant décolleté mis en valeur par son chemisier blanc moulant. Puis elle se pencha légèrement pour lisser sa jupe gris tourterelle, lui arrivant juste au-dessus du genou. Les yeux de l'homme brillèrent. Bien. Désormais, elle avait toute son attention. Elle fixa ses yeux marron foncé en souriant, et vit ses pupilles se réchauffer.

— *Hola, mi nombre es Meredith Childs. Trabajo con la compañía de seguros.*

Je m'appelle Meredith Childs. Je suis de la compagnie d'assurance.

Une autre fausse identité. En fait, elle en avait tellement qu'elle avait presque oublié son vrai nom. C'était mieux ainsi.

— *Necesito ver el carro de alquiler que se quemó anoche para evaluar sus daños.*

Je dois voir la voiture de location brûlée la nuit dernière pour évaluer les dégâts.

Son espagnol ne contenait qu'une infime trace d'accent américain, mais, à son grand dam, il lui répondit dans un anglais parfait.

— Croyez-moi, *Señorita*, la voiture est une épave.

— Je comprends, Monsieur l'agent, mais si je ne vois pas personnellement le véhicule, je ne peux pas traiter la réclamation de la société de location, et ils ne peuvent pas porter plainte pour destruction de propriété contre le client.

Un regard d'incrédulité amusé traversa le visage du jeune homme.

Elle insista.

— Mon cabinet enverra des employés jusqu'à ce que l'un d'entre nous puisse voir la voiture. Vous savez comment sont les compagnies d'assurance.

C'était la même chose dans le monde entier.

Le jeune homme poussa un profond soupir et cria quelque

chose à travers une porte ouverte à des flics dans l'arrière-salle. L'endroit était bondé suite à un meurtre – celui de l'étudiant du Dr Lockhart pour être exact. Apparemment, *Mano de Dios* avait pensé que le gamin pourrait avoir une idée de l'endroit où sa responsable était partie, et avait essayé de le faire parler. Ils n'avaient absolument rien découvert. Les armes du cartel étaient la violence et l'intimidation, mais pas l'intelligence. Ils fonctionnaient aussi avec des pots-de-vin.

Elle aurait parié sa nouvelle BMW Z4 Roadster que l'enquête sur la mort de l'étudiant était déjà bouclée et que les flics avaient conclu que le Dr Audrey Lockhart était le principal suspect. Pauvre Audrey, tout ce qu'elle avait toujours essayé de faire, c'était de surmonter les déceptions et les tragédies de sa vie en s'enterrant dans le travail. L'avenir de la biologiste était de plus en plus sombre. C'était si triste. Dommage. La vie suivait son cours et vous deviez vous adapter. Ou mourir.

L'agent en uniforme la fit sortir par la porte d'entrée et contourner le bâtiment bas et trapu. Elle avançait avec précaution sur le béton chaud, fissuré et piqué dans ses escarpins noirs en cuir verni de 10 cm.

Il sortit des clés de sa ceinture et dit quelque chose à propos du temps. Elle sourit avec juste ce qu'il fallait d'éclat. L'expression de l'homme était plus détendue à présent. Attentive. Intéressée. Tout ça parce que son attache A pourrait s'adapter à sa fente B. C'était la seule forme de biologie qui l'ait jamais intéressée.

Ils approchèrent d'un vaste terrain rempli de voitures et de bateaux, entouré d'une clôture grillagée de trois mètres de haut. Une odeur âcre de fumée et d'essence imprégnait l'air. Un SUV brûlé se trouvait à l'arrière d'une dépanneuse. Le policier se hissa à l'intérieur de la cabine et commença à abaisser lentement le SUV sur le sol poussiéreux. Elle regarda de plus près quand le véhicule descendit à son niveau. Le bouchon du réservoir à essence était absent. De petits morceaux de ce qui ressemblait à du papier incinéré étaient collés à l'intérieur du tuyau. C'était clairement un incendie volontaire. Toutes les garnitures intérieures avaient fondu et l'intérieur n'était plus qu'un amas tordu de plastique et d'acier carbonisé. Il ne restait que le squelette des sièges. Celui qui avait allumé la mèche avait fait du bon travail.

La voiture s'immobilisa sur le sol avec un sursaut et un gémissement.

— Ont-ils trouvé des empreintes ? demanda-t-elle quand le policier éteignit le treuil.

— *Nada.* Nous avons envoyé un couteau et des échantillons de matériaux couverts de ce qui ressemblait à du sang au laboratoire criminel, mais nous ne savons pas s'il sera possible d'en tirer de l'ADN.

Il haussa les épaules de cette façon sexy et arrogante qu'avaient certains Latinos.

Le sang appartenait probablement à Lockhart. D'après les informations qu'elle avait récoltées, Lockhart avait miraculeusement tué l'un des singes dressés par le cartel, mais s'était fait poignarder au passage. Ce que Tracey cherchait à déterminer, c'était l'identité du mystérieux chevalier blanc qui avait volé au secours de la biologiste.

Malgré la dissimulation auprès du public, quelqu'un enquêtait activement sur la mort de Ted Burger – probablement quelqu'un du gouvernement américain. Tracey aurait été plus inquiète s'il s'était agi du projet Gateway, mais cette obscure organisation de justiciers avait mis un terme à ses activités de manière inattendue en décembre, et la cabale secrète s'était dissoute sans qu'elle ou son patron ne découvrent la véritable identité de ses membres. Burger avait été énervé par cette décision, mais il avait aussi eu peur. Elle s'était délectée de son regard lorsqu'elle lui avait dit que le projet Gateway l'avait envoyée pour se venger, mais elle n'avait pas vraiment envie d'attirer leur attention.

Tracey était assez intelligente pour faire preuve de prudence. Une fois qu'elle aurait trouvé qui était impliqué, elle saurait où commencer à chercher la chère mademoiselle Lockhart.

La mort d'un « assassin » arrangeait tout le monde. Surtout elle. Tracey avait voulu tuer Audrey par le passé, mais son amant ne l'avait pas laissée faire. Une erreur. Tracey n'aimait pas les erreurs.

Elle regarda le flic de haut en bas. Si elle ne pouvait pas obtenir ce dont elle avait besoin de ce type, elle devrait prendre le risque d'aller à la société de location de voitures et essayer de bluffer pour voir leurs dossiers. Elle prit des photos du véhicule sous tous les angles et consigna des notes sur son iPad pendant qu'il observait le contour de son ventre plat et de sa poitrine généreuse sous sa tenue de travail.

Elle se mordit la lèvre et fronça les sourcils.

— J'ai besoin du numéro d'identification du véhicule pour confirmer qu'il s'agit de la bonne voiture. Ensuite je peux clore le dossier de mon côté.

Elle fit un geste vers ses vêtements, qui n'étaient pas adaptés à l'exploration d'un véhicule incendié, et fit la moue.

— Je n'ai pas envie de trop m'approcher.

Il leva les yeux, le regard perspicace et calculateur.

Allez, mon beau. Donne-moi ce que je veux et je pourrais te rendre la pareille.

Elle sourit.

— J'ai les informations à l'intérieur, dit-il.

— Merci.

— Je vais vous les chercher.

Il était jeune, en forme, beau – contrairement à certaines personnes qu'elle avait baisées pour obtenir des informations. De retour au poste de police, l'agent se rendit à l'arrière du bâtiment et revint avec un épais dossier.

Elle le regarda avec avidité et vit son intérêt. Elle se mordit la lèvre et haussa les sourcils.

— Je suppose que vous n'avez rien là-dedans qui pourrait m'éviter un voyage à l'agence de location, n'est-ce pas ?

Elle se pencha sur le comptoir, offrant une belle vue sur ses seins enfermés dans un soutien-gorge en dentelle.

— Je dois être à l'aéroport à trois heures et je pense que ma pause déjeuner pourrait être mieux employée.

— *Señorita*, ce n'est pas possible, j'en ai peur, dit-il à voix haute.

Puis elle le regarda photocopier l'intégralité du contenu du dossier avant de le rendre aux agents à l'arrière.

Il mit ostensiblement les photocopies dans une grande enveloppe pendant qu'elle observait le moindre de ses mouvements. Il pensait qu'il avait le pouvoir, le contrôle, sans réaliser qu'elle le menait par le bout du nez avec une prise ferme sur ses jeunes couilles. Il tendit l'enveloppe et elle voulut la prendre, mais il ne la lâcha pas. Ses yeux sombres souriaient et il inclinait légèrement la tête, pas menaçant, mais suffisamment arrogant pour savoir qu'il avait quelques cartes en main.

— Je pourrais peut-être vous emmener déjeuner avant que vous ne preniez votre avion ?

— Ce serait très gentil de votre part.

Elle battit des cils.

— Mais, vu que mon patron est un con, ça dépend de ce qu'il y a dans l'enveloppe.

Elle jeta ses longs cheveux blonds par-dessus son épaule.

— Il ne sera pas content si je n'obtiens pas les informations dont j'ai besoin et je ne peux pas me permettre de me faire virer.

Il lâcha l'enveloppe et elle jeta rapidement un coup d'œil au nom et à la signature sur le contrat de location. Elle ne reconnut ni l'un ni l'autre. La photo sur le permis de conduire, cependant, la figea sur place. Son identité n'aurait pas dû la choquer. Mais ce fut le cas.

Elle aurait dû s'en douter. Une boule de haine grandit en elle. La personne responsable de sa disgrâce. Un homme dont les jolis yeux bleus et le sourire irrévérencieux étaient aussi célèbres à Langley que sa façon peu conventionnelle d'opérer. L'idée de ruiner sa réputation légendaire, de le faire passer pour un imbécile incompétent lui donna des frissons.

Elle frémissait d'impatience. Après toutes ces années, elle pouvait enfin le faire payer, lui et la CIA, pour avoir gâché sa vie. Mais pourrait-elle le faire sans se faire prendre ? C'était certes un défi, mais ce n'était pas impossible. Pas s'il ne s'y attendait pas. L'idée de prendre le dessus sur un homme comme ça était à la fois attirante et séduisante.

Le policier fit le tour du comptoir pour la guider hors du bâtiment jusqu'à sa voiture. En chemin, il lui murmura à l'oreille :

— Je connais un motel pas loin. Peut-être aimeriez-vous un autre type de déjeuner aujourd'hui ?

Les yeux chocolatés contenaient une sombre promesse.

— Peut-être.

L'information qu'il lui avait donnée valait la peine d'être célébrée. Lui donner l'opportunité de détruire l'homme qui avait gâché sa vie méritait bien une récompense.

Il se dirigea vers sa propre voiture avec une démarche toute masculine et elle faillit rire. Les hommes étaient si prévisibles – sauf son patron, son amant, son partenaire dans le crime. Elle ne savait jamais à quoi s'attendre de sa part, ce qui était probablement la raison pour laquelle elle était tombée amoureuse de lui.

Il pourrait ne pas te laisser exécuter ta vengeance, dit une petite voix intérieure.

Il suffit qu'il ne soit pas au courant avant que la question soit réglée, lui rétorqua-t-elle.

Elle comptait bien saisir sa chance. Et aussi imprévisible et brillant qu'il puisse être, en ce moment, il avait plus besoin d'elle qu'elle de lui.

Le flic s'arrêta à côté d'elle au volant de sa grosse voiture grise et brillante alors qu'elle démarrait le moteur de sa voiture de location. Une énorme poussée d'adrénaline la traversa. Elle bourdonnait d'énergie refoulée et du désir brûlant de montrer son vrai visage, ne serait-ce qu'à un étranger dans une chambre de motel payée à l'heure. Avoir un contact au sein du poste de police pourrait s'avérer utile.

Elle lui fit signe de la main et enclencha une vitesse, le suivant hors du parking vers la périphérie de la ville. Il valait mieux que Romeo soit à la hauteur de la tâche. Elle ne supportait pas qu'on la déçoive, comme l'espion et Audrey Lockhart s'apprêtaient à le découvrir.

———

KILLION REGARDA PENSIVEMENT Audrey sombrer dans un nouveau coma induit par les drogues. Pourquoi aurait-elle mentionné le projet Gateway dans son rapport aux flics ? Pourquoi aurait-elle fait ça ? Aucun membre de cette organisation ne voulait qu'elle éclate au grand jour.

Les faits n'avaient aucun sens. La situation n'avait aucun sens.

La nuit où il l'avait attrapée et attachée, elle lui avait dit qu'elle ne parlait pas espagnol, mais il avait *su* qu'elle mentait. Si quelqu'un lui demandait à présent son avis professionnel sur sa bonne foi, même s'il avait vu Hector Sanchez mourir de sa main, il dirait qu'elle avait dit la vérité. Cela soulevait l'horrible perspective qu'elle puisse être innocente.

Si elle l'était – un énorme *si*, mais si elle l'était, il était possible que le rapport de police qu'elle avait rempli au sujet de sa petite visite d'avertissement deux nuits auparavant ait effrayé quelqu'un qui avait décidé d'envoyer Hector Sanchez s'occuper définitivement du problème. Et, si Killion suivait ce raisonnement, cela signifiait qu'il était indirectement responsable de l'attaque dont elle avait été victime la veille et, par conséquent, de la mort de l'exécuteur en chef de Gómez.

Il pouvait vivre avec ce dernier point. Quant au premier…

L'épais bandage à la taille d'Audrey, la courbe lisse de sa joue et l'idée qu'elle pourrait être blanche comme neige firent naître une boule de remords dans sa gorge. Il ne voulait *vraiment* pas croire qu'elle pouvait être innocente, mais il avait déjà vu ce genre de déni auparavant, chez des gens qui avaient tellement dépassé les limites qu'ils ne pouvaient pas se permettre d'admettre qu'ils avaient pu faire une erreur. Ou peut-être son radar était-il déréglé à cause de son attirance pour elle ?

Il n'en savait rien – et il n'était pas habitué à cela non plus.

Il regarda le doux va-et-vient de sa poitrine pendant qu'elle dormait. Il y avait un air de naïveté en elle qui était difficile à simuler. Mais il y avait trop de preuves et trop de coïncidences pour croire que cette femme n'était pas impliquée. Soit elle se jouait de lui comme une cheffe – parce qu'il était prêt à l'envelopper dans du coton et à s'occuper personnellement d'elle dans *tous* les sens du terme – soit elle avait été piégée et il avait bêtement avalé une ligne attachée à un gros hameçon juteux.

Aucune de ces deux possibilités n'était acceptable.

La priorité était de la garder en vie. Ensuite, il devait interroger Audrey Lockhart aux yeux bleus violets et au sourire tremblant, car, qu'elle le sache ou non, elle détenait les réponses à ses questions.

Il ne pouvait pas se permettre de baisser la garde. Il y avait toujours la possibilité réelle qu'elle se joue de lui jusqu'à ce qu'elle ait la chance de mettre quelque chose de nocif dans son café. Elle ne serait pas la première femme à vouloir le tuer, mais elle serait la première biologiste spécialiste des batraciens à s'y risquer.

— Elle est dans les vapes ?

Noah revint dans la pièce avec une tasse de thé chaud. Killion avait toujours refusé de boire un tel breuvage avant de se retrouver coincé au milieu du désert avec une bande d'Anglais buveurs de thé. Il avait compris que le moyen le plus rapide de vaincre l'armée britannique était d'imposer un embargo sur Tetley.

— Totalement. Qu'est-ce que tu as mis dans sa perfusion ?

— De la morphine. Elle réagit bien aux antibiotiques par voie intraveineuse, mais elle va devoir rester sous antibiotiques pendant encore 48 heures au moins. Les points de suture partiront d'eux-mêmes. Je recommanderais de la garder sous sédatif léger jusqu'à ce que l'infection se résorbe, sinon elle va essayer de sortir du lit et être difficile à gérer.

— Elle ne va clairement pas être de tout repos.

Killion passa une main dans ses cheveux. Décidément. Cela ne faisait pas partie du plan.

Il entra dans la cuisine où Logan préparait le déjeuner. La télévision au mur était allumée sur la chaîne d'information locale espagnole.

Logan poussa un bol dans sa direction et lui lança un petit pain.

— On a un travail qui vient de tomber. On doit y aller ce soir. Tu peux faire profil bas ici avec ton amie si tu veux.

— Merci.

Killion se plongea dans son ragoût, sachant que Logan était un bon cuisinier grâce au temps qu'ils avaient passé ensemble en Afghanistan. Son téléphone crypté sonna et sa main se figea, sa cuillère à mi-chemin de ses lèvres alors qu'il consultait l'écran. Il n'avait pas réalisé à quel point il avait faim avant de commencer à manger.

C'était Jed Brennan.

— Je te manque déjà ? demanda Killion en continuant à mâcher.

— Autant que la chtouille. Vivi te dit bonjour, au fait.

— Je n'en doute pas.

La nouvelle compagne de Jed se rapprochait lentement de l'amitié avec Killion, mais elle n'en était pas encore là.

— Tu as quelque chose pour moi ?

Il prit une autre bouchée de ragoût et mâcha rapidement.

— Je vais t'envoyer des coordonnées, répondit Jed.

Il déglutit.

— Je pensais que ces lignes téléphoniques étaient sécurisées ?

— Oui, mais quand tu auras les coordonnées, tu comprendras. Tu as le champ libre pendant deux semaines avant le retour du propriétaire.

— La sécurité ?

— Aussi serrée que le cul d'un canard, dit Jed.

— Ce n'est pas au Wisconsin, hein ? Pitié, dis-moi que ce n'est pas au Wisconsin.

— Quel est le problème avec le Wisconsin ?

Killion savait que Jed allait mordre à l'hameçon.

— Rien, si tu es un paysan…

— Va te faire…

— Et puis il y a les Packers…

— Hé, mon pote, ne franchis pas cette ligne le prévint Jed. De toute façon, ce n'est pas l'État du blaireau. On a supplié, mais ils ne voulaient pas de toi.

Killion sourit et continua à manger son ragoût.

— Donc, deux semaines, poursuivit Jed, est-ce que c'est assez long pour, euh… obtenir les informations dont tu as besoin de la femme ?

Ses mots étaient mesurés.

Killion secoua la tête. Cela le contrariait que ses amis pensent qu'il pouvait être complice de torture, mais il perpétuait le mythe, et il obtenait des résultats.

— Ça dépend de quand je vais sortir les vis.

— Tu pourrais la séduire pour qu'elle crache le morceau. Ça ne devrait pas être un problème avec ta gueule d'ange et ton charisme.

La légèreté de Killion s'évapora instantanément.

— Va te faire voir.

Il poussa un soupir fatigué.

— Il y a quelque chose qui cloche. Je ne suis pas convaincu à cent pour cent qu'elle sache quoi que ce soit.

Il y eut une longue pause.

— Tu as dit que ça devait être elle. Tu as dit que tu en étais certain.

— Elle est impliquée, seulement je ne sais pas *comment*.

— Et le compte en banque ? Le poison ?

Il entendit la résignation dans la voix de Jed. Puis le gars poussa un juron.

— Pourquoi le tueur n'aurait pas simplement tiré sur ce bâtard ?

Jed avait l'air fatigué tout d'un coup. Sans doute Brennan était-il revenu travailler trop tôt après avoir failli mourir dans l'exercice de ses fonctions.

Mais pour l'heure, Killion était reconnaissant. Il avait besoin de toute l'aide qu'il pouvait obtenir des gens en qui il avait confiance.

— Rends-moi service, essaie de voir s'il y a un moyen de mettre la main sur un rapport de police qu'Audrey Lockhart dit avoir rempli avant-hier soir.

— La nuit où tu l'as mise en garde ?

— Oui. Elle dit qu'elle a porté plainte. Je veux savoir exactement ce qu'elle a dit et ce que les inspecteurs ont fait de cette information. Comment va Frazer ? fit Killion en changeant de sujet.

— Touché par le virus de l'amour apparemment.

— Tu te fous de moi ? C'est pire que de perdre George Clooney. C'est comme une maladie contagieuse. Toutes mes icônes de célibataires endurcis sont en train de disparaître.

— Je suis sûr que tu n'auras jamais ce problème.

La douleur le frappa soudain. Il la cacha sous son habituel ton badin.

— Parce que je ne pourrais jamais priver la population féminine de leur étalon préféré ?

— Parce que tu ne restes jamais assez longtemps au même endroit pour rencontrer une femme.

Il y eut une autre courte pause.

— Et tu ne les laisses jamais s'approcher plus près que ton lit.

Il sentit sa gorge se serrer.

— Ça suffit pour ce que j'ai en tête.

— Ne fais pas le con.

— Sérieusement ?

— Désolé, j'ai oublié à qui je parlais.

Jed rit, mais Killion entendit quelque chose derrière l'humour. De la frustration, parce que Killion ne parlait pas de choses personnelles avec qui que ce soit.

Il n'était pas un ado. Il était agent de renseignement pour la Central Intelligence Agency.

— Dans ma profession, il est plus sûr de ne pas s'aventurer sur ce terrain. Pour leur bien et le mien, lâcha-t-il.

Où avait-il trouvé cette réplique ?

— Ça a l'air d'être une profession merdique.

— Comme si le FBI était mieux loti.

— Je ne m'en sors pas trop mal.

Il perçut la suffisance dans le ton de Jed.

— C'est parce que tu as une belle rousse avec qui te mettre au lit tous les soirs.

— Pas tous les soirs.

Jed avait l'air énervé à présent.

— Elle est à Fargo en train d'emballer ses affaires et celles de Michael pour mettre sa maison en vente. Je comptais l'aider, mais avec Frazer hors service, on est à court de personnel. J'ai même une nouvelle recrue à former.

— Frazer reviendra vite.

— Je suis plus inquiet pour Vivi et Michael.

— Inquiet qu'elle te quitte pour quelqu'un de plus beau ?

— Avec des amis plus gentils, acquiesça Jed.

Killion ressentit une pointe de jalousie devant la vie de Jed. Le type s'était fait tirer dessus et avait failli mourir, mais il avait une femme farouchement loyale dans sa vie et son enfant très mignon, et la gratitude éternelle du président des États-Unis. Il avait aussi un travail qu'il aimait, avec des collègues qu'il ne rechignait pas à voir tous les jours.

La plupart des collègues de Killion étaient consignés à Langley pour une raison. En dehors de Crista, ses personnes préférées étaient celles qui étaient affectées à l'étranger – comme le chef du bureau régional du Pakistan, qui avait aidé Killion à surmonter de nombreuses erreurs interagences, y compris une fois où le département d'État avait accidentellement divulgué à la presse tous les noms des membres de la CIA opérant en Asie du Sud-Est. Et une autre fois où une équipe de Navy SEALs avait été déployée pour sauver trois femmes otages qui avaient déjà réussi à s'échapper avec l'aide d'un contact de la CIA que Killion avait sollicité. Heureusement, les preneurs d'otages n'avaient pas découvert les SEALs ou la disparition des otages, et tout le monde était rentré vivant.

Ces deux dernières années, il avait été rattaché à l'unité antiterroriste, puis avait collaboré avec le FBI. Il n'avait jamais connu une telle liberté avec l'Agence et il aimait ça. Mais il avait le sentiment que cette autonomie allait prendre fin, dès qu'il aurait découvert qui se cachait derrière la disparition prématurée de Ted Burger.

— Je dois y aller, dit soudain Jed. J'ai un agent dans l'État de New York sur l'autre ligne. Une série de meurtres dans une université prestigieuse. Des riches énervés et des étudiantes massacrées… Ça sent mauvais. On va s'en prendre de tous les côtés.

Le travail de Jed n'était peut-être pas aussi enviable que cela en définitive.

— N'oublie pas de regarder le rapport de police pour moi, lui rappela Killion.

— Tout de suite. Je t'envoie les coordonnées en ce moment même. Deux semaines. Parker s'est arrangé avec les propriétaires.

Ils raccrochèrent et Killion se replongea dans son ragoût, l'appétit retrouvé, jusqu'à ce que Logan saisisse la télécommande et augmente le volume de la télévision. La photo d'identité d'Audrey apparut à l'écran, ainsi que celle d'un jeune homme, un étudiant apparemment, qui avait été retrouvé mort dans son appartement tôt ce matin-là. Killion arrêta de manger. Décidément. Le journaliste parlait avec excitation à la caméra. Le professeur Lockhart avait disparu et on ne savait pas encore si elle était la tueuse ou une autre victime. Aucune mention d'Hector Sanchez ou d'avions volés. Gómez avait dû se débarrasser du corps d'Hector pour ne pas paraître faible devant ses concurrents.

Killion fixait l'écran, ne le voyant plus vraiment. Gómez s'en était pris à Audrey par l'intermédiaire de son étudiant – mais si elle était l'assassin comme on voulait le faire croire à Killion, alors à quoi bon procéder ainsi ? Une professionnelle serait partie depuis longtemps et son élève n'en aurait rien su. La personne qui l'avait engagée le savait forcément. C'était un autre « fait » qui ne collait pas avec l'image globale de cette biologiste spécialiste des batraciens censée être une tueuse impitoyable.

Son téléphone bipa. Il avait les coordonnées de la planque. Killion sourit et secoua la tête lorsqu'il consulta le GPS et vit que l'endroit se trouvait au beau milieu de l'océan.

Il tourna l'écran de son portable vers Logan, qui haussa les sourcils.

— On a une destination, mais je vais avoir besoin d'un véhicule.

CHAPITRE SIX

L A SITUATION NE semblait pas aussi amusante cinq heures plus tard. Dès que le soleil avait disparu du ciel, ils avaient fait leurs bagages et s'étaient rendus sur un autre aérodrome. Killion tenait dans ses bras le corps inconscient d'Audrey sur la banquette arrière du SUV. Elle était pâle et il y avait une trace de sueur fraîche sur son front.

— Je n'aime pas la déplacer, dit Noah pour la dixième fois en se retournant sur le siège passager.

— On n'a pas vraiment le choix. Gómez veut lui mettre sur le dos le meurtre de son étudiant. Les flics ne vont pas s'embêter à écouter une autre explication si on leur livre la coupable dans un joli paquet cadeau.

Killion resserra ses bras sur le corps de la femme.

— Je ne peux pas la protéger si elle est en détention.

— Son état s'aggrave, insista Noah.

— La dernière chose dont tu as besoin, c'est que les flics débarquent sur le pas de ta porte et découvrent que tu héberges une fugitive recherchée.

— Ils ne la trouveront pas, fit Noah en avançant le menton.

— Comment le saurais-tu ? demanda Killion sur un ton de défi. Tu ne seras pas là.

— Il n'a pas le choix et nous non plus, fit Logan, soutenant

Killion depuis siège du conducteur. Elle doit quitter le pays et c'est le moyen le plus rapide et le plus efficace d'y parvenir.

— Tu m'as donné les instructions pour faire baisser sa fièvre, les médicaments et les antibiotiques, ajouta Killion, essayant de rassurer le jeune homme.

— Ça ne fait pas de toi un foutu docteur.

Noah n'avait pas l'air content.

Killion ne dansait pas vraiment la gigue lui-même.

— On peut l'emmener dans une clinique quelque part sur le continent.

Noah intercepta un regard entre Logan et lui.

Ils savaient tous que ce n'était pas possible.

— Au moment où elle entrera dans le système, c'est comme si elle était morte, déclara brusquement Killion.

Noah soutint son regard.

— Elle pourrait quand même mourir.

— Ça n'arrivera pas, rétorqua-t-il d'un ton cassant.

Il serra les lèvres pour ne rien dire d'autre. Il ne sortait pas facilement de ses gonds, mais quand c'était le cas, c'était difficile de lui faire reprendre ses esprits. Ces gars l'aidaient et il leur était redevable, mais il ne voyait pas d'alternative qui n'impliquait pas de sacrifier Audrey au cartel. Or il comptait bien l'éviter, à n'importe quel prix. Elle avait des informations dont il avait besoin.

— J'ai un plan B si jamais son état empire.

Ses amis du FBI ne seraient pas ravis à l'idée de faire passer secrètement Audrey aux États-Unis pour des soins médicaux d'urgence, mais Killion était passé maître dans l'art d'obtenir ce qu'il voulait. Il ferait en sorte que tout se passe bien.

Noah garda le silence cette fois. Logan quitta la route principale et s'engagea sur un chemin de terre si étroit que les arbres touchaient le SUV de chaque côté. Ils s'arrêtèrent brusquement et Noah sortit pour ouvrir un portail.

— C'est ici ?

Killion pouvait tout juste distinguer une ouverture dans la canopée qui était de la taille d'un terrain de basket.

— S'il te plaît, dis-moi qu'on ne va pas aller en montgolfière aux Caraïbes ?

Logan sourit.

— Ne fais pas ta mauviette.

Il conduisit le SUV dans un grand garage. Ils sortirent, Killion portant toujours Audrey dans ses bras. Logan et Noah prirent son sac de voyage et leurs lourds sacs à dos, et verrouillèrent le garage derrière eux. Killion n'avait pas demandé où les anciens soldats allaient – il avait simplement accepté leur offre de les déposer, lui et Audrey, en cours de route.

Un bourdonnement vibrait dans le ciel nocturne, lointain, mais de plus en plus fort. Killion reconnut le bruit datant de son séjour en Afghanistan, et remonta Audrey plus haut dans ses bras. Qu'allait-elle penser en se réveillant ?

— Sympa votre moyen de transport, les gars. Le privé doit bien payer.

Logan eut un sourire éclatant.

— On gagne mieux notre vie que les espions du gouvernement.

— Ça, c'est sûr et certain.

Killion rit, puis se rendit compte que les yeux vitreux d'Audrey étaient ouverts et le regardaient. Logan eut une grimace d'excuse. Ils avaient baissé la garde et oublié qu'il y avait un potentiel élément hostile parmi eux. Mais cela n'avait pas d'importance. Ses yeux se refermaient déjà et il doutait qu'elle se souvienne de quoi que ce soit.

Le bruit de l'hélicoptère en approche était de plus en plus fort. Finalement, une silhouette sombre apparut au-dessus de la forêt. Les rotors vinrent frapper les feuilles des arbres environnants et le vent rabattant les obligea à lutter pour rester debout et éviter les débris volants. L'hélicoptère se posa en douceur au milieu du champ. Killion gardait les yeux rivés sur le pilote, éclairé sur le siège avant. Une fois que le gars leur donna le signal, ils se précipitèrent tous vers l'élégant hélicoptère noir. À l'intérieur, six hommes étaient équipés de la même manière que Logan et Noah, lourdement armés, le visage noirci. Même si Killion connaissait ces gars, il ne les aurait pas reconnus ce soir-là. C'était probablement une bonne chose.

L'un des hommes prit Audrey dans ses bras et l'allongea sur le sol entre deux rangées de bottes tactiques. Quelqu'un d'autre mit une couverture sous sa tête et un autre homme prit la poche à perfusion de manière à ce qu'elle pende entre ses genoux.

Killion s'attacha et mit un casque.

— Léger détour, les gars, annonça Logan aux autres dans son casque. On doit déposer ces deux tourtereaux dans leur suite nuptiale en chemin.

Noah sourit.

— C'est une mission difficile, mais quelqu'un doit le faire.

Killion lui sourit en retour, même s'il ne se réjouissait pas de ce qui l'attendait avec Audrey.

Ses dents blanches brillèrent dans l'obscurité.

— Si tu veux échanger… proposa Noah avec une lueur dans les yeux.

— Peut-être la prochaine fois.

Son sourire se fit plus tranchant. La réputation de Noah auprès des dames était probablement pire que la sienne. Noah ne se serait jamais comporté de manière inappropriée tant qu'elle était malade, mais une fois guérie… Bon sang, oui, il serait aussi inapproprié qu'elle était prête à l'être.

Puis ils décollèrent et tout le monde se tut, regardant les lumières de Carthagène devenir de plus en plus petites à l'ouest alors qu'ils se dirigeaient vers le nord-est. Soudain, ils se retrouvèrent au-dessus de l'océan, les pales fendant l'air et créant un pouls urgent qui palpitait au-dessus de l'eau. Son regard se tourna vers Audrey qui gisait immobile et vulnérable sur le sol de l'hélicoptère.

Avait-elle réalisé que sa vie venait de prendre un tournant radical ? Ou était-elle trop souffrante pour discerner autre chose que la douleur et l'inconfort ? Si elle était coupable, elle avait probablement un millier d'options pour disparaître. Mais si elle était innocente… si c'était vraiment une biologiste qui se battait pour sauver des grenouilles, son monde venait de s'écrouler et elle ne le réalisait même pas encore.

———

AUDREY GISAIT DANS l'obscurité, persuadée d'avoir atterri en enfer. Il faisait nuit noire, mais le flash d'une lumière rouge illuminait la silhouette d'un homme portant des vêtements militaires sombres et de la peinture sur le visage. Ses yeux se révulsèrent et elle parvint de justesse à rester consciente. Quelque chose bougea et quelque part dans les recoins sombres de son esprit, elle réalisa qu'il y avait un autre homme, puis un autre. Le bruit sourd qui l'enveloppait était celui d'un hélicoptère. Elle était dans un hélicoptère et ils étaient dans les airs…

Elle essaya de secouer la tête et sentit une main sur son épaule.

— Ne bougez pas, cria quelqu'un pour couvrir le vacarme.

Elle reconnut l'accent – c'était le même Britannique que plus tôt.

— Vous allez vous en sortir, mais ne bougez pas ou vous allez arracher l'intraveineuse. Les antibiotiques aident à combattre l'infection.

Les doigts serrèrent son épaule pour la rassurer, puis la relâchèrent la pression.

Ainsi donc, elle n'était pas encore morte.

Elle commençait à regretter de ne pas l'être.

Elle se sentait si mal qu'elle ne se souciait pas de toutes ces paires d'yeux braqués sur elle. Elle ne se souciait pas d'être allongée sur le sol d'un hélicoptère, entre les pieds de ce qui ressemblait au casting d'un film de Tom Clancy.

Elle scruta les environs et trouva finalement une paire d'yeux familiers qui brillaient dans l'obscurité. Il était toujours là. Son sauveur. Elle ravala le sentiment inattendu de soulagement. Son rythme cardiaque se stabilisa et elle prit une profonde inspiration. Son sauveur était toujours avec elle. Il essayait toujours de la protéger. Elle ne savait pas ce qui se passait ni qui étaient ces gens, mais elle faisait confiance à cet énigmatique inconnu qui faisait tout son possible pour qu'elle survive.

IL REGARDA L'ECRAN et consulta les manifestes de deux conteneurs de transport en partance de Colombie pour l'Australie. Il avait placé des personnes clés à des endroits stratégiques de son organisation, grassement payées pour s'assurer que le contenu de certaines cargaisons ressemble en tous points à la cargaison prévue. Ces personnes veillaient également à ce que personne ne remarque la disparition d'une partie de l'inventaire à l'autre bout. Tracey s'occupait de tous les réfractaires.

Cette cargaison contenait assez de crack pour satisfaire ses partenaires colombiens, même s'ils n'avaient pas encore réussi à trouver Audrey Lockhart.

Les Mexicains étaient des concurrents redoutables et, avec les Dominicains, ils contrôlaient pratiquement tout l'approvisionnement en drogue de New York et de la côte Est. La DEA se concentrait sur la surveillance des circuits d'expédition traditionnels : les mules, les véhicules trafiqués en provenance du Mexique ou entrant par les milliers de kilomètres de frontière canadienne non surveillée. Ils ne s'intéressaient pas aux entreprises très respectables expédiant des produits manufacturés dans le monde entier.

Il appela son assistante et lui demanda de réserver un dîner dans un restaurant chic pour le soir. La vie devait continuer comme si de rien n'était, et c'était exactement ce qu'il devait faire.

Son téléphone prépayé sonna. Il décrocha sans rien dire. Elle l'avait bien formé.

Après quelques instants, Tracey Williams dit :

— Elle s'est évaporée.

Et merde. Il serra le poing. Audrey ne pouvait pas s'échapper. Il avait passé trop d'années à élaborer son plan pour échouer maintenant.

— Elle est recherchée pour meurtre, dit-il. Jusqu'où peut-elle bien aller ?

— Tout dépend de qui l'aide et de la chance qu'ils ont.

Quelque chose dans son ton fit s'accélérer son pouls. Tracey était intelligente et assoiffée de sang. Il avait découvert sa véritable identité des années plus tôt et se servait d'elle pour arriver à ses fins depuis lors. Elle était amoureuse de lui et pensait qu'ils seraient ensemble un jour. Il prenait soin d'entretenir cette impression.

— Tu sais avec qui elle est ? demanda-t-il.

— Oui.

Son ton était prudent. Elle était toujours prudente.

— Mais tu ne sais pas où ils sont, conclut-il.

— Ce n'est qu'une question de temps avant que je ne le découvre.

Il en avait assez d'attendre. Audrey aurait dû mourir des années plus tôt. Il déplia lentement ses doigts et regarda l'écran de son ordinateur. L'écran de veille montrait deux filles, Audrey et Rebecca, souriant à la caméra. Elle avait été prise le même mois où Rebecca avait été abattue dans la rue. Sa bouche s'assécha et une colère froide l'envahit.

— Je veux que tout ça soit réglé.

— Aucun problème.

Il y avait bien un foutu problème. Il tapa sur le bureau.

— Fais-le.

Il raccrocha et regarda par la fenêtre. Plus vite Audrey Lockhart rejoindrait Rebecca six pieds sous terre, mieux ce serait. Cela aurait déjà dû être réglé cinq ans plus tôt.

CHAPITRE SEPT

LES GENS QUI lui avaient dit qu'il était un crétin et qu'il était vraiment trop con avaient peut-être raison. Killion aurait été prêt à n'importe quoi pour revenir sur ses choix et emmener sa jolie petite spécialiste des batraciens dans un vrai hôpital avec de vrais médecins. Au cours des 36 dernières heures, il s'était battu sans relâche pour la garder en vie.

L'eau était glacée lorsqu'il entra dans l'énorme baignoire, avec une femme en plein délire dans les bras. Une femme qui venait d'atteindre une température de 40 °C. Il savait qu'il y avait un risque d'arrêt cardiaque avec ce qu'il allait faire, mais c'était la seule chose à laquelle il pouvait penser pour empêcher son cerveau de griller. Il s'enfonça dans les profondeurs glacées et sentit ses bourses se rétracter jusqu'au point de non-retour.

— Nom d'un chien.

Adieu virilité, c'était sympa le temps que ça a duré.

Il serra les dents alors que l'eau montait, se rapprochant du haut de la baignoire, mais sans déborder. La tête d'Audrey reposait sur son épaule, se ballottant d'une manière qu'il n'aimait pas. Il ne voulait pas qu'elle meure.

Ils étaient tous les deux nus. C'était plus facile comme ça et elle était trop dans les vapes pour s'en soucier. Quoi qu'il en soit, sa queue n'était plus qu'un nœud glacé inutile qui ne se remettrait probablement jamais de cette expérience. Cela lui apprendrait à croire qu'il pouvait tout gérer lui-même. Il frissonna, mais la peau d'Audrey était brûlante. Il n'avait plus d'antibiotiques pour l'intraveineuse depuis quatre heures, alors il écrasa des comprimés et les mit sur sa langue. Désormais, tout ce qu'il pouvait faire, c'était la garder hydratée et essayer de maintenir sa température corporelle dans la plage normale – normale pour une forte fièvre, en tout cas.

— Ne mourez pas, lui murmura-t-il à l'oreille, en la serrant plus fort et en essayant d'ignorer le fait qu'il avait une vue imprenable sur ses seins nus.

Il avait protégé sa blessure avec du plastique et faisait attention à ne pas y toucher.

Il n'était pas un connard, mais il n'était pas aveugle, et il ne savait pas s'il devait être reconnaissant ou horrifié quand il sentit sa queue remuer. Au moins, tout fonctionnait toujours en bas.

À quoi pensait-il, bon sang ? À jouer à Dieu avec la vie de quelqu'un ? Mais peu importait à quel point il s'en voulait, il savait que c'était le seul choix possible.

— S'il vous plaît, ne mourez pas.

Il avait déjà un village plein de morts sur la conscience. Il ne pourrait pas en supporter davantage. Il écarta ses cheveux de son front. Puis il prit son poignet et chercha son pouls près de ses délicates veines bleues. Il était très rapide, ce qui ne laissait rien augurer de bon.

Il pressa ses lèvres sur sa tempe ; elle était encore brûlante alors qu'il commençait à claquer des dents. Elle laissa échapper un petit gémissement et commença à se tordre dans ses bras. Il la serra plus fort contre lui.

— Allez, Aud. Battez-vous. Restez en vie et si vous êtes

innocente, je jure devant Dieu que je ferai tout ce qui est en mon pouvoir pour vous tirer de ce pétrin.

Après cinq minutes de plus, ses bras tremblaient tellement qu'il craignait de ne pas pouvoir la soulever s'il attendait plus longtemps. Il tira sur la bonde avec son pied droit et se redressa maladroitement à l'aide de ses coudes.

Il trouva une grande serviette moelleuse et en enveloppa soigneusement la femme dans ses bras. Du haut de son 1,60 m, elle s'accrochait vaillamment, luttant pour la vie de toutes ses forces. Elle lui rappelait sa grand-mère – petite, mais fougueuse, comme il le lui avait dit quand il l'avait ligotée sur le sol de sa cuisine et qu'elle s'était quand même jetée sur ses couilles.

Il l'allongea sur le lit et prit une autre serviette, l'utilisant pour essorer l'eau de ses cheveux, puis la tapota pour la sécher, faisant tout son possible pour ne pas penser au fait qu'il s'agissait d'une femme vivante. Il retira le plastique recouvrant sa blessure et examina de près la plaie irrégulière. Elle guérissait bien. Il n'y avait rien de bizarre ou de sexuel dans ses actes – il essayait de la garder en vie. Malgré tout, dès qu'elle fut sèche, il attrapa un T-shirt ample qui appartenait au propriétaire de la maison et le passa sur la tête et les bras d'Audrey – ce qui n'était pas une mince affaire – et ajusta le drap pour la rendre décente.

Il n'avait jamais été offensé par quiconque voulait se promener nu, mais c'était un choix, et en ce moment Audrey n'avait pas le choix.

Il se sécha et sortit un caleçon de son sac de voyage. Un bruit le fit sursauter, et il réalisa qu'Audrey tremblait tellement qu'elle claquait des dents. Merde, avait-il refroidi son corps trop vite ou était-ce une progression naturelle de la fièvre ? Il n'en avait aucune idée. Il resta planté là à se demander ce qu'il devait faire. Puis il se glissa dans le lit gigantesque, enveloppa son corps contre le sien et la réchauffa du mieux qu'il put. Elle se blottit contre lui. Leurs corps s'imbriquaient parfaitement.

— Allez, Aud. Vous pouvez le faire, ma belle.

Elle tremblait dans ses bras, et il constata que ses yeux à lui se fermaient lentement, son cerveau se libérant enfin de la folie des trois derniers jours. Le sommeil le gagna, entouré de draps blancs doux et de l'odeur pure et propre d'une femme. Peu importe qu'elle soit une tueuse impitoyable, il voulait juste qu'elle vive.

———

TRACEY WILLIAMS ETAIT retournée aux États-Unis dans le but d'aller faire un tour à la dernière adresse connue de Patrick Killion. Bien entendu, elle n'était pas assez stupide pour s'y introduire. Un homme comme Killion serait forcément préparé aux intrusions et n'aurait probablement rien laissé d'utile chez lui de toute façon. D'après ce qu'elle avait pu découvrir, le type n'avait pas de famille. Il avait été engendré un jour dans le seul but de ruiner sa vie.

Assise dans son hôtel, elle avait parcouru les informations en provenance d'Amérique du Sud et d'Amérique centrale, à la recherche d'indices sur l'endroit où Killion et Lockhart pourraient se trouver. Elle regarda de nouveau un reportage qui avait attiré son attention. Un grand pétrolier approchant le canal de Panama depuis les Caraïbes aurait été détourné quelques jours auparavant et les pirates auraient menacé de forcer les portes du canal si les Panaméens ne payaient pas une rançon de 50 millions de dollars. Des cacahuètes comparées au coût de la fermeture de ce canal d'expédition, même pour quelques jours. Le Panama avait apparemment collaboré avec la Colombie pour reprendre le navire et – quel dommage – tous les pirates avaient été tués pendant la libération.

Il fallait éviter que des terroristes potentiels pensent que c'était une bonne idée.

Mais le Panama et les Colombiens n'étaient généralement pas en bons termes, et la situation était alarmante. Elle prit le téléphone et appela un contact, Peter. Ils parlèrent de tout et de rien, se donnèrent rendez-vous pour boire un verre pendant qu'elle était en ville, puis passèrent aux choses sérieuses.

— Peux-tu me donner des détails sur la compagnie utilisée pour le sauvetage de ce pétrolier près de Panama ?

Ses questions ne sembleraient pas trop farfelues. La société pour laquelle elle travaillait expédiait chaque année des milliards de dollars de marchandises dans le monde entier. La piraterie n'était pas une mince affaire.

Il y eut une longue pause pendant que Peter accédait aux informations.

— C'était un groupe appelé « Penny Fan Solutions ».

Elle avait l'impression de manquer quelque chose.

— Je suppose que tu ne sais pas qui en est le propriétaire ?

Elle l'entendit taper.

— Il y a une société-écran, mais – il pianota à nouveau sur son clavier– pour autant que je sache, elle est enregistrée au nom d'un type appelé Logan Masters.

Elle s'adossa à sa chaise et fixa le plafond en souriant. Elle aurait dû s'en douter. Killion s'était tourné vers ses vieux copains du SAS pour sortir de Colombie. Elle leva les yeux au ciel, s'en voulant d'avoir mis si longtemps à comprendre.

Avait-il emmené Lockhart avec lui ? Évidemment. Si elle n'était pas avec lui, il n'aurait pas besoin d'être sous couverture.

— Il te fallait autre chose ? demanda Peter.

— En fait, oui.

Elle se pencha à nouveau sur sa chaise.

— Tu sais s'ils ont décollé directement de la Colombie jusqu'au pétrolier ?

C'était une question un peu étrange, mais elle le récompenserait généreusement.

Il y eut un moment de silence avant qu'il ne réponde :

— Non. Ils ont approché le pétrolier depuis une frégate de la marine américaine basée dans les Caraïbes.

Hmmm.

Elle attendit, les nerfs tendus comme des cordes de guitare. Killion aurait-il embarqué sur un navire de guerre avec une fugitive recherchée ? Peut-être, s'il connaissait le capitaine. Cela rendrait Lockhart pratiquement intouchable.

— Je regarde des données satellites qu'on a sur les avions dans la région. On y a consacré des ressources supplémentaires après le détournement du bateau. On dirait que l'hélicoptère a fait un détour par le nord avant de se diriger vers la frégate. Peut-être pour faire le plein ou aller chercher quelqu'un ?

Ou déposer quelqu'un.

— Peux-tu me dire où il est allé ?

— Une île minuscule qui appartient aussi à une société de sécurité privée, mais celle-ci est basée à Washington. Consultants en sécurité Cramer, Parker et Gray. Ça ressemble plus à un cabinet d'avocats. Je me suis clairement trompé de branche.

Elle rit.

— Sans blague. Je t'en dois une.

Peter lui envoya les coordonnées de l'île.

— À bientôt.

— J'ai hâte d'y être.

Elle le remercia, raccrocha et brandit le poing. Le type n'était pas génial au lit, mais il lui donnait de bonnes informations et il avait toujours été gentil avec elle, contrairement à d'autres. Elle devait généralement le faire boire parce qu'il était mal à l'aise par rapport à sa femme, mais elle ne lui mettait jamais la pression et faisait toujours en sorte qu'ils passent un peu de bon temps, de manière inoffensive. Elle avait besoin de le garder de son côté. Bien sûr, elle aurait pu le faire chanter, mais un dîner et une pipe, c'était bien moins d'efforts.

Avec une vision d'ensemble, elle avait trouvé la localisation exacte de Killion, qui se croyait si intelligent. Il était prévisible, car il utilisait ses amis et ses relations plutôt que de se débrouiller seul. Elle chercha l'île sur Google Earth. Complètement isolée et vulnérable. Elle aurait aimé s'occuper de ce travail, mais c'était logistiquement impossible. Et qui savait ce qu'un baron de la drogue colombien ferait à un agent actif de la CIA ? Elle grimaça. Quoi que ce soit, ce ne serait pas joli. *C'est la vie.*

Elle décrocha le téléphone et transmit l'information à son partenaire, qui était en mode « patron » et visiblement inquiet du niveau d'incompétence de ses amis colombiens.

Il ne lui demanda pas quand elle rentrerait.

Énervée, elle jeta son stylo et prit son sac à main. Elle était sur le point d'aller faire du shopping et d'acheter quelque chose de beau pour se faire plaisir, et il allait payer la facture. Des diamants, décida-t-elle, pour tous les hommes qu'elle avait dû baiser et les connards qu'elle avait dû tuer. Elle méritait quelque chose de joli, d'éternel, quelque chose qui reflétait sa véritable valeur, même lorsque le reste du monde était déterminé à la prendre pour acquise.

CHAPITRE HUIT

LA FIEVRE D'AUDREY était tombée quelques heures plus tôt. Elle dormait désormais paisiblement sous le regard de Killion, assis sur une chaise voisine. Sa peau était pâle et elle avait l'air d'avoir une quinzaine d'années. Ses cheveux noirs étaient éparpillés sur l'oreiller blanc comme neige, et ses cils sombres drapaient les lourds cernes sous ses yeux. Il l'avait à peine quittée au cours des deux jours précédents, sauf pour vérifier les provisions, s'assurer qu'il n'y avait pas d'indication sur l'endroit où ils se trouvaient ou à qui appartenait cet endroit. Il ne voulait pas que cette opération ait des répercussions si Audrey Lockhart s'avérait être l'assassin qu'il soupçonnait initialement.

C'était la nuit, et la lune argentée brillait dans le ciel bleu marine. Il regardait par une baie vitrée l'orbe se refléter sur la mer calme des Caraïbes.

C'était un endroit paradisiaque. Parfait. Tranquille, indolent, et riche. La maison était construite à flanc de colline sur la face abritée d'une île d'environ 1,5 km de large sur 3 km de long. Elle avait sa propre plage, son propre héliport et, selon toutes les sources d'information qu'il avait repérées et retirées, elle appartenait à une certaine Haley Cramer, l'une des partenaires de l'entreprise de sécurité haut de gamme d'Alex Parker.

La maison disposait de l'eau courante, de l'électricité grâce à des panneaux solaires et d'un générateur de secours. Le garde-manger était plein et les congélateurs remplis de denrées allant du lait au steak. La terrasse principale offrait une vue fantastique sur le coucher de soleil dont Killion n'avait pas encore pu profiter.

C'était *L'Île de Nim* sous stéroïdes.

Il alla chercher un T-shirt propre dans son sac. Ses affaires étaient dans la même pièce, car c'était le moyen le plus simple de s'occuper d'elle tout en se reposant de temps à autre. En y réfléchissant, c'était la première femme avec laquelle il avait passé la nuit depuis plus de dix ans. C'était étonnamment bon de tenir quelqu'un dans ses bras. Bien sûr, elle était dans les vapes.

Ses échanges habituels avec le sexe opposé, en dehors du travail, étaient plutôt du genre délit de fuite. C'était pour leur propre bien. Il était franc quant à ce qu'il cherchait ; un peu de bon temps, de quoi se changer les idées, et aucune attente au-delà d'un peu de tango nu suivant les goûts de la femme. Il n'avait pas un métier normal. Il n'avait pas une vie normale. Il ne pouvait pas non plus mettre en avant son métier afin d'excuser son comportement. Sa vie était une série de secrets empilés les uns sur les autres comme un millier de toiles d'araignée, chaque couche complexe et discrète. Dans ce métier, il fallait construire suffisamment de mensonges et parfois même finir par oublier d'où vous veniez – et c'était mieux ainsi. Cela protégeait les quelques personnes au monde auxquelles il tenait.

Il bâilla ostensiblement. Logan et Noah l'avaient aidé à porter Audrey et leur équipement sur une série de marches raides depuis l'héliport. Killion et Audrey étaient bloqués sur l'île jusqu'à ce que quelqu'un arrive en hélicoptère ou qu'ils fassent signe à un bateau de passage. Parfait pour l'intimité, moins idéal en cas d'urgence, comme il l'avait découvert un jour trop tard.

Pourtant, il était presque sûr qu'elle avait surmonté le pire. Elle avait l'air de pouvoir survivre. Non pas que cela ait vraiment de l'importance. C'était juste une suspecte. Une « détenue » jusqu'à ce qu'il décide du contraire. Il serra les poings. Il regarda ses lèvres douces et s'intima de ne pas se laisser duper, sans quoi il pourrait se retrouver à boire de l'arsenic dans sa prochaine tasse de café.

Épuisé, il reposa ses yeux un moment.

Lorsqu'il se réveilla en sursaut dans le fauteuil en cuir quelques heures plus tard, la pièce était baignée d'une faible lumière dorée. Il ne savait pas ce qui l'avait réveillé jusqu'à ce qu'il jette un coup d'œil au lit et trouve une paire d'yeux bleu violet qui le fixait. Il n'avait jamais vu des yeux de cette couleur. On aurait dit une sorte de fleur exotique.

— Tiens, vous êtes réveillée.

Le soulagement inonda ses veines.

— Patrick.

La voix d'Audrey était rauque, son sourire pâle et fatigué. Elle porta la main à son front.

— J'ai l'impression d'avoir fait dix rounds dans une cage de l'UFC.

Ses lèvres se transformèrent en un sourire.

— Moi aussi.

Une ligne se dessina entre ses sourcils.

— Vous vous êtes occupé de moi ?

Killion acquiesça.

— Seulement vous ?

Elle jeta un regard confus autour d'elle, puis sur les vêtements qu'elle portait. Elle écarquilla les yeux en s'arrêtant à nouveau sur les siens.

— Seulement moi. Et, oui, je vous ai vue nue. Je n'ai pas fermé les yeux, mais je me suis comporté comme un parfait gentleman, même s'il n'y avait pas de témoins.

Il croisa les doigts sur son cœur. Si ses pensées avaient dérivé, ce n'était pas sa faute. C'était une question de biologie. Si quelqu'un pouvait le comprendre, c'était bien Audrey.

— En fait, on a même dormi ensemble, mais vous avez réussi à vous contrôler.

Elle hocha la tête, l'air plus résigné que contrarié, puis jeta un coup d'œil à l'immense chambre avec les voilages qui s'ouvraient sur une large terrasse.

— Où sommes-nous ?

Elle cligna des yeux comme si elle essayait de se concentrer. Il avait oublié qu'elle portait habituellement des lunettes. Il savait d'après ses recherches qu'elle était légèrement myope, juste assez pour être mignonne quand elle louchait.

— En lieu sûr.

Il se pencha vers elle et posa sa main sur son front, comme il l'avait fait d'innombrables fois les jours précédents. Cette fois, elle s'écarta et ses pupilles se dilatèrent – elle avait définitivement repris le contrôle de ses facultés.

Il ressentit une nostalgie inattendue. *Imbécile.*

C'était maintenant que les choses difficiles allaient commencer.

La clé d'un interrogatoire réussi était de comprendre les besoins émotionnels du sujet et de soulager la peur qu'il ressentait lorsqu'on l'interrogeait – et non de l'accroître. Il devait établir un rapport et comprendre la motivation de la personne qu'il interrogeait. Un bon interrogateur faisait en sorte que le sujet veuille lui dire ce qu'il voulait savoir.

Alors, comment faire pour qu'Audrey ait envie de lui dire ce qu'il avait besoin de savoir ?

Et si elle ne savait rien ?

Elle remua, mal à l'aise. Il la regardait bêtement, essayant de trouver un moyen de pénétrer dans son cerveau.

— Vous voulez vous asseoir ? demanda-t-il pour gagner du temps.

Elle hocha la tête et il se pencha, prit l'oreiller qu'il utilisait et le glissa dans le haut de son dos. Ses cheveux chatouillèrent sa main – doux et emmêlés. Il savait déjà que leur texture satinée entre ses doigts allait lui manquer. Il allait devoir compartimenter ses pensées pour pouvoir faire correctement son travail.

— Comment va votre côté ?

Le coup de couteau avait bien guéri, formant une épaisse croûte sur sa peau. Les deux points de suture avaient bien tenu et il s'était assuré que le pansement reste propre et sec.

— Ça va beaucoup mieux qu'avant. C'est encore endolori, admit-elle. Mais pas réellement douloureux.

— Ça a bien guéri, mais vous avez eu de la fièvre. Vous semblez aller beaucoup mieux maintenant.

Elle acquiesça.

— Alors pourquoi Hector Sanchez a-t-il essayé de vous tuer ?

Elle secoua la tête. Il lui tendit de l'eau, soudain conscient du bruit du climatiseur qui se mettait en marche et des petites mains de la jeune femme autour de la tasse. Ses ongles étaient courts, et elle portait une chevalière en or sur l'auriculaire de sa main droite. Ses joues se creusèrent tandis qu'elle buvait à la paille. Elle avait perdu du poids pendant son combat contre l'infection et elle n'était déjà pas bien grosse au départ. Cela ne lui plaisait pas. Il n'aimait pas l'idée qu'elle souffre ni son apparence frêle. Même s'asseoir semblait la fatiguer.

Il n'aimait pas le fait qu'il n'aime pas ça.

— Ça doit avoir un rapport avec l'attaque de la nuit d'avant.

Sa voix avait retrouvé ce côté rauque qu'il avait remarqué pendant son exposé sur les grenouilles. Il avait oublié l'effet que son léger accent du Kentucky avait sur lui.

— Celle que vous avez signalée aux flics ?

Elle acquiesça.

— Aucun rapport de police à votre nom n'a été rempli cette nuit-là.

— Quoi ?

Elle avait l'air sincèrement surprise. Pas de micro-expression de tromperie.

— J'ai vérifié, ajouta-t-il.

— Comment ?

Elle fronça les sourcils

Il haussa les épaules.

— J'ai demandé autour de moi.

— Mais pourquoi n'ont-ils pas rempli le rapport ? Je suis restée avec eux pendant *deux* heures.

Aucune trace de ça non plus.

Sa confusion se transforma en colère. Une indignation vertueuse qui remontait à la surface à chaque respiration.

— Le gardien m'a prévenue que les flics risquaient de ne pas me prendre au sérieux.

— Vous souvenez-vous du nom des inspecteurs ?

Elle pinça ses lèvres sèches et craquelées. Il lui tendit le baume qu'il avait déjà appliqué plusieurs fois et elle le prit avec une expression prudente.

— Merci.

Il évita de regarder sa bouche quand elle l'appliqua. De toute évidence, il souffrait de l'inverse du syndrome de Stockholm, où le ravisseur éprouvait de la sympathie pour sa captive. Ses sujets étaient généralement des types puants, laids et poilus. C'était beaucoup plus facile de se sentir détaché à leur égard, mais il ne les avait pas sauvés de la mort à plusieurs reprises, et il n'avait pas pris un bain nu avec eux – Dieu merci. C'était peut-être un truc biologique, son ADN sinueux cherchant l'occasion de conquérir.

Tant qu'il reconnaissait les problèmes, il pouvait les gérer et les utiliser à son avantage.

Elle fronça les sourcils en essayant de se souvenir.

— Un type s'appelait Ortez, il m'a donné une carte qui est dans mon sac au labo.

Ou plus probablement avec les preuves – ou détruite –, mais il ne lui en dit rien. Il savait qu'un inspecteur appelé Patrice Ortez était de service cette nuit-là, aux côtés d'un type appelé Diego Torres. Alex Parker avait obtenu les noms de tous les inspecteurs travaillant dans la région. Il n'y avait plus qu'à espérer obtenir les enregistrements téléphoniques. Apparemment, ce n'était pas aussi facile que ça en avait l'air et ce n'était certainement pas légal.

Audrey n'était pas encore au courant de la mort de son étudiant, et il ne comptait pas le lui apprendre dans l'immédiat. Il gardait cette information pour le cas où il aurait besoin d'un moyen de pression, ou pour la déséquilibrer émotionnellement. Un véritable héros.

Il croisa les bras et s'adossa à la chaise.

— Comme je l'ai dit, rien n'a été classé. Il n'y a pas de rapport.

— Je ne sais pas s'ils sont corrompus ou incompétents.

Elle posa le verre sur la table de chevet.

— Je devrais me rendre immédiatement dans un poste de police américain et leur dire exactement ce qui s'est passé. Pouvez-vous appeler quelqu'un pour moi ?

— Non.

Son regard se durcit. Il était temps de passer aux choses sérieuses pendant qu'elle était encore affaiblie par la maladie et vulnérable en raison de l'incertitude de sa situation.

— Il est temps de me dire toute la vérité, Audrey. Je sais qui vous êtes.

Elle cligna des yeux à deux reprises.

— Je n'avais pas réalisé que mon identité était remise en question.

Ses traits déjà tirés se crispèrent davantage.

— Je veux passer un coup de fil et parler à un officiel.

Elle repoussa les draps et fit passer ses jambes par-dessus le bord du lit.

Il lui fallut tout son self-control pour se forcer à s'affaler sur sa chaise et la laisser se débattre.

— Faites-vous plaisir.

En posant ses orteils sur le tapis en peau de mouton, elle tira sur le T-shirt pour qu'il arrive aussi bas que possible, à mi-cuisse. Ses jambes flageolaient alors qu'elle se leva et tituba jusqu'à la porte qui menait à la terrasse. La brise marine fraîche balaya la pièce, renouvelant l'air de la pièce de convalescence, mais l'effort était manifestement trop grand pour elle. Elle s'affaissa contre le cadre de la porte en regardant dehors.

— Où sommes-nous ?

Il vint se placer derrière elle. Elle tangua et il la rattrapa pour l'empêcher de s'effondrer par terre. Elle s'accrocha à sa chemise, les doigts se refermant sur son cœur.

— Dites-moi juste pour qui vous travaillez et je nous ferai sortir d'ici tous les deux.

De près, ses yeux étaient presque lavande. Le feu qui les animait lui disait exactement ce qu'elle pensait à l'idée de répondre à ses questions alors qu'il ne voulait répondre à aucune des siennes, mais elle le surprit.

— Je travaille pour l'Université de Louisville et j'ai un statut de professeur adjoint à l'université de Bogota. Mon patron est le chef du département, le professeur Paula Renault. Je vous ai dit ce que vous vouliez savoir. Maintenant, faites-moi sortir d'ici.

Killion secoua la tête et la porta sur la terrasse. Puis il leur fit décrire un lent cercle.

— Vous voyez ça ?

Elle serra sa chemise plus fort, s'accrochant comme si elle avait le vertige.

— Il n'y a personne d'autre que nous ici. Il n'y a personne à qui parler à part moi, et nous n'irons nulle part tant que vous ne m'aurez pas dit la vérité sur vos patrons.

Le ciel était si bleu et le soleil brillait si fort qu'Audrey enfonça son visage dans sa poitrine. Il détestait l'effet que cela lui faisait. Sa voix s'adoucit.

— Ça me va de traîner avec vous jusqu'à ce que vous me disiez qui vous a engagé. Mais vous ne me duperez pas. Je sais ce que vous avez fait. Je sais qui vous avez tué, et je ne parle pas du bon vieil Hector. Alors, allons droit au but et finissons-en.

Sa bouche s'entrouvrit et elle leva la tête vers lui.

— Je ne vous juge pas.

Il inclina la tête et lui offrit son plus beau sourire.

— Vous savez qui j'ai *tué*, mais vous ne me *jugez* pas ?

Elle resta bouche bée, puis lui donna une gifle.

Il évita sa main et rit. C'était une erreur. Elle commença à se débattre, alors il la serra plus fort et retourna dans la chambre. Il la déposa soigneusement sur les draps froissés et se pencha sur elle, fixant profondément ses yeux indignés.

— J'étais sérieux quand j'ai dit que nous n'irions nulle part tant que je ne connaîtrais pas la vérité.

Elle ouvrit la bouche pour dire quelque chose, puis changea d'avis, se mordant la lèvre d'une manière qui fit basculer son autre cerveau en position « marche ». Sans aucun doute, il devait relâcher de la pression en matière de sexe.

Elle fronça les sourcils, comme si elle repassait quelque chose dans sa tête.

— Un espion.

Oh oh.

Il adopta un air impassible.

— Quelqu'un a dit que vous étiez un espion du gouvernement.

Quelque chose qu'un bon agent n'aurait jamais fait. Il se redressa.

— Vous vous trompez.

— Non. C'était l'autre type. Le grand Britannique.

Ses yeux devinrent énormes.

— Il pensait que je dormais. Vous n'êtes pas du tout un touriste, n'est-ce pas ? Vous êtes un espion. Un agent de la CIA.

À son ton, on aurait dit qu'elle parlait de pédophilie. Ses

pupilles se dilatèrent et elle se recroquevilla contre les oreillers.

— Qu'est-ce que vous me voulez ? Pourquoi m'avez-vous kidnappée ? Je suis une biologiste spécialiste des batraciens, pour l'amour de Dieu.

Boum.

Elle était réveillée depuis dix minutes et il avait déjà perdu le contrôle de cet interrogatoire. Ne jamais sous-estimer les personnes intelligentes. Plutôt que de tout gâcher en essayant de reprendre le dessus, il tourna le dos et partit. Il ne prit pas la peine de fermer à clé. Le Dr Audrey Lockhart n'avait nulle part où aller.

AUDREY ETAIT ALLONGEE au lit, le cœur battant la chamade comme un hamster sur une roue chauffée à blanc. Ce n'était pas un sauvetage. C'était un kidnapping.

Dès que « Patrick » fut parti, Audrey bondit sur ses pieds et se précipita vers les portes donnant sur le jardin. Elle ne portait rien d'autre qu'un long T-shirt, mais elle ne se souciait pas vraiment d'éblouir les voisins en essayant de s'échapper. Elle devait s'enfuir.

Sa blessure cicatrisait, mais elle fit attention à ne pas la rouvrir en sortant sur le balcon en titubant. Le soleil se reflétait sur la surface de l'océan topaze et les larmes lui piquaient les yeux. La maison était perchée au sommet d'une colline escarpée couverte d'une forêt dense. Elle regarda frénétiquement autour d'elle. Il n'y avait aucune autre maison en vue, et pas âme qui vive. Elle pensa à crier à l'aide, mais ne voulait pas attirer l'attention avant de savoir exactement à quoi elle avait affaire.

Une vague d'étourdissement la gagna et elle s'accrocha à la balustrade jusqu'à ce que les vertiges passent. La chaleur sapait ses maigres forces et même cette courte marche vers le balcon la laissa fatiguée et essoufflée. La terrasse ne menait nulle part. Il n'y avait pas de marches et nulle part où aller, à moins qu'elle ne veuille descendre sur une paroi rocheuse abrupte de dix mètres.

Pas aujourd'hui. Ni n'importe quel autre jour d'ailleurs.

Si elle sortait par la porte d'entrée, il y aurait sûrement une route et elle pourrait appeler quelqu'un à l'aide

Une chose était certaine, elle ne comptait pas attendre que l'agent du gouvernement revienne proférer d'autres accusations ridicules à son égard. Elle s'approcha de la porte de la chambre et jeta un coup d'œil le long du couloir menant vers un salon recouvert de parquet. La maison était construite avec de belles lignes épurées de bois clair et des murs blanchis à la chaux, et si elle n'avait pas été retenue en captivité au lieu d'être au travail, elle aurait pu s'arrêter pour admirer l'architecture de ce paradis tropical.

« Patrick » était introuvable. Si c'était un espion – et il n'y avait aucune raison qu'ils aient menti puisqu'ils pensaient qu'elle était inconsciente à ce moment-là – elle doutait que Patrick soit son véritable nom. Ce n'était pas normal de ne même pas connaître son nom alors qu'il tenait sa vie entre ses mains, mais elle était encore plus perdue de ne pas savoir à quel endroit de la planète elle était détenue. Elle ne savait même pas quel jour on était. Ses parents savaient-ils qu'elle avait disparu ? Elle espérait que non. Sa mère aurait paniqué. Sa mère et son père s'épuisaient déjà à empêcher Sienna de dérailler et à s'occuper de leur petit-fils. Ce n'était pas juste de leur faire subir autre chose.

En s'appuyant sur le mur, elle se dirigea vers un salon ouvert et aéré et passa devant un grand îlot central qui délimitait la cuisine. Il était vide, Dieu merci. Il y avait d'immenses paysages marins sur les murs, mais aucune photo personnelle nulle part. Était-ce un cottage de location ? Elle ne pensait pas que c'était une planque de la CIA, mais si c'était le cas, cela expliquait certainement les impôts qu'elle payait.

Sa tête commençait à la lancer. Que faisait-elle là ? Elle avait un emploi du temps chargé, des expériences à mener. Des étudiants à former. Des grenouilles à soigner. Ce genre de choses ne lui arrivait pas. Puis elle se souvint de son amie, Rebecca. Elles rentraient d'un club un soir et une agression avait tourné au meurtre lorsque leur agresseur avait sorti une arme.

Des choses comme ça lui étaient donc *déjà* arrivées.

Elle était peut-être maudite.

Un téléphone portable était posé sur la table basse du salon et elle l'attrapa, l'alluma et découvrit à sa grande surprise qu'il y avait un signal. Le bruit d'une chasse d'eau s'éleva quelque part dans la maison. Ce bruit la poussa à se mettre en mouvement.

Elle était essoufflée et en sueur lorsqu'elle atteignit la porte d'entrée. La serrure électronique élaborée la surprit, mais la porte s'ouvrit facilement. Elle poussa la porte en chêne massif qui se referma derrière elle et appela les secours. L'appel sonna sans fin et elle laissa tomber, appelant ses parents à la place. Elle regarda l'épaisse canopée d'arbres et fronça les sourcils, confuse. Pas de route. Pas de véhicule. Pas même un vélo à emprunter. Mais où se trouvaient-ils ?

Son appel resta sans réponse.

Elle essaya leurs portables. Peut-être ses parents étaient-ils au poste de police, remplissant des papiers concernant la disparition de leur fille. Ils imprimaient peut-être des prospectus ou postaient des messages sur les réseaux sociaux pour demander de l'aide pour la retrouver. Frustrée, elle raccrocha et appela Devon. Si quelqu'un avait les moyens de savoir où elle se trouvait, c'était son ex, ou son père et celui de Rebecca, Gabriel, qui l'aimait beaucoup.

Une fois encore, l'appel sonna en vain, semblant se répercuter sans cesse sur le réseau de fibres optiques du monde.

Un chemin escarpé descendait vers la plage. Le simple fait de le regarder aspirait toute l'énergie de sa moelle, puis elle se souvint qu'elle n'était pas une invitée, qu'elle n'était pas en vacances. Au lieu de cela, elle était la prisonnière d'un fou délirant, bien que séduisant. Elle fit un pas en avant et se retrouva une fois de plus dans des bras puissants. De sa main libre, elle s'accrocha à sa chemise pour garder l'équilibre, reconnaissant son odeur avant même de voir son visage.

Il lui arracha le portable des doigts et le mit dans sa poche.

— Pour l'amour de Dieu, ça fait 15 minutes que vous êtes réveillée et vous êtes déjà une véritable plaie.

Elle essaya de se dégager, mais elle n'avait plus de force. Patrick avait environ 30 kg de masse musculaire de plus qu'elle, et il n'avait pas failli mourir de fièvre.

— Vous allez vous blesser et retarder votre rétablissement d'une autre semaine. J'ai déjà perdu assez de temps à essayer de vous garder en vie, lâcha-t-il.

L'insensibilité de ce commentaire était blessante.

— Je n'avais pas prévu de me faire poignarder.

Il traversa la maison et la déposa sur le lit. Elle resta allongée, trop épuisée pour bouger. Les larmes lui piquèrent les yeux et elle se détourna, ne voulant pas qu'il la voie si vulnérable. Elle avait été kidnappée par un agent malhonnête qui avait cru à tort qu'elle avait tué quelqu'un – ce qui aurait dû être risible, sauf qu'elle était retenue captive dans une maison étrange, dans un lieu inconnu. Il l'avait observée. Suivie. Traquée. Sinon, comment aurait-il pu être là pour la « sauver » ? Bien sûr, il l'avait soignée pendant des jours et lui avait probablement sauvé la vie, mais qui savait ce qu'il avait fait d'autre quand elle était inconsciente. Elle fut prise de dégoût et ajusta sa chemise pour couvrir davantage ses cuisses.

Il plissa les yeux comme s'il lisait dans ses pensées, un soupçon de colère s'échappant de ces profondeurs froides.

— Dites-moi juste qui vous a engagée, Doc, et j'organiserai le transport vers le continent dès que possible. Je serai ravi de ne plus avoir à me soucier de vous, croyez-moi.

Ils étaient donc sur une île ? Elle essaya de ne pas laisser transparaître sa surprise ou son malaise.

— Et que se passera-t-il si je ne peux pas vous dire ce que vous voulez savoir ?

Il la regardait d'un air sévère. Rien à voir avec le type gentil qui avait dormi sur la chaise à côté de son lit plus tôt. Il n'y avait rien de *gentil* dans son expression et un léger frisson d'appréhension s'insinua le long de son échine lorsqu'elle réalisa que ce type avait un contrôle total sur tous les aspects de sa vie.

Sa bouche s'assécha sous l'effet de la peur.

— Qu'allez-vous me faire si je ne vous dis pas ce que vous voulez savoir ?

— Oh, vous finirez bien par me le dire.

Et malgré ses airs décontractés, elle le crut. Cet homme n'était pas un amoureux de la plage ni un surfeur. La dureté de ses traits lui disait qu'il avait fait et vu des choses qui lui auraient donné envie de fermer les yeux d'horreur. Le problème était qu'elle ne connaissait pas les réponses aux questions qu'il posait.

Elle voulut boire, mais sa main tremblait trop pour prendre le verre et elle faillit le renverser. Il l'attrapa et le porta à ses lèvres. Elle prit une gorgée à contrecœur en se demandant pourquoi elle lui faisait confiance d'un côté et pensait qu'il était dangereux de l'autre.

L'eau soulagea sa gorge sèche. Son visage était à quelques centimètres du sien, si près qu'elle pouvait voir l'or blanc de ses cils. Elle repoussa le verre.

— Vous êtes vraiment de la CIA ?

Il ne répondit rien et elle n'arrivait pas à déchiffrer son visage.

— Vous êtes un espion ?

Il serra les lèvres.

— Je ne suis pas un espion.

— Donc de la CIA, mais pas un espion. Qu'est-ce que vous faites pour eux ?

Elle eut le souffle coupé lorsqu'elle se souvint de toutes les fois où la CIA avait fait la une des journaux au cours des années précédentes.

— Faisiez-vous partie des personnes qui recherchaient Ben Laden ? Un analyste ?

Il secoua la tête et posa le verre sur la table d'appoint.

— C'est confidentiel.

Elle avait suivi les audiences du comité sénatorial et savait ce que la CIA avait fait au nom de la démocratie et de la liberté.

— Oh, mon Dieu.

Elle inspira profondément.

— Avez-vous torturé des détenus ?

Ses yeux étaient froids comme la glace à présent, et il ne répondit pas. Rien d'étonnant à cela. Au lieu de cela, il dit :

— Dites-moi qui vous a engagé et vous n'aurez pas à vous soucier de tout cela.

Elle frissonna, mais refusa de se laisser intimider.

— Allez-vous me noyer si je ne vous dis pas ce que vous voulez entendre ?

Un demi-sourire se dessina sur ses lèvres, un sourire qui laissait entrevoir la connaissance, l'expérience et une certaine dose d'absurdité.

— J'ai déjà essayé ça sous la douche. Ça n'a pas fonctionné.

Elle le regarda, alarmée. Il s'était douché avec elle ?

— Hé, ce n'était pas si terrible que ça. J'ai gardé mon pantalon. Bien que j'admette avoir été nu dans la baignoire parce que je n'avais plus de vêtements secs.

Il scrutait son visage à présent, comme s'il cherchait son sens de l'humour, mais elle était bien loin de trouver cette situation drôle.

— Qui pensez-vous que j'ai tué ? demanda-t-elle.

Cela semblait tellement ridicule.

Il haussa un sourcil arrogant.

— Vous voulez dire à part Hector Sanchez ?

Elle porta la main à sa bouche. Elle avait oublié qu'elle avait tué un homme. Elle sentit la nausée la gagner. Mais Patrick essayait de la déstabiliser, déterminé à ne pas répondre à ses questions alors même qu'il exigeait qu'elle réponde aux siennes. Elle avait tué un homme en se battant pour rester en vie, ce n'était pas la même chose qu'être une meurtrière.

— Vous vous appelez vraiment Patrick ?

— C'est confidentiel.

Grand Dieu, il était insupportable.

— Je *dois* savoir.

— Quelle partie de « confidentiel » ne comprenez-vous pas ?

— Et quelle partie du mot « décence » ne comprenez-vous pas ? rétorqua-t-elle.

Il tressaillit. Une faille dans l'armure. Un trou dans le mur. Ce n'était pas grand-chose, mais ça prouvait au moins qu'il était humain. Elle devait le garder sur la défensive.

— Vous êtes l'une des personnes qui ont torturé des prisonniers pendant la guerre en Irak, n'est-ce pas ? Qu'est-ce que ça vous a fait, Patrick ? Vous avez eu l'impression d'être un grand garçon ?

Il retroussa les lèvres.

— Et vous, qu'est-ce que ça vous a fait de savoir que vous étiez en sécurité dans votre lit pendant que d'autres se sacrifiaient pour vous ? C'est facile de blâmer les fantassins quand la fumée se dissipe, n'est-ce pas ?

— Vous ne pouvez pas ignorer la loi.

Il la pointa du doigt.

— Croyez-moi, j'en sais plus sur la loi que vous ne l'imaginez.

Une lumière furieuse brillait dans ses yeux.

— Et si je nie avoir « torturé des détenus », qui allez-vous condamner ensuite ? Les agents du contre-espionnage ? Les interrogateurs militaires ? Les pilotes de drones ? Qui est critiqué et qui est encensé ?

Il faisait les cent pas.

— C'était la pagaille après le 11 septembre. Le chaos total. Nous faisions tous notre travail avec des conseils merdiques du pays. Nous devions juste nous assurer qu'il n'y avait pas de menace imminente pour la patrie américaine. Et au cas où vous ne l'auriez pas remarqué, nous avons fait du bon boulot à l'époque.

Elle plissa les yeux.

— Ça n'excuse rien.

— C'est difficile de jouer le jeu avec une main attachée dans le dos.

— Dites ça aux gens que vous avez torturés.

Audrey croyait au bien et au mal. Il n'y avait aucune ambiguïté morale possible.

— Vous pensez que les terroristes respectent la Convention de Genève quand ils décapitent des travailleurs humanitaires ?

Il se pencha plus près. Elle aurait voulu s'éloigner, mais elle tint bon.

— Vous pensez qu'ils s'inquiètent d'être condamnés pour crimes de guerre lorsqu'ils font des femmes et des jeunes filles leurs esclaves sexuelles et les violent, à plusieurs reprises, jusqu'à ce qu'elles meurent ou tombent enceintes ? Ces salauds méritent une balle dans la tête à bout portant pour ce qu'ils font, pas un putain d'avocat.

Les muscles de sa mâchoire la fascinaient, tout comme l'odeur masculine de sa peau.

Il recula et baissa la voix.

— Vous savez quel est l'endroit le plus sûr pour un terroriste ? Les locaux du FBI ou de la CIA. Et ils le savent. Ils n'ont pas peur de nous parce que nous pourrions les « torturer ».

Il passa une main dans ses cheveux trop longs.

— Ils rient à gorge déployée parce qu'ils savent qu'on ne peut pas les toucher, pas comme on le voudrait.

— À moins que vous ne les emmeniez dans un *Black*

Camp.

Elle regarda autour d'elle d'un air appuyé.

Il ricana.

— Vous délirez là. Ça n'a rien à voir avec un *Black Camp.* Mais continuez à nier et peut-être que vous finirez par en voir un – et je vous déconseille fortement cette option.

Il serra les lèvres. Il avait dû réaliser qu'il en avait trop dit.

Le silence soudain bourdonnait de colère. Elle l'avait ébranlé, ce qui était son intention, mais elle préférait sa réaction honnête au vernis agaçant de son amusement cynique. Puis son expression changea et ses yeux scannèrent lentement son corps. Elle tira sur son T-shirt pour se couvrir.

Elle le regarda également, reconnaissant la lueur de prédation dans ses yeux.

— Si vous me touchez, je vais crier.

— Oh, vous allez crier ?

Son sourire était plus sexy que menaçant, ce qui n'était probablement pas l'effet escompté. Ses tétons durcirent et elle eut le souffle coupé. Pas de doute, ce type avait l'air de connaître les zones érogènes du corps féminin. Elle détestait l'avoir laissé l'atteindre.

Une lueur d'autosatisfaction effleura ses lèvres, et elle réalisa qu'il avait délibérément retourné la situation à son avantage, une fois de plus.

— C'est comme ça que vous mettez les femmes dans votre lit ? marmonna-t-elle, irritée.

— Croyez-moi, je n'ai pas besoin de faire d'efforts d'habitude.

Il afficha soudain une suprême confiance en lui.

— Ne vous méprenez pas. En temps normal, j'aurais couché avec vous.

Ses yeux bleus la transpercèrent à nouveau, essayant de la bouleverser et y parvenant à la perfection.

— Vous êtes une femme et vous n'êtes pas morte, et franchement je ne suis pas si pointilleux. Mais j'aime que les femmes soient volontaires et enthousiastes, et de préférence pas avec une grenouille tueuse dans leur poche.

Une grenouille tueuse ? Était-ce l'idée qu'il se faisait d'une blague ? Étant donné la façon dont Hector Sanchez était mort, ce n'était pas drôle. Si elle en avait eu l'énergie, elle l'aurait giflé.

— Vous avez du culot, vous le savez ? Pourquoi ne pas aller glisser des lamelles de bambou sous les ongles de quelqu'un ?

— Bon conseil. Envie de dire autre chose ?

— Je vous déteste.

Elle serra les genoux contre sa poitrine, mais à en juger par la façon dont les yeux de l'homme s'élargirent et ses narines se dilatèrent, elle en avait révélé plus que prévu. Elle lui lança un regard noir. Et alors ? Il l'avait déjà vue nue.

Il regarda le plafond et marmonna :

— Si quelqu'un est un professionnel de la torture ici, c'est plutôt vous.

Elle se lécha les lèvres nerveusement.

Il observa sa bouche, puis croisa son regard.

— Vous pouvez jouer le jeu de la séduction si vous voulez, Aud. Malgré ce que j'ai dit avant, je suis tout à fait partant. Mais ça ne changera pas le résultat. Ne dites pas que je ne vous ai pas prévenu.

Elle laissa échapper un petit rire étranglé. Elle avait été poignardée, kidnappée, et dans les vapes depuis des jours, et elle jouait le jeu de la séduction ? Le *jeu de séduction* ? Avait-il perdu la tête ? Elle n'avait l'air de rien. Ses cheveux étaient en bataille. Elle ne s'était pas brossé les dents depuis des jours.

— Je vous garderai ici jusqu'à ce que vous me disiez qui vous a engagée.

Il s'approcha et prit un sac de voyage qu'elle n'avait pas remarqué sur le dessus d'une commode.

— Vous et moi, on est coincés ensemble jusqu'à ce que j'obtienne les informations dont j'ai besoin, et ça restera vrai même si vous me forcez à coucher avec vous.

Elle resta bouche bée.

Il ne venait pas *réellement* de dire ça ? !

Il pensait qu'elle essayait de le séduire pour s'en tirer ? Qui était-elle censée être, Mata Hari ? Elle sentit la rage monter en elle comme de la lave en fusion. Elle attrapa le gobelet et lui lança dessus, mais il était en plastique et n'atteignit pas sa cible. Elle était tellement en colère que sa vision était floue et sa mâchoire crispée. Dans le passé, elle n'avait jamais souhaité du mal à quelqu'un, mais s'il restait dans le coin, cela pourrait changer.

Son expression avait retrouvé son arrogance agaçante et cela lui disait qu'il l'avait ramenée exactement là où il le voulait, agissant par instinct et non par logique. Elle ne lui posait plus de questions difficiles.

Elle inspira pour se calmer.

— Vous faites une grave erreur, *Patrick*. Je suis une citoyenne américaine. Les gens vont me chercher. Mes parents, l'université pour laquelle je travaille.

Il pesa ses mots pendant un moment.

— Ils vont chercher pendant un moment. Puis ils vous oublieront. C'est la réalité. Croyez-moi, je le sais.

Il tourna les talons et quitta la pièce. Cette fois, elle entendit la clé dans la serrure.

CHAPITRE NEUF

KILLION ETAIT EN colère. Il était en colère d'être en colère. Audrey Lockhart l'avait soufflé. D'abord, l'expression de son visage quand elle avait deviné qu'il était de la CIA, comme s'il était une sorte de déviant sexuel, plutôt qu'un membre respecté et intègre de la communauté du renseignement. Puis elle les avait jugés, lui et tous ses collègues, en tirant des conclusions hâtives sur le type de travail qu'ils faisaient.

— Et merde.

Il s'approcha de la fenêtre et regarda les kilomètres d'eau scintillante. Son travail était confidentiel. Il n'en parlait pas, point final. Pas même pour se défendre. Mais il n'était pas non plus un souffre-douleur qui laissait les autres s'en prendre à lui. C'était un patriote décoré qui combattait pour son pays dans une guerre secrète sans fin. C'était ça, son métier, ce pour quoi il était doué. Qu'aurait-il fait de sa vie s'il ne mettait pas la main sur des sales types pour leur soutirer des informations ?

Audrey Lockhart n'avait pas le droit de le juger. Bien sûr, elle avait souffert. Se faire attaquer et manquer de mourir n'était pas une partie de plaisir. Mais si elle avait assassiné Ted Burger, alors certains risques devaient être anticipés.

Si...

Son problème était ce doute qui grandissait sans cesse. Des doutes concernant son implication. Des doutes sur lui-même.

Elle ne se comportait pas comme un assassin, à aucun niveau. Elle ne suivait aucune des règles tacites. Elle s'en tenait à son rôle d'ingénue aux yeux écarquillés et si elle jouait la comédie, elle était sacrément douée.

Les techniques d'interrogatoire requerraient les mêmes compétences qu'un bon officier traitant avec une source – sauf qu'une source participait de son plein gré alors qu'un détenu était généralement contraint. Mais c'était une relation intense où la confiance était essentielle.

Lorsqu'il interrogeait les détenus à Abu Ghraib – après les terribles événements qui avaient *précédé* son arrivée dans le pays – l'incertitude ne l'avait pas effleuré. Il avait été envoyé pour glaner autant d'informations que possible auprès de prisonniers clés. Contrairement à ce que tout le monde pensait et aux accusations auxquelles il faisait régulièrement face, il n'avait pas utilisé de « techniques d'interrogatoire renforcées ». Il n'en avait pas eu besoin.

Ses mains n'étaient pas propres. Il n'approuvait pas la torture, mais il avait été complice en regardant d'autres membres de la CIA et de l'armée interroger des suspects et il les avait vus s'acharner sur un captif dans les premiers jours de la guerre en Irak. Il était trop jeune pour savoir ce qu'il en était, trop bas sur l'échelle pour changer le cours des événements, mais il n'avait pas mis longtemps à comprendre que ce n'était pas la façon dont il voulait honorer son serment.

À l'époque, les opérateurs avaient estimé que c'était justifié. Ils cherchaient des informations sur une cible très importante qui était sur la liste de tout le monde, et ils n'avaient pas lésiné sur les moyens pour les obtenir. Les opérateurs ne s'étaient pas souciés des règles d'engagement, ils étaient désespérés, persuadés que les États-Unis couraient une menace imminente. Ils avaient obtenu les informations dont ils avaient besoin et Killion ne doutait pas qu'ils avaient sauvé des vies. Ils avaient accéléré le processus d'interrogation, mais cela aurait pu se passer autrement. La véritable clé résidait dans le fait de dénicher la bonne personne dans la rue, quelqu'un qui connaissait les informations pertinentes.

Killion ne croyait peut-être pas à la torture, mais il n'était pas prêt à condamner les gens sur le terrain qui avaient participé à la campagne militaire la plus mal pensée depuis les tranchées de la Première Guerre mondiale. En fait, non, ce n'était pas juste. La campagne elle-même avait été magistrale. C'était le manque de planification après-coup qui avait été un foutu désastre.

En dépit de l'heure matinale, il se servit deux doigts de bourbon puis fouilla dans le congélateur, en sortit un gros steak et trouva des pommes de terre au fond du frigo. Audrey ne mangerait probablement pas grand-chose, mais cuisiner lui changerait les idées, et il n'avait pas mangé un repas décent depuis le ragoût de Logan quelques jours plus tôt.

Peu importe ce que Killion lançait à Audrey, elle restait toujours dans son personnage – celui d'une innocente biologiste prise dans quelque chose qui la dépassait. Elle avait réussi à lui faire cracher le morceau. Pas de détails opérationnels, mais il gardait généralement la bouche fermée, point final.

Elle arrivait à le provoquer.

Il serait difficile de la briser, surtout parce qu'il l'appréciait trop. Il devrait peut-être la confier à quelqu'un qui pourrait faire le travail pour lequel il était payé.

Son téléphone sonna. L'île avait sa propre connexion satellite. Il regarda le numéro. Jed Brennan. Il attendait cet appel.

— Comment se passent tes vacances ? demanda Jed.

— Un peu comme les tiennes avant Noël, sauf pour ce qui est de s'envoyer une jolie femme.

Jed avait aidé Vivi Vincent et son jeune fils à échapper à des terroristes lors de l'attaque d'un centre commercial l'année précédente. Tous les trois avaient frôlé la mort et Jed aurait pu perdre sa carrière à cause de certains choix qu'il avait faits. Grâce au professeur Lockhart, Killion comprenait un peu mieux les décisions de Jed à présent. Pas la partie familles heureuses, mais la partie sur le fait de fuir, de se cacher et de chercher à évaluer sa position.

— Il faut toujours un gagnant et un perdant, fit Jed en riant.

— Espèce de bâtard prétentieux.

Killion regardait par la fenêtre la vue spectaculaire, mais tout ce qu'il voyait, c'étaient les jolis yeux d'Audrey qui viraient à la déception.

Il se passa la main dans les cheveux.

— Honnêtement, je préférerais être bloqué dans le Wisconsin à manger des navets crus.

— Parce que c'est ce qu'on mange, bien sûr. Je suppose qu'elle est toujours en vie ?

— Vivante et bien portante. Mais maintenant, je suis tenté de l'étouffer avec un oreiller.

— Je suis sûr qu'elle ressent la même chose.

— Elle m'a pratiquement accusé d'être un pervers, se plaignit Killion en mettant le steak dans le micro-ondes et en passant en mode décongélation.

— Tu *es* un pervers.

Killion rit.

— Oui, mais *elle* ne le sait pas. Je me suis comporté en parfait gentleman.

Il se souvint de son corps nu et cela suffit à le faire bander. Bon sang. Il s'était montré strictement professionnel, mais à présent qu'elle était en train de se rétablir, son subconscient semblait avoir décidé qu'elle était une cible légitime. Ce n'était pas ce dont il avait besoin, bien que, comme il l'avait dit à la femme elle-même, il jouerait cette carte s'il le fallait.

Quel sacrifice. Il leva les yeux au ciel.

— Alors, qui a-t-elle appelé ?

Il avait laissé le téléphone portable en guise d'appât, mais elle l'avait utilisé bien plus vite qu'il ne l'avait prévu. Parker avait tracé tous les numéros qu'elle avait appelés, bien qu'on l'ait empêchée d'établir le contact.

— Les secours, ses parents, et un ex-petit ami.

Killion n'apprécia pas la désagréable surprise de l'ex. Il n'avait pas pensé qu'il y avait quelqu'un de spécial dans sa vie d'après les vérifications qu'il avait faites sur elle.

— Qui ça ?

— Devon Brightman.

Elle était sortie avec Devon pendant quelques mois, plus de quatre ans plus tôt. Pourquoi l'appeler ?

— Fait intéressant, le père de Devon était un ami du sénateur Burger. On devrait creuser davantage.

Ils avaient enfin un lien tangible entre Audrey et Burger, même si c'était un lien ténu. Alors pourquoi ressentait-il une telle déception ?

— Quel est le plan ? demanda Jed. Tu vas la laisser mijoter ?

Killion pensa à la façon dont ses cheveux humides collaient à son front lorsqu'elle délirait de fièvre et ferma les yeux.

Et merde. Il avait vraiment cru qu'elle allait mourir pendant un moment. Il n'avait pas aimé cette idée. Pas du tout.

— Je ne pense pas que la laisser mijoter fonctionne. Elle est en colère. Elle a déjà compris que j'étais de la CIA.

— Mais tu penses toujours qu'elle est innocente ?

Jed avait l'air dubitatif.

— Elle est intelligente et a surpris une conversation qu'elle n'aurait pas dû entendre. Elle a additionné deux et deux. Ce n'était pas bien compliqué. Je ne peux rien y faire. Quelle est l'autre nouvelle ?

— Les Colombiens ont lancé un mandat d'arrêt international contre elle pour le meurtre de l'étudiant.

Et merde. Audrey était foutue.

— Alors qu'est-ce qu'on fait maintenant ? redemanda Jed.

Killion perçut l'incertitude dans sa voix. Le type s'attendait-il vraiment à ce qu'il la mette en position de contrainte alors qu'elle pouvait à peine faire dix pas ? Peut-être la forcer à dire la vérité en menaçant les gens qu'elle aimait ? Il avait fait beaucoup de choses dont il n'était pas fier, mais il ne pouvait pas faire une chose pareille à Audrey – et elle n'avait pas intérêt à s'en rendre compte, sinon il était fichu.

Le fait est qu'il n'avait jamais blessé physiquement une femme. Il ne comptait pas s'y mettre.

— Quel est le profil du tueur à gages typique ? demanda-t-il à la place.

— Tu me demandes de faire ce pour quoi on me paie ?

— Tu parles à un espion qui joue les infirmiers auprès d'une malade, alors arrête de pleurnicher.

— Le meurtre commandité… Il n'y a pas de profil psychologique général. Malgré ce qu'on voit à la télé, la plupart des tueurs à gages ne sont pas si brillants. Ils ne couvrent pas leurs traces, ils se vantent de leurs meurtres et ensuite ils se font prendre. Il s'agit généralement d'hommes, plus jeunes que le soi-disant cerveau et qui ont souvent un casier judiciaire. Celui qui a tué Burger n'entre pas dans cette catégorie. Tout d'abord, le tueur était une femme, ce qui est inhabituel. C'était plutôt un assassinat politique ciblé et la tueuse était une professionnelle, probablement formée par le gouvernement.

Mais quel gouvernement ?

— La tueuse pourrait-elle appartenir au cartel ?

Killion cherchait à trouver un sens à tout cela.

— Bien sûr, mais je ne les vois pas former une femme comme Lockhart. Je veux dire, quand ? Où ?

L'équipe de Frazer avait étudié le passé d'Audrey dans les moindres détails. Elle n'avait pas eu le temps d'intégrer la formation d'assassin dans son emploi du temps académique. Mais les antécédents pouvaient être falsifiés. La CIA le faisait tous les jours.

— Peut-être qu'ils ont menacé quelqu'un qu'elle aimait ? Ses parents, sa sœur, son neveu ?

— Tout ça parce qu'il se trouve qu'elle travaille avec la créature la plus mortelle sur terre et que le père de son ancien petit ami était un ami du sénateur Burger ? Ça semble un peu tiré par les cheveux.

Jed s'interrompit.

— Le meilleur moyen de trouver un tueur est généralement de s'intéresser à la victime. Mais Burger avait tellement d'ennemis que ça ne nous aide pas.

Il y avait aussi les 500 000 $ aux Caïmans enregistrés sur un compte au nom d'Audrey, mais cela aurait aussi pu être un coup monté. Franchement, Ted Burger était un tel connard que beaucoup de gens l'auraient tué gratuitement. Et une femme avec un doctorat serait sûrement assez intelligente pour utiliser une société-écran pour couvrir ses traces.

Killion vida le reste de son verre.

— J'ai besoin de quelques jours de plus. Peut-être qu'à force de passer du temps avec moi, elle sera si désespérée de sortir d'ici qu'elle avouera tout.

— C'est un plan qui tient la route.

— Merci pour le soutien, mon pote.

— Tu ronges ton frein ?

Les temps morts ne réussissaient pas à Killion. La dernière fois qu'il avait pris un congé, c'était pour une fracture du cubitus. Il avait tenu douze heures.

— Je pense qu'on passe à côté de quelque chose et qu'on nous trompe délibérément. Et au lieu d'aller chercher des informations, je suis assis ici à me tourner les pouces et à jouer les infirmiers.

— On étudie tous les aspects de la chose.

Killion grogna.

— Quel est le problème ?

Killion se servit un autre verre de bourbon. Il y avait trop de problèmes pour les compter.

— Tout ramène à Audrey.

— Et ?

— Même les faits que nous savons être faux pointent vers Audrey.

— Comme l'étudiant mort ?

Chose dont elle n'était toujours pas au courant.

— Oui. Et si je n'avais pas été sur place quand Hector a essayé de la tuer, on aurait probablement cru n'importe quelle histoire qu'ils auraient racontée. S'ils peuvent inventer ça, ils peuvent peut-être inventer le reste.

Il planta deux pommes de terre avec une fourchette et les enveloppa dans du papier aluminium. Il ne savait pas ce qu'Audrey arriverait à manger, mais elle devait essayer de reprendre des forces, probablement pour pouvoir l'agresser verbalement par la suite.

— Quelque chose dans tout ça ne colle pas.

Et cela le dérangeait trop pour qu'il l'ignore. Le bip du micro-ondes lui indiqua que le steak était prêt.

— N'oublie pas de dire à ta belle interprète qu'il n'est pas trop tard pour tenter avec moi si elle a changé d'avis à ton sujet.

— Tu as plus de chance de diriger la mission Mars.

Killion sourit. En y réfléchissant, lors de leur première rencontre, Vivi l'avait regardé de la même façon qu'Audrey l'avait regardé après avoir réalisé qu'il ne comptait pas l'emmener chez les flics ou la laisser partir. Comme un chewing-gum collé à la semelle de sa chaussure. Ce n'était pas l'effet qu'il avait habituellement sur les femmes. Elles l'aimaient bien. Il avait un sourire qui promettait du bon temps et de la patience. Apparemment, Vivi et Audrey étaient toutes deux immunisées contre son charme. Des femmes intelligentes.

Il dit au revoir à Jed et descendit le reste de son verre. La chaleur de l'alcool lui réchauffa la gorge et le sentiment de détente qu'il évoquait lui donnait envie de s'en servir un autre et de se soûler. Au lieu de ça, il s'intéressa à son steak. Il aurait besoin de toutes ses facultés pour tenir les prochains jours et découvrir exactement les informations que détenait sa captive. Coupable ou non, il avait le sentiment que la vie d'Audrey dépendait de sa capacité à trouver les réponses.

____

AUDREY SE REDRESSA dans le lit et cligna des yeux. Elle avait dormi presque toute la journée et se sentait mieux qu'avant, moins épuisée. Avant de s'endormir, elle avait trouvé des sous-vêtements et un short de sport dans la commode, et les avait empruntés en s'excusant silencieusement auprès du proprié-taire.

Elle avait besoin de tous ses moyens pour faire face à cet homme et ne pouvait pas se permettre d'être distraite par son manque de vêtements. Il était terriblement intelligent et n'avait pas peur d'enfreindre les règles pour obtenir ce qu'il voulait. Elle n'avait pas l'habitude de traiter avec ce genre d'homme à quelque niveau que ce soit. Elle n'avait même pas eu de petit ami en 18 mois. Sa dernière relation à long terme avait été un désastre quand il s'était avéré que le type baisait une étudiante alors qu'ils sortaient ensemble. Avant cela, il y avait eu Devon. Il leur avait fallu des mois pour réaliser qu'ils étaient attirés l'un par l'autre par la perte et le chagrin, et qu'il n'y avait aucune chimie entre eux. Pas la base la plus saine. Elle était reconnaissante qu'ils soient encore bons amis, surtout à présent qu'il sortait avec sa sœur, mais elle aurait souhaité pouvoir effacer cette partie de son histoire.

Les relations s'assortissaient d'un prix trop élevé et elle n'est plus prête à le payer. Aujourd'hui, Audrey préférait être seule.

Pourquoi pensait-elle aux *relations* et aux *rendez-vous* ?

Le bruit de la clé qui tournait dans la serrure, suivi d'un coup sur la porte, la fit sursauter. Patrick passa la tête dans l'embrasure avec méfiance, comme s'il s'attendait à ce qu'elle lui lance à nouveau quelque chose. Ses cheveux étaient légèrement en bataille, comme s'il avait dormi lui aussi. Il avait une bonne tête au sortir du lit. Elle soupçonnait que l'espion avait rarement l'air d'autre chose que d'un mannequin volontairement ébouriffé d'une publicité pour une eau de Cologne pour hommes.

Patrick avait dit qu'il n'était pas très regardant sur les femmes avec lesquelles il couchait, mais elle connaissait le type de femmes que les hommes comme lui fréquentaient. Les femmes belles, qui faisaient du sport tous les jours et se maquillaient tous les matins. Cela lui arrivait rarement. Ses grenouilles s'en fichaient.

Pourquoi pensait-elle à l'apparence ? La chaleur lui monta aux joues et elle agrippa les draps. Les apparences n'avaient pas d'importance. À la première occasion, elle allait crier au meurtre à qui voudrait bien l'entendre.

— Une trêve ?

Il était clairement en train de sonder son humeur.

Elle le regarda fixement, puis se souvint de ce vieux dicton qui disait qu'on attrape plus de mouches avec du miel qu'avec du vinaigre. De plus, elle n'avait pas l'énergie pour se battre. Elle n'avait rien à perdre à mettre de côté son hostilité tant qu'elle restait sur ses gardes.

— Bien.

— J'ai préparé le dîner.

Elle serra ses genoux contre sa poitrine.

— Je n'ai pas faim.

Sous une chemise déboutonnée, un T-shirt froissé s'étendait sur son torse sculpté. Elle essaya de ne pas y prêter attention.

— Il faut que vous mangiez. Reprenez des forces avant de vous épuiser.

— On croirait entendre ma mère.

Sa pauvre mère qui devait gérer sa sœur qui préférait fumer du crack plutôt que de manger un bon repas ou de s'occuper de son fils de deux ans. Elle sentit la tristesse la gagner. Audrey n'était pas du genre à s'apitoyer sur son sort, mais après avoir été poignardée et enlevée – par un hélicoptère rempli de soldats en mission secrète dont elle se souvenait soudain – elle avait bien le droit de s'apitoyer un peu sur elle-même.

À présent, c'était terminé. Il était temps d'aller de l'avant, d'arrêter de se morfondre et de trouver un moyen de se sortir de ce pétrin. Elle était la seule capable de prendre soin d'elle, et elle aurait mieux fait de commencer sans plus attendre. Elle écarta les couvertures et Patrick examina ses nouveaux vêtements avec une expression qu'il s'efforçait de garder impassible. Elle commençait à voir qu'il se révélait plus dans ces moments où il cachait ses émotions que le reste du temps.

— Je vais à la salle de bain.

Elle allait tourner les talons, mais un souvenir l'arrêta net. Il l'avait aidée à se rendre à la salle de bain à plusieurs reprises, attendant devant la porte avant de l'aider à se recoucher. Elle jeta un coup d'œil par-dessus son épaule, le voyant différemment cette fois.

Il avait pris soin d'elle.

Les souvenirs affluèrent tandis qu'elle le fixait. Les interminables gorgées d'eau fraîche. Les moments où il avait épongé son front avec un chiffon humide. La sensation de voler quand il la portait parce qu'elle était trop faible pour marcher toute seule. Les cernes autour de ses yeux fatigués, dus au manque de sommeil, car il avait été à ses côtés pendant toute la durée de sa maladie. *Tout le* temps.

— Il faisait froid, dit-elle.

Un léger pli se forma entre les sourcils de Killion. Il ne comprenait pas.

— Quand vous m'avez mise dans la baignoire, l'eau était froide…

Elle ravala sa confusion.

— Vous étiez brûlante. Je ne savais pas quoi faire d'autre.

À l'expression méfiante de ses yeux, il pensait qu'elle était sur le point de se fâcher à nouveau.

Elle se souvint d'autre chose. Elle s'était serrée autant que possible contre un grand corps chaud, et ce corps l'avait enveloppée jusqu'à ce que la chaleur envahisse ses os et que ses dents cessent de claquer.

Il lui avait sauvé la vie. Pour toutes les mauvaises raisons, mais il lui avait sauvé la vie. C'était peut-être un début.

— Merci, dit-elle lentement. D'avoir pris soin de moi.

Il la regardait d'un air circonspect. Il lui adressa un léger signe de tête.

— Sortez quand vous serez prête. On peut manger dans la cuisine.

Audrey se rendit dans la salle de bain et ferma la porte. Elle ne savait pas plus quoi penser. Des bribes de souvenirs refaisaient surface, et ils ne cadraient pas avec le comportement de quelqu'un qui était sur le point de lui soutirer des informations de force.

Il n'avait jamais admis être un interrogateur.

Il n'avait jamais admis être quoi que ce soit.

Elle utilisa les toilettes et se lava les mains. Le miroir au-dessus du lavabo lui renvoya un visage ovale et décharné. Des cheveux en désordre. Des cernes sous les yeux et une peau pâle comme l'ivoire. Elle plissa les yeux. Elle ressemblait exactement à ce qu'elle était. Une scientifique sérieuse qui se remettait d'une grave maladie. Elle n'avait pas l'air d'une tueuse folle.

Pourquoi le pensait-il ? Il devait y avoir une explication logique.

Pourquoi un membre de la *Mano de Dios* l'avait-il poignardée ? Il devait y avoir eu erreur sur la personne. Elle sentit l'excitation la gagner. Ils pouvaient y remédier. Et elle pourrait retrouver sa vie d'avant, dès que le malentendu serait dissipé.

Elle s'aspergea le visage d'eau froide et son estomac gargouilla. Pour la première fois depuis des jours, elle avait vraiment faim. En se séchant, elle regagna la chambre, pieds nus. Se sentant déjà fatiguée par ce simple effort, elle franchit la porte et trouva son ravisseur dans la cuisine, en train de beurrer un morceau de pain grillé. Il faisait sombre dehors. Ils avaient dû dormir toute la journée. Il avait mis deux couverts. Une assiette assortie d'un verre d'eau comportait une demi-pomme de terre et trois fines tranches de viande. L'autre un gros steak, des pommes de terre au four et des petits pois. Une bouteille de bière était posée au centre.

— Asseyez-vous.

Il lui indiqua un tabouret sur l'îlot de cuisine et posa le toast beurré à côté de son assiette.

— Je n'étais pas sûr de ce que vous voudriez manger.

— C'est parfait. Merci.

Elle s'installa avec précaution sur le tabouret et regarda autour d'elle.

— C'est magnifique ici. C'est chez vous ?

Il secoua la tête.

— Vous voulez boire autre chose ? Il y a du jus, du lait, du thé, du café. Mieux vaut éviter l'alcool jusqu'à nouvel ordre.

Elle sourit même s'il avait éludé sa question. Elle enroula ses doigts autour du verre frais, essayant de ne pas lui en vouloir.

— L'eau me va très bien.

Il s'assit à côté d'elle. Cela lui fit un drôle d'effet. Comme s'ils étaient soudain censés faire semblant d'être deux personnes normales alors que les circonstances qui avaient conduit à ce moment avaient été extraordinaires.

Le silence se fit de plus en plus pesant, jusqu'à ce qu'elle ne puisse plus le supporter.

— Alors, où avez-vous grandi ?

Il prit une gorgée de sa bière.

— En Californie. Et vous ?

Elle prit le toast, se demandant s'il disait la vérité et comment on pouvait vraiment être certain des affirmations d'un homme comme lui.

— Je suppose que vous le savez. En fait, je suppose que vous savez tout de moi, de mon historique dentaire à mon cycle menstruel.

Il grimaça.

— Pas tout à fait. Mais je sais beaucoup de choses. Née dans le Montana, vous avez déménagé dans le Kentucky quand vous aviez 12 ans. Vous vivez et travaillez toujours dans l'État du tabac. Sauf quand vous êtes en Colombie pour faire votre truc funky avec les grenouilles.

— J'ai expliqué mon travail avec les grenouilles pendant mon exposé l'autre jour. Vous étiez trop occupé à tripoter cette pauvre touriste pour faire attention à ce que je disais.

Il secoua la tête.

— Un flirt inoffensif. Et j'écoutais. Les grenouilles meurent et vous essayez de les aider. J'ai fait attention, mais je ne savais pas que j'allais avoir un examen là-dessus.

Il découpa son steak et commença à manger.

Elle croqua dans sa tartine beurrée chaude et sentit un frisson de plaisir lorsque le sel du beurre commença à se dissoudre sur sa langue. Elle essuya les miettes de ses lèvres.

— C'est délicieux.

— Facile à satisfaire. C'est bon à savoir.

Il sourit, une fossette apparaissant sur son menton.

— Vous avez pris une année sabbatique après le lycée. Où êtes-vous allée ?

— Ça ressemble à un interrogatoire, mais comme je n'ai rien à cacher, je vais vous le dire.

Elle prit une autre petite bouchée de pain grillé.

— Je suis allé en Europe, puis en Thaïlande, puis en Australie et en Nouvelle-Zélande.

— Vos parents n'ont pas vu d'inconvénient à ce que vous partiez loin d'eux ?

Le souvenir de ses parents fit naître une vague de remords en elle. Ils avaient déjà assez souffert. Prenant son verre et buvant une gorgée d'eau, elle chassa son inquiétude. Un facteur de stress à la fois. Une fois qu'elle aurait convaincu Patrick qu'elle n'était pas une tueuse, elle trouverait un moyen de contacter ses parents et de leur faire savoir qu'elle était en vie.

— Ils n'étaient pas ravis, mais j'avais besoin de m'éloigner. Je suis presque sûre que je serais littéralement devenue folle si j'étais restée à la maison.

Elle avait senti à l'époque qu'elle étouffait de l'intérieur, cherchant désespérément à échapper à la pression de l'école et de sa situation familiale. Remplie d'un désir ardent de voyager et de voir le monde.

— Je suppose que la toxicomanie de votre sœur a été dure pour votre famille.

C'était une déclaration, pas une question.

— Je n'avais aucune patience avec Sienna quand elle a commencé à se droguer.

La colère intérieure qui vivait au fond d'elle venait de se libérer.

— Honnêtement ? J'étais en colère contre eux tous. Ma sœur était une ratée, mais mes parents n'y étaient pas pour rien. Ils l'avaient pourrie gâtée depuis sa naissance. Si elle était malade, elle restait à la maison. Si elle ne travaillait pas bien en classe, c'était la faute du professeur. Si je disais quelque chose, c'était par méchanceté, jalousie.

D'habitude, elle n'était pas aussi franche sur sa dynamique familiale, mais Patrick en savait apparemment plus sur elle que quiconque sur la planète. Elle ne comptait pas être avare de détails.

— J'avais besoin de m'éloigner de tout pour sauver ma santé mentale.

— Et cela a fonctionné ? demanda-t-il.

— Certains jours, c'est discutable, mais je dirais que oui.

Elle acquiesça.

— Cette année m'a beaucoup appris sur moi-même et sur ce qui m'intéressait. Ma passion. Je suis rentrée chez moi avec plus de patience et de maturité qu'en partant.

Il la regardait de ses yeux bleus qui ne manquaient rien, mais qui ne semblaient jamais totalement convaincus qu'elle disait la vérité. En temps normal, les gens trouvaient qu'elle était aussi transparente que le verre et aussi intéressante que de la peinture qui séchait. Une petite part d'elle appréciait d'être une énigme pour une fois.

— Vous avez une famille ? demanda-t-elle.

Il haussa les épaules.

— Vous ne voulez pas en parler au cas où mes grenouilles et moi nous déchaînerions ?

Elle ricana, se tenant le côté. La blague était peut-être de mauvais goût, mais être poignardée et enlevée l'était aussi.

Il essuya un anneau de condensation sur le comptoir en bois.

— Quel est le pays que vous avez préféré pendant votre tour du monde ?

Elle le regarda par-dessus son verre, lui montrant qu'elle savait qu'il essayait de contrôler la conversation et qu'elle le laissait faire, pour le moment.

— Je suppose que vous avez voyagé ?

Il fit un signe de tête.

— Quelle ville préférez-vous entre Venise, Paris, Rome ?

— N'importe quel endroit où on n'essaie pas de me tuer me convient tout à fait.

Son regard lui indiqua qu'il ne plaisantait pas. Il la surprit en continuant.

— Je suppose que si je devais en choisir un, je choisirais le désert quelque part. En Australie, peut-être. En Utah, en Afrique du Nord – j'aime la chaleur, et les couleurs. Le calme.

Il haussa les épaules et elle se dit qu'il disait peut-être la vérité.

— Vous devez bien avoir un endroit préféré, insista-t-il.

— J'ai adoré l'Australie. La faune et la flore y sont phéno-ménales.

— Les insectes, dit-il en faisant la moue. Vous êtes en croisade. Vous essayez de sauver le monde.

Elle haussa un sourcil.

— Je croyais que vous aviez dit que j'étais une meurtrière ?

— Les gens peuvent être les deux.

Patrick avait l'air d'en avoir rencontré pas mal.

— Qui pensez-vous que j'ai tué exactement ?

Il prit une gorgée de bière.

— C'est confidentiel.

Elle rit, puis réalisa qu'il était sérieux.

— Sérieusement ? Comment suis-je censée me défendre contre un crime si vous ne me dites pas quel est ce crime ?

— Dites-moi tous les crimes que vous avez commis et on partira de là.

Son sourire promettait beaucoup de choses, mais Audrey ne s'y fiait pas.

Elle était soudain peu disposée à effectuer cette danse, alors que tout ce qu'il voulait vraiment, c'était lui soutirer des informations. Elle posa son toast.

— Hé, fit-il en levant les mains en signe de reddition. C'était juste histoire de faire la conversation. Vous devez manger.

— Très bien.

Elle but une gorgée d'eau. Elle aurait aimé ne pas se sentir si faible et impuissante.

— Voyons voir. Quelle est la pire chose que j'ai faite ? À Venise, j'ai trouvé 200 dollars et je ne les ai pas remis aux autorités. J'étais fauchée et cet argent m'a duré une semaine entière. C'était mal et je suppose que c'était illégal, mais je l'ai fait quand même parce que je ne voulais pas avoir à supplier mes parents de m'aider alors que je leur avais dit que je pouvais me débrouiller seule. Quoi d'autre ? Une fois, je me suis baignée à poil en Nouvelle-Zélande, ce qui était une énorme erreur vu le froid qu'il faisait. J'entrais dans les bars quand j'étais mineure avec une fausse carte d'identité. Je traversais la rue hors des clous à New York…

— Tout le monde le fait.

— Et même si j'essaie de respecter les limitations de vitesse, j'admets qu'il m'est arrivé de faire des excès sur de longs tronçons d'autoroute.

Il découpa sa pomme de terre, puis désigna son assiette à elle avec son couteau.

— Mangez.

— Et vous, quels crimes avez-vous commis ?

Il mâcha et avala, puis sourit.

— À part quitter la scène d'une mort suspecte et voler un avion à un baron de la drogue colombien ? Rien récemment.

— Et le kidnapping ?

Il parut surpris, puis un côté de ses lèvres se retroussa.

— Vous m'avez eu.

Elle croqua à nouveau dans son toast et réussit à finir une tranche entière avant de repousser l'assiette.

— Vous travaillez sur des grenouilles vivantes aux États-Unis ? demanda-t-il.

Elle inclina la tête vers lui. Il connaissait forcément la réponse à cette question.

— J'expédie des échantillons et des spécimens chez moi, mais j'essaie de faire le plus gros du travail possible en Colombie.

Elle grimaça.

— De cette façon, je peux éviter tous les tracas administratifs liés à mon travail.

— N'êtes-vous pas jeune pour être professeur ?

— J'ai trente ans.

Elle hocha la tête, mais un frisson lui parcourut l'échine.

Serait-elle renvoyée pour cette débâcle ? Elle avait travaillé dur pour en arriver là. Elle sentit la chair de poule la gagner, et se frictionna les bras. Il le remarqua manifestement, car il retira sa chemise en coton et la lui tendit. Elle la glissa sur ses épaules, reconnaissante pour la chaleur supplémentaire. Mais elle aurait préféré que sa chemise ne sente pas si fort son odeur. L'étui d'épaule noir qu'il portait sur son T-shirt était une mauvaise surprise. Elle ne savait pas qu'il était armé.

Elle était complètement à la merci de ce type et elle ne devait pas l'oublier, malgré son joli visage et son sourire désarmant.

Des miettes tombèrent sur la table, elle les balaya puis les mit dans son assiette.

— Pourquoi pensez-vous que j'ai tué cette personne ?

Mais soudain, la lumière se fit. Elle avait enfin compris.

— Oh, je vois… Quelqu'un a été tué avec de la batracho-toxine.

Elle fronça les sourcils.

— Vous savez que ça peut être synthétisé, j'espère ?

Il ne la quitta pas des yeux.

— On l'a analysée et elle proviendrait d'une source natu-relle dans la région où vous travaillez. L'ADN a parlé.

Elle se sentit presque étourdie sous l'effet du soulagement. C'était ainsi que la CIA fonctionnait ? Avec des preuves aussi minces !

— N'importe qui aurait pu mettre des gants et aller ramas-ser une grenouille dans la forêt tropicale. Il faut juste savoir où chercher. Je n'arrive pas à croire que ça vous suffise pour m'accuser de meurtre.

Puis elle fronça les sourcils.

— Ça ne peut pas être pour ça que le cartel a essayé de me

tuer. Ils sont mieux informés que ça. Et ils sauraient exactement comment se procurer une grenouille indigène. Suis-je un bouc émissaire ? La fille blanche désemparée et commode ?

Il la transperça de ses yeux bleus, mais garda ses pensées pour lui.

Le cœur d'Audrey se mit à battre plus vite.

— Il y a autre chose, n'est-ce pas ? Mais vous n'allez pas me le dire, parce que c'est *confidentiel*.

Il rompit la connexion, baissa les yeux sur son assiette et continua à manger. Audrey avait perdu le peu d'appétit qu'elle avait eu. Elle repoussa son assiette et se leva.

— Merci beaucoup pour le dîner. Maintenant, je vais me coucher.

Elle retourna dans sa chambre et claqua la porte. Le son se répercuta dans toute la maison, lui rappelant que peu importe le bruit qu'elle ferait, il n'y aurait personne pour l'entendre.

CHAPITRE DIX

KILLION SE REVEILLA en sursaut et réalisa qu'il s'était endormi sur le fauteuil du salon. Il se figea, tendant l'oreille pour déterminer ce qui l'avait réveillé.

Le bruit recommença.

Un cri. Audrey.

Il se leva d'un bond de sa chaise, SIG en main, et se précipita dans la chambre. Il s'arrêta, la main sur la poignée de la porte, écoutant attentivement, et entendit à nouveau le cri. Il ouvrit la porte en douceur. La lumière de la salle de bain était allumée et la porte entrouverte.

Elle était seule.

Audrey se tordait dans le lit, se débattant avec les couvertures. Il n'y avait pas d'agresseur, sauf dans ses rêves. Il ressentit une pointe de culpabilité à l'idée qu'il puisse être responsable de ses cauchemars.

Elle commença à sangloter et à gémir. Décidément. Qu'était-il censé faire ? Hésitant, il entra, et s'assit sur le bord du matelas. De la sueur perlait sur son front. Sa fièvre était-elle revenue ? Il posa l'arme sur la table de chevet et repoussa ses cheveux noirs de son front. Elle n'avait pas de fièvre, Dieu merci, mais elle était chaude et en sueur.

— Aud, appela-t-il doucement.

Il réalisa que dormir avec elle lui avait manqué. C'était une pensée étrange pour un homme qui préférait être seul avec lui-même.

Sa tête roula dans la direction opposée.

— Rebecca. Non. Non !

Ses sanglots lui tordaient les tripes.

Il faisait ce genre de rêves depuis quelques années. Il avait été intégré à une unité des forces spéciales chargée de négocier le soutien d'une tribu au nouveau chef afghan, pour obtenir de l'aide pour arrêter les combattants arabes qui passaient dans la région. Bien que les anciens n'aient pas été convaincus qu'ils devaient défier ouvertement le mollah Omar, Killion avait gagné leur confiance après des semaines à cultiver les relations. Il avait été invité à assister à un mariage là-bas. Un autre agent de renseignement, une femme qui était en concurrence avec Killion depuis leur passage à la Ferme, avait reçu des informations contradictoires d'une source que Killion savait fondamentalement peu fiable et prête à tout pour faire de l'argent. La source avait convaincu l'agent que des chefs talibans en fuite se cachaient dans le village juste sous le nez de Killion, se préparant à les prendre en otage, lui et son groupe. Elle avait utilisé son influence pour faire bombarder l'endroit. Il avait essayé d'arrêter l'attaque, mais c'était trop tard. Deux frappes aériennes avaient réduit les lieux en cendres.

Les images de corps brisés, certains d'entre eux étant des amis, d'autres des enfants, l'avaient hanté pendant des années. Certains jours, il était furieux que les rêves se soient estompés – que les souvenirs de ces personnes et la culpabilité de sa propre agence aient diminué avec le temps.

La confiance était une chose éphémère, mais une fois perdue, elle l'était pour toujours. Inutile de dire qu'ils avaient perdu le soutien qu'il avait travaillé si dur à établir. Le gouvernement américain avait ensuite présenté ses excuses pour les éventuelles victimes civiles. La femme agent de renseignement avait été renvoyée au QG et avait fini par démissionner.

— Rebecca !

Il fut ramené au présent.

— Ne meurs pas ! Je t'en supplie, ne meurs pas.

Il posa ses mains sur les épaules d'Audrey et la serra doucement.

Elle se réveilla en sursaut et s'agrippa à ses avant-bras. Ses yeux étaient hagards et il voyait le pouls battre fortement à la base de sa gorge. Elle cligna des yeux, semblant revenir à elle.

— Patrick.

Elle prononça son nom dans un soupir et resserra sa prise. Killion eut une impression d'étrange familiarité.

Il passa une mèche de cheveux derrière son oreille.

— Vous avez fait un mauvais rêve. Tout va bien.

Elle hocha la tête, mais son pouls s'emballa sous sa peau. L'idée de faire glisser sa langue à cet endroit précis fit naître quelque chose de chaud et de sensuel en lui qui n'avait pas sa place dans cette mission. Mais il n'était pas un eunuque et il ne faisait que regarder son cou pour l'amour de Dieu.

— Qui est Rebecca ?

Elle se détendit sur l'oreiller et lui lâcha le bras. Elle s'étira sous lui et il essaya de ne pas penser à ce doux corps féminin à quelques centimètres de lui.

— C'était ma meilleure amie à l'université.

Elle ferma les yeux et quand elle les rouvrit, ses cils étaient humides.

— Il y a cinq ans, on est sorties en boîte et on a été agressées en rentrant chez nous. Le gars lui a tiré dessus. Il a essayé de me tirer dessus, aussi, mais son arme s'est enrayée.

Comment avaient-ils pu manquer ça ?

Il ignora les battements de son propre cœur.

— Je ne sais pas si ça fait de vous la femme la plus chanceuse de la planète, ou la plus malchanceuse.

Son sourire se transforma en larmes.

— Moi non plus.

Elle s'essuya rapidement les yeux. Audrey Lockhart ne pouvait pas craquer.

— Rebecca est morte dans mes bras sur place. J'ai essayé de la sauver, mais le médecin m'a dit plus tard que la balle avait perforé son aorte. Elle n'avait aucune chance.

— Je suis désolé.

Il avait tenu des gens dans ses bras tandis qu'ils mouraient. Des soldats. Des amis. Des enfants.

Être témoin de la mortalité humaine était l'expérience la plus dégrisante que l'on puisse imaginer, surtout lorsqu'elle était le fruit de la violence.

Elle serra ses lèvres roses. Et voilà qu'il se demandait quel goût elle pouvait bien avoir, alors qu'elle revivait le meurtre de sa meilleure amie.

Il irait en enfer.

Il se rappela qu'il avait un travail à faire.

— Comment s'appelait-elle ?

La lumière dans ses yeux changea lorsqu'elle réalisa qu'il lui demandait cela pour le travail et il n'aimait pas la déception qu'il lut sur son visage.

— Rebecca Brightman. Ça a fait les gros titres à l'époque, parce que son père est le grand industriel Gabriel Brightman.

Il fronça les sourcils.

— Vous êtes sortie avec son frère, non ?

Elle acquiesça.

— Après la mort de Rebecca.

Et elle l'avait appelé plus tôt, donc ils étaient encore proches. Avaient-ils encore des sentiments l'un pour l'autre ? L'idée ne lui plaisait pas, mais cela n'avait rien à voir avec la mission.

Il fronça les sourcils.

— Pourquoi n'étais-je pas au courant que vous aviez été témoin de la mort de votre amie ?

— Ai-je oublié de le mentionner lors de notre premier rendez-vous ? Désolée.

Sa voix avait ce côté rauque et amusé qui l'excitait à chaque fois qu'il l'entendait. Il s'en serait bien passé, étant donné que son cerveau était censé s'occuper de trouver des informations pertinentes.

Elle leva au ciel ses yeux fatigués.

— Ne virez pas vos analystes tout de suite. J'étais le seul témoin, mais je n'ai jamais vu le visage du type. Il portait une cagoule. Les flics et le procureur ont gardé mon identité secrète parce qu'ils voulaient faire croire que « le témoin » en savait plus qu'il ne le laissait entendre, et j'ai refusé la protection des témoins parce que j'étais à mi-chemin de mon doctorat et qu'il était hors de question que je gâche tout ça à cause d'un stupide agresseur. Ils ont mis en place une opération d'infiltration avec une policière comme leurre, mais ils n'ont jamais attrapé le gars. L'affaire est toujours ouverte, mais personne n'espère plus le retrouver après tant d'années.

Elle s'assit et tendit la main vers l'eau. Le temps qu'il se rende compte qu'elle n'allait pas prendre son verre, il regardait le canon de son propre pistolet. Les intervalles entre les battements de son cœur semblaient durer une éternité.

Eh bien, eh bien.

— Je veux que vous vous éloigniez du lit, Patrick.

Le lourd pistolet tremblait dans sa main. Son doigt était posé sur la gâchette.

Il aurait pu bondir et faire tomber l'arme de sa main, mais prendre une balle à bout portant signifiait qu'il se serait vidé de son sang avant même d'avoir pu passer un appel téléphonique.

Il leva les mains.

— Attention, Aud. Il est chargé.

Il ôta son poids sur le lit et recula d'un demi-pas.

— Ne faites pas quelque chose que vous risqueriez de regretter.

— Tirer sur quelqu'un qui m'a kidnappée et retenue contre ma volonté ?

Sa lèvre inférieure tremblotait.

— Quel tribunal américain aurait un problème avec ça ? Je ne sais même pas si vous êtes vraiment de la CIA, car c'est *confidentiel* et je n'ai entendu qu'une partie d'une conversation alors que j'étais presque inconsciente. Vous avez très bien pu l'inventer.

L'arme tremblait et elle enroula ses deux mains autour, mais elle était toujours instable.

Killion plissa les yeux. Il n'aimait pas trop qu'on pointe une arme chargée dans sa direction, mais un assassin professionnel aurait déjà appuyé sur la gâchette.

— Aucun tribunal du pays ne condamnerait une femme innocente sur cette base, répondit-il.

Il se déporta sur sa droite.

— Malheureusement, ils risquent de ne pas être aussi compréhensifs envers une femme déjà recherchée pour meurtre.

Elle ouvrit grand les yeux.

— Ils pensent que j'ai assassiné Hector de sang-froid ? Oh, mon Dieu.

Il ne corrigea pas sa supposition sur l'identité de la victime. On aurait dit qu'elle allait se remettre à pleurer.

— Je dois parler aux autorités américaines, dit-elle, son ton montant dans les aigus sous l'effet de l'incompréhension. Je dois leur dire la vérité. Vous devez m'aider.

Il croisa les bras sur sa poitrine et regarda l'arme entre ses mains.

— Allez-vous me tirer dessus ou pas ?

— Non !

Elle baissa l'arme et la posa sur ses cuisses.

— Toute personne saine d'esprit vous tirerait dessus. Vous êtes arrogant, agaçant et tellement cachottier. *Et* vous pourriez être un tueur en série dérangé pour ce que j'en sais.

Son discours ne tenait pas la route.

— Mais je me fiche de ce que les gens disent ou pensent, je *ne suis pas* une tueuse.

Elle s'essuya les yeux.

— Je veux juste rentrer chez moi.

— Je commence à le voir, Dr Lockhart.

Il tendit le bras pour prendre l'arme sur ses genoux et la remit dans son étui, se sentant idiot. Son cœur retrouva son rythme sinusal normal et un sentiment de soulagement le gagna. Non seulement parce qu'elle ne l'avait pas tué, mais aussi parce que tous les doutes sur son innocence venaient d'être balayés.

— Rappelez-moi un jour de vous montrer comment enlever la sécurité d'un SIG. Mais pas aujourd'hui, d'accord ?

Il se pencha et déposa un baiser sur son front. L'envie de monter à côté d'elle et de la serrer contre lui eut presque eu raison de son bon sens. Il se leva donc et recula. Elle n'était plus une suspecte avec qui il pouvait jouer pour obtenir des informations. C'était une innocente qui avait besoin de sa protection.

— Allez dormir.

Il marqua un temps d'arrêt avant de sortir de la pièce.

— Et appelez-moi Killion. Ma grand-mère est la seule à m'appeler Patrick, et seulement quand elle est en colère.

KILLION PRIT SON téléphone portable satellite et composa le numéro de Jed.

— J'ai une bonne et une mauvaise nouvelle.

— Quelle est la bonne nouvelle ?

On était au beau milieu de la nuit et il venait manifestement de le réveiller, mais Jed ne se plaignit pas.

— Audrey Lockhart ne peut pas être notre assassin professionnel.

— Quelle est la mauvaise nouvelle ?

— Audrey Lockhart ne peut pas être notre assassin professionnel.

— Bon sang. Tu en es sûr ?

— Je suis prêt à parier ma réputation là-dessus.

Killion s'attendait à une blague sur le fait qu'il n'y avait pas grand-chose à perdre, mais Jed le surprit en grognant.

— Ça me suffit. Mais alors pourquoi on nous a conduits à cette femme ?

On leur avait donné juste assez d'informations pour la

retrouver avant que quelqu'un n'essaie de la mettre hors-jeu, définitivement.

— Je viens d'apprendre qu'Audrey était la meilleure amie de la fille de Gabriel Brightman et que celle-ci a été assassinée lors d'une agression il y a quelques années. Audrey a survécu parce que l'arme du type s'est enrayée.

— Comment on a pu passer à côté ?

— Les flics et le procureur n'ont pas mentionné son nom dans les rapports pour protéger son identité, répondit Killion.

— Audrey est sortie avec le frère, non ?

— Oui, mais je ne connaissais pas le lien amie/sœur avant ce soir.

Il s'en voulait d'avoir ignoré quelque chose d'aussi vital.

— Que s'est-il passé ce soir ? demanda Jed.

La carrière de Killion était construite sur la transmission d'informations et il aurait été prêt à confier sa vie à Jed. Ce n'étaient pas des ragots. C'étaient des données.

Et tu aimerais que tes cauchemars se retrouvent dans une base de données, connard ?

— Elle a abordé la mort de son amie. Les flics n'ont jamais attrapé le gars. Il faut que Frazer ou Parker creusent sur Gabriel Brightman. Il semble être un candidat parfait pour le projet Gateway. Un ami de Burger. Voulant se venger de la mort d'un enfant ? Peut-être en impliquant le cartel ? Il en voulait peut-être à Audrey d'avoir survécu et pas sa fille, et a décidé de lui faire porter le chapeau ?

— C'est ce qui se rapproche le plus d'un mobile, mais pourquoi éliminer Burger s'ils étaient censés être amis ?

Killion haussa les épaules.

— Il a peut-être trouvé que Burger était allé trop loin ?

Le vice-président avait aidé à financer une attaque terroriste dans un effort tordu pour renforcer la lutte contre ces derniers.

— Peut-être que Brightman s'est dit que si Burger se faisait attraper, il le ferait tomber aussi ?

— Je suppose, fit Jed d'un air las.

— Tout va bien ?

— Il est quatre heures du matin, répliqua Jed d'un ton cassant.

— J'avais oublié que vous autres, les fédéraux, ne travailliez qu'aux horaires de bureau.

— Dit l'homme qui vit dans les Caraïbes.

— En parlant de ça. Il faut que je quitte l'île. Maintenant qu'on sait qu'Audrey n'a pas d'informations à divulguer, je dois continuer à chercher l'assassin.

Et plus il passait de temps avec Audrey, plus il se sentait proche d'elle. Cela ne lui plaisait pas. Il ne voulait pas de ça. Elle n'était pas le genre de femme dont il pouvait s'éloigner sans que l'un d'eux ou tous deux soient blessés, et il finissait toujours par s'éloigner.

Il était temps d'avancer.

Mais peu importait le nombre de raisons qu'il trouvait pour se débarrasser de la biologiste, l'idée restait mauvaise. Et le fait qu'il l'ait attaquée le premier soir ? Et que son agression et sa déposition l'avaient probablement conduite à être poignardée le lendemain et avaient entraîné l'assassinat de son étudiant – même si elle l'ignorait toujours. Raison de plus de le détester si jamais elle le découvrait.

— Et Lockhart ? demanda Jed. On ne peut pas la relâcher comme ça, elle est recherchée pour meurtre. Même si la vérité éclatait, le cartel veut toujours la tuer pour des raisons inconnues.

Audrey était clairement en danger.

— Soit Brightman a tout manigancé, soit c'est le cartel, soit ils travaillent ensemble. On a besoin de plus de gens qui se renseignent sur eux. Pour voir s'il y a un lien entre Gómez et Brightman.

Killion se frotta le visage.

— Vous avez vérifié les relevés téléphoniques de ces deux inspecteurs ?

— Oui.

Jed avait l'air de taper sur un ordinateur tout en lui parlant.

— L'inspecteur Torres a appelé un portable prépayé situé dans la banlieue de Bogota. Parker essaie de le tracer, parce que ce même portable a été utilisé pour appeler un numéro dans le Kentucky. Le téléphone est éteint et si la personne qu'ils ont appelée a la moitié d'un cerveau, elle l'aura jeté.

— Continuez à le surveiller. Des tas de gens intelligents font des choses stupides.

Il pensa à toutes les choses qu'il aurait voulu faire au Dr Lockhart, même si elle n'en avait aucune idée. Des gens intelligents. Des choses stupides.

Il se gifla mentalement. Il n'aurait pas dû nourrir de telles pensées au sujet de quelqu'un dont il avait la charge et la supervision. La situation avait changé.

— On va avoir besoin de papiers pour rentrer au bercail. On va cacher Audrey dans une planque quelque part. Tant que personne ne la repère à l'arrivée, elle devrait être en sécurité jusqu'à ce qu'on attrape le gars qui tire les ficelles.

— Ça va prendre un certain temps pour arranger le transport si on veut rester discrets. À moins que tes amis britanniques ne puissent vous récupérer à nouveau ? On dit que quelqu'un a éliminé des terroristes qui ont détourné un navire en direction du canal de Panama. Tu penses que c'était eux ?

Killion sourit.

— Si ce n'était pas nous, c'était eux. Mais je ne veux plus les impliquer à moins d'y être vraiment obligé.

Il ne comptait pas mettre en péril leur base d'opérations en Colombie. Il y avait d'autres moyens de se déplacer qui attiraient moins l'attention que les vols de nuit en hélicoptère. Sa réticence n'avait rien à voir avec la façon dont Noah avait regardé Audrey à Carthagène.

— Tu connais quelqu'un qui a un bateau ?

Jed rit.

— Il n'y a que trente milles marins jusqu'à la piste d'atterrissage la plus proche. Vous pourriez nager et voler un autre avion. Très Indiana Jones, d'ailleurs.

Killion leva les yeux au ciel.

— Il faudra 48 heures avant de pouvoir envoyer un hélico là-bas, dit Jed. Je viens d'envoyer un SMS à Parker. Sa société de sécurité est occupée à nous aider sur une affaire dans l'État de New York. À moins que tu ne veuilles faire appel à quelqu'un d'autre ?

— Non.

Le risque que quelqu'un révèle l'identité d'Audrey était trop grand, surtout avec son visage sur tous les journaux d'Amérique du Sud.

— Vois ça comme un week-end – tu te souviens de ce que c'est ? dit Jed.

Killion l'ignora.

— Comment va Frazer ?

— Ça va mieux. Il a arrêté le tueur en série et a récupéré la fille cette fois.

— Il va vraiment rester avec elle ?

— On dirait bien.

Killion grogna.

— C'est ça, n'est-ce pas ?

— C'est ça quoi ? grommela Killion.

— Le problème que j'entends dans ton ton revêche. Tu l'aimes bien. Tu aimes bien le Dr Audrey Lockhart et passer du temps seul avec elle te fout les jetons.

— Ta. Gueule.

— Ce n'est pas ton type habituel, mon pote. Elle a ce côté intello pour elle.

— Jusqu'à il y a dix minutes, je pensais qu'elle pouvait encore être une tueuse de sang-froid.

— Ce qui te permettait de lutter contre ton attirance, car tu ne compromettrais jamais une mission.

Killion fut flatté pendant une milliseconde.

— Maintenant, tu essaies de t'enfuir aussi vite que tu peux.

— Ne joue pas au con.

— Ça, c'est ton domaine.

— Va te faire voir.

Killion raccrocha et ferma les yeux. *Bon sang.* Jed avait raison, et ça le rendait malade. C'était la raison pour laquelle il travaillait en solo. C'était bien plus facile tout seul.

———

ALLONGÉE AU LIT, Audrey regardait les rayons du soleil qui dansaient au plafond. Elle était folle de rage envers elle-même. Elle avait eu Patrick Killion à sa merci la veille au soir, mais elle avait réussi à tout gâcher en s'effondrant comme une pathétique mauviette. On frappa à la porte et l'homme en question l'ouvrit en grand. Il était vêtu d'un jean, d'un T-shirt bleu délavé et tartiné d'une crème solaire qu'elle pouvait sentir à l'autre bout de la pièce.

— C'est l'heure de la rééducation, Lockhart.

Elle ne savait pas comment il allait se comporter avec elle, sachant qu'elle avait pointé son arme sur lui la nuit précédente. Le baiser qu'il avait déposé sur son front avait été inattendu et tendre. Cela la rendait mal à l'aise à présent – trop doux, trop tendre –, et lui rappelait le fait qu'il avait pris soin d'elle quand elle était malade, et l'avait sauvée alors qu'elle serait morte autrement.

Un héros.

Leur dynamique avait changé, mais il était toujours un opérateur en mission, faisant des choses dangereuses au nom de son pays. Et elle était toujours une biologiste spécialiste des batraciens.

Même s'il *était* un agent du gouvernement, James Bond n'était pas exactement l'archétype des *happy ends*. Lorsqu'il tombait amoureux, la femme mourait généralement d'une mort atroce, et elle n'avait pas l'intention de mourir avant au moins 70 années de plus. Et elle se rappela qu'elle n'était rien d'autre qu'un travail pour un homme comme lui – peu importait à quel point ces petits baisers étaient « tendres » ou à quel point ils faisaient se serrer son cœur.

Audrey se redressa dans le lit et grimaça lorsque la peau en voie de cicatrisation de son côté la tirailla.

— Je ne pense pas être prêt à faire des abdos pour l'instant. Mais elle en avait assez de rester allongée comme une limace.

Il sourit et elle fut surprise de voir à quel point il avait l'air plus jeune. Moins las.

— Que diriez-vous d'aller vous baigner ? suggéra-t-il.

L'idée de plonger dans l'océan était séduisante, mais il y avait un problème.

— Je n'ai rien à me mettre.

Il se dirigea vers les tiroirs et commença à les fouiller jusqu'à ce qu'il revienne avec un bikini turquoise.

— Malheureusement pour moi, ça a l'air d'aller.

Il étala le haut du bikini sur son torse.

— J'ai déjà vu des post-its plus grands.

Elle se pencha vers lui et le lui arracha des mains.

— Je n'arrive pas à croire qu'ils vous laissent porter une arme.

Elle haussa un sourcil.

— Et qu'est-ce que *vous* allez mettre ?

Il eut un rictus.

— Sérieusement ? Il n'y a personne à des kilomètres à la ronde et, croyez-moi, même le système de satellites militaires le plus avancé ne pourrait pas repérer la bite d'un homme depuis l'espace.

Elle haussa à nouveau un sourcil, et il poussa un profond soupir. Il se rendit de l'autre côté de la pièce et fouilla dans une nouvelle série de tiroirs. Il en sortit un short de bain rouge.

— Il est assez grand pour que vous ne soyez pas choquée ? demanda-t-il en fronçant les sourcils.

— Seulement s'il arrive à contenir votre ego.

Son sourire se fit torride et dangereux.

— J'ai un gros ego.

— Sans rire.

Elle lui lança un oreiller, se tenant sur le côté autant pour arrêter de rire que pour ne pas souffrir.

— Dehors.

Il avait l'air sincèrement peiné.

— Je suis désolé de vous le dire, mais je vous ai déjà vu nue, trois, peut-être quatre fois si on compte…

— Ça n'aide pas.

— Dites – il s'accrocha au cadre de la porte, visiblement peu disposé à partir – pourquoi la grenouille a-t-elle toujours le derrière dans l'eau ?

— Vous pensez vraiment que je ne connais pas toutes les blagues sur les grenouilles ? Pour avoir la raie nette. Ah ah.

Ses yeux brillèrent d'une lueur espiègle.

— Que dit une grenouille lesbienne à une autre ?

Elle secoua la tête.

— Une grenouille lesbienne ?

Ce type était incorrigible.

— Très bien. Je ne sais pas, qu'est-ce qu'une grenouille lesbienne dit à une autre ?

Son sourire était purement diabolique.

— Ils ont raison. On a un goût de poulet.

Oh. Mon. Dieu.

La chaleur qui la gagna n'avait rien à voir avec les mauvaises blagues sur les grenouilles et tout à voir avec la façon dont Patrick Killion la regardait, comme si elle était au menu du jour. Heureusement, il partit avant que ses genoux ne faiblissent et qu'elle ne se laisse tomber sur le lit.

Aurait-il pris cela comme une invitation ? Probablement.

Et elle n'arrivait pas à se rappeler pourquoi elle était censée dire non.

CHAPITRE ONZE

AUDREY PASSA RAPIDEMENT à la salle de bain et appliqua la crème solaire qu'elle avait trouvée dans le placard sur chaque centimètre carré de sa peau pâle. Elle enfila le bikini qui était un peu lâche, mais qui semblait vouloir tenir en place si elle serrait bien les lacets. Elle enleva son bandage et vérifia la blessure. Pas d'inflammation ni de douleur. La peau la démangeait sous la croûte écailleuse, ce qui était bon signe. Les points de suture devraient bientôt tomber tout seuls. Cela lui laisserait une cicatrice terrible, rappel constant qu'elle avait failli mourir.

Elle ne remit pas le bandage afin d'aérer la plaie. Elle prit une grande serviette de plage dans la salle de bain et l'enroula autour d'elle. Puis elle retourna dans le salon.

Killion était dans la cuisine, ne portant rien d'autre qu'un short de bain taille basse. Ses abdominaux étaient recouverts d'une fine couche de poils dorés qui descendaient depuis son nombril et qu'elle avait envie de suivre.

Elle l'observa pendant qu'il sortait des choses du frigo – de la nourriture, des bouteilles d'eau. Elle n'avait pas traîné avec un gars aussi en forme depuis qu'elle était sortie avec un joueur de Lacrosse pendant sa première année à l'université. Le type s'était avéré être un con, mais pour ce qui était du plaisir des yeux... Elle chassa cette pensée de son esprit.

Killion était un agent dangereux. Il se maintenait en forme pour voler des avions et séduire des femmes sans méfiance.

Elle aurait parié qu'il était doué pour ça aussi.

L'atmosphère était passée du statut de ravisseur et de captive à quelque chose de beaucoup plus amical. Beaucoup plus. Soit il se jouait d'elle, soit sa maladresse de la veille au soir avec le pistolet l'avait finalement persuadé qu'elle n'était pas la tueuse qu'il recherchait.

Elle espérait que c'était ce dernier point, mais ne savait pas vraiment pourquoi cela lui importait. Elle était coincée sur cette île de toute façon.

Il lui tendit un verre de lait froid.

— Vous saviez que les gens congelaient le lait ?

Elle cligna des yeux. *Quoi ?*

— Bien sûr.

Elle en prit une gorgée. C'était délicieux. Elle inclina la tête et vida son verre d'un trait.

— Je l'ignorais.

— Vous avez donc appris quelque chose de nouveau au cours de cette aventure. Ce n'est pas un échec total après tout.

Il la fixa intensément sans rien dire. Puis son regard se reporta sur la serviette, la passant à nouveau au crible.

— Pourquoi êtes-vous si complexée par votre corps ?

Elle remonta la serviette.

— Ce n'est pas le cas.

— Eh bien, vous ne devriez pas l'être.

Il désigna des tongs près de la porte.

— Mettez ça.

Puis il sourit à nouveau.

— Vous vous souvenez quand on a volé cet avion ?

On ?

— Vous étiez dans les vapes, mais vous m'avez quand même dit que les belles femmes s'inquiètent de ne pas être parfaites, alors que nous, les gros types laids, on pense qu'on est des bombes sexuelles ?

Il était une bombe sexuelle, et il le savait.

— Mes souvenirs sont un peu flous, mais c'est quelque chose que je pourrais dire.

— Oh, vous l'avez dit.

Il drapa une serviette rose autour de son cou et attacha le sac de provisions sur son dos. Un vrai boy-scout.

— Et vous n'arrêtiez pas de parler d'un type appelé Dean Winchester.

Son visage s'empourpra.

— C'est faux.

Elle cachait généralement son coup de cœur pour l'acteur.

Il la guida vers la porte qu'il ferma ensuite. Elle se verrouilla derrière eux. Vive la sécurité.

— Je vous assure que vous en avez parlé. Alors je l'ai cherché sur Internet quand on était à Carthagène. Vous êtes fan de *Supernatural* et vous aimez les blonds.

Il prononça ces mots avec un tel sourire d'autosatisfaction qu'elle eut envie de le gifler.

— Non, rectifia-t-elle. J'aime des gens en particulier, pas des groupes généralisés de la population.

Le chemin était raide, et elle se sentait déjà fatiguée rien qu'en le regardant. Pourtant, il fallait qu'elle se force si elle voulait reprendre du muscle. Puis elle poussa un cri de surprise quand Killion la prit dans ses bras, à nouveau. Ses doigts se serrèrent sur son cœur. Pas de chemise à laquelle s'accrocher cette fois, juste des muscles chauds et lisses.

Elle déglutit nerveusement et leva les yeux, croisant les

siens.

— Je peux marcher, vous savez.

C'était étrange d'être peau contre peau. Intime. Compte tenu de la nature compliquée de leur relation, elle n'aurait probablement pas dû apprécier de sentir le battement de son cœur contre sa paume, mais c'était pourtant le cas.

— Il y a un jour, professeur, je ne savais même pas si vous alliez passer la nuit. Aller nager était mon idée, mais allons-y doucement, d'accord ? Je ne veux pas que vous fassiez une rechute. Et vous pourrez me porter au retour.

Son sourire lui indiqua qu'il savait l'effet qu'il avait sur sa libido.

Elle soupira.

Cela ne lui semblait pas juste qu'il ait toutes les cartes en main. Elle n'avait rien d'une femme facile, mais elle n'était pas du tout dans son élément.

Ses yeux bleus se firent sérieux durant un instant. Son visage était beaucoup plus proche du sien qu'elle ne l'avait réalisé. Il regarda ses lèvres. L'attirance était bien là, mais elle ne savait pas à quel point elle était réelle.

Mais cela n'avait peut-être pas d'importance.

Peut-être que ça n'avait pas besoin d'être réel. Peut-être que jusqu'à ce qu'elle retrouve le chemin de la civilisation, elle devrait juste en profiter et s'amuser…

— Et alors, quelle est la suite du programme ? demanda-t-elle, légèrement essoufflée.

— Nous devons attendre le transport vers le continent et ensuite vous devez faire profil bas jusqu'à ce que je trouve qui vous a piégée et pourquoi *Mano de Dios* a essayé de vous tuer.

— Alors vous me croyez enfin ?

Il fit un signe de tête.

Comme il ne chercha pas à développer sa réponse, elle le crut.

— Cela pourrait prendre des mois.

Elle avait un travail, une vie.

— Hé, regardez-moi, exigea-t-il. On va trouver une solution. Le plus important, c'est que vous soyez en sécurité. Les grenouilles attendront.

Ses bras la serrèrent plus fort contre son torse, et, même si elle n'était pas forcément d'accord, elle ne chercha pas à discuter.

Ils suivirent le chemin de terre, passant sous la voûte pommelée d'arbres à feuilles caduques et de cocotiers. Un lézard fonça dans les buissons, mais il se déplaçait trop vite pour qu'elle puisse l'identifier.

— Cela peut prendre un jour, une semaine ou un mois. Mais je les aurai et je trouverai un moyen de vous blanchir, murmura-t-il, presque pour lui-même.

Elle sentit une boule se former dans sa gorge. Cet homme lui avait sauvé la vie même lorsqu'il pensait qu'elle était une tueuse. Malgré tout, elle réalisa qu'inconsciemment, elle lui avait toujours fait confiance.

— Je suppose que je vous dois la vie. Je suis désolée d'avoir pointé votre arme sur vous la nuit dernière.

— Si j'avais été à votre place, je me serais tiré dessus depuis des jours.

Son sourire irrévérencieux fit s'accélérer son pouls.

— Ne recommencez pas. Et la prochaine fois que je dirai « baignade à poil », on va se baigner à poil. Compris ?

— Vous êtes incorrigible.

— Les vêtements sont surfaits, insista-t-il.

— L'obstination est un défaut, vous le savez ?

Il ouvrit la bouche, mais elle le devança.

— Comme chercher à avoir toujours le dernier mot.

Il secoua la tête.

— Jensen Ackles. Incroyable.

Elle sourit.

— Il est sexy. Vous êtes jaloux.

— On en a déjà parlé.

Enfin, au bas de la colline escarpée, Killion la remit avec précaution sur ses pieds. Puis il lui prit la main. Elle ne se souvenait pas de la dernière fois où un homme avait été aussi attentionné. Elle aurait aimé qu'on l'enlève plus souvent.

— La plage est juste à l'angle, dit-il. Venez.

Aussi soudainement qu'il avait commencé à marcher, il s'arrêta et leva sa main libre en guise d'avertissement. Un léger bruit porté par la brise. Des voix.

Elle le regarda dans les yeux. À en juger par sa réaction, ils n'attendaient pas de visiteurs. Il mit son doigt sur ses lèvres et murmura :

— Ça pourrait être des touristes qui profitent d'une plage privée vide pour la journée. Ou ça pourrait être des ennuis. Préparons-nous au pire.

Il ôta son sac à dos et récupéra son arme, l'attirant dans l'ombre des arbres.

— On doit se débarrasser de ça.

Il retira la serviette blanche de ses épaules, la roula en boule et la fourra sous un buisson, glissant de la poussière et de la saleté dessus. Il ne fit pas de commentaires sur son bikini, mais ses yeux se dirigèrent vers sa blessure. Il drapa sa serviette rose foncé sur les épaules de la femme et lui adressa un sourire crispé.

— En voie de guérison. Maintenant, je veux que vous

restiez complètement immobile. Le mouvement attire l'attention.

Les voix semblaient se rapprocher – des hommes se faufilant sur le chemin et parlant espagnol. Killion l'attira derrière un grand palmier. Face au chemin, il la couvrait de son corps. Ils étaient cachés à l'ombre de cocotiers denses. Difficiles à repérer à moins que quelqu'un ne les cherche activement. Le bruit d'une arme qu'on chargeait fit naître une onde de terreur chez Audrey, qui sursauta. Killion pressa son corps plus fermement contre le sien en guise d'avertissement. Du coin de l'œil, elle compta six hommes qui avançaient furtivement sur le sentier.

— Très bien. Plan B.

Ses mots étaient un souffle d'air contre son oreille.

— Tout va bien ? demanda-t-il une fois les hommes hors de vue.

Ses doigts saisirent le haut de son bras, et elle réalisa qu'elle tremblait. Elle leva les yeux vers lui.

— Dites-moi juste ce que vous voulez que je fasse.

— Je vous reconnais bien là.

Il lui prit la main et la conduisit à travers les bois pour qu'ils puissent voir la plage depuis le couvert des arbres. Un homme était assis dans le sable. Il gardait un petit bateau gonflable qu'on avait tiré sur la plage.

— Attendez-moi ici.

Elle resta immobile, accroupie dans les buissons, se sentant pathétique et dépendante. Toutes ces années, elle avait prêché l'égalité, mais elle ne respectait pas sa part du marché. Mais c'était une biologiste, pas un agent du gouvernement ou un membre d'un gang criminel. Elle gênerait plus qu'elle n'aiderait si elle commençait à donner des ordres à Killion.

Il était de retour.

— Il y a un bateau de pêche ancré au large. Jusqu'où pensez-vous pouvoir nager ?

— En temps normal, un bon kilomètre et demi, mais…

Elle tendit ses doigts, qui tremblaient.

— Je n'ai pas beaucoup de force, donc ça dépendra de la force du courant.

À en juger par l'expression de son visage, le courant était assez fort.

— Plan C. Donnez-moi 90 secondes pour passer de l'autre côté de la plage et jetez-vous à l'eau quand le type ne regarde pas. Marchez jusqu'à la plage comme si vous veniez de vous baigner. J'ai besoin que vous attiriez délibérément son attention sur vous, pour qu'il ne me voie pas. Enlevez votre haut.

— Sérieusement ?

— Faites-moi confiance. Tout ce dont j'ai besoin, c'est d'une distraction de cinq secondes et vos seins m'y aideront.

Elle porta instinctivement les mains à sa poitrine. Ses joues étaient chaudes, mais elle pouvait le faire. Avec un peu de chance.

— Comment dois-je me comporter ? Sophistiquée ou timide ?

— Les hommes sont idiots, alors vous devriez vous déhancher un peu. Mais ça n'a pas d'importance. Il ne remarquera que votre corps. Du moins au début.

Puis il s'en alla.

Et merde. Audrey ne pouvait pas faire ça. Elle n'était pas une James Bond girl. Elle regarda sa poitrine. Elle était généralement timide. Pudique.

Mince ! Elle était censée compter.

Elle commença à 10, estimant qu'il était parti depuis quelques secondes déjà. Elle enleva la serviette de Killion de ses épaules et la déposa en tas sur le sable. L'idée d'être nue devant un inconnu la rendait malade. Mais ces gens n'étaient pas des touristes d'un jour, ils étaient là pour les blesser, elle et Killion. Elle n'allait pas laisser une réticence naturelle les faire tuer tous les deux. Elle n'était peut-être pas capable de tirer avec une arme, mais elle pouvait montrer ses seins à un crétin trop stupide pour savoir que cela faisait partie du plan. Elle arriva à 70 et tira sur le lien à l'arrière de son haut de bikini, le fit glisser par-dessus sa tête et le laissa tomber sur le sol à côté de la serviette. À 85, elle descendit avec précaution le long des rochers pour gagner la houle du ressac, hors de la vue de l'homme sur la plage. L'eau n'était pas froide, mais elle lui coupa quand même le souffle. Elle se dirigea avec précaution vers la plage et vit le moment où il la repéra, car il se leva, une main posée sur son arme de poing. La courte nage avait suffi à faire frémir ses membres d'épuisement – ou peut-être était-ce la peur. Ses pieds touchèrent le fond sablonneux et elle se redressa, l'eau ruisselant sur ses seins et sur son ventre. Elle attrapa le bas de son bikini alors que le poids de l'eau menaçait de le faire glisser le long de ses jambes. *Et merde. Ça* aurait fait une sacrée une distraction.

Elle sourit au type et continua à marcher vers lui, en se déhanchant légèrement.

— Puis-je vous aider ? demanda-t-elle en anglais, même si elle savait qu'il ne parlait probablement pas cette langue.

Elle ne vit pas l'éclair de mouvement derrière lui. Elle resta bouche bée quand il mit sa main à son entrejambe et la reluqua.

— *Ven acá, nena. Viens ici, bébé.*

Il tendit les mains vers elle et elle fit un pas en arrière. Il lui attrapa le poignet et l'attira vers lui, les yeux rivés sur ses seins qui remuaient.

Killion attrapa l'homme par-derrière et fit décrire à son cou un angle improbable. L'homme tomba raide mort à ses pieds. Elle sentit la bile lui remonter dans la gorge.

— Montez dans le bateau.

Killion arracha la chemise du mort et l'enfila, ainsi que son Panama gras et ses lunettes de soleil à effet miroir. Il fourra le revolver dans la poche arrière de son short.

Audrey courut jusqu'au bateau et commença à le pousser dans les vagues, essayant d'être plus qu'une simple distraction. Des mains puissantes la saisirent par les hanches.

— Dans le bateau, Aud, maintenant. Faites ce que je dis et on s'en sortira peut-être vivants.

Ses doigts envoyèrent une onde de chaleur dans tout son corps. Peut-être était-ce dû au fait de se retrouver la poitrine à l'air en plein jour. Peut-être était-ce le fait de savoir que Killion venait de tuer pour la protéger – parce qu'elle savait instinctivement qu'il aurait pu nager aussi loin que nécessaire.

Elle monta dans le bateau et s'assit rapidement tandis qu'il poussait l'embarcation dans le ressac. Une fois qu'ils eurent passé l'endroit où se formaient les vagues, il sauta dans le canot et démarra le moteur.

— Asseyez-vous devant et tenez vos mains derrière votre dos comme si vous étiez attachée.

Audrey s'exécuta, douloureusement consciente de la brise froide qui grattait sa peau exposée, de ses mamelons qui pointaient et de la chair de poule sur tout son corps.

— Je vous couvrirais bien, mais je dois encore utiliser la technique de distraction.

— Et si quelqu'un trouve le mort et appelle le chalutier par radio ? demanda-t-elle en jetant un coup d'œil à Killion.

Ce type l'avait vue nue si souvent qu'elle ne savait même plus pourquoi elle s'inquiétait de ne pas porter de vêtements.

La prochaine fois, elle s'assurerait qu'il soit nu aussi, histoire d'être à égalité. Cette idée la poussa à relever le menton d'un air de défi. Hors de question de vomir par-dessus bord, malgré la nausée.

— On doit s'emparer du bateau de pêche avant qu'ils n'établissent le contact. Ces gars ne vont pas nous laisser faire sans se battre. Le cartel les tuera probablement s'ils échouent.

Le cartel ? *Mano de Dios* l'avait suivie jusqu'à cette petite île ? À quoi cela rimait-il ?

Killion sortit son arme et conduisit le bateau d'une main, l'autre cachée derrière son dos. Un homme sortit la tête du chalutier. Audrey leva le menton et bomba la poitrine. Si elle devait être la femme-objet, elle allait jouer le rôle du mieux qu'elle pouvait.

Une radio grésilla.

Ils se rapprochèrent et alors que l'homme lorgnait sur Audrey, Killion lui tira une balle dans la tête. Audrey tressaillit devant le jet de sang et le regarda tomber raide mort dans l'eau. Sa bouche s'assécha et son estomac se souleva.

— Tenez bon, ma belle, sinon on risque de finir par mourir tous les deux.

Leur canot pneumatique heurta le côté du chalutier, et Killion attrapa l'un des flotteurs, y attachant rapidement leur corde.

— Je reviens tout de suite.

Il rangea le pistolet dans la ceinture de son short – heureusement qu'ils n'avaient pas décidé de se baigner tout nus – et rampa sur le côté du bateau vers la proue.

Audrey se sentait ridiculement vulnérable, presque nue. Y avait-il quelqu'un d'autre à bord ? Elle se redressa sur la pointe des pieds. Une forte détonation la fit tomber par terre alors qu'une balle passait en sifflant au-dessus de sa tête. *Et merde !* Des bruits de pas lui firent lever les yeux et un autre homme aux cheveux bruns apparut sur le côté. Celui-là n'avait pas l'air fasciné par ses seins. Il plissa les yeux, pointant un gros pistolet noir vers elle.

Oh, bon sang.

Elle se jeta par-dessus bord au moment où il pressait la détente.

———————————

— AUDREY !

Killion courut vers le côté du bateau et regarda dans le canot pneumatique, cherchant frénétiquement la femme qu'il s'efforçait de maintenir en vie.

Il s'était occupé d'un type dans la timonerie qui avait essayé de rameuter les troupes qui attaquaient le navire, mais ces génies avaient laissé la radio dans le bateau. Puis il s'était retourné et avait vu un autre homme penché sur la balustrade, une arme pointée sur Audrey. Le gars avait pu tirer avant que Killion ne l'envoie en enfer. Mais il n'y avait aucun signe de la courageuse amie des grenouilles.

Et merde. Où était-elle, bon sang ? Il devait vérifier qu'il n'y avait personne d'autre sur le chalutier, mais il ne pouvait pas laisser Audrey se noyer – en supposant qu'elle n'ait pas été tuée. Cette pensée lui noua l'estomac. Puis une main s'agrippa au côté du canot pneumatique et une tête sombre émergea de l'eau. Ses yeux croisèrent les siens, hantés, effrayés. Elle était toujours en vie.

Doux Jésus. Elle finirait par le mener à sa perte.

— Vous pouvez remonter toute seule ?

Sa voix était plus sèche que prévu, comme s'il voulait arracher la tête de quelqu'un. Elle serra les dents et hocha la tête, se servit de ses bras et passa sa jambe par-dessus bord jusqu'à ce qu'elle roule pratiquement nue au fond du bateau.

Pas d'impact de balle, ce qui était une bénédiction, et en prime, sa plaie ne s'était pas rouverte. Il ferma les yeux, soulagé. Puis il se pencha et lui attrapa la main, la tirant à bord du chalutier, et la serra contre lui pour une étreinte rapide et humide. Elle frissonnait et avait les mains croisées sur ses seins. Cette femme avait passé plus de temps nue en sa présence que n'importe quelle autre femme, et il ne l'avait même pas encore embrassée.

Pas encore ?

Il arracha la chemise volée et la fit glisser sur ses épaules, la fermant sur le devant.

— Je dois m'assurer qu'il n'y a personne d'autre à bord. Venez.

Il lui prit la main. Ses dents claquaient, et elle tremblait, probablement à cause du choc plutôt que du froid. Dans la timonerie, il lui montra la serrure.

— Ne laissez entrer personne sauf moi, d'accord ?

Elle hocha la tête. Ses yeux violets étaient énormes. Il enjamba le corps du capitaine, prit l'arme de l'homme et l'enfonça dans sa paume à elle.

— La sécurité est désactivée cette fois.

Il la saisit par la nuque et l'approcha de lui, l'embrassant sur les lèvres.

— Ne me tirez pas dessus.

Killion passa la porte et s'assura qu'Audrey la verrouille derrière lui. Dès qu'il entendit le cliquetis du loquet, il se lança dans une fouille minutieuse du navire, vérifiant systématiquement chaque centimètre carré, jusqu'à la cale puante. Il trouva assez d'armes pour commencer une guerre, mais pas d'autres tueurs potentiels. Il monta sur le pont, prit son sac dans le canot pneumatique et jeta par-dessus bord le corps de l'homme qui avait tiré sur Audrey. Avec un peu de chance, on ne le retrouverait jamais. Killion retourna à la timonerie et frappa bruyamment à la porte.

— Aud ?

La porte s'ouvrit immédiatement, et elle lui tendit l'arme, le canon pointé vers le pont.

— Prenez-le. J'ai peur d'appuyer accidentellement sur la détente.

Killion ne discuta pas. Il le glissa dans la ceinture de son short, avec sa propre arme. Ce n'était pas très confortable de sentir les deux pistolets contre ses fesses. Il fouilla les poches du capitaine et finit par trouver un téléphone portable. Il le prit, puis tira le cadavre du capitaine par les pieds par-dessus le rebord de la porte avant de lui faire descendre les marches du pont. Il poussa l'homme sur le côté avec les autres. Lorsqu'il se retourna, Audrey le regardait depuis la porte de la timonerie, l'air horrifié. Elle semblait sur le point de s'effondrer, et ce n'était pas étonnant. À peine sortie de son lit de convalescence, elle était obligée de courir à nouveau pour sauver sa peau.

Comment les avaient-ils retrouvés ?

Il s'approcha et lui prit la main, puis l'emmena dans la petite salle de bain. Il régla la température de la douche et serra sa silhouette tremblante dans ses bras. Lorsque la température s'avéra correcte, il fit glisser la chemise de ses épaules. Elle se raidit pendant une seconde, comme pour résister, puis ses épaules se détendirent et elle reposa son front contre sa poitrine. Une boule de la taille de l'Arkansas se forma dans sa gorge alors qu'il enlevait la chemise et la jetait par terre.

— Je vais vous trouver quelque chose de propre à vous mettre.

Elle frissonna et il la poussa sous le jet d'eau. Il aurait aimé pouvoir la rejoindre, mais savait qu'il ne méritait pas d'invitation. Cela ne l'aurait pas arrêté en temps normal, mais la situation n'avait rien de normal. Elle venait de le voir tuer quatre hommes et il avait l'horrible sentiment qu'il était responsable de bien des choses qui s'étaient produites au cours de la semaine qui venait de s'écouler.

Elle lui tournait le dos, mais la vue était tout de même fort agréable. Il sentit l'excitation monter et serra les poings.

Pour une raison mystérieuse, Audrey était complexée par son corps. Elle se trompait, mais tout le monde se méprenait d'une manière ou d'une autre. Le fait qu'Audrey soit préoccupée par son corps montrait qu'elle avait raison au sujet de sa théorie de l'inégalité avec les gros salauds.

Il se secoua de sa torpeur et alla fouiller dans les casiers, à la recherche des vêtements les plus petits et les plus propres qu'il pouvait trouver. Il les empaqueta et les mit avec une serviette propre derrière la porte de la salle de bain. Audrey était toujours à l'opposé, en train de se laver les cheveux. Il détourna le regard de son fascinant bas de bikini turquoise et regagna le pont où il démarra le moteur et s'éloigna lentement de l'île. Il récupéra son téléphone portable, reconnaissant de l'avoir mis dans un Ziploc avant d'aller à la plage. Malgré son apparence négligée, prendre soin de l'essentiel était l'un des principes auxquels il adhérait.

Il sortit le portable du capitaine de sa poche et appela Jed.

— Agent Brennan.

— C'est moi.

Jed comprit que l'appel depuis un autre téléphone n'était pas anodin.

— Oh merde. Qu'est-ce qu'il s'est passé ?

— Je veux que tu trouves à qui appartiennent ce téléphone et un chalutier de pêche appelé La Santa Anna.

— Vous êtes en sécurité ?

— Laisse-moi te rappeler sur mon portable.

Killion inspecta l'horizon, mettant le cap vers le nord. Jed répondit à nouveau avant la fin de la première sonnerie.

— Il y a six hommes armés qui essaient de pénétrer là où nous étions.

Sans son besoin de sortir de la maison et un heureux timing, ils auraient été piégés.

— Comment nous ont-ils trouvés ?

— Je vais ajouter Parker à cet appel.

Killion ne savait pas s'il faisait confiance à Parker ou non – ils ne s'étaient jamais rencontrés et il savait qu'à une époque, le type avait travaillé pour la CIA sur des projets si sensibles qu'ils ne seraient jamais soumis à la loi sur la liberté d'information. Mais son ami Lincoln Frazer lui faisait confiance, et Frazer était difficile à convaincre. Il devrait s'en contenter.

Parker ne perdit pas de temps en bavardages.

— Les assaillants ont-ils un autre moyen de vous poursuivre ?

— Je suis presque sûr que je viens de confisquer leur seul moyen de transport. Mais ils ont probablement des téléphones portables pour pouvoir appeler à l'aide.

— Donnez-moi une seconde.

Parker revint au bout du fil quelques instants plus tard.

— J'ai éteint la tour de transmission au cas où l'un d'eux aurait un téléphone satellite. Ils ne pourront parler à personne. Il y a un système de caméras qui les montre. Ils campent devant la porte d'entrée, essayant de trouver un moyen d'entrer. La porte est pare-balles et il semble que l'un d'entre eux se soit déjà tiré une balle dans la jambe.

— Je parie qu'ils ne s'attendaient pas à ça.

Le sourire de Killion était aussi tranchant qu'une lame.

— Votre amie Haley est survivaliste ou un truc du genre ? C'est pour ça qu'elle a autant de dispositifs de sécurité ?

— Non. Elle a acheté la maison à un gangster russe quand j'étais dans une prison marocaine. J'y suis resté quelques semaines après ma sortie et j'ai suggéré quelques améliorations. C'est possible que j'aie été un brin paranoïaque à l'époque. On utilise la planque pour les missions sensibles où les gens veulent se faire oublier – généralement pour éviter la presse. Mais Haley est tombée amoureuse de l'endroit et a décidé qu'elle voulait l'acheter.

Parker rit doucement.

— On ne discute pas avec Haley quand elle a pris une décision.

— Tout à fait mon type de femme.

— Quelle femme n'est pas ton type ? rétorqua Jed.

Il se trompe, réalisa Killion.

— Ces crétins vont mettre quelques heures avant de se rendre compte que vous vous êtes échappés, dit Parker. Cet endroit est une véritable forteresse. Pourquoi n'y êtes-vous pas restés ?

— Pour la première fois depuis notre arrivée, je me suis dit que j'allais emmener le professeur se baigner pour essayer de lui redonner des forces. Nous étions déjà à la plage quand nous avons réalisé que nous avions de la compagnie.

— Comment va-t-elle ? demanda Jed.

— Effrayée. Traumatisée. Écoutez, je veux savoir comment ils nous ont trouvés alors que vous êtes les seuls à avoir cette information.

— On était les seuls au courant, pas vrai Alex ?

Jed parlait à Parker.

— Personne d'autre n'avait besoin de savoir. Ne vous en faites pas, je vais tirer ça au clair, dit Parker. Je n'aime pas trouver des failles dans mes protocoles de sécurité. Les Britanniques auraient-ils pu vous trahir ?

— C'est possible, mais peu probable, dut admettre Killion. Quelqu'un pourrait-il tracer ce portable ?

— La CIA et la NASA peuvent le tracer.

— Et vous ?

Parker resta silencieux pendant un long moment avant d'admettre :

— Je pourrais si je le devais.

— Pouvez-vous faire en sorte qu'ils ne puissent pas le tracer ?

Encore quelques instants de silence. Killion ne pensait pas que Parker réfléchissait aux détails techniques, mais plutôt aux aspects légaux de faire ça pour un employé fédéral.

— Il est possible que votre téléphone fonctionne mal et qu'il apparaisse dans d'autres parties du monde, en même temps.

Ce qui brouillerait les pistes.

— Mais Langley n'appréciera pas de perdre la trace d'un

de ses meilleurs agents.

— Mieux vaut disparaître temporairement que définitivement. Voyez si vous pouvez trouver comment nous avons pu être compromis, pour que je ne fasse pas deux fois la même erreur. Et je vais avoir besoin de documents de voyage pour rentrer aux États-Unis. Où dois-je aller à partir d'ici ?

— Votre chalutier est en provenance du Honduras. Le capitaine Tippitat était probablement l'un des nombreux canaux de contrebande de Gómez, fit Parker, relayant l'information d'une voix réfléchie. Mettez le cap au nord, vers la Jamaïque. Coulez le chalutier au large, trouvez un petit hôtel quelque part et rappelez Jed. Quelqu'un vous livrera les documents dont vous avez besoin.

— Quelqu'un digne de confiance ?

— Je serai prêt à lui confier ma vie.

— Tant mieux.

Il y eut un instant de silence.

— Qu'en est-il des idiots qui campent sur l'île ? Est-ce qu'on les laisse mourir de faim ?

— Ils peuvent rester là pour l'instant. Je vais voir si je peux engager vos copains d'outre-mer pour aller les chercher, dit Parker. Idéalement, il faudrait que Gómez ignore le plus longtemps possible ce qui se passe là-bas pendant qu'on cherche à savoir qui vous a retrouvé et comment.

— On va vous sortir de là, promit Jed.

— Merci. Et j'espère que la maison de votre amie sera toujours debout à la fin.

Killion craignait les dégâts que ces types risquaient d'infliger au bâtiment lorsqu'ils découvriraient qu'ils s'étaient plantés.

— On peut faire réparer la propriété, dit Parker d'un ton

grave. Mais on ne peut pas ramener les morts. Si Audrey Lockhart est innocente…

— Elle l'est.

— Alors on doit trouver qui est le vrai méchant de l'histoire et en finir.

Killion était d'accord.

Ils raccrochèrent.

Il découvrirait jusqu'où il pouvait leur faire confiance quand il serait en Jamaïque. Une silhouette s'approcha en silence de la porte de la timonerie et Killion posa la main sur la crosse de son P229.

CHAPITRE DOUZE

Il FAISAIT LES cent pas dans son coin bureau. Pourquoi n'avait-il pas encore de nouvelles ? Cela aurait été plus rapide s'il avait nagé jusqu'à l'île et s'en était occupé lui-même.

Enfin, le téléphone prépayé dans sa poche vibra et il le sortit, s'obligeant à inspirer profondément avant de répondre.

— C'est fait ?

— Nous avons perdu le contact avec les personnes que nous avons envoyées, admit Gómez.

— Perdu le contact ?

Qu'entendait-il par là ?

— La radio est probablement cassée et il n'y a pas de couverture cellulaire au milieu de l'océan.

Gómez eut un rire qui semblait forcé.

Il s'arma de patience.

— Alors, quel est le plan ?

— Mes hommes vont continuer à essayer de joindre nos *hermanos* par radio. On peut envoyer un autre bateau, mais il est à huit heures de route. L'océan est vaste. *Si* ?

Huit *heures* ? Il ne pensait pas pouvoir attendre aussi longtemps. Il avait l'horrible sentiment qu'Audrey lui avait une fois de plus glissé entre les doigts, ou peut-être que tout le monde se moquait de lui, essayant de lui soutirer plus d'argent.

— Vous savez que je suis un homme riche, *amigo* ?

— *Si.* Nous sommes tous les deux des hommes riches.

— Sur le point de devenir encore plus riches, pas vrai ?

— *Si.*

— Sauf si cette femme s'échappe, cracha-t-il.

Le silence à l'autre bout de la ligne lui indiqua que Raoul avait clairement sous-estimé ce que cela signifiait pour lui.

— Si cette femme s'échappe, notre accord ne tient plus, précisa-t-il pour qu'il n'y ait pas de malentendu.

— On s'en occupe. Elle est probablement déjà morte.

Le Colombien essayait de paraître nonchalant, mais il sentait l'incertitude poindre dans sa voix.

— Les enjeux sont trop importants pour émettre des hypothèses.

Il se calma avant de continuer.

— Écoutez-moi, l'ami, écoutez-moi bien. Aucun produit ne *bougera* tant que cette histoire ne sera pas terminée. Vous comprenez ?

— Je comprends, *amigo*. Ne vous en faites pas. Je comprends.

Le sentiment d'urgence perçait enfin dans la voix de Gómez.

— Envoyez un hélicoptère pour voir si vos hommes ont failli à la mission.

Il marqua un instant de silence à la suite de son ordre.

— Et s'ils ont échoué, achevez-les. Jusqu'au dernier.

———————

AUDREY ECOUTAIT DISCRETEMENT la conversation téléphonique de Killion. Elle l'entendit parler de la maison qu'ils venaient de quitter, puis employer un énigmatique « Elle l'est ».

Qu'était-elle ? Paumée ? Terrifiée ? Inconsciente ?

Après quelques instants, il raccrocha et jeta le portable sur une petite étagère. Il avait une mine atroce. Il venait de tuer *quatre* personnes. Elle se serait inquiétée s'il avait été souriant après ça.

Elle pensait qu'il ne l'avait pas remarquée jusqu'à ce que sa main se pose sur son pistolet et qu'il se retourne et la regarde droit dans les yeux sans aucun signe extérieur de surprise. Il en fallait bien plus pour surprendre un homme qui comptait sur son intelligence pour survivre.

— Elle est quoi ? demanda-t-elle.

Il esquissa un sourire, mais l'expression dans ses yeux ne changea pas.

— Innocente.

Ils se regardèrent.

— Avez-vous une idée de la façon dont ils nous ont retrouvés ?

— Pas encore, dit-il.

— C'est peut-être de ma faute.

Elle se mordit la lèvre et joignit les mains.

— J'ai essayé d'appeler à l'aide en prenant votre téléphone hier. Quelqu'un aurait-il pu tracer ces appels ?

Il pencha la tête sur le côté.

— Rien de tout cela n'est de votre faute.

Elle croisa ses bras sur sa poitrine, essayant de dissimuler ses membres tremblants. Malgré la température quasi brûlante de la douche, elle n'arrivait pas à se réchauffer.

— Mais peut-être qu'ils ont tracé le signal.

— Ils n'ont pas tracé le signal. Ce n'est pas votre faute,

répéta-t-il.

— Comment le savez-vous ? Hier, vous pensiez que j'avais tué quelqu'un. J'ai bien dû faire quelque chose pour que le cartel et vous le pensiez.

— Quelqu'un a laissé assez de preuves pour me persuader que vous étiez la tueuse que je recherchais. Mais une fois que je vous ai attrapée, ils ne voulaient pas que vous puissiez vous défendre. Ils ont envoyé un tueur du cartel pour vous faire taire. Mais plutôt que de mourir comme une bonne petite fille, vous avez tué leur homme de main.

Elle ouvrit la bouche pour protester, mais il la coupa :

— Je sais que c'était de la légitime défense, mais à leurs yeux, vous les avez fait passer pour des idiots et croyez-le ou non, les chefs de cartels de drogue ne peuvent pas se permettre de paraître faibles ou stupides devant leurs concurrents.

Il avait raison. Le cartel ne la laisserait jamais s'en tirer, pas après ce qu'elle avait fait. Ils la traqueraient jusqu'au bout du monde. Peut-être l'Antarctique serait-il sûr, mais il n'y avait pas vraiment beaucoup d'amphibiens sur ce continent.

Sa vie s'était retrouvée totalement chamboulée sans préambule. BOUM ! À présent, elle devait s'adapter pour survivre, ou bien jeter l'éponge. Elle n'était pas prête à abandonner. Le fait que Killion ne semble pas se formaliser de la mort l'amena à se demander combien de situations similaires il avait dû affronter au fil des ans.

Son travail était dangereux. Qui pouvait vivre comme ça ? Qui le voudrait ?

Elle serra la chemise à carreaux blancs et bordeaux sur sa poitrine. En dessous, elle portait un T-shirt gris ample d'homme et un short en jean usé, qu'elle avait serré autour de sa taille avec une ceinture en cuir qu'elle avait trouvée dans un casier à côté d'un petit lit. Elle essaya de ne pas penser au fait qu'elle portait peut-être les vêtements d'un homme mort. C'était sans importance. Elle ne pouvait pas se promener nue, même si Killion approuvait.

Il y avait de la compassion dans les yeux de Killion alors qu'il la regardait, mais aussi une appréciation toute masculine. La trouvait-il vraiment attirante ou voulait-il juste s'envoyer en l'air sous l'effet de l'adrénaline ? Pourquoi pensait-elle à des choses pareilles ? Mais c'était mieux que de se rappeler que quelqu'un avait, peu de temps auparavant, pointé une arme sur elle et appuyé sur la gâchette. Au lieu qu'elle ne meure, l'homme s'était fait exploser la cervelle.

Elle fit un signe de tête vers le téléphone.

— Faites-vous confiance à vos contacts à la CIA ?

— Je ne travaille pas pour la CIA sur ce coup-là.

Il soutint son regard. C'était plus que ce qu'il admettait habituellement.

— Et oui, je leur fais confiance. Franchement, nous n'avons pas beaucoup de choix.

Cette réponse fit naître un nouveau frisson le long de sa colonne vertébrale.

— Alors, quel est le plan ?

Il désigna une étagère sur un côté de la cabine.

— Voyez si vous pouvez trouver des cartes de la région. J'ai une bonne idée de la façon de conduire ce truc, mais nous devons savoir s'il y a des dangers dans l'eau, des rochers ou des récifs. Et trouver un endroit propice pour jeter l'ancre quand on aura besoin de dormir. Je vais mettre le cap au nord pour l'instant. L'eau est profonde par ici. Avec un peu de chance, nous ne toucherons rien.

Reconnaissante d'avoir un vrai travail à faire, elle se dirigea vers la table où une carte était déjà étalée. Elle posa son doigt sur le petit point en haut à droite, au milieu d'une immense étendue de mer bleue.

— C'est l'île sur laquelle on était ?

— Oui.

C'était minuscule. Comment les avait-on retrouvés là-bas ? Cela ne pouvait pas être un hasard.

— Cherchez des cartes au nord, nord-est de celle-ci. Nous allons aller en Jamaïque et de là, retourner aux États-Unis.

— Je ne risque pas d'être arrêtée à la frontière ?

— Audrey Lockhart serait arrêtée sur-le-champ. Mais vous ne serez pas Audrey Lockhart.

— Et la fausse identité tiendra, même à la douane ?

— Dans le cas contraire, nous aurons bien d'autres chats à fouetter que les cartels de la drogue. Ça va marcher.

Elle hocha lentement la tête. S'il avait tort, ils étaient déjà morts.

L'idée de voyager sous une fausse identité lui faisait froid dans le dos. Killion était probablement habitué à faire ça. « Killion » n'était probablement même pas son vrai nom. Elle se sentait dupée d'une certaine façon. Mais ce n'était pas le moment de s'en inquiéter. C'était le moment de prouver qu'elle était bonne à autre chose qu'à être l'assistante qui distrayait la foule. Elle était intelligente et avait l'esprit d'équipe. Elle était plus que capable de contribuer à leur survie.

Elle sortit de grands rouleaux de papier de boîtes métalliques. Elle élimina les cartes les unes après les autres et finit par trouver ce dont ils avaient besoin grâce à la longitude et la latitude. Elle lui fit signe et lui montra une carte.

— Ce serait plus court de se rendre sur le continent, grogna Killion. Sauf que le Honduras et le Nicaragua ne sont pas particulièrement enclins à travailler avec la CIA, et ils vous mettraient probablement en prison pendant un an avant de décider de vous renvoyer ou non en Colombie.

— À ce moment-là, Gómez me trouverait et organiserait une petite bagarre en prison où la stupide fille blanche se ferait étriper.

Il haussa les sourcils.

— Vous comprenez vite.

— Je regarde beaucoup la télévision.

Elle se frotta les bras pour chasser la chair de poule.

— Mes parents savent-ils que je suis recherchée pour meurtre ?

Son cœur se serra à cette idée. Comment feraient-ils face à cette pression supplémentaire ? Ils avaient assez de soucis comme ça.

Il la prit par les épaules et quand elle regarda dans ses yeux, elle trouva un sens à toute cette folie.

— Malheureusement, on ne peut pas revenir en arrière, mais je peux aider à résoudre ce merdier. Ça risque de prendre un peu de temps pour découvrir qui est derrière tout ça, et comment se débarrasser du cartel. Mais faites-moi confiance.

Il releva le menton et la regarda dans les yeux.

De quoi essayait-il de la distraire cette fois-ci ?

— Vous le dites souvent, vous savez.

Il fronça les sourcils.

— Quoi ?

— « Faites-moi confiance. »

Ses doigts picotaient du besoin de le toucher.

— C'est généralement un signe de mensonge.

Ses yeux brillaient.

— Vraiment ?

— Habituellement, oui.

Elle ne pensait pas avoir jamais été aussi attirée physiquement par un homme que par celui-ci. Elle essaya de s'éloigner, mais il la suivit jusqu'à ce qu'elle ait le dos collé contre le panneau de liège.

Il écarta une mèche de cheveux de son front et sa voix se fit plus grave.

— Vous n'êtes pas *obligée* de me faire confiance.

— Je sais.

La boule dans sa gorge était de retour et son cœur se mit à battre si fort qu'elle était sûre qu'il pouvait l'entendre.

Ses mots sortirent dans un murmure.

— Mais pour une raison inexplicable, je vous fais confiance.

Les yeux de Killion s'assombrirent et son regard dériva sur ses lèvres, qui s'entrouvrirent.

— Vous voulez que je vous embrasse, dit-il, surpris.

Elle laissa échapper un petit rire et posa ses mains sur son torse.

— *Vous* voulez m'embrasser.

— Je serais idiot dans le cas contraire.

— Alors, allez-y.

Elle retint son souffle.

— Je serais encore plus idiot si je le faisais.

Sa joue frôla la sienne et elle frissonna.

— Depuis quand ça vous arrête ? rétorqua-t-elle.

Elle sentit ses lèvres effleurer sa joue.

— Très bien.

Il posa ses lèvres sur les siennes dans un geste chaste, qui ressemblait plus à un contact exploratoire qu'à un vrai baiser.

Les lois traditionnelles ne semblaient pas s'appliquer à son travail, mais elle aurait parié qu'embrasser quelqu'un sous sa protection dépassait les limites et enfreignait un certain nombre de règles. Vu à quel point sa vie à elle avait été chamboulée, c'était un juste retour des choses que de perturber également la sienne. C'était une biologiste spécialiste des batraciens, lui un agent de la CIA, mais sur ce point, ils étaient égaux.

Elle enroula ses bras autour de son cou, respirant son odeur masculine. Elle lécha ses lèvres et sentit sa résistance fondre alors qu'il s'ouvrait à elle, la laissant contrôler cette aventure.

Elle enfonça ses doigts dans ses cheveux trop longs, appréciant leur texture, puis gémit doucement, plaquant son corps contre ses muscles durs, sentant son excitation contre son ventre et se délectant de savoir qu'elle lui faisait de l'effet. Elle parvenait à l'exciter sans même être nue.

Puis quelque chose changea.

L'air grésilla, l'oxygène s'évapora et il fut soudain difficile de respirer. Ce qui avait commencé lentement et langoureusement explosa. Il approcha sa bouche de la sienne et commença à l'embrasser comme s'il était affamé, cherchant à se rapprocher le plus possible physiquement. Son sang bouillonnait. L'envie douloureuse augmenta jusqu'à ce qu'elle veuille le sentir en elle sans plus attendre, aussi vite qu'humainement possible. Sans préliminaires, sans chercher à faire monter le désir.

Il tira la chemise qu'elle portait suffisamment bas pour dévoiler sa poitrine, et porta son mamelon qui pointait à sa bouche. La sensation de ses dents sur sa chair faillit faire céder ses genoux. Ses doigts s'enfoncèrent dans les épaules de

Killion.

Il souffla un air frais sur ses mamelons roses et elle fut instantanément trempée.

— Vous ne savez pas depuis combien de temps j'attends de faire ça.

Sa voix était bourrue. Il ne lui laissa pas le temps de répondre. Il reporta simplement son attention sur son autre sein tandis qu'elle renversait la tête contre le tableau dans son dos et enfonçait ses doigts dans ses cheveux, le plaquant contre elle. Le désir passa de ses mamelons au sommet de ses cuisses. Apparemment, Patrick Killion comptait tenir toutes ses promesses arrogantes et ses regards enflammés.

Elle poussa un petit cri quand il la mordilla légèrement. C'était tellement bon.

La vue de sa tête blonde contre sa peau rougie revêtait une beauté tout érotique. Le désir la consumait. Elle ne se souvenait pas d'avoir voulu quelque chose plus fort que de sentir cet homme s'enfoncer profondément en elle.

À cette idée, elle serra les cuisses l'une contre l'autre et un frisson d'anticipation la parcourut. Allait-elle vraiment le faire ? Allait-elle vraiment faire l'amour avec un homme qui, à peine quelques heures plus tôt, pensait qu'elle était une meurtrière ?

Bon sang, elle l'espérait.

Ces derniers jours, sa vie était totalement partie en vrille, et fuir cette réalité, même pour dix minutes, serait un soulagement bienvenu.

Il lécha son corps et la mordilla tout en remontant vers sa bouche. Elle fit glisser ses mains sur son ventre plat, puis descendit vers son short, caressant l'imposante preuve de son excitation qui se pressait contre son ventre. Elle sentit son désir s'intensifier en le touchant. Elle voulait examiner chaque centimètre de son corps, mais il plaqua à nouveau ses lèvres sur les siennes pour un baiser langoureux. Ses bras se resserrèrent autour d'elle et elle se retrouva soulevée et plaquée contre le mur, ses cuisses se calant entre les siennes.

— Aïe, couina-t-elle contre sa bouche.

Il recula, alarmé, puis cligna des yeux comme s'il avait oublié où il était. En temps normal, elle aurait apprécié sa préoccupation, mais elle n'aima pas la façon dont il se dégagea rapidement et la laissa retrouver le sol.

— Je vous ai fait mal ? demanda-t-il.

Elle tourna son visage pour qu'il la regarde.

— Non. C'est bon, j'ai juste eu un élancement au côté.

— Merde.

Il remonta sa chemise, mais pas d'une manière qui criait « Je veux te déshabiller pour pouvoir te pilonner contre le mur ».

Après s'être assuré qu'elle ne saignait pas, il fit un pas en arrière et elle laissa échapper un soupir de frustration.

Il passa ses mains dans ses cheveux.

— Je suis désolé. Je n'arrive pas à croire que j'ai fait ça. Votre vie est un désastre et vous vous remettez à peine d'un coup de couteau.

Elle ricana devant son manque de tact.

Mais cela ne l'amusait pas. Il poussa un juron et s'éloigna pour se rapprocher de la barre. Son visage criait le remords et la mort du désir.

Elle s'éclaircit la gorge en rajustant ses vêtements.

— Ce n'est rien, Patrick. Il est difficile de résister à mes « charmes ».

La mortification d'avoir été rejetée de façon aussi soudaine alors que son envie était claire s'empara d'elle.

— Désolée. Je n'aurais pas dû…

— Arrêtez.

Il pointait le doigt vers elle, mais refusait de se retourner pour la regarder.

— Vous avez été attaquée à plusieurs reprises et avez miraculeusement survécu. Trouver un exutoire pour toute cette adrénaline est une partie naturelle du processus. C'est *moi* qui en profite.

— Eh bien, j'ai apprécié que vous en profitiez.

Il la regarda et sa bouche se tordit sous l'effet des regrets.

Une pensée horrible la traversa.

— Est-ce qu'il y a quelqu'un qui vous attend chez vous ?

Pourquoi n'y avait-elle pas pensé avant de se jeter sur lui comme une bête enragée ? Pourquoi n'aurait-il pas une femme secrète et des enfants à la maison ?

Il secoua la tête.

— Il n'y a personne…

— Mais vous diriez ça de toute façon, pour les protéger…

— Oui.

Ses yeux avaient l'air un peu fous.

— Oui, je le ferais. Mais je n'aurais pas aussi envie de vous prendre contre le mur si j'étais marié !

Ses lèvres s'entrouvrirent sous le choc de la révélation.

— Alors quel est le problème ? demanda-t-elle lentement.

Il écarquilla les yeux et, pendant un moment, elle crut qu'il allait accepter son invitation explicite. Au lieu de cela, il se frotta les mains sur le visage et prit une profonde inspiration.

— Il y a des choses que je ne vous ai pas dites.

Ils savaient tous les deux qu'il y avait beaucoup de choses qu'il ne lui avait pas dites.

Très bien.

— Comme quoi ?

Son expression se figea, comme lorsqu'il cachait quelque chose d'important.

— Les Colombiens ne vous recherchent pas pour le meurtre d'Hector Sanchez.

Elle fronça les sourcils et ouvrit la bouche pour poser la question évidente, mais il la devança.

— Ils vous cherchent pour le meurtre de Mario Aguilla.

— C'est impossible.

Ses pensées s'embrouillaient. Mario était son étudiant. Il avait 24 ans et un charme fou pour un jeune homme de son âge. Elle avait rencontré ses parents. Elle était certaine qu'il était promis à une grande carrière scientifique.

— Ça n'a aucun sens. Mario n'est pas mort.

Mais à son regard, elle sut que c'était vrai. Elle sentit la torpeur la gagner.

— Pourquoi ? Comment ?

— On pense que le cartel est parti à sa recherche quand je vous ai tirée de l'institut.

C'était comme si un trou béant venait de se former dans sa poitrine. Elle baissa les yeux, s'attendant presque à voir les dommages infligés à son cœur. Il n'y avait rien de visible, mais à l'intérieur, elle avait l'impression qu'elle ne serait plus jamais la même. Un jeune homme avait été assassiné parce qu'elle s'était défendue et que Killion l'avait sauvée.

— Ce n'est pas votre faute.

— Alors la faute à qui ? s'emporta-t-elle.

— Raoul Gómez et celui qui vous a piégée avec toute cette foutue histoire.

Elle plissa les yeux.

— Et vous ?

Il hocha la tête.

— Et moi.

Ils se regardèrent fixement pendant dix bonnes secondes. Une partie d'elle voulait se dissoudre dans une flaque de larmes, mais cela ne l'aurait pas fait sortir de là, et cela n'aurait pas ramené Mario.

— Ses parents pensent que je l'ai tué ? demanda-t-elle d'une voix fluette.

Il hocha la tête.

— Et les miens ?

Il hocha à nouveau la tête, l'air accablé.

Une boule d'angoisse grandit en elle. On avait dit aux gens qu'elle avait tué un jeune homme qu'elle aimait et respectait. Sa famille. Ses collègues. Avaient-ils cru les informations ?

Pourquoi les auraient-ils remises en cause ?

Tout ce pour quoi elle avait travaillé était réduit à néant, mais la vie de Mario lui avait été volée de façon immuable. Elle n'avait plus de carrière à reprendre. Plus maintenant. Pas avant d'avoir blanchi son nom et obtenu justice pour son élève. La seule façon d'y parvenir était d'aider Killion à découvrir qui était le cerveau qui avait manigancé ce terrible plan. Le trouver et le dénoncer.

Elle s'approcha de la table et parcourut les cartes.

— Il y a un atoll à surveiller, juste là.

Elle balaya l'horizon et désigna un petit rocher qui dépassait de l'océan à environ un kilomètre et demi au nord-ouest.

Killion posa sa main sur son épaule, mais elle se raidit à son contact.

— Je suis désolé de ne pas vous l'avoir dit plus tôt. Je devais être certain que vous n'étiez pas impliquée.

— C'est bon.

Elle se dégagea de sa prise.

À l'expression de son visage, il comprit que « bon » ne voulait pas forcément dire « bon ». Cela voulait plutôt dire : *Lâche-moi avant que je t'arrache les yeux.* Il fut assez intelligent pour lâcher prise.

Après tout ce qui s'était passé, son cœur était comme gelé dans sa poitrine et son sang avait cessé de circuler. Le chagrin et la rage se transformaient en quelque chose d'amer et de furieux. Mais elle éprouvait également une profonde concentration. Son esprit était aiguisé comme une dague. Elle avait besoin de se concentrer parce qu'elle avait l'intention de reprendre sa vie en main. Même si les chances étaient de plus en plus minces, elle comptait bien se disculper et obtenir justice pour son élève. Quoi qu'il en coûte.

CHAPITRE TREIZE

IL LEUR FALLUT 24 heures pour arriver en Jamaïque. Le soleil disparaissait dans le ciel à l'ouest et une légère brise commençait à chasser les moutons blancs. La mer et le ciel se confondaient dans un gris clair et chatoyant qui, espérait-il, aiderait à les cacher à mesure que le crépuscule tombait.

— Vous avez tout ? demanda-t-il à Audrey.

Elle hocha la tête avec une expression froide et détachée qui était la seule émotion qu'elle avait montrée depuis qu'il lui avait parlé de la mort de l'étudiant. Il voyait bien qu'elle était dévastée et furieuse, et qu'elle utilisait cette fureur pour supporter ce cauchemar. Killion comprenait. Il avait même apprécié son aide calme et précise pour piloter le bateau et les amener jusque-là. Mais l'autre Audrey lui manquait. La plus drôle. Celle qui se disputait avec lui. Celle qui lui avait dit qu'elle lui faisait confiance et qui avait l'air de le penser. Celle qui l'avait embrassé comme s'il était de l'eau dans le désert et qui s'était accrochée à lui comme une moule à son rocher.

Même le souvenir de ce baiser le mettait mal à l'aise. Cette femme le distrayait de la mission et sa vie dépendait de ses capacités.

Ce dont il avait besoin, c'était que quelqu'un les rejoigne sur l'île et emmène Audrey dans un endroit sûr pendant qu'il partait faire le travail que le président leur avait confié, à

Lincoln Frazer et lui. Trouver la personne qui avait engagé un assassin pour tuer un vice-président en exercice. Cela n'avait pas d'importance que ce type ait été un connard. Cette décision ne leur revenait pas, et ils ne pouvaient certainement pas tuer le Dr Audrey Lockhart juste parce qu'ils le voulaient. Il avait sous-estimé son ennemi une fois et il s'était retrouvé pris au dépourvu. Il ne comptait plus partir du principe qu'ils étaient en sécurité. Plus de confiance aveugle.

Il laissa Audrey dans le canot pneumatique et retourna ouvrir la trappe de la cale humide, mit des bouchons d'oreille et prit un AK-47 par la sangle. Il vida un chargeur complet dans le fond du bateau, les douilles volant tout autour comme du pop-corn dans une poêle. Il changea de cartouche et visa le même endroit, regardant les éclats de bois pulvérisés dans l'espace clos. Impressionné par la solidité de la coque, il changea le magasin de l'arme une troisième fois et cette fois, il fut récompensé par un jet d'eau. Il continua à tirer jusqu'à ce que le mince filet se transforme en un flux régulier.

Convaincu d'en avoir fait assez pour saborder le navire, il jeta la mitraillette désormais vide sur le pont, récupéra son sac de plage et le passa en bandoulière. Il grimpa sur le côté du chalutier et sauta dans le canot pneumatique, puis largua les amarres avant de s'installer à côté d'Audrey sur la banquette.

— Ça va ? demanda-t-il en démarrant le hors-bord.

Elle avait un chapeau de toile qui lui descendait jusqu'aux yeux et portait une paire de lunettes de soleil noires pour hommes qui glissaient constamment sur son nez. Il ne voulait pas qu'une personne munie d'une lunette puisse voir son visage quand ils se rapprocheraient de la côte.

— Ça va.

Elle gardait les yeux rivés sur l'horizon, la voix crispée, le corps tendu.

Bien sûr. Il poussa un soupir de frustration et s'éloigna de la coque du chalutier, puis contourna le vieux bateau de pêche. C'était du gâchis, mais cela en valait la peine pour maintenir Gómez et son co-conspirateur dans l'ignorance, et protéger Audrey. De plus, toute preuve de leur présence à bord se trouverait au fond de l'océan.

Le bateau commençait à s'enfoncer dans l'eau. Ils étaient à environ quatre miles nautiques au nord de Montego Bay. Il n'y avait personne en vue à l'horizon, et il avait masqué le nom et le numéro du navire peints sur la coque. Il espérait juste que le bateau coulerait avant que quelqu'un ne le remarque. Il n'avait pas voulu attirer l'attention en y mettant le feu.

En utilisant la boussole de sa montre, il dirigea le canot pneumatique vers l'ouest. Il devait trouver une plage suffisamment calme pour qu'ils puissent débarquer sans que personne ne les repère, mais suffisamment proche d'un petit lieu touristique pour qu'ils puissent facilement marcher jusqu'à un hôtel.

Audrey allait bien mieux que quelques jours plus tôt, mais marcher plus d'un kilomètre allait mettre ses forces à rude épreuve. Heureusement, ils avaient eu une bonne réserve d'eau fraîche et de nourriture sur le bateau de pêche, mais elle n'avait pas beaucoup mangé, et il s'inquiétait pour elle. Ce n'était pas une émotion qu'il s'autorisait habituellement à ressentir, mais c'était une constante depuis qu'il était intervenu après l'attaque d'Hector.

Il vivait dans un monde gris, obscur et aux multiples facettes. La pureté morale était un mensonge. Le bien et le mal n'existaient pas. Il faisait du mieux qu'il pouvait, sans jamais oublier son serment. Un bon interrogateur – comme un bon officier – devait être capable de s'attacher profondément et sincèrement tout en conservant un détachement cynique.

D'habitude, il excellait sur ce dernier point, mais quelque part entre le moment où Audrey l'avait averti de ne pas toucher la peau d'Hector Sanchez à cause du poison, et celui où elle avait pointé sur lui une arme dont elle ne savait manifestement pas se servir, il avait perdu ce détachement cynique et avait commencé à se soucier d'elle. À s'en soucier vraiment.

Elle le haïssait pour lui avoir menti. Il n'imaginait même pas sa réaction si elle connaissait l'étendue de sa tromperie.

En tant que membre de la Compagnie, il s'était engagé à respecter son serment – protéger l'intégrité et défendre la Constitution américaine sans perdre de vue la décence humaine. Il demandait souvent aux gens de trahir leur propre pays pour obtenir les informations dont il avait besoin, ce qui exigeait une certaine dose de compassion et de compréhension. Mais son pays et sa mission étaient toujours primordiaux dans son esprit, ce qui expliquait pourquoi il avait tant de succès. Pour la première fois depuis qu'il avait rejoint l'Agence, il n'était pas sûr de pouvoir prendre une décision objective pour le bien de la mission. Il avait trop investi dans la survie d'Audrey. Elle n'était pas une source. Elle n'était pas une détenue. C'était une femme ciblée par l'assassin de Ted Burger, et cela la rendait précieuse à ses yeux. Mais elle représentait plus que cela pour lui et c'étaient des sentiments qu'il ne pouvait pas se permettre de ressentir s'il voulait faire son travail correctement.

Il continua à naviguer, cherchant le bon endroit pour s'amarrer. Il y avait des lumières suspendues sur la plupart des plages, avec des hôtels non loin. Des couples marchaient main dans la main sur le sable.

Il dépassa les grands complexes touristiques. La zone était sombre et boisée.

Il était si soucieux du bien-être d'Audrey qu'il remarqua immédiatement lorsqu'elle courba les épaules et commença à trembler. Il se débarrassa de la polaire qu'il avait ramassée sur le bateau et la lui tendit. Elle commença par secouer la tête.

— Mettez-la, lui dit-il sévèrement.

Elle la prit et la passa sur ses épaules, pinçant les lèvres en signe d'agacement devant ce qu'elle considérait probablement comme une démonstration de faiblesse. *Bon sang.* Elle n'avait aucune idée de sa force. La plupart des gens se seraient plaints amèrement de l'injustice de la vie qui les traitait de cette façon, mais elle semblait avoir accepté cette situation merdique. Il aurait menti en prétendant qu'il n'était pas inquiet de voir à quel point elle tenait le coup. Même un agent expérimenté aurait eu du mal après ce qu'elle avait traversé, surtout sans perspective de résolution en vue. Il voulait lui dire qu'il serait là pour elle, mais c'était un mensonge. Jed Brennan lui trouverait une planque et l'emmènerait.

Elle cesserait d'être son problème.

Mais si la planque n'était pas assez sûre ? Comme l'endroit à Minneapolis où les US Marshals avaient caché Vivi Vincent et son fils avant Noël ? La maison avait été attaquée et deux marshals étaient morts. C'était un miracle que Vivi et Michael aient survécu.

Audrey avait déjà connu deux miracles, trois si l'on comptait l'expérience sur l'île. Combien de fois encore pourrait-elle tromper la mort ? Mais il ne pouvait pas abandonner la mission. Jusqu'à ce qu'ils attrapent le cerveau derrière tout ça, Audrey serait toujours en danger. Jusqu'à présent, le criminel avait fait preuve d'intelligence et d'ingéniosité pour l'attaquer à plusieurs reprises tout en restant incognito.

Ses doigts se resserrèrent sur la direction.

Il faisait presque nuit à présent. Il commençait à se dire qu'ils pourraient bien finir par faire le tour de l'île avant de trouver un endroit convenable. Puis il aperçut un groupe d'hôtels à environ 800 mètres de la côte, et une crique de sable sinueuse juste à sa droite. Il n'y avait pas de lumière, mais des phares de voiture balayaient une route proche, et il était impossible qu'un endroit pareil n'ait pas de point d'accès. Il tourna le canot pneumatique jusqu'à ce qu'il soit perpendiculaire aux vagues et se dirigea vers le sable clair.

— Accrochez-vous.

La marée était haute, ce qui était une bonne nouvelle, mais le ressac était fort près de la plage, et le bateau se retrouva ballotté en tous sens. Il accéléra pour fendre les grosses vagues, puis sortit l'hélice de l'eau et sauta sur le côté, tirant sur la corde pour hisser le bateau sur le sable.

Audrey avait enlevé ses lunettes de soleil et semblait sur le point de sauter pour l'aider.

— Ne bougez pas, ordonna-t-il d'un air sévère.

Elle oubliait sans cesse sa blessure récemment guérie, tout comme il l'avait oubliée lorsqu'il avait essayé de la pénétrer la veille. Seul son cri de douleur l'avait empêché de lui retirer ses vêtements et de glisser profondément en elle.

Elle avait alors désespérément eu envie de lui, cherchant une distraction pour oublier l'horreur et la peur qu'elle avait endurées. Ce moment de folie était passé. La seule chose qu'elle voulait clouer au mur à présent était le meurtrier de son élève. De la sueur perlait sur le front de Killion, et pas seulement à cause de l'effort nécessaire pour tirer le lourd bateau sur la plage. Elle était tellement sexy. Si gentille. Une autre vague s'abattit sur lui et l'eau froide éteignit toutes les ardeurs sexuelles qui commençaient à monter en lui.

Il continua à tirer sur la corde, luttant contre le courant. Quand les vagues lui atteignirent les chevilles, il se dirigea vers le côté du bateau.

— Venez.

Il lui fit signe de descendre.

— Prenez les sacs.

Il lui tendit les bras.

— Je peux marcher, protesta-t-elle.

— Mettez vos bras autour de mon cou et arrêtez d'être une plaie.

Un éclat brilla dans ses yeux. *Enfin.* Elle glissa ses bras autour de son cou et il l'attira contre son torse, la serrant contre lui d'une manière qui lui semblait trop familière. Il la déposa à quelques mètres de l'eau puis s'affaira à tirer le bateau sur le sable. Il était sacrément lourd, et il dut employer toutes ses forces pour déplacer le poids mort au-delà de la ligne d'eau, jusqu'à ce que les muscles de ses bras et de ses épaules le brûlent. Audrey le suivit sur la plage, comme une ombre dans l'obscurité, mais même ainsi il savait exactement où elle était. Enfin, il parut satisfait. Il laissa tomber la corde et fouilla dans son sac pour trouver une lampe de poche.

Ils portaient tous deux des tongs, mais ceux d'Audrey étaient trois tailles trop grandes pour elle et elle n'arrêtait pas de trébucher. Il lui prit le bras pour essayer de l'empêcher de tomber face contre terre.

— Attention.

Il alluma sa lampe et balaya la végétation qui bordait le sable clair, cherchant une trouée dans la verdure.

Audrey lui attrapa le poignet.

— Là.

Elle désignait un endroit avec la lampe de poche.

Elle avait de bons yeux. Il lui fit signe de passer devant et ils marchèrent dans le sable, qui se transforma en un chemin poussiéreux qui traversait les arbres. Il gardait le faisceau de la lampe braqué juste devant les pieds d'Audrey au cas où il y aurait eu des serpents.

Elle s'arrêta brusquement, et il posa sa main sur son épaule pour éviter de lui rentrer dedans.

— Qu'est-ce qu'il y a ? murmura-t-il, tous les sens en alerte.

— Vous entendez ?

Killion tendit l'oreille pour chercher un signe d'une autre présence.

— Je n'entends rien.

— Une grenouille arboricole. C'est une grenouille arboricole qui chante.

Il la sentit frissonner.

— Mon ancienne vie. Saviez-vous qu'« amphibien » signifie « vivre deux vies » en latin ?

Elle allait continuer son chemin, mais il l'attira vers lui, la forçant à faire volte-face.

— Vous retrouverez votre ancienne vie. On aura ces salauds. En attendant, on doit simplement vous protéger.

— Vous ne comprenez pas, dit-elle avant de déglutir bruyamment. Toutes ces années, l'addiction de ma sœur, la mort de Rebecca…

Elle tenta de se dégager, mais il n'était pas prêt à la laisser partir.

— Mon travail, mes *recherches* étaient les seules choses

que je pouvais contrôler. Maintenant, quelqu'un m'a enlevé ça en blessant les gens que j'aime au passage.

Sa voix tremblait.

— Je suis furieuse. Je suis *vraiment* en pétard.

Il comprenait.

Elle baissa la tête et posa son front contre son torse. Il serra ses bras autour d'elle, soulagé qu'elle soit de retour avec lui, enfin. Peut-être pourrait-il lui trouver un poste dans la recherche – il y avait des bases militaires avec des laboratoires. Quand il aurait trouvé la personne qui avait orchestré l'assassinat, le président lui devrait une faveur, et remettre la vie d'Audrey sur les rails serait sa priorité numéro un.

L'émotion lui serra la gorge. Comment cette femme avait-elle pu devenir aussi importante pour lui en si peu de temps ? La réponse était simple : Audrey était une bonne personne, gentille de surcroît et avec un cœur pur. La perfection incarnée. Exactement le genre de personne qu'il cherchait à protéger en rejoignant la CIA. Alors qu'il la tenait contre lui, il sut qu'il lui serait difficile de s'éloigner. Il la relâcha et la remit face au chemin.

— Allez, on y va. Rappelez-vous notre couverture. Jeunes mariés, mais vous détestez notre hôtel parce que vous venez de trouver un cafard et que vous avez eu une peur bleue. Soyez aussi irritable que vous le souhaitez à ce sujet. Je suis le mari attentionné qui veut juste vous rendre heureuse pour qu'on puisse s'envoyer en l'air dix fois par jour.

— Seulement dix ?

Il devait le lui accorder, elle n'avait pas perdu de temps pour rentrer dans le personnage.

— Si j'étais en lune de miel avec vous, Lockhart, je voudrais faire l'amour au moins dix fois par jour. Si ce n'est pas onze. Ce qui est probablement un peu moins que lorsque nous vivions dans le péché.

— Et si j'avais refusé de vivre dans le péché ? J'ai peut-être insisté sur le fait que j'avais besoin d'avoir une bague au doigt avant de faire l'amour dix fois par jour ?

— Dans ce cas, on a beaucoup de choses à rattraper.

Elle rit comme il l'avait espéré, mais ces mots lui firent quelque chose d'étrange. Ils l'amenaient à se demander à quoi pourrait ressembler une relation réelle avec cette femme. Sa profession était trop dangereuse pour vivre avec qui que ce soit, mais Audrey fuyait déjà pour sauver sa peau…

Et c'était ça *son idée d'une relation ? Avec une femme en cavale ?*

Bon sang. Il était trop dérangé et trop cynique pour faire dans la romance. Les méchants complotaient toujours contre les États-Unis et des gens mouraient chaque jour. Il avait les compétences pour empêcher cela et une relation ne pourrait jamais faire le poids à côté.

Il ignora la voix intérieure qui cherchait à lui dire que c'était peut-être le tour de quelqu'un d'autre de se battre. Il n'était pas encore prêt à prendre sa retraite. Que ferait-il alors ? Vendre des assurances ?

Ils quittèrent la forêt et empruntèrent une route de gravier. Il balaya la zone avec le faisceau de sa lampe, d'abord à droite, puis à gauche, lui prit la main et tourna à gauche.

— Les conducteurs sont fous par ici, alors restez sur le côté de la route. Gardez votre chapeau baissé au cas où quelqu'un nous verrait. Je pense que nous avons dix minutes de marche jusqu'au piège à touristes le plus proche.

— Vous avez une pièce d'identité ?

— Oui. Mais on ne va pas l'utiliser. Avec un peu de

chance, on trouvera une affaire familiale qui nous permettra de rester quelques nuits sur place contre du liquide. Laissez-moi parler…

— Sauf pour me plaindre de cafards.

— Je savais que vous appreniez rapidement.

— Ils ne donnent pas des doctorats comme ça, vous savez.

— Je sais, ma belle. Je sais.

Il lui frotta le dos pour la calmer. Il devait les mettre à l'abri avant qu'Audrey n'atteigne la phase de larmes du processus de deuil. Pour l'instant, elle était bloquée sur la colère, mais une fois les vannes ouvertes, la tempête se déchaînerait. La dernière chose qu'il voulait, c'était être là quand ça arriverait, et pourtant, il n'aurait voulu être ailleurs pour rien au monde.

LE TEMPS EN Virginie était typique d'un mois de janvier : pluie verglaçante et ciel couvert. C'était le début de la soirée et Tracey Williams était assise à une table dans le café du centre commercial. Une jolie blonde avec un cappuccino s'assit à côté et sortit le dernier numéro du magazine *People*.

Killion et Lockhart avaient disparu, tout comme les idiots que Gómez avait envoyés pour s'occuper d'eux. La veille au soir, Tracey était encore allée dîner avec son contact de l'Agence, Peter. Ils avaient trop mangé, trop bu, parlé pendant des heures, et ensuite baisé comme des lapins.

Et Peter n'avait pas été avare de ragots concernant l'agence.

La fille qu'elle suivait, Crista Zanelli, avait la réputation d'être une brillante analyste, mais comme la plupart des intellos, elle était très en retard en matière de sécurité personnelle. Apparemment, c'était une ancienne petite amie de Patrick Killion et la personne vers laquelle il se tournait lorsqu'*il* avait besoin d'informations. Crista était le meilleur espoir de Tracey de découvrir où Killion se terrait, à moins que Lockhart ou lui ne refassent surface de leur propre chef.

Crista – Dieu merci – s'était arrêtée sur le chemin du retour pour faire la fin des soldes de janvier. Tracey prit une gorgée de café et évita de regarder directement la fille. Les animaux savaient quand ils étaient chassés, ce sixième sens insaisissable taillé pour la survie.

Elle cassa un morceau d'un grand cookie aux pépites de chocolat et le grignota.

Killion était vraiment le choix idéal pour diriger une mission secrète visant à retrouver l'assassin de Ted Burger, et l'un des rares agents de renseignement à la rendre nerveuse.

Elle avait rendu service au monde en se débarrassant de Burger, même si les raisons de son patron n'avaient rien d'altruiste. Ils avaient mis l'ordinateur de Burger sur écoute et avaient découvert qu'il avait été impliqué dans le complot terroriste qui avait eu lieu récemment dans le Minnesota. Ils étaient déjà au courant de l'implication du vieil homme dans la mystérieuse organisation de justiciers appelée le projet Gateway. Après l'échec du complot d'assassinat du président par Burger, ils avaient décidé qu'il était temps de se débarrasser du vieil homme avant qu'il ne se fasse attraper ou ne devienne trop puissant et donc intouchable. Elle avait supprimé toute trace des mouchards de l'ordinateur de Burger et avait disparu.

Les services secrets avaient été contrariés, mais elle avait déjà eu affaire à ces clowns.

Son patron avait eu l'idée d'utiliser du poison de grenouille après avoir rendu visite à Lockhart en Colombie. C'était un coup de génie. Une pierre. Deux coups. Leur permettant d'avoir un bouc émissaire si leurs crimes éclataient au grand jour.

Patrick Killion avait manifestement mordu à l'hameçon, et il avait remonté la piste du poison jusqu'à la jungle colombienne et la douce petite Audrey Lockhart, comme prévu.

La biologiste parviendrait-elle à le convaincre de son innocence ?

Tracey faisait la moue en réfléchissant à la question, buvant son café et grignotant son cookie. Killion était sensible à la beauté et changeait de femme comme la plupart des hommes changeaient de lames de rasoir. Bien sûr, il fallait qu'elles soient belles. Elle ne doutait pas qu'il séduirait Lockhart pour obtenir les informations dont il avait besoin. Et, à moins qu'il ait perdu la main, il avait sans doute déjà découvert la vérité, ce qui signifiait qu'il continuait à chercher le véritable assassin.

Crista Zanelli consultait son téléphone et souriait dès qu'un texto apparaissait. Tracey espérait que la femme retrouverait Killion sur place, raison pour laquelle elle avait suivi Crista dans le centre commercial plutôt que de suivre sa voiture jusqu'à chez elle.

Jusqu'à présent, aucun signe de lui ou de Lockhart.

Tracey prit une gorgée de café. Elle était là depuis trop longtemps. Si Killion était dans les parages, elle ne voulait pas qu'il la repère, même s'il ne risquait pas de la reconnaître avec sa silhouette élancée et ses longs cheveux blonds. Elle se leva, mit ses serviettes à la poubelle et quitta le café pour regarder les bagues dans la vitrine de la bijouterie d'en face. Comme

Crista ne bougeait toujours pas, elle entra et regarda des boucles d'oreilles.

Crista termina son café et plaça soigneusement son magazine dans son tote bag Kate Spade avant de débarrasser sa table.

Si bien éduquée.

Crista regagna sa voiture et Tracey resta dans les parages pendant encore cinq minutes. Elle eut de la chance lorsque Crista apparut à l'entrée du centre commercial en même temps qu'elle – elle était allée chercher du lait et du pain au supermarché. Il faisait sombre dehors, mais la zone était bien éclairée. Il n'y avait pas beaucoup de monde et les passants avaient la tête baissée pour éviter la légère bruine qui avait commencé à tomber.

Tracey monta dans sa voiture et sortit lentement du parking, tournant sur l'autoroute et gardant trois ou quatre véhicules entre elle et l'autre femme. Elle n'était pas pressée et savait où vivait Crista. Elle voulait voir si elle allait prendre des chemins de traverse ou si Killion allait prendre contact.

Son téléphone professionnel sonna, et elle décrocha en actionnant le haut-parleur.

— Ces idiots n'ont pas la moindre idée de l'endroit où sont passés leurs hommes.

On aurait dit qu'il était sur le point de perdre la tête. Il fallait qu'il se calme, sans quoi ils risquaient de se faire prendre tous les deux.

— J'ai une piste, dit-elle.

— Sérieusement ?

— Je suis choquée que tu aies si peu de foi en moi, le taquina-t-elle.

— Parfois, j'oublie à quel point tu es incroyable.

— C'est vrai. Tu l'oublies.

Il rit et parut se calmer.

— J'aurais dû te laisser t'occuper d'elle comme tu le voulais le mois dernier.

— Oui, tu aurais dû, dit-elle d'un ton pincé.

— La prochaine fois, j'écouterai. Je te le promets.

Il n'en ferait rien. C'était en partie pour cela qu'elle l'aimait. Mais aussi parce qu'il connaissait ses secrets les plus sombres, mais l'acceptait quand même.

— Peut-être que toi et moi, on pourrait s'éclipser pour des vacances quand ce sera fini, dit-il, ce qui la surprit.

Mais si tout se passait comme prévu, ils seraient trop occupés pour prendre des vacances. Cela n'avait pas d'importance. Ils finiraient par être ensemble.

— J'aimerais être seule avec toi, se confia-t-elle à lui, juste pour quelques heures.

— Dès que tu rentreras à la maison, répondit-il d'un ton apaisant.

Ils étaient tous les deux tellement occupés à faire l'amour avec d'autres personnes pour le bien de ce projet qu'elle avait presque oublié combien il était bon d'être dans ses bras.

— Viens au bureau dès que tu rentres. Je sens qu'une réunion très importante se prépare.

Son cœur bondit. Il la touchait rarement au bureau. Il disait que c'était trop risqué, mais elle avait besoin de ces moments volés. Il avait cette façon d'être. Génial, beau, et riche. S'il ne manquait pas aussi cruellement de conscience, il serait l'homme parfait – et il ne l'aurait jamais regardée.

— Je reviens dès que possible.

— Qu'est-ce que je ferais sans toi ?

Il avait l'air plus calme à présent. Moins sur le point de

péter les plombs. C'était grâce à elle. Elle avait fait bien plus que ça pour lui.

Tracey était derrière Crista au feu, mais elle continua tout droit quand la femme tourna à gauche. Elle roula jusqu'au carrefour suivant et fit demi-tour pour rejoindre l'endroit où Crista avait tourné. Quelques centaines de mètres plus loin dans un lotissement banal, Crista déchargeait ses sacs de courses et entrait dans son petit bungalow soigné.

Tracey ne ralentit pas. Elle rendrait visite à Crista dans un futur proche. Cela ne lui prendrait pas longtemps pour découvrir tout ce que l'analyste savait.

Elle sourit. Cela ferait mal à Killion. Il avait un cœur si tendre derrière ce sourire cynique. Il saignait probablement partout sur la pauvre petite Audrey, en ce moment. Elle espérait qu'il la baisait dans tous les sens. Ainsi, quand il la larguerait, Audrey serait dévastée. Elle le détesterait.

Mais chaque femme devrait pouvoir fréquenter un homme comme Patrick Killion au moins une fois dans sa vie. Ce n'était que justice, surtout quand la mort guettait au coin de la rue.

———

Audrey suivit Killion dans un petit pavillon d'aspect rustique, situé sur l'une des routes secondaires d'une petite ville touristique. Ils passèrent devant des boutiques de cadeaux, des bars et des restaurants, où les employés travaillaient comme si le monde ne partait pas à vau-l'eau. Elle voulait juste trouver un endroit sûr où se blottir et dormir. La dernière chose qu'elle voulait était de regarder les gens vaquer à leurs occupations normales pendant que sa vie se désintégrait.

Ce pavillon était pittoresque, rien à voir avec les grandes chaînes. Des fougères en pot poussaient en abondance devant l'entrée. Un bureau et un ordinateur se trouvaient sur le côté gauche de la réception, et une causeuse en osier sur le côté droit. L'ambiance était tamisée, les murs couverts de brochures vantant les mérites de la tyrolienne, de l'équitation, de la plongée et du snorkeling. Des choses normales pour les vacanciers. Des aventures sans risque réel. Une petite montée d'adrénaline avant de retourner à leur vie quotidienne. Elle se demanda s'il existait une brochure contenant des informations sur la marche à suivre pour échapper aux autorités tout en essayant de sauver sa peau.

Killion connaissait probablement tout par cœur de toute façon.

Par la fenêtre, une piscine bleu foncé étincelait à travers les rampes en fer. Elle aurait voulu se glisser dans ses profondeurs et oublier ses problèmes. Mais ses problèmes n'étaient pas du genre à disparaître si elle les ignorait. Pendant qu'elle fuyait, celui qui était derrière tout ça renforçait sa position et la faisait passer pour une criminelle.

Mais pour l'heure, elle était trop fatiguée pour se battre.

Elle attendit près de la porte pendant que Killion amadouait la fille derrière le bureau.

L'épuisement la rongeait, rendant sa vision floue, son équilibre instable et ses pensées lentes. Killion et elle avaient passé une bonne partie de la nuit précédente à se relayer pendant trois heures pour piloter le bateau afin de mettre le plus de distance possible entre les hommes de Gómez et eux.

Même lorsque c'était son tour de se reposer, elle était restée allongée dans le lit de camp à fixer les planches de bois brut au-dessus de sa tête, pensant à Mario. Un jeune homme. Beau, dévoué et d'une intelligence rare. Il n'était avec elle que depuis septembre. C'était son étudiant et elle avait réussi à le faire tuer.

L'émotion menaçait de la submerger.

Comme s'il avait senti l'imminence de son effondrement, Killion glissa son bras autour de ses épaules.

— C'est juste pour une nuit.

Il travaillait la réceptionniste, qui était une jolie adolescente à la peau foncée et aux yeux de la couleur du chocolat amer.

— En fait, disons plutôt deux nuits. Le temps que j'envoie mes avocats à l'hôtel où on a réservé notre lune de miel. Croyez-moi, ils nous supplieront d'accepter la suite présidentielle quand on aura fini, pas vrai, bébé ?

— Même dans ce cas, je n'y retournerai pas.

Audrey esquissa un sourire mécanique tandis que les doigts de Killion lui massaient l'épaule.

— La femme prétentieuse de la réception était une garce et je vais m'assurer qu'elle n'ait plus jamais l'occasion de traiter de pauvres clients de la même façon. Nous aurions dû venir dans un endroit comme celui-ci plutôt que dans un hôtel anonyme.

— Je me fiche de là où on loge tant qu'il n'y a pas de cafards. Il n'y a pas de cafards ici, n'est-ce pas ? demanda-t-elle à la jeune fille, plus brusquement qu'elle ne l'avait prévu à en croire les doigts de Killion qui se serrèrent.

— Non, madame.

La réceptionniste frissonna également.

— Je les ai en horreur, moi aussi. Mon père pulvérise régulièrement du produit pour éviter qu'on en ait.

Son sourire était chaleureux et accueillant.

— Nous avons une chambre libre.

Ses yeux parcoururent l'écran de son ordinateur.

— Et il se trouve que c'est la suite Lune de miel, avec jacuzzi.

— Parfait.

Les yeux de Killion brillaient lorsqu'il lui sourit, et Audrey aurait donné n'importe quoi pour savoir ce qu'il pensait vraiment. Mais avec un homme qui pouvait mentir aussi facilement que Killion, comment pourrait-elle en être sûre ?

La fille derrière le bureau leur donna un prix, et Killion lui remit l'argent.

— Quel est le meilleur endroit pour manger dans le coin ? demanda-t-il, bien que la dernière chose dont Audrey avait envie était de manger, ou de sortir. Nous n'avons pas encore exploré le coin. C'est même la première fois que nous quittons notre chambre d'hôtel, et presque la première fois que nous quittons le lit.

Il lui fit un clin d'œil.

Audrey lui donna un coup de coude dans le ventre, mais il lui adressa un sourire façon chat du Cheshire. Cet homme était vraiment irrécupérable.

La réceptionniste cligna des yeux rapidement et le rose lui monta aux joues.

— C'est parce qu'il se fatigue facilement.

Audrey récupéra la clé que la jeune femme avait posée sur le comptoir.

— Merci beaucoup.

Elle emprunta la direction indiquée par la jeune fille, le long d'un chemin décoré de coquillages.

La verdure était luxuriante et pendait au-dessus de la

clôture entourant la propriété. La suite nuptiale était isolée des autres appartements, dans une baie reculée remplie de plantes en pot, avec suffisamment de végétation pour la rendre très, très privée. Le jacuzzi se trouvait sur un côté de la terrasse. Killion se déplaçait aussi furtivement qu'une panthère, mais elle sentait qu'il était juste derrière elle. En fait, elle était douloureusement consciente de chacun de ses mouvements. Elle déverrouilla la porte d'une belle pièce qui ressemblait à un paradis tropical. Un énorme lit à baldaquin occupait le centre de la pièce. Ses côtés étaient recouverts de moustiquaires. Le parquet était en bois foncé, assorti au cadre du lit, mais tout le reste était d'un blanc aveuglant, des murs aux draps, en passant par les serviettes qu'elle pouvait voir dans la salle de bain attenante.

Des mains la poussèrent en avant.

— Allez prendre une douche. Je vais passer un coup de fil et revenir avec des vêtements propres et quelque chose de chaud à manger.

— On ne sort pas ?

Le soulagement l'envahit.

— Je me rattraperai une autre fois.

— C'est faux.

Elle se retourna pour lui faire face, la bouche sèche.

— Une fois que ce sera fini, vous passerez à autre chose et je ne vous reverrai plus jamais.

Il tressaillit, mais ne répondit pas. C'était assez clair comme réponse.

— Allez passer votre coup de fil, dit-elle d'un ton las. Pourriez-vous ramener du déodorant et du dentifrice ? Si vous avez assez d'argent…

Elle savait qu'il n'utiliserait pas de carte de crédit.

Il évita son regard et regarda ses pieds.

— Pas de problème. Fermez la porte derrière moi. Je vais prendre la clé.

— D'accord.

Elle fronça les sourcils

Cette tension entre eux était sortie de nulle part. Son expression suggérait qu'il voulait dire quelque chose, mais il demeura silencieux. Il tourna les talons et Audrey dut lutter contre l'envie de pleurer. Se déplaçant lentement, elle se força à entrer dans la salle de bain et se débarrassa du souvenir dégoûtant des hommes qui avaient essayé de la tuer. Sous le jet d'eau chaude, les larmes montèrent et elle les laissa couler – pour Mario, sa vie volée, le choc et l'horreur d'avoir été poignardée et d'avoir failli mourir, de s'être fait tirer dessus et se retrouver accusée de meurtre. Mais surtout pour la perte d'un homme qu'elle n'aurait jamais dû rencontrer. Elle ne savait pas grand-chose de lui, mais il lui avait sauvé la vie, encore et encore. Ce n'était pas surprenant qu'il se soit frayé un chemin dans son cœur. Le contraire eut été plus choquant.

Des larmes chaudes continuaient de couler sur ses joues alors que la tristesse l'enveloppait. Quand ce serait fini, il s'en irait, et peu importait à quel point il la touchait, elle devrait le laisser faire.

CHAPITRE QUATORZE

KILLION TRAVERSAIT L'UN des grands complexes hôteliers menant à la plage tout en inspectant la zone. Une partie de lui ne voulait pas appeler Jed. Il avait confiance en lui, mais pouvait-il se tromper à son sujet ? Et s'il y avait une faille dans la sécurité du DSC-4 du FBI ? Et si Alex Parker n'était pas aussi doué en cybersécurité qu'il le pensait ?

Ce n'était pas seulement sa vie qui était en jeu, c'était aussi celle d'Audrey.

Le problème était que Killion n'avait pas vraiment le choix. Il n'avait plus que 500 dollars en liquide et même s'*il* avait les moyens de disparaître, il n'avait pas les moyens d'emmener Audrey avec lui. Elle avait probablement hâte de se débarrasser de lui. Bien sûr, elle l'avait embrassé, mais elle savait qu'il ne serait pas là à long terme. Une fois l'affaire terminée, il passerait *bien* à autre chose et ne la reverrait plus jamais. Cela n'aurait pas dû le blesser si profondément qu'elle en soit consciente.

La chanson de Bob Marley *I Shot the Sheriff* résonnait dans le patio. Cela le ramena à l'instant présent.

Killion marcha jusqu'à l'eau, sentant le sable chaud sous la plante de ses pieds. Stupidement, il avait promis non seulement de garder Audrey en vie, mais aussi de rétablir sa réputation auprès des autorités, ce qui pouvait aller à l'encontre de l'accomplissement de sa mission. Coincé entre le marteau et l'enclume, il composa le numéro sur son téléphone satellite crypté.

Jed répondit immédiatement.

— Agent spécial superviseur Brennan.

Ce qui suggérait qu'il n'était pas non plus convaincu que leur conversation n'était pas sur écoute.

— On y est.

— Je m'en occupe.

Et Jed raccrocha.

Killion fixa le téléphone.

— Un peu léger comme instructions, mon pote.

Bon… Il glissa le téléphone dans sa poche et sentit une odeur du poisson cuit dans l'air nocturne. Son estomac gargouilla. Il n'avait pas réalisé à quel point il avait faim jusqu'à ce que son estomac menace de lui arracher la gorge. Il était temps de s'approvisionner et de préparer la suite.

IL ETAIT TARD quand Tracey frappa à la porte de Crista. Il faisait nuit noire dehors. Elle aurait pu contourner le système d'alarme pathétique installé dans la maison, mais elle avait un autre plan en tête.

Des bruits de pas, puis un scintillement derrière l'un des panneaux vitrés de la porte lui indiqua que quelqu'un approchait. Le verrou tourna et la porte s'ouvrit.

— Bonsoir, fit Crista d'un air interrogateur. Je peux vous aider ?

Tracey montra son badge de collecte.

— Je fais une collecte de fonds pour les maladies cardiaques.

Le visage de Crista s'illumina.

— Oh, très bien. Attendez un moment.

La femme tourna les talons et s'éloigna dans le couloir, sans doute pour aller chercher son sac à main. Tracey entra et ferma la porte sans bruit. Elle plaça rapidement un mouchard sous la table de l'entrée.

— Il fait un froid glacial. Vous méritez une médaille pour venir collecter des fonds par ce temps.

— En fait, j'ai menti.

Tracey se tenait près de la porte, faisant semblant d'être nerveuse.

Crista se figea.

— Écoutez, je suis désolée. Je, euh, j'ai quelque chose de vraiment embarrassant et privé à vous avouer.

Crista décrocha son téléphone et s'apprêta à appeler ce qui devait être les secours en numérotation rapide.

— Je ne savais pas quoi faire d'autre, dit Tracey laissant les larmes lui monter aux yeux. Le fait est que je suis enceinte.

Elle caressa son ventre vide.

— Et je ne sais pas comment joindre le père parce qu'il a bloqué mes appels.

— Qu'est-ce que ça a à voir avec moi ?

La lueur dans les yeux de Crista lui indiqua qu'elle ne la croyait pas. Elle avait intérêt à la croire.

— Nous n'étions ensemble que depuis un mois, mais je sais que vous êtes amis.

Crista leva les yeux au ciel. Pas aussi stupide qu'elle en avait l'air.

— J'ai regardé son téléphone un jour pendant qu'il était sous la douche et j'ai vu votre nom et votre numéro.

Tracey regarda le sol comme si elle avait honte.

— J'étais jalouse de tous ses secrets, mais quand il avait découvert que j'avais regardé son téléphone, il est parti dans la nuit.

Elle déglutit péniblement.

— Au début, je pensais qu'il était marié et que vous étiez sa femme.

— Qui était-ce ? exigea Crista, la main toujours au-dessus de ce satané bouton.

Tracey chercha derrière elle la poignée de la porte et secoua la tête.

— Peu importe. Il ne serait pas intéressé de toute façon.

— Pas intéressé par son propre enfant ? Quel genre de trou du cul fréquentiez-vous ?

Tracey hésita, la lèvre tremblante.

— Il m'a dit que son nom était Killion, mais je ne suis pas sûr que ce soit son vrai nom.

Les yeux de Crista s'écarquillèrent.

Tracey ouvrit la porte comme pour partir.

— Je n'attends rien de lui. Je peux subvenir financièrement à mes besoins et à ceux du bébé.

Sa voix se brisa.

— Je pensais juste qu'il devait savoir.

Elle se glissa dans la nuit froide.

— Hé, attendez !

Crista se précipita vers elle.

— Entrez. Je suis désolée. Je suis assez méfiante de nature.

Tracey se força à rire.

— Moi aussi.

Quelques larmes coulaient sur ses joues et elle les essuya.

— Je n'arrive pas à croire que j'ai laissé ce type me mettre dans son lit. Je n'arrive vraiment pas à croire que ce foutu préservatif se soit déchiré.

Crista lui prit la main.

— Il y a beaucoup de bébés préservatifs dans le monde.

Elle la guida vers la cuisine blanche immaculée.

— Je vais l'appeler pour vous.

— Non !

Tracey déglutit bruyamment et secoua la tête. Elle avait besoin de temps pour déterminer ses coordonnées GPS.

— Non. Je veux dire que c'est une énorme nouvelle. J'ai vraiment besoin de lui dire face à face.

Crista la regarda, hésitante.

— Alors, qu'est-ce que vous voulez faire ?

— La dernière fois que je l'ai vu, il m'a dit qu'il quittait le pays. Je sais qu'il pourrait être absent pendant des mois.

En réalité, il serait de retour très bientôt pour reprendre ses recherches sur la meurtrière de Burger.

— Je veux pouvoir lui dire en personne que je vais avoir son bébé. Voir si quelque chose est encore possible entre nous.

Elle sortit sa carte de sa poche.

— Quand il rentrera au pays, vous pourriez m'appeler ? M'aider à organiser une rencontre ?

Elle portait des gants en laine et s'était assurée qu'il n'y avait pas d'empreintes ou d'ADN sur la carte, juste le numéro d'un téléphone jetable. Si Crista avait des soupçons, elle penserait sûrement que Tracey était de la CIA ou de la NSA.

— J'ai grandi sans père – elle savait que Crista aussi – et je voudrais que mon bébé ait au moins la chance de connaître le sien.

Crista hocha la tête.

— Je ne vais pas vous déranger plus longtemps. Merci.

Tracey tourna les talons et se dirigea vers la porte d'entrée.

— C'est un type bien, vous savez.

Elle s'interrompit en entendant la voix de Crista.

— Il sera là pour le petit et vous.

— Je l'espère bien.

Tracey afficha un sourire tremblant et s'en alla. Cette salope était tellement sentimentale et stupide. Elle monta dans sa voiture de location et décida de rentrer chez elle. Tout était prêt pour son plan. Il n'y avait rien d'autre à faire que d'attendre, et pour la première fois depuis ce qui lui semblait être une éternité, elle aurait voulu se blottir dans les bras de l'homme qu'elle aimait.

———————

QUAND KILLION REVINT dans la suite nuptiale, l'endroit était plongé dans l'obscurité. Il frappa à la porte, s'annonçant bien que ce soit contraire à son instinct de faire du bruit. Il déverrouilla la porte et entra.

Un éclat de lune révéla la silhouette d'Audrey étendue sous le drap, apparemment endormie. *Et merde.* Elle était si jolie, allongée là. C'était drôle de voir comment certaines femmes parvenaient à être belles sans l'aide de couches de maquillage ou de vêtements hors de prix. Audrey avait une grâce naturelle et ne réalisait probablement pas que la plupart des hommes préféraient les femmes comme elle.

Il se détoura. Il aurait voulu qu'elle mange un repas décent, mais elle était complètement dans les vapes et il n'était pas question de la réveiller. Il se dirigea vers la petite kitchenette et mit les plats dans le petit réfrigérateur.

Puis il étira ses bras au-dessus de sa tête et entendit ses

vertèbres se remettre en place. Merde, il était tendu, endolori et sacrément épuisé.

Aussi silencieusement que possible, il déplaça un lourd coffre devant la porte d'entrée. Il ne pouvait rien faire pour les fenêtres, sauf fermer les stores.

Toujours dans l'obscurité, il fit le point sur son armement. Il avait son SIG, le vieux colt 45 du capitaine, et un autre 1911 qu'il avait pris sur le bateau. Tous chargés, avec plusieurs chargeurs de munitions de rechange à chaque fois. Il plaça une arme de poing sur chaque table de nuit – si Audrey avait voulu le tuer, elle l'aurait fait depuis des jours – et garda son SIG sur lui.

Dans la salle de bain, il regarda la baignoire. C'était tentant, mais vu son état de fatigue, il se serait probablement noyé. En temps normal, il aurait pris le risque, mais il devait penser à Audrey. Il alluma donc le jet de la douche, s'efforçant de ne pas imaginer sa jolie biologiste à cet endroit un peu plus tôt. Le fait de savoir qu'il allait devoir dormir à côté d'elle rendait le souvenir de son corps nu encore plus excitant et il serra les dents alors que sa queue devenait aussi raide qu'une matraque de police.

Il cogna son front contre la vitre en signe de défaite.

Il ne pouvait pas dormir comme ça.

Il fit glisser le savon sur son corps et, incapable de résister, savonna sa tige, essayant de ne pas imaginer les mains d'Audrey sur lui, ou ses jambes enroulées autour de ses hanches, mais incapable de résister à cette image.

Une partie de lui savait qu'il aurait dû avoir honte de fantasmer sur elle comme ça, mais ce n'était pas ainsi que son cerveau fonctionnait. Elle était en sécurité et dormait, et il ne faisait de mal à personne. Il ne franchissait pas les limites et ne faisait pas de fausses promesses. Il ne renforçait pas le lien qu'ils partageaient – parce qu'il n'y avait aucun doute qu'ils partageaient une connexion bien réelle, même si elle était temporaire ou incommode.

Et si c'étaient ses lèvres autour de son membre qu'il imaginait en rejetant sa tête en arrière et en jouissant, c'était son affaire. Il s'occupait d'un besoin qui devait être satisfait, comme la faim ou la soif. Il remplissait un vide qui avait besoin d'être rempli. Cela ne faisait pas de mal, sauf pour sa santé mentale.

———————

AUDREY SE REVEILLA en sentant le matelas s'enfoncer. Il lui fallut une nanoseconde pour réaliser que Patrick Killion – elle ne savait toujours pas si c'était son vrai nom – s'était glissé sous les draps à côté d'elle.

— Vous êtes de retour.

Sa grande main agrippa doucement l'arrière de sa tête avant de la relâcher.

— Je ne voulais pas vous réveiller. Rendormez-vous.

Toute sa vie, elle avait été la plus forte, la plus indépendante, celle qui n'avait besoin de l'aide de personne. À présent, elle ne contrôlait plus rien et elle avait besoin de cet homme pour rester en vie. Peut-être était-ce la raison de son désir pour lui – peut-être était-ce un impératif biologique pour la femelle de s'occuper des besoins sexuels du mâle alpha. Ou peut-être était-ce parce que sous son apparence décontractée et sarcastique, il était gentil, attentionné et généreux.

Il avait l'odeur du savon et de la peau masculine propre. La lumière de la lune illuminait sa mâchoire. Il était allongé sur le dos et fixait le plafond. Elle luttait contre le besoin de le toucher. Il n'y avait qu'une seule chose qu'elle voulait en ce moment et il était allongé juste à côté d'elle.

— Vous voulez bien me prendre dans vos bras ? demanda-t-elle.

Il tendit le bras par-dessus le drap et l'attira contre lui. Ce ne fut que lorsqu'il toucha son dos qu'il réalisa qu'elle était nue.

Il laissa échapper un grognement et s'apprêtait à la relâcher, mais elle attrapa sa main et la serra sur le haut du drap, son téton dur contre sa paume.

— Je ne peux pas vous tenir comme ça sans bander comme un taureau, Doc.

Il pressa ses hanches contre ses fesses pour lui prouver ce qu'il avançait.

— Tant mieux, parce que vous allez en avoir besoin.

Elle se retourna dans ses bras et toucha son visage rasé de près. Il faisait sombre, à l'exception du clair de lune, mais ses yeux s'étaient habitués à la pénombre.

— Je veux être avec vous, Patrick. Je sais que vous allez disparaître dans le soleil couchant dès que vous pourrez me refiler à quelqu'un d'autre. Mais je veux ça.

Ses doigts se serrèrent sur sa hanche.

— Le prochain gars pourrait être une perle rare.

Elle pressa son pouce sur sa lèvre inférieure et sentit sa bouche s'entrouvrir.

— Si on ne le fait pas, je me demanderai toujours ce que ça aurait été de faire l'amour avec vous… toujours.

Elle l'entendit déglutir.

— C'est une très mauvaise idée. Je me suis juré que je ne vous toucherais pas. J'essaie de vous protéger.

— Je veux que vous me touchiez.

Elle se cambra contre lui.

— Je ne veux pas que vous me détestiez.

Il avait la voix rauque.

— Je ne vous détesterai pas, pas pour ça en tout cas.

Elle émit un grognement, puis un rire.

Cela le fit réfléchir pendant une seconde. Il fit courir sa main le long de son corps et son pouce trouva le centre de son téton avec une précision infaillible. Il passa son ongle sur sa chair sensible et elle sentit son sexe se contracter.

— Les autres hommes risquent de vous sembler bien fades après ça, Aud.

Grand Dieu, quel ego.

— C'est un risque que je suis prête à prendre.

La bouche de Killion fondit sur la sienne.

— Je vous aurais prévenue.

Ses lèvres étaient chaudes et fermes contre les siennes. Il la fit rouler sur le dos et intensifia le baiser. Il explorait sa bouche, décrivait un voyage autour de ses lèvres. Elle essaya de le toucher, mais il maintint sa main libre contre les couvertures. Elle gémit lorsque ses lèvres glissèrent plus bas, le long de son cou, sur sa clavicule et jusqu'à ses seins. Son dos se cambra sur le lit, ses mamelons mourant d'envie d'être goûtés. Il s'exécuta, effleurant de ses dents ses tétons qui pointaient, l'amenant à la limite de la douleur avant de se retirer. Puis sa tête glissa plus bas, jusqu'à son nombril, sa langue plongeant à l'intérieur.

Il descendit vers le bas du lit et lui écarta les jambes, soufflant sur sa peau sensible. Elle sentit son souffle s'arrêter lorsque sa langue glissa le long de son intimité. Son corps se mit à bouger au rythme du sien.

Elle attrapa l'oreiller, ressentant le besoin de s'accrocher à quelque chose.

— C'est un peu osé pour une première fois, non ?

— Je ne fais pas les choses à moitié, bébé.

Sa bouche se remit au travail et ses hanches se soulevèrent d'elles-mêmes. Elle laissa échapper un petit couinement. Elle lui agrippa les cheveux lorsqu'il se concentra sur un endroit particulièrement savoureux et que sa vision se troubla. Elle se retrouva ensuite les genoux sur ses épaules, tandis qu'il lui accordait toute son attention. Elle sentait l'orgasme monter en elle, de plus en plus. Son corps se contractait toujours plus jusqu'à ce qu'elle explose en petits morceaux de plaisir éclatant. Elle cria son nom avant de redescendre tranquillement sur terre. Il laissa retomber ses jambes et se glissa sur son corps pour l'embrasser sur la bouche.

Elle se goûta sur ses propres lèvres et recula. Elle cligna des yeux ; il était si proche d'elle qu'elle n'arrivait pas à accommoder sa vision.

— Bizarre.

— *Super*, corrigea-t-il.

Elle pouvait entendre l'autosatisfaction dans son sourire.

— Bizarre, insista-t-elle.

Elle l'embrassa à nouveau parce qu'elle aimait sa bouche. Il s'allongea sur le côté, faisant glisser lentement ses doigts sur son corps, son excitation massive contre sa cuisse. Il se retenait. Il ralentissait alors qu'elle aurait voulu quelque chose de frénétique et rapide.

— Vous avez des préservatifs ? demanda-t-elle, mourant d'envie de le sentir en elle.

Il recula.

— Vous allez me juger si je dis oui ?

— Après la façon dont j'ai essayé de vous grimper dessus quand je vous ai embrassé sur le bateau ? Vous auriez été idiot de ne pas en acheter un plein camion.

Il se leva du lit, prit une boîte et la secoua.

— Je ne suis pas idiot, mais je ne pensais pas non plus que vous étiez gagnée d'avance. Je veux que vous le sachiez. J'aime simplement être préparé…

Elle refusa de réfléchir à cette phrase. Il revint vers le lit et jeta la boîte sur la table de chevet.

Elle l'attira à côté d'elle, puis le poussa sur le dos.

— C'est comme ça que vous me voulez ?

Il rit en la regardant.

Bon sang, il était magnifique. Elle déglutit, la gorge nouée, en regardant son corps dans la faible lumière. Il était musclé comme il fallait, avec un teint doré.

— Pour l'instant.

Elle le vit sourire en plaçant ses bras derrière sa tête, toujours aussi arrogant. Ils prenaient tous les deux soin de présenter ça comme un simple plan cul pour évacuer la tension. Elle savait qu'il ne lui faudrait pas grand-chose pour tomber amoureux de lui, et elle ne voulait pas être l'une des nombreuses femmes qui suppliaient probablement cet homme de leur donner plus qu'il n'était disposé à le faire. Alors elle lui donnerait ça. Elle prendrait ça. Une bonne partie de jambes en l'air pour se distraire et leur faire oublier les terribles événements qu'ils avaient récemment dû affronter. Et les choses difficiles qui les attendaient.

Elle fit glisser ses mains le long de son corps, sur ses pectoraux bien dessinés, son ventre plat, s'enfonçant dans les poils qui entouraient sa tige rigide. Elle s'agenouilla à côté de lui et passa ses mains sur ses cuisses robustes, ses genoux sensibles, puis remonta à l'intérieur de ses jambes, sentant le frémissement de ses muscles alors qu'elle approchait de sa cible.

Elle prit ses bourses en main, puis son membre dans l'autre, se penchant pour y ajouter sa bouche.

Il lui agrippa les cheveux, et elle l'entendit déglutir, puis murmurer :

— C'est une bonne chose que j'ai désamorcé tout ça sous la douche.

— Vous avez pensé à moi ?

Elle le reprit en bouche avant qu'il ne puisse répondre. *Question stupide.* Elle ne voulait pas savoir s'il pensait à quelqu'un d'autre, et il était un trop bon menteur pour qu'elle sache la vérité.

Elle devait faire en sorte que ce ne soit que du sexe. Tout le reste risquait de la mettre en pièces.

Elle se pencha pour prendre un préservatif sur la table de chevet, déchira l'emballage et le déroula soigneusement.

— Gardez les mains le long du corps, dit-elle.

Il lui jeta un regard noir dans l'obscurité.

— Mais je veux vous toucher.

— Je veux d'abord vous baiser, dit-elle.

Elle l'entendit respirer bruyamment.

— Audrey, la réprimanda-t-il.

— N'en faites pas tout un plat, fit-elle en levant son genou devant lui. C'est de la biologie de base et je suis une experte en biologie.

Elle prit alors en elle toute sa longueur. La sensation était merveilleuse. Ses mains lui agrippèrent les cuisses, mais elles ne bougèrent pas de là, ne la touchant pas, ne la caressant pas. Il lui accordait ça, alors elle lui rendit la pareille, se soulevant pour que seule son extrémité soit en elle, puis redescendant pour le prendre entièrement. Il était incroyable, mais soudain, l'acte n'avait plus rien d'incroyable. C'était mécanique et vide.

Elle accéléra la cadence et il se redressa pour la rejoindre, sa respiration s'accélérant. Elle commença à se tordre et le sentit se tendre sous elle.

Puis il l'attrapa autrement et grogna.

— Vous n'y êtes pas Aud.

— J'ai déjà joui, vous vous souvenez ?

— OK on change les règles.

Elle ouvrit la bouche pour discuter, mais ses doigts trouvèrent son clitoris et commencèrent à décrire des cercles sur son petit bouton. Des étoiles dansèrent devant ses yeux. Puis il prit sa poitrine entre ses mains et pinça son téton. Ses coups de reins se firent plus sauvages. Elle perdit tout contrôle du rythme qu'elle avait établi, se contentant de tenir bon tandis qu'il la pilonnait, la détruisant sous tous les angles jusqu'à ce que son corps se convulse et explose autour de lui.

— Accrochez-vous, la prévint-il.

Il fit pivoter leurs corps de façon à ce qu'ils soient sur le bord du matelas. La maintenant jambes écartées, il se mit à marteler son intimité. Et elle jouit encore et encore, prise de vagues de plaisir sans fin qui la traversaient avec une force impressionnante. Elle hurla en le sentant jouir en elle, envoyant encore plus d'ondes de plaisir dans son corps.

Le monde tournait comme si elle était dans un parc d'attractions. Elle resta immobile, allongée avec le corps de Killion sur le sien, l'esprit tourbillonnant. Elle n'avait jamais joui comme ça avant, à plusieurs reprises et avec force, comme le ressac. Elle n'avait jamais été avec quelqu'un d'aussi doué pour le sexe que Killion. Elle n'avait jamais été dans une relation aussi intense que celle-ci. Et ce n'était même pas réel.

C'était un voyage, un fantasme. Une aventure folle qui l'avait prise par surprise.

Les émotions l'assaillirent. Elle écarta ses cheveux de son oreille.

— Vous vous appelez vraiment Patrick Killion ? chuchota-t-elle.

— Oui.

Sa voix était étouffée dans les draps.

— Donnez-moi une minute, je vais bouger, je vous le promets, mais là, je ne peux pas. Vous m'avez tuée.

Elle fut prise d'un rire étrange, et elle enroula ses bras et ses jambes autour de lui, le serrant fort.

— Merci. De m'avoir laissée faire ça avec vous.

— J'ai prêté serment de servir mon pays.

— Une femme à la fois ?

— C'est un travail difficile, mais quelqu'un doit le faire.

Elle lui donna un coup de coude et il roula en riant. Et alors qu'il disparaissait pour se nettoyer, elle se dit qu'elle refusait d'être triste à cause de ça. Le sexe n'avait pas à signifier autre chose que la satisfaction d'un besoin fondamental de connexion et de plaisir.

Lorsqu'il revint, il grimpa dans le lit et la serra contre lui, posant son menton sur son épaule tandis qu'ils regardaient tous deux les motifs que la lune dessinait à travers les volets de bois fermés.

— Qu'est-ce que vous faites d'habitude après avoir baisé quelqu'un ? demanda-t-il.

Elle laissa échapper un petit rire.

— Ça fait quelques années, mais normalement, je suis en couple et soit je rentre chez moi, soit je m'endors.

Il avait ouvert la porte avec sa question.

— Et vous ?

— Je m'en vais.

Son bras se resserra autour d'elle.

Il y avait quelque chose de triste dans sa réponse. Cela lui donna le courage de porter sa main à sa bouche et d'embrasser ses articulations.

— Une part de moi se sent coupable que vous ne puissiez pas vous enfuir, et une autre partie est heureuse que vous soyez obligée de rester ici à mes côtés, dit-elle en toute honnêteté.

Le bras de Killion se resserra davantage. Elle ne pensait pas qu'il allait répondre, mais il enfouit son nez dans ses cheveux. C'était merveilleux.

— Être ici n'est pas vraiment une épreuve, admit-il. Maintenant, c'est l'heure de dormir.

La nuit s'installa autour d'eux. Elle chassa les mauvais souvenirs et se concentra sur le plaisir persistant qui flottait en elle. La chaleur du corps de Killian et son propre pouls lent l'entraînaient lentement vers le sommeil. Pour la première fois depuis des jours, elle s'autorisa à penser à autre chose qu'au chagrin ou à la peur. Au lieu de cela, elle pensa à l'homme dont le souffle effleurait son oreille et dont les jambes étaient entremêlées avec les siennes. Elle repensa à son acharnement à lui faire plaisir. Elle savait qu'il avait raison quand il avait dit qu'à côté, n'importe quel autre homme ferait pâle figure.

Si elle vivait assez longtemps, elle avait la désagréable impression que Patrick Killion finirait probablement par lui briser le cœur.

— Je vous entends penser, Aud.

Ses bras la serrèrent à nouveau.

— Dormez vite.

CHAPITRE QUINZE

KILLION SE REVEILLA avec le sexe aussi dur que le Washington Monument, bien qu'il soit peut-être un peu moins impressionnant sur le plan du tourisme international.

Avoir une érection matinale n'avait rien d'inhabituel. Ce qui était inhabituel, c'était la main qui s'enroulait autour de lui et le caressait, tandis que des lèvres embrassaient son dos et que des doigts s'enfonçaient dans ses cheveux. C'était peut-être la raison pour laquelle les gens avaient des relations. Le sexe du matin. Cela faisait trop longtemps qu'il n'y avait pas goûté pour se souvenir de ce que cela faisait.

Mais la plupart des gens n'avaient pas sa vie. Pour être un agent secret, il ne s'agissait pas de se faire passer pour James Bond. Il fallait n'être personne. Cesser d'exister en tant que personne normale. Même lors de ses affectations plus récentes, il n'avait pas changé sa façon de vivre sa vie. Il n'avait pas de vraie maison, il avait un appartement où il dormait occasionnellement et gardait quelques affaires. Il s'était éloigné de sa famille des années plus tôt, car lorsqu'il avait réalisé que certaines de ses cibles risquaient de faire dans les représailles, il était déjà trop impliqué.

C'était son monde et il s'était fait à l'idée de vivre cette vie seul. Sauf que cette foutue main sur sa queue lui rappelait toutes les choses qu'il manquait. Tout comme la chaleur d'Audrey pressée contre son dos.

Elle semblait déterminée, et elle savait que c'était temporaire. Quel mal cela pouvait-il bien faire ?

Il entrouvrit une paupière et tendit l'oreille pour chercher à distinguer d'éventuelles perturbations à l'extérieur. Les oiseaux chantaient et le soleil s'était levé. Des rires retentirent au loin.

Après tout, pourquoi pas. Il n'irait nulle part pendant la journée, et la surprenante et intrépide Audrey Lockhart non plus. Ses doigts se resserrèrent et il gémit en s'étirant dans le lit. Et toutes ses raisons de ne pas s'impliquer davantage avec cette femme s'évanouirent en moins de temps qu'il n'en fallait pour commander un cappuccino.

Il se retourna et roula sur elle, la prenant par surprise. Il écarta ses genoux jusqu'à ce qu'il se retrouve entre ses cuisses, son érection palpitant contre son entrejambe.

— Quelle est la boisson préférée des grenouilles ?

Il se pressa contre elle.

— Oh, mon Dieu ! Je n'en ai aucune idée.

Elle rit et se cambra sous son corps. Il aimait sa voix, mais, plus encore, il aimait la faire rire.

— Le Côah-cola.

Il plaqua son corps contre le sien et se demanda comment ils pouvaient s'imbriquer si parfaitement.

— Pourquoi une grenouille est souvent fatiguée ?

Il n'attendit pas sa réponse.

— Parce qu'elle prend le thé tard.

— Ces blagues sont nulles, vous le savez ?

Son rire sexy le rendait fou d'elle.

— J'en ai un millier de plus.

— Achevez-moi.

La lumière du soleil se faufilait entre les stores, baignant la pièce d'une teinte dorée. Ses cheveux étaient ébouriffés, ses yeux violets se plissaient aux coins.

Elle appréciait ce moment. Eux. Il supposait que cela l'aidait à oublier leur réalité et jusqu'à ce qu'il entende le contraire, il allait la distraire pour qu'elle ne pense à rien d'autre qu'à faire l'amour avec lui, à écouter ses mauvaises blagues et éventuellement à manger.

Il prit ses poignets et les plaqua de chaque côté de sa tête. Puis il lui chatouilla la peau sous l'oreille et il sentit son corps se crisper contre le matelas tandis qu'elle frémissait contre lui. Il lui mordilla le lobe de l'oreille et s'approcha de ses lèvres, la goûtant rapidement, mais pleinement. Il y avait tellement d'endroits qu'il voulait explorer. Et plus il la voyait, plus il en voulait.

Il prit son mamelon entre ses dents et fit rouler son jumeau entre son pouce et son index. Il avait déjà compris qu'elle aimait un peu de mordant dans le sexe. Pas de violence – ce n'était pas son style. De la vigueur, certes, mais il faisait toujours attention à elle parce qu'elle était beaucoup plus petite que lui. C'était facile d'oublier qu'un homme pouvait blesser une femme s'il ne faisait pas attention.

Il ne voulait pas penser à ce qu'ils faisaient en termes d'émotions. Elle avait essayé de transformer ça en une rencontre clinique la veille au soir, mais il ne pouvait pas faire ça – pas avec elle. Ça ne voulait pas dire qu'ils avaient oublié leur réalité. Elle n'avait pas besoin de lui dans sa vie. Elle se débrouillait bien toute seule, ou du moins elle le ferait quand ils auraient réglé ce problème. Il bougea contre son intimité et ses cuisses s'écartèrent comme pour l'inviter.

Oh, bon sang. Ça, c'était de la tentation.

Un frisson le traversa. Il prit un préservatif et l'enfila. Il avait eu l'intention de prendre son temps avec elle, mais un seul mouvement de hanches avait eu raison de lui.

Il s'enfonça dans sa chaleur glissante et se demanda comment les gens pouvaient arrêter de faire ça. Pourquoi faire autre chose ? Elle bougea, l'aspirant plus profondément et à un angle stupéfiant. Puis elle enroula ses jambes autour de lui, en criant, et tout ce qu'il put faire, ce fut s'enfoncer de plus en plus profondément jusqu'à ce qu'il voie un éclair blanc et que la terre explose. Il poussa un rugissement tandis qu'un coin de son cerveau réalisait que s'éloigner d'Audrey Lockhart allait être la chose la plus difficile qu'il ait jamais faite.

Son cœur battait la chamade et même s'il appuyait son poids sur ses coudes, ses hanches continuaient leurs va-et-vient comme s'il ne les contrôlait plus. Elle continua à trembler, la tête en arrière, visiblement encore sous le coup de l'émotion, et il continua à bouger jusqu'à ce que sa respiration se calme et qu'elle ouvre les yeux.

Ils se figèrent tous les deux, se regardant avec prudence.

— Bonjour, beauté.

Rester léger.

Elle sourit.

— Bonjour.

Il se retira avec précaution, et se débarrassa du préservatif. Il prépara le café et se rappela qu'il lui avait acheté un cadeau la veille au soir.

— Je vous ai apporté quelque chose.

Il sortit le présent d'un sac et revint avec une paire de lunettes en écaille qu'il lui posa sur le nez.

— Je peux voir !

Elle sourit puis grimaça.

— Waouh, vous êtes bien plus beau sans lunettes.

La voir le regarder à travers ces lunettes le rendit chaud comme la braise, même s'ils venaient tout juste de faire l'amour. Le fantasme de la secrétaire. Il leur fallut encore 20 minutes avant qu'ils puissent reprendre leur souffle.

Il se leva pour leur servir le café, posa deux tasses sur la table de chevet. Il était sur le point de préparer le petit-déjeuner quand elle le ramena dans le lit.

— Vous voulez bien rester un moment ? demanda-t-elle.

Il ne résista pas et grimpa à côté d'elle. Il s'allongea sur le dos et elle s'installa à moitié sur lui, sa tête sur son torse.

— Qu'auriez-vous fait si vous n'aviez pas rejoint la CIA ?

Il retroussa les lèvres.

— Non pas que je confirme quoi que ce soit… mais j'étais en passe de bosser à Wall Street.

— Sérieusement ?

On aurait dit qu'il avait répondu vouloir pratiquer la chasse aux trophées.

Il rit.

— Je sais, hein ? Mais j'ai une maîtrise en administration des affaires et un oncle qui était dans la finance. Il m'a offert un emploi, mais j'avais besoin d'un peu d'aventure dans ma vie, alors j'ai refusé et j'ai rejoint… le gouvernement.

Il resta silencieux un moment, puis partagea quelque chose dont il n'avait pas l'habitude de parler, avec qui que ce soit.

— Mon oncle est mort pendant les attentats du 11 septembre. J'étais à Manhattan ce jour-là. Je devais le retrouver pour déjeuner.

Le sentiment de culpabilité, de chagrin et de rage s'était atténué au fil des ans, mais n'avait jamais complètement disparu. Des gentils étaient morts ce jour-là. Les méchants avaient gagné. Lui et ses collègues avaient failli à la nation.

— C'était mon premier congé depuis que j'avais rejoint la Compagnie et j'étais au lit avec la gueule de bois et une serveuse de cocktail que j'avais rencontrée la veille. Je me disais que j'avais gagné le droit de profiter, de prendre un peu de bon temps. Je n'ai pas vu les tours s'effondrer, mais j'ai vu la fumée envahir la ville. J'ai été rappelé directement au travail et je n'ai pas arrêté depuis.

C'était la dernière fois qu'il avait passé toute la nuit avec une femme avant Audrey.

— Je suis désolée, dit-elle doucement.

Il sentit sa gorge se serrer et ses yeux piquer. Impossible de se souvenir de ce jour sans ressentir un poids sur la cage thoracique.

— C'est pour ça que vous avez rejoint la CIA.

Il haussa les épaules, sans confirmer ni infirmer, puis gagna du temps en prenant une gorgée de café.

— Ma vie a changé ce jour-là, comme celle de tous les autres Américains. Ça m'a poussé à consacrer ma vie à arrêter ces connards. Pas seulement y consacrer du temps, mais tout ce que j'ai – sans demi-mesure ni excuses.

— Vous avez tout abandonné.

Il secoua la tête et évita son regard.

— D'autres ont donné plus. Bien plus. Je n'ai jamais regretté les choix que j'ai faits.

Il les regrettait à présent, et ne voulait pas se demander pourquoi.

— Cela a fait de moi une meilleure personne. Quelqu'un que je peux regarder dans le miroir.

— Vous avez mentionné une grand-mère… Vous avez

encore de la famille ?

Elle lui toucha le visage.

Son cœur se mit à battre à tout rompre. Il lui prit la main.

— Je ne parle pas d'eux.

— Vous les voyez parfois ?

— Occasionnellement.

Il pinça les lèvres et secoua la tête.

— Je ne les ai pas vus depuis un moment.

— Vous n'avez pas à vendre votre âme pour servir votre pays.

— Parfois, si.

Il changea de sujet.

— Vous avez toujours voulu sauver les grenouilles ?

Elle eut un rire sans joie.

— Je n'ai pas pu sauver ma sœur, alors je me suis rabattue sur quelque chose de plus réalisable.

Elle prit sa tasse de café de la table de chevet, souffla dessus avant d'en boire une gorgée, puis la reposa doucement.

— Nous avons perdu 120 espèces d'amphibiens depuis 1980 et le taux de disparition augmente. Les grenouilles sont également une espèce indicatrice d'un écosystème et les choses ne semblent pas aller bien pour la nature en ce moment.

— Sauver les espèces du monde de l'extinction est plus facile que de sauver votre sœur ?

— Elle a commencé à se droguer au lycée. Elle n'a jamais réussi à s'en sortir.

À présent, c'était à son tour de lui offrir du réconfort.

— Je suis désolé.

— Je sais que ses problèmes de dépendance sont probablement dans le dossier que vous avez sur moi, mais ce qui ne l'est pas, c'est tout mon amour pour elle. J'ai fait de mon mieux pour l'aider, mais ça n'a jamais suffi.

Elle remua comme mal à l'aise, se cachant de lui à présent, comme il avait voulu se cacher d'elle lorsqu'elle lui avait posé des questions sur sa famille. Ses parents pleuraient sa perte même s'il n'était pas mort. Il leur manquait.

— J'étais une brave fille, qui ne posait jamais problème, poursuivit Audrey. J'ai surcompensé le fait qu'elle ait tout gâché en étant l'adolescente la mieux élevée qui soit.

Elle passa les doigts sur la légère couche de poils sur le torse de Killion.

— Ce qui fait qu'elle m'en veut encore plus.

— Ce n'est pas comme ça que vous vous attirerez la sympathie des gens, lui dit Killion. S'ils se plantent, ils vous en veulent. Si vous vous débrouillez bien, ils pensent que vous baisez le patron.

Elle hocha la tête et se mordit la lèvre.

— Vous vous êtes donc jetée à corps perdu dans le travail pour échapper à votre vie de famille.

Il avait deviné.

— C'est un travail important, rétorqua-t-elle avant de gémir. Pourquoi m'avoir rappelé ma famille, mon travail et ce que j'essaie d'accomplir de ma vie ?

Il passa une mèche de cheveux derrière son oreille.

— Vous vous battez pour les grenouilles, mais vous avez abandonné votre sœur. Pourquoi ?

Il vit le chagrin passer sur ses traits.

— Avez-vous déjà connu un toxicomane ?

Il secoua la tête.

— J'ai connu quelques alcooliques…

— C'est à peu près la même chose. Ils veulent ce qu'ils veulent quand ils le veulent.

Elle pinça les lèvres.

— Personne ne peut vraiment aider quelqu'un tant qu'il n'est pas prêt à demander de l'aide. Je pensais que Sienna était arrivée à ce stade quand elle est tombée enceinte et a eu un bébé il y a quelques années, mais non. Elle a refait une overdose avant Noël, jurant que c'était accidentel.

— C'est pour ça que vous étiez dans le Kentucky ?

— Oui.

Elle le regarda, ses jolis yeux presque violets dans cette lumière. Il voyait qu'elle se demandait comment il savait qu'elle était dans le Kentucky et depuis combien de temps il la suivait. Il ne pouvait pas le lui dire. C'était confidentiel. Et à présent qu'il savait qu'Audrey était innocente, c'était une partie importante de l'enquête.

Elle replia ses genoux contre sa poitrine.

— Se battre pour les grenouilles est bien plus facile que d'essayer de faire en sorte que Sienna arrête de se droguer. Ou peut-être que ça fait moins mal.

Ces mots étaient pesants, et il refusa de les laisser s'installer et de gâcher leur plaisir. Audrey méritait un peu de détente après toute la merde qu'elle avait traversée.

— Et tous ces pessimistes quant au changement climatique ?

Elle le pinça.

— Peu importe que les gens soient d'accord ou non sur la cause de la perte de biodiversité. Nous pouvons encore nous unir pour tenter de protéger les habitats. C'est la clé. On estime que nous perdons plus de 10 000 espèces par an. Nous perdons des espèces que nous n'avons même pas encore découvertes.

Il la fit taire en passant aux choses sérieuses sans préliminaires. Pas parce qu'il n'était pas intéressé par son travail, mais parce que sa passion l'excitait. Ils se battaient tous les deux pour des causes auxquelles ils croyaient. Ils avaient tous deux consacré des années à leurs combats personnels. Il avait l'intention d'utiliser toutes les compétences qu'il avait apprises pour la faire revenir dans le jeu, même si cela signifiait qu'il ne la reverrait jamais.

———

L'ESTOMAC D'AUDREY GARGOUILLA.

— Je meurs de faim.

Mais elle était trop léthargique après ce marathon du sexe pour sortir du lit et se nourrir.

Killion se leva et se dirigea vers le réfrigérateur.

— Je nous ai pris des sandwiches hier soir. Ce soir, on pourrait sortir explorer un peu le coin. Peut-être aller nager au clair de lune.

Ils évitaient tous les deux le sujet de ce qui se passerait lorsque ses compatriotes se présenteraient.

Elle le regarda se déplacer nu dans la kitchenette.

— Faites attention avec ce couteau, plaisanta-t-elle.

Il regarda la vilaine croûte à son côté.

— Votre plaie va toujours bien ?

Son inquiétude lui fit une boule dans la gorge. Il s'inquiétait toujours pour elle. Elle cacha sa réaction et fit un signe de tête. Il se remit à préparer le déjeuner avec ce qu'il avait acheté la veille au soir.

Passer une journée au lit avec cet homme était bien mieux que de regarder un mur en s'apitoyant sur son sort. Elle avait l'horrible sentiment qu'il ne faudrait pas longtemps avant que quelqu'un ne l'enferme dans une planque et qu'elle devienne folle d'ennui.

En supposant que les méchants ne les trouvent pas avant.

Elle chassa ces pensées de son esprit. Peut-être pourrait-elle rattraper son retard dans ses lectures académiques. Ou trouver un nouveau passe-temps. Ses doigts s'enfoncèrent dans ses cheveux. Elle n'avait aucune idée de la façon dont elle supporterait de faire autre chose que professeur de biologie. Depuis qu'elle était entrée à l'université, c'était la seule chose qu'elle avait voulu faire. Éduquer la population et protéger la nature.

À présent, elle espérait juste survivre assez longtemps pour blanchir son nom.

Il y eut un petit coup à la porte et elle se figea. Killion attrapa l'arme sur la table de chevet avant de lui prendre la main et de l'attirer dans la salle de bain. Il mit le lourd pistolet dans sa paume.

— Ne bougez pas. Utilisez ça si vous le devez. Visez et appuyez sur la gâchette. J'ai enlevé la sécurité.

Il retourna dans la chambre et prit une autre arme sur la table de nuit ainsi que son téléphone.

On frappa à nouveau.

— C'est Parker.

Elle jeta un coup d'œil par le cadre de la porte, et Killion lui adressa un regard noir. Elle recula, mais le vit subrepticement regarder dehors à travers le store. Puis il se déplaça vers l'autre fenêtre et répéta le processus.

Apparemment satisfait, il prit les sacs de courses qu'il avait ramenés la veille au soir, en prit un et le lança à la jeune femme.

— Habillez-vous.

L'amant avait disparu. L'agent en mission était de retour. Elle savait que cela se terminerait un jour, mais elle ne s'attendait pas à ce que ce soit si abrupt. Elle fouilla dans le sac et en sortit un bikini et une jolie robe noire à col bénitier. Une émotion qui ressemblait beaucoup à du chagrin lui nouait la gorge, mais elle arracha les étiquettes et enfila les vêtements. Killion enfila son short de surf, sans lâcher son arme.

Il regarda sa silhouette nouvellement vêtue et son expression se fit soigneusement impassible. Cela fit monter une bouffée d'angoisse en elle.

— Verrouillez la porte et restez-y jusqu'à ce que je vous dise de sortir. Dans le cas contraire, ne sortez pas.

Elle hocha la tête et recula, enroulant ses doigts autour de la crosse de l'arme, priant pour ne pas avoir à l'utiliser.

———

KILLION N'AVAIT PAS réalisé à quel point il aurait voulu rester dans cette pièce et prétendre que le monde n'en avait pas après eux jusqu'à ce qu'il entende frapper à la porte.

Même s'il s'y attendait, l'intrusion était malvenue. Il était temps de redevenir un agent de renseignement plutôt que de s'amuser avec une femme belle et intelligente. Il était temps de s'assurer qu'Audrey sorte de ce pétrin vivante.

Tout en gardant son pistolet, il écarta le lourd coffre de la porte. Puis il l'ouvrit d'un centimètre et se retrouva face à un type de la même taille et de la même corpulence que lui, appuyé contre le poteau qui soutenait la petite véranda. L'homme avait une cicatrice qui traversait son sourcil droit et des cheveux coupés courts. Alex Parker. Comme sa photo le laissait entendre, il ressemblait moins à un employé de bureau qu'à un gladiateur en costume.

Le radar d'opérateur de Killion, entré en léthargie en présence d'Audrey, était comme électrifié devant Parker.

Alex Parker était un ancien de la CIA, mais il n'avait jamais opéré officiellement. Les opérations officieuses impliquaient généralement des assassinats, même si le gouvernement niait toujours son implication dans de telles affaires. Le fait que Parker ait fini dans une prison marocaine suggérait qu'à un moment donné, il avait été abandonné par son propre peuple. Killion était doué pour assembler les pièces d'un puzzle, et chez Parker, ces pièces étaient dentelées et potentiellement dangereuses. C'était une courtoisie professionnelle de ne pas trop fouiller, mais cela ne voulait pas dire qu'il allait baisser la garde.

— Bonjour, dit Parker avec prudence.

Ses mains étaient visibles. Il n'avait pas l'air de porter d'arme. Peut-être n'en avait-il pas besoin. Killion inspecta les alentours sans quitter l'homme des yeux. Le type avait l'air détendu, mais c'était une illusion. La situation était trop tendue pour que quiconque puisse être serein.

Parker regarda son pistolet.

— Joli joujou. Je n'ai jamais tiré avec un SAS GEN-2. J'ai toujours voulu essayer.

— On pourrait aller au stand de tir un de ces quatre.

Killion eut un sourire crispé et s'effaça pour le laisser entrer. Il devait faire confiance à Parker et pourtant ce n'était pas seulement sa vie qui était en jeu. C'était aussi celle d'Audrey. Et à qui la faute !? S'il n'avait pas agi de manière aussi irréfléchie et ne l'avait pas mise en garde, il aurait peut-être pu faire machine arrière et réexaminer les preuves. Trouver le vrai coupable sans l'impliquer et détruire sa vie. Ses actes avaient catalysé la tempête de merde dans laquelle elle se trouvait à présent, et il avait oublié de mentionner qu'*il* était le type qui l'avait attaquée la première nuit avant de passer les 12 dernières heures à s'enfouir en elle aussi souvent et aussi profondément que possible.

Elle allait le tuer.

À un moment donné, il devrait lui dire la vérité, mais il attendrait qu'elle soit dans un endroit sûr, un endroit où il pourrait s'éloigner d'elle sans la laisser sans protection.

Parker entra dans la chambre et Killion prit conscience des draps froissés et de l'odeur de sexe qui flottait dans l'air. L'image que cela renvoyait de lui lui était bien égale. Il ne voulait pas que Parker se fasse des idées sur Audrey.

Il ferma la porte derrière le nouvel arrivant.

— Je ne m'attendais pas à ce que vous veniez en personne.

— Je ne savais pas à qui je pouvais faire confiance.

C'était un peu inquiétant.

— Je suppose que le Dr Lockhart est dans la salle de bain ? demanda Parker.

Killion hocha la tête, mais ne lui indiqua pas de sortir.

— Vous ne me faites pas confiance ? demanda doucement Parker.

— Quelqu'un m'a retrouvé sur une île au milieu de nulle part et très peu de gens étaient au courant.

C'était lui qui tenait l'arme, mais quelque chose chez Parker lui donnait des démangeaisons entre les omoplates.

Les yeux de Parker étaient attentifs.

— Je ne vous reproche pas d'être prudent.

Il leva les bras en l'air et décrivit un lent cercle pour prouver qu'il n'était pas armé.

— Mais j'ai une femme que j'aime à la maison, enceinte de

mon bébé, et qui vient de sortir de l'hôpital. Je n'ai quitté son chevet que parce que je voulais aider le Dr Lockhart et trouver cet assassin. J'ai promis à Mal que je reviendrais sain et sauf à la maison. Je comprends que vous ayez des doutes concernant la situation – comme nous tous –, mais vous devez ranger votre arme.

Killion soutint son regard pendant quelques secondes de plus, puis céda. Il glissa l'arme dans l'élastique de son short et se dirigea vers son sac d'où il sortit un T-shirt. Il l'enfila, attacha son holster et le recouvrit d'une chemise déboutonnée. Il glissa ses pieds dans les baskets bon marché qu'il avait achetées la veille.

Alex Parker faisait les cent pas dans la pièce, et se servit un verre d'eau.

— Jed et moi *étions* les seuls au DSC à savoir exactement où vous étiez. J'ai vérifié auprès de vos copains d'outre-Atlantique et il n'y a aucune trace de communications suggérant qu'ils aient contacté Gómez, mais il est impossible d'en être sûr. Ce que j'ai découvert, c'est que quelqu'un de l'Agence a accédé au plan de vol de l'hélicoptère utilisé par les Britanniques et a consulté les images satellites.

Killion grinça des dents.

— Au sein de l'Agence ? Qui ?

— Je ne sais pas, admit Parker. Quelqu'un de brillant a compris que j'étais entré dans le système avant que je puisse creuser trop profondément.

Une ligne lui traversa la joue quand il sourit.

— Cela ne m'arrive pas très souvent. J'ai été impressionné.

Killion haussa les sourcils.

— Ils savent que c'était vous ?

Parker rinça son verre d'eau et le posa sur l'égouttoir.

— Non. Les fédéraux vont rendre visite à un homme appelé Hugo Lutz. Et pendant qu'ils examineront son PC à la recherche de preuves de piratage d'une agence gouvernementale, ils trouveront des milliers d'images de pornographie enfantine.

— Des images que vous avez mises là ? demanda Killion.

— Non. Hugo a une maladie qui implique les enfants mineurs. S'il s'était contenté de regarder, je n'aurais peut-être pas attiré les fédéraux vers lui.

Parker haussa les épaules.

— J'ai couvert mes traces tout en livrant aux autorités un malade. Frazer a approuvé la décision. Lutz travaille avec un webmaster louche et j'espère qu'il le vendra pour passer un peu moins de temps de prison…

— Ce n'est pas mon problème, fit Killion en plissant les yeux. Je veux seulement mettre le Dr Lockhart en sécurité et trouver celui qui est derrière tout ça.

— Vous avez raison. Le webmaster peut attendre.

Parker consulta sa montre.

— J'ai un jet privé qui nous attend sur le tarmac. Nous pourrons en discuter là-bas.

La porte de la salle de bain s'ouvrit sur Audrey, les cheveux joliment brossés et ramenés en arrière en une sorte de queue de cheval improvisée, ressemblant à Little Orphan Annie, tenant sa brosse à dents dans une main, une arme mortelle dans l'autre.

— Dr Lockhart, je présume ? dit Parker.

Elle hocha la tête. Elle était bien trop belle dans la robe qu'il avait choisie pour elle.

— Alex Parker.

Le type ne bougea pas. C'était probablement une bonne

chose, car Killion était si tendu que l'air dans ses poumons semblait grésiller tel un champ électrique. Cette femme perturbait totalement son objectivité. *Formidable.* Juste quand elle avait le plus besoin de lui, il était le plus faible.

Les grands yeux d'Audrey étaient effrayés, mais elle redressa l'échine et adressa un signe de tête à Parker.

— J'aimerais pouvoir dire que je suis ravie de vous rencontrer, mais vu les circonstances…

Elle entra dans la pièce et tendit le pistolet à Killion. Puis elle se retourna et tendit la main à Parker. Killion retint son souffle. Alex lui lança un regard perçant tout en serrant calmement la main d'Audrey.

Killion grogna. Sa tension était contagieuse et il se comportait comme le plus vert des bleus. Il devait surmonter sa peur pour Audrey et faire son travail avant de faire quelque chose de stupide qui les mènerait à leur perte.

— Il y a des sandales dans le sac là-bas, dit Killion en désignant la chaise la plus éloignée d'Alex Parker.

Parker sourit et alla s'asseoir sur une chaise en osier dans le coin opposé de la pièce, se penchant en avant et se faisant immédiatement moins menaçant. Ce type était doué. Killion l'observait d'un regard perçant.

Parker se concentra sur Audrey tandis qu'elle mettait ses chaussures de ses mains tremblantes.

— Je sais ce que c'est que d'avoir peur, Dr Lockhart. J'ai passé un certain temps dans une prison marocaine et « terreur » était mon prénom. Mon nom de famille était « stupide ».

— Comment vous en êtes-vous sorti ? demanda Audrey.

— Vous ne voulez pas savoir.

— Vous avez dit que quelqu'un de l'Agence avait suivi le

plan de vol de l'hélicoptère ? demanda Audrey.

— On ne peut pas parler de ça ici…

— Je vois, l'interrompit-elle. J'ai l'habitude que les gens ne répondent pas à mes questions.

Elle jeta un regard perçant à Killion.

— Mais qu'est-ce qui les empêche de faire la même chose avec votre avion ?

Parker sourit et Audrey parut un brin décontenancée.

— Bougez-vous, Aud, interrompit Killion.

Il aurait fallu être bête comme ses pieds pour ne pas voir le charme d'Alex Parker. Le salaud.

— On en discutera en cours de route.

Parker se leva. Killion prit leurs affaires.

— Allons-y. On est déjà restés trop longtemps ici.

Il ouvrit grand la porte pour que Parker ouvre le chemin. Audrey le suivit, mais avant qu'elle ne puisse sortir, il l'arrêta en lui touchant doucement le bras, se pencha et lui chuchota à l'oreille :

— Merci de m'avoir offert la meilleure lune de miel qui soit.

CHAPITRE SEIZE

ILS ÉTAIENT ASSIS dans un jet privé qui sentait le cuir et l'argent. Audrey ne pouvait s'empêcher d'admirer l'intérieur rutilant, et l'équipage vêtu de chemises bleues et de pantalons noirs impeccables qui s'affairait pour le décollage.

Une fois dans les airs, Alex Parker fit signe à l'hôtesse de l'air qui rejoignit les pilotes dans le cockpit, puis fit du café à tout le monde. Il sortit un porte-clés de sa poche et le jeta sur la table. Une petite lumière rouge s'alluma dessus.

— Maintenant, on peut parler sans être surveillés électroniquement.

— Ça n'affecte pas les ordinateurs de l'avion ? demanda-t-elle.

— Je suppose qu'on ne tardera pas à le découvrir, dit Parker en haussant les sourcils.

Audrey resta bouche bée.

— Il se moque de vous, fit Killion en jetant un coup d'œil à Parker. Du moins, ça vaudrait mieux pour lui.

Parker apporta trois tasses dans le cockpit, puis referma la porte sur l'équipage. Quand il revint, il remplit trois autres tasses.

— Je me moque de vous. Le bloqueur de signal a un rayon clairement défini d'un mètre, alors il faut qu'on se rapproche.

Audrey se pencha.

— Pourquoi personne à la CIA ne pourrait nous relier à vous et à ce jet ?

Elle avait l'oreille collée à la porte de la salle de bain et avait entendu chaque mot.

— Je suppose qu'ils pourraient vous relier à l'île d'une manière ou d'une autre ?

Parker posa sa boisson chaude sur la table devant elle ainsi qu'une petite brique de lait.

— S'ils avaient les bonnes ressources, ils pourraient théoriquement le faire. Si c'était moi, je le pourrais et je le ferais. C'est pourquoi Frazer a utilisé un de ses contacts pour nous prêter un de ses jets, et j'ai envoyé le jet de la compagnie en Alaska pour un autre projet.

Il versa du lait dans son café et en prit une gorgée.

— Donc notre présence dans cet avion pourrait être repérée, mais ce ne serait pas évident et je ne pense pas que ça arrive. À défaut de cape d'invisibilité, c'est le meilleur moyen que j'ai trouvé pour vous ramener sur le sol américain sans laisser de traces.

— Et quand nous atterrirons ? demanda Killion.

Il était devenu distant depuis qu'ils avaient quitté l'hôtel. Son commentaire sur la lune de miel l'avait prise par surprise, mais cela avait semblé marquer la fin de leur petite aventure. À présent, il était redevenu froid et clinique. Il était clair que seule la mission comptait.

Parker fouilla dans un sac sur le siège et leur jeta deux passeports.

Killion regarda le sien, puis prit celui d'Audrey et le lui tendit.

— Pas mal.

Elle regarda sa photo sans sourire et son nouveau nom.

C'était elle, mais elle n'avait jamais pris cette photo.

— Générée par ordinateur, dit Parker. Le FBI a des ressources.

— Traçables ?

Parker secoua la tête.

— Ces types n'existent même pas dans le système.

Killion grogna.

— Bien.

— Je ne pense pas que je puisse faire ça, réalisa-t-elle soudain. Je mens très mal.

Parker soutint son regard.

— Il vous suffit de regarder le garde-frontière dans les yeux et de vous rappeler votre nouveau nom et ce que vous faisiez en Jamaïque. On a continué sur le thème des jeunes mariés. Ça permet une petite confusion au niveau des noms et ça signifie que Killion peut garder son bras autour de votre taille tout le temps – parfois on a tous besoin de soutien.

Il y avait beaucoup de secrets dans les yeux de Parker, mais aussi de la gentillesse.

Killion avait le souci du détail.

— Et les empreintes biométriques ?

— Je m'en suis occupé.

Killion avait l'air dégoûté.

— Vous avez intérêt à être le seul à pouvoir accéder à ces bases de données.

— L'un des contrats de mon entreprise concerne la sécurité intérieure et la protection des frontières. Je m'en suis servi pour démontrer comment les failles actuelles du système pourraient être exploitées par un pirate informatique aguerri.

Il croisa ses jambes au niveau des chevilles et entremêla ses doigts.

— Ils ne croyaient pas que je pouvais le faire, alors je leur prouve le contraire. C'est une des choses pour lesquelles ils me paient.

— Ils vous paient pour faire entrer une fugitive recherchée dans le pays ?

Audrey était à la fois impressionnée et horrifiée.

— On a passé en revue les options. Avec une fuite potentielle à la CIA, on devait s'assurer de rester incognito le temps de savoir à quoi on avait affaire exactement.

— Avez-vous déjà un suspect principal ? demanda-t-elle en croisant les bras alors que les deux hommes la regardaient d'un air circonspect.

— Gabriel Brightman, révéla Parker en jetant un regard à Killion.

— Le père de Rebecca ? fit-elle en inspirant profondément. Non. Vous vous êtes trompé sur moi, vous vous trompez sûrement sur lui aussi.

Les expressions des deux hommes étaient implacables, mais ils ne connaissaient pas Gabriel.

— Il ne ferait pas ça. Il a financé mes études, il a même créé un programme de bourses d'études au nom de Rebecca et s'est assuré que j'en sois la première bénéficiaire.

— Il correspond au profil, déclara Parker. Un puissant homme d'affaires qui a été touché par une tragédie personnelle et que la justice a laissé tomber. Quelqu'un dans sa société *est* en contact régulier avec *Mano de Dios*.

Elle digéra l'information.

— Mais pourquoi voudrait-il me tuer ?

Killion ne chercha pas à enrober sa réponse.

— Vous avez survécu et pas sa fille. Il a pu présenter une façade aimante et sympathique, mais à l'intérieur, il est possible qu'il vous déteste et qu'il vous en veuille d'avoir survécu alors que l'enfant qu'il aimait est mort.

Audrey frissonna et Killion fouilla dans son sac et en sortit un sweat à capuche pour elle. Leurs doigts se frôlèrent quand elle le prit et leurs regards se croisèrent. Il adopta un air impassible avant de détourner les yeux.

Bon sang.

— Comment savoir qui, à la CIA, pourrait être corrompu ? demanda Killion. Pour relier les Britanniques à Audrey, ça signifie qu'ils ont compris que c'est moi qui ai volé l'avion de Gómez.

Audrey voyait les rouages du cerveau de Killion fonctionner, et c'était fascinant.

— Ils ont soit vérifié les caméras de sécurité de l'hôtel et obtenu une photo de moi en train de m'enregistrer, soit mis la main sur mon permis de conduire auprès de la société de location de voitures, et l'ont passée dans la base de données.

— Personne n'a passé votre photo dans une base de données, lui dit Parker.

Il y eut quelques secondes de silence tendu, bien qu'elle ne sache pas ce que cela signifiait.

— Donc quelqu'un a reconnu une photo de moi. Quelqu'un que je connais personnellement ou avec qui j'ai travaillé dans la communauté du renseignement.

— Vous avez des ennemis ? demanda Parker.

— Vous vous foutez de moi ?

Parker haussa les épaules.

— Donc ça peut être n'importe qui, mais nous devons supposer le pire, à savoir que quelqu'un à Langley donne des informations aux agresseurs.

Killion parut pensif pendant un moment.

— Ou un analyste répond aux demandes d'un agent de renseignement en qui il a confiance sur le terrain.

Audrey eut une idée.

— Vous avez dit que vous pensiez que c'était moi parce qu'ils ont utilisé de la batrachotoxine, c'est exact ?

Killion inclina la tête en la regardant. Il était si familier et beau qu'elle sentit un frémissement dans la région de son cœur.

— Eh bien ? demanda-t-elle.

— Ce n'est pas seulement parce qu'ils ont utilisé de la batrachotoxine. C'était de la batrachotoxine avec de l'ADN provenant des grenouilles sur lesquelles vous avez travaillé dans votre labo.

Il fit la moue.

— La sécurité de l'université est minable, au fait.

— Vous avez pénétré dans mon laboratoire à l'université ?

Ses lèvres s'entrouvrirent sous l'effet de la surprise.

Killion lui adressa un léger sourire qui était plus effrayant que rassurant.

— Et votre bureau. Gabriel Brightman visite régulièrement le campus.

— Il donne beaucoup d'argent à l'université.

Se sentant lasse, elle se blottit dans son sweat à capuche. Elle aurait aimé pouvoir récupérer l'autre Killion. Il la repoussait sans cesse, probablement pour qu'elle soit heureuse de se débarrasser de lui quand il partirait. Ce qu'il ne semblait pas comprendre, c'était qu'elle savait depuis le début qu'il ne resterait pas.

— Votre ordinateur aurait bien besoin d'un meilleur parefeu, ajouta Parker.

Elle croisa les bras sur sa poitrine.

— Formidable. Tous les deux, vous semblez vous ficher éperdument de la loi.

Les deux hommes échangèrent un regard.

Killion se pencha en avant.

— Nous n'avons pas pu obtenir de mandat parce que nous ne pouvons pas admettre qu'un crime a été commis. Nous travaillons sur des informations sensibles avec le genre d'enjeux qui peuvent déclencher des guerres. Dans ce type de situation, je ferai tout ce qu'il faut pour obtenir les informations dont j'ai besoin.

— Cela inclut-il le fait de coucher avec votre principale suspecte ? demanda-t-elle de façon mielleuse.

Parker grimaça.

Killion plissa les yeux.

— Probablement, ma belle, mais quand on s'est mis ensemble, il était évident que vous n'étiez rien de plus qu'une simple biologiste spécialiste des batraciens.

La douleur la figea sur place. Elle ne s'attendait pas à ce que son rejet désinvolte soit si douloureux.

Killion passa ses mains dans ses cheveux et ferma les yeux.

— Attendez, oubliez ça. Ce n'est pas sorti comme je le voulais.

Parker interrompit la conversation qui était devenue trop personnelle en un éclair.

— Nous étions tous convaincus que vous étiez impliquée, Dr Lockhart. Ce n'était pas seulement à cause du poison.

Elle avait l'impression que son cœur était bloqué quelques battements en arrière. Elle inspira et tenta d'écouter ce que Parker lui disait.

— Le meurtre a eu lieu alors que vous étiez dans le Kentucky et peu de temps après, nous avons trouvé une importante somme d'argent liquide transférée sur un compte enregistré à votre nom aux Caïmans.

Elle serra les poings.

— Je n'ai pas de compte bancaire aux îles Caïmans.

— Selon la banque, vous avez un demi-million de dollars, corrigea Killion.

— Quoi ?

Audrey n'en croyait pas ses oreilles. Pas étonnant que Killion ait pensé qu'elle était coupable. Mais il y avait une faille dans leur réflexion.

— Vous avez dit que j'étais au bon endroit au bon moment, mais ils ne pouvaient pas savoir que je serais de retour dans le Kentucky pour Noël. Je ne suis rentrée chez moi qu'en raison d'une urgence familiale.

Le regard bleu vif de Killion s'adoucit et il se rapprocha suffisamment pour que leurs genoux se heurtent.

— Audrey.

Il lui attrapa la main et serra ses doigts.

Oh, mon Dieu.

— Vous voulez dire que quelqu'un a fait faire une overdose à Sienna ?

Sa voix se brisa tandis que quelque chose faisait de même en elle. Elle avait envie de vomir. Tout ce temps, elle avait blâmé Sienna pour sa faiblesse et tout le reste alors que c'était en fait sa faute à elle.

— Quelqu'un a failli tuer ma sœur juste pour que je revienne à Louisville ?

Elle se leva et marcha jusqu'à la porte du cockpit, puis revint.

— Qui me déteste à ce point ?

Killion se leva et l'attira contre lui. Au début, elle ne se laissa pas faire, car elle lui en voulait toujours autant pour la froide indifférence dont il avait fait preuve. Puis elle céda et enroula ses bras autour de sa taille, souhaitant pouvoir garder cette version de l'homme – la bonne, dont elle pariait que très peu de gens connaissaient l'existence.

— Comment obtenir des informations sur Brightman ? demanda Killion par-dessus sa tête.

Elle n'arrivait pas à croire que c'était Gabriel. Il avait toujours été gentil avec elle. Généreux même. Lui demandant comment elle allait et ce qu'elle faisait. Gardant un œil bienveillant sur ses travaux – du moins le pensait-elle. Elle ne pouvait pas croire que sous cet altruisme coulait une veine de haine si profonde qu'il voulait sa mort. Mais qui d'autre connaissait-elle qui avait le pouvoir de monter ce genre d'opération impliquant le paiement d'un assassin, d'un analyste de la CIA, sans oublier le placement d'un demi-million de dollars dans une banque des Caïmans ?

Personne. Sauf peut-être le cartel, et elle ne leur avait jamais rien fait avant qu'Hector Sanchez n'apparaisse.

Killion s'assit et l'attira sur ses genoux.

Parker se massa les tempes.

— Brightman dispose d'une sécurité haut de gamme, tant physique que cybernétique. Nous pouvons nous introduire dans son système ou sa maison, mais il le saura en quelques secondes. Son IAS est de haut niveau. Son système anti-intrusion, expliqua-t-il en voyant son regard confus. Je ne trouve pas de lien direct avec *Mano de Dios*, mais quelqu'un au siège de sa société est en contact régulier avec la Colombie d'après les informations des antennes-relais.

Elle frissonna en se rappelant le moment où Hector avait enfoncé cette lame dans son flanc. Elle avait ressenti une douleur horrible, la peur et la confusion. Mais pas seulement. Le terrible sentiment d'impuissance, de n'avoir aucune valeur, aucun intérêt. L'impression que sa vie ne valait rien.

La main de Killion frotta sa colonne vertébrale, essayant de l'apaiser.

— Je peux y entrer, mais ça va prendre quelques jours pour tout mettre en place. Donnez-moi les plans des étages et…

— Je vais le faire, dit soudain Audrey.

— Non, dit Killion.

Elle se dégagea de ses bras. C'était quelque chose qu'elle pouvait faire. Elle pouvait contribuer non seulement à sa propre survie, mais aussi à aider ces hommes à attraper un dangereux tueur.

— Vous ne comprenez pas. Il a toujours fait semblant d'être un père pour moi. Il me laissera entrer. Il m'aidera même si derrière mon dos il complote pour me tuer. Je sais qu'il le fera.

— Hors de question, dit Killion. Dites-lui, Alex.

— Il y aurait des dangers à y aller seule, convint Parker, mais ce n'est pas une mauvaise idée.

Killion se retourna pour faire face à Parker.

— Sérieusement ?

— Si Audrey est prête à prendre le risque de se retrouver seule avec Gabriel Brightman pendant quelques heures…

— C'est trop dangereux, intervint Killion.

— Cela pourrait nous permettre de pénétrer dans la maison familiale et de chercher des preuves de son implication sans qu'il le sache.

— C'est trop dangereux, répéta Killion, plus fort, au cas où elle et Parker seraient devenus sourds.

— Je veux le faire. Je vous le dis, il n'y a aucune chance qu'il me confronte directement.

L'expression de Killion se fit mauvaise.

— Et s'il appelle les flics ? Hein ?

— Vous attendez dehors dans la voiture et nous nous échappons au soleil couchant, suggéra-t-elle, ne plaisantant qu'à moitié.

— Vous êtes recherchée pour meurtre, Audrey, dit-il d'un ton dur. Il n'y a pas de quoi rire.

Elle fulminait, même si elle savait qu'il se comportait comme un salaud parce qu'il s'inquiétait pour elle.

— Quelqu'un a volé ma vie, *Patrick*. Je ne vais pas rester assise à regarder les murs d'une ferme isolée, à perdre mon temps et celui des autres, alors que nous pourrions prendre de l'avance en étant proactifs.

— Et quelle est votre couverture, Madame le Génie ?

Les yeux de Killion étaient d'un bleu vif et furieux.

— Vous avez quitté la Colombie et êtes rentrée aux États-Unis sans que personne ne vous voie ?

— Je me suis glissée à bord d'un cargo et je me suis cachée. En quoi est-ce plus improbable que ce qui s'est réellement passé ?

Le fait qu'il ait si peu confiance en ses capacités la frappa de plein fouet. Sa bouche devint sèche. Elle en avait fini d'être la victime qui faisait ce que tout le monde lui disait de faire. Elle n'était pas idiote. Elle se leva et se dirigea vers une pièce à l'arrière de l'avion.

— Je vais le faire. À moins que vous n'ayez l'intention de m'attacher, vous feriez mieux de vous y faire.

— JE PEUX l'attacher, pas vrai ? dit Killion à Parker alors qu'Audrey sortait en trombe de la cabine. L'enfermer dans une cellule capitonnée quelque part pour qu'elle ne se mette pas en danger ?

Il éleva la voix pour qu'elle puisse l'entendre.

Parker buvait son café et Audrey ferma la porte avec un ricanement.

— Gabriel Brightman a pris grand soin d'éviter toute confrontation directe au cours de cette petite entreprise. Il ne va pas commencer maintenant.

— Si c'était votre femme, vous ne la laisseriez pas faire ça.

Killion ne chercha pas à masquer le fait qu'il venait de revendiquer Audrey comme sienne. Pendant cette opération, elle était à lui.

— Mallory me botterait le cul si j'essayais de l'empêcher de faire quoi que ce soit juste parce qu'elle est une femme, la mienne ou non.

La légère torsion des lèvres de Parker suggérait qu'il avait essayé plus d'une fois.

— Mais je comprends pourquoi vous êtes en colère. Vous vous souciez d'elle.

Killion se laissa tomber sur le siège et planta son front contre sa paume.

— Bien sûr que je me soucie d'elle. Je l'ai mise dans ce pétrin. C'est ma faute si Brightman a envoyé le cartel à ses trousses. J'ai promis de lui faire retrouver sa vie d'avant. Merde.

— Vous avez promis de lui rendre sa vie d'avant ? Qu'est-ce que vous comptez faire ? Faire exploser l'organisation de Gómez et démanteler toute l'opération de drogue de *Mano de Dios* au sud de l'équateur ?

— Je pensais plutôt détruire le cerveau maléfique derrière tout ça, mettre le véritable assassin hors d'état de nuire et espérer que le cartel disparaisse, fit Killion en levant les yeux au ciel. Si Brightman *faisait* partie de ce Gateway machin chose, pourquoi vouloir la mort de Burger ?

Parker haussa les épaules.—

Peut-être qu'il n'en faisait pas partie. Peut-être que Burger a essayé de le recruter, mais que le gars a dit non. Peut-être que Brightman était impliqué et a découvert l'implication de Burger dans l'attentat de l'année dernière contre le centre commercial du Minnesota et a pensé que Burger était allé trop loin ? Ou peut-être que Burger a découvert les liens de Brightman avec le cartel de la drogue et a menacé de le faire tomber ?

— De bien belles théories, mais pas de preuves ?

Parker fit un signe de tête.

— En effet. Mais si je sais une chose, c'est qu'utiliser un assassin professionnel pour tuer Burger et en même temps piéger Audrey a demandé une sérieuse planification. Si l'on y ajoute *El cartel de Mano de Dios*, on a affaire à des individus très dangereux, qui gèrent des enjeux considérables.

Il devint pensif.

— Mais ce ne sont pas des gens qui comptent tomber pour meurtre au premier degré. Ils ne veulent pas attirer l'attention sur eux de quelque manière que ce soit.

— Ça ne me rassure pas qu'Audrey s'approche de Brightman.

— Elle ne restera pas seule longtemps.

— Elle a failli *mourir*, Parker. Quand je l'ai rencontrée, je pensais qu'elle était l'assassin et je m'en foutais. Mais j'avais tort.

Il frissonna devant son insensibilité.

— Je l'ai conduite à travers la jungle et lui ai fait traverser tout le continent sud-américain en avion alors qu'elle se vidait de son sang à l'arrière de l'avion après un grave coup de couteau. Après cette petite aventure, j'ai refusé de l'emmener à l'hôpital et elle a failli mourir de fièvre. Puis je l'ai emmenée dans un endroit qui devait être sûr et on a failli se faire massacrer par une bande de pêcheurs honduriens fous.

Il passa ses mains sur son visage.

— L'idée de la mettre à nouveau en danger…

— Elle veut en finir avec ça.

— Et je veux qu'elle survive assez longtemps pour me gifler quand elle découvrira que je suis le type qui l'a menacée cette nuit-là, cracha Killion.

Parker ne réagit pas à sa colère.

— On va la protéger.

Killion plissa les yeux.

— Mettons-la en sécurité dans une planque S-U-R-E.

Il épela le mot pour l'accentuer.

Parker le regardait avec des yeux qui semblaient avoir tout vu.

— Le Dr Lockhart ne va pas rester les bras croisés pendant que nous passons des semaines à chercher des moyens d'entrer dans le manoir de Brightman. Sans compter que Gabriel Brightman n'est peut-être pas plus impliqué dans cette affaire qu'Audrey ne l'était, auquel cas nous pourrions perdre des jours à enquêter sur lui pendant que les vrais criminels se feront la malle.

Killion poussa un juron et regarda son interlocuteur avec insistance.

— Vous laisseriez Mallory le faire ?

Parker sourit et regarda le plafond.

— Aucune chance.

Killion but son café. Il aurait préféré que ce soit une boisson un peu plus corsée. Il aurait voulu pouvoir se noyer dans une bouteille.

— C'est bien ce qu'il me semblait.

— On doit aussi trouver un moyen d'identifier la source au sein de la CIA.

Les lèvres de Killion se tordirent.

— Je pense que c'est quelqu'un qui me connaît personnellement. Quelqu'un avec qui j'ai travaillé.

— Vous avez des ennemis à Langley ? demanda Parker.

— Qui n'en a pas ? rétorqua Killion.

Parker ne releva pas.

— Quelqu'un qui vous déteste assez pour vous vendre à un baron de la drogue colombien ?

Il pinça les lèvres.

— Il y avait une femme, mais elle a quitté l'agence il y a des années.

Il passa ses mains sur sa mâchoire.

— June Vanek. Elle était à la Ferme en même temps que moi. Elle était furieuse d'être coincée à Islamabad, mais le soutien militaire était limité au début et de nombreux chefs tribaux ne voulaient pas traiter avec une femme. Elle a persuadé les gradés de bombarder un village près de la frontière du Pakistan.

Parker fit un signe de tête. Le type avait reçu la croix pour service distingué pour ses actions en Afghanistan et peu de temps après, il avait commencé à travailler secrètement pour la CIA. Parker comprenait les nuances et la politique de la guerre.

— Je lui avais dit que l'informateur était plein de vent. J'avais dit au QG que nous étions sur la bonne voie avec les locaux, mais plutôt que d'écouter l'homme sur le terrain, ils ont fait confiance à une source peu fiable et à un agent de terrain inexpérimenté.

Sa bouche devint sèche. Des enfants comptaient au nombre des victimes.

— Inutile de dire qu'elle a sérieusement foutu en l'air nos efforts pour obtenir un soutien dans la région.

Il adressa à Parker un sourire pincé.

— Je l'ai engueulée en public, puis j'ai tout balancé. J'ai été surpris qu'ils ne m'aient pas viré pour ça.

— Elle vous en veut pour ça ?

— Elle m'en a voulu à mort, mais elle n'était pas la seule.

Les méthodes de Killion étaient peu orthodoxes. Il était connu pour déformer les nez.

Parker fronça les sourcils.

— Faites une liste des personnes qui vous détestent le plus, ou de celles qui, selon vous, pourraient être achetées. Je vais enquêter sur tous ces gens.

Killion ne voulait pas attendre si longtemps.

— Je pourrais faire une erreur qui permettrait à quelqu'un de savoir où je suis. Rien de trop évident. Je ne suis pas stupide, pas besoin de faire semblant.

Il exhiba son sourire arrogant caractéristique, sans vraiment savoir à qui il essayait de le vendre. Parker n'était pas dupe, et Audrey n'était pas là. Que faisait-elle ?

— Vous avez quelqu'un de confiance à la CIA ?

— Beaucoup des meilleurs éléments ont pris leur retraite ces deux dernières années.

Épuisés après 14 ans de stress exténuant et de tension

incessante.

— Il y a Crista Zanelli. C'est une analyste. Il y a eu un truc entre nous il y a des années, mais nous sommes de bons amis. Elle a dit que mon patron a demandé où j'étais. Je pourrais l'appeler.

Il *devait* l'appeler.

Parker fit un signe de tête.

— Ou on pourrait appeler votre patron ou Crista depuis un téléphone public et voir qui essaie de tracer le numéro. Si personne ne mord à l'hameçon, on passera à l'étape suivante de manière un peu plus évidente, par exemple en envoyant un e-mail demandant un rendez-vous.

— Ça pourrait marcher.

Il se leva et se dirigea vers la porte de la pièce dans laquelle Audrey était entrée plus tôt. Que faisait-elle ? Il l'ouvrit avec précaution et vit qu'elle était recroquevillée sur le lit, profondément endormie.

Il sentit son cœur se serrer. Il aurait voulu se lover contre elle, mais cette partie de leur relation était terminée. L'émotion l'envahit. Il serra les poings à l'idée de ne plus jamais la toucher. La solitude de réaliser qu'il l'avait déjà perdue était comme une douleur physique. Mais l'idée qu'elle soit blessée était pire.

C'était terminé. Son seul travail à présent était de faire en sorte qu'elle survive à tout cela.

CHAPITRE DIX-SEPT

ILS TRAVERSERENT LES rues glacées de Louisville à l'arrière d'un van portant le logo d'une compagnie de téléphone sur le côté, grâce à un groupe de mystérieux agents du FBI qui l'avaient déposé à leur intention sur un parking de l'aéroport. Audrey avait enfilé un jean plus serré que d'habitude et essaya de ne pas tomber à la renverse lorsqu'ils prirent un virage. Alex Parker était au volant dans la cabine, la laissant seule avec Killion à l'arrière. Chaque kilomètre qui les rapprochait de leur destination semblait les éloigner de plus en plus. L'expression de Killion devenait de plus en plus froide et rébarbative.

Elle s'empressa de retirer sa robe dos nu et le haut de bikini qui se trouvait en dessous, et les jeta sur le sol. Elle était plus inquiète de la température que de l'idée que Killion la voit à nouveau nue, mais il ne la regardait même pas. Il vérifiait son arme, énervé parce qu'elle ne faisait pas ce qu'il lui disait de faire. Elle pinça les lèvres et plissa les yeux.

Passer la douane s'était avéré plus facile que prévu. Killion avait gardé son bras autour d'elle et elle avait esquissé un sourire fatigué lorsque le contrôleur des frontières avait jeté un coup d'œil dans sa direction.

— Je ne veux pas que vous le fassiez, dit-il, finissant par rompre le silence pesant.

Il avait essayé de la faire changer d'avis depuis qu'elle leur avait fait part de ses intentions. Si Parker ne s'était pas rangé à son avis, elle aurait probablement été enfermée dans un coffre quelque part.

— Je vous avais déjà entendu les 47 premières fois.

Elle glissa ses bras dans un T-shirt noir à manches longues et passa la tête dans le col.

Killion la regardait.

— Je pensais qu'on partageait quelque chose de spécial.

Elle plissa les yeux.

— Vous allez vraiment utiliser ce qui s'est passé entre nous pour essayer de me faire changer d'avis ?

— Je croyais que vous me faisiez confiance ?

Bon sang, il utilisait tout ce qu'elle avait dit contre elle – c'était ce qu'aurait fait un bon agent. Elle battit des cils.

— Je vous fais confiance.

— Alors, ne faites pas ça, dit-il sèchement.

— Je vous *fais confiance* pour me protéger.

— Et moi qui pensais que vous étiez intelligente.

Ses yeux froids parcoururent son corps.

— La seule chose en laquelle vous devez avoir foi, c'est ma capacité à vous faire jouir.

Bon sang, elle avait essayé de ne pas perdre son sang-froid, mais ce type la poussait vraiment à bout.

— Parce que vous ne voulez pas que quelqu'un s'approche davantage, n'est-ce pas ? Votre vie entière est « confidentielle » et vous l'utilisez à votre avantage.

Mais elle en avait assez qu'on tire sur sa chaîne. C'était son tour.

— Ce n'était que du sexe. Remettez-vous.

Il voulut se lever, mais il n'y avait pas assez de place.

— Si c'était juste du sexe, alors je suis un vendeur de voitures d'occasion.

Il se débrouillerait très bien dans ce domaine aussi.

— Alors, c'est quoi le plan, chérie ?

Elle s'appuya sur le côté du van pour ne pas tomber.

— On se marie et on fait des bébés ? Dois-je choisir la porcelaine de mariage ?

Sa mâchoire se contracta.

Le nœud dans sa gorge avait beaucoup à voir avec le fait qu'ils n'auraient jamais la chance de faire tout ça. Et la dernière chose qu'elle voulait qu'il réalise était que l'idée d'une vie avec lui était ridiculement attirante. Même pour une femme comme elle, intelligente, indépendante, autonome et heureuse – ou du moins elle l'était avant que quelqu'un ne tente de la poignarder à mort et de la faire accuser de meurtre.

Elle passa à l'offensive.

— Vous comptez me faire marcher avec de fausses promesses ? ricana-t-elle. Vous pensez peut-être que je suis tellement en manque que vous pouvez me contrôler avec de fabuleuses parties de jambes en l'air ?

Il y avait encore cette lueur dans ses yeux.

— *C'étaient* de fabuleuses parties de jambes en l'air.

— Ce n'est pas la question.

Et ça ne l'était pas. Elle n'était pas stupide. Il devait commencer à la considérer comme une partenaire, pas comme une suspecte ou une victime potentielle. Elle refusait qu'il la contrôle en faisant miroiter leur « relation » devant elle comme une carotte en forme de cœur.

— Ce n'est pas à vous de vous occuper de moi, Patrick. Vous n'avez pas votre mot à dire dans mes décisions.

Un tic contracta sa mâchoire.

— Vraiment ? Parce que je pourrais toujours vous envoyer dans un Black Camp comme j'aurais dû le faire au départ.

— Vous ne feriez pas ça à une femme innocente.

Son sourire était teinté d'une pointe de méchanceté.

— Croyez-moi, Doc, j'ai fait pire.

— C'est ce que vous dites à tout le monde, n'est-ce pas ? C'est ce que vous vous dites. Que vous êtes un dur à cuire sans âme.

— Vous vous souvenez de la première nuit où vous avez été attaquée ?

Il se mit à parler espagnol, d'une voix plus profonde et plus rauque que d'habitude.

— *Yo se cuando estas mintiendo, chica, para que sepas.*

Son cœur se serra si fort qu'elle eut l'impression d'avoir été poignardée.

Oh. Mon. Dieu.

Elle s'assit avant de tomber. C'était *lui*. Killion était l'homme qui lui avait attaché les poignets et les chevilles, et qui l'avait tellement effrayée qu'elle avait failli faire une attaque. Ils se fixèrent l'un l'autre, sachant ce qu'il lui avait fait, à quel point il l'avait effrayée. Elle se leva et le gifla si fort que le son se répercuta dans la cabine.

Ils retinrent tous deux leur souffle, puis il se frotta la joue.

— Agression d'un agent fédéral, ma chérie.

Son sourire contracta tous les muscles de son visage, mais n'atteignit pas ses yeux.

— Maintenant, je peux vous retenir indéfiniment.

Elle enfonça ses ongles dans ses paumes.

— Ah oui ? Vous avez grillé cette carte il y a bien long-temps, après les cinq premières fois où vous avez joui en moi, *chéri*. Et ne pensez pas que je n'arrive pas à décrypter cet air impassible dont vous êtes si fier.

Ça commençait à la rendre folle.

Il plissa les yeux.

Comme elle aurait voulu le frapper à nouveau. Mais il restait assis là, sans chercher à se défendre. Elle n'aurait pas dû être aussi attirée par un homme capable de tant de tromperie et de violence. Mais en repensant à cette première nuit, elle se dit qu'il ne l'avait pas vraiment blessée. Il ne l'avait jamais blessée physiquement. C'était un connard, mais avec une conscience, quoi qu'il en dise. Elle s'approcha et passa sa main sur la peau qu'elle avait touchée.

— Votre expression impassible signifie que vous avez quelque chose à cacher, et dans ce cas, ce sont vos sentiments pour moi.

Il plaqua sa main contre son visage.

— J'ai des sentiments pour vous.

— Je sais. J'ai des sentiments pour vous, moi aussi. Mais ça ne change rien. Je vais quand même le faire.

Un coup sur la paroi la fit sursauter.

— On n'est plus qu'à un pâté de maisons. Ne faites pas de bruit derrière.

Formidable. Alex Parker avait entendu chaque mot.

Killion serra la mâchoire. Puis il lui fit signe de s'approcher, et elle se pencha vers lui. Elle tressaillit sous l'effet de la surprise lorsqu'il souleva son pull et accrocha un minuscule émetteur à son T-shirt. Puis il plaqua ses lèvres contre les siennes, la serrant contre son corps d'une manière qui criait la possession primitive. Le baiser était torride et furieux, et rappelait toutes les fois qu'ils avaient fait l'amour et toutes les raisons pour lesquelles ils devaient arrêter.

Il l'éloigna soudain brutalement et la regarda dans les

yeux.

— Ne mourez pas, Audrey.

Elle déglutit péniblement.

— J'essaierai.

AUDREY PORTAIT UN pull en laine gris, un jean, des baskets et un gilet à capuche rabattu sur son visage. S'arrêtant devant les grilles en fer forgé, elle appuya sur la sonnette. Gabriel vivait dans un énorme manoir sur River Road dans la banlieue riche de Glenview. Il avait également un haras près de Jamestown où lui et sa famille avaient passé de longs étés et où Rebecca et elle s'étaient entraînées au saut et à faire de longues promenades insouciantes.

Elle avait l'impression de trahir tous ces souvenirs heureux en se tenant là sous la pluie.

— Qui est-ce ? demanda le garde.

Quelques années plus tôt, elle lui rendait visite régulièrement, mais elle ne reconnut pas la voix du garde, ce qui était une bonne chose.

— Marley. J'étais une amie de la fille de M. Brightman à l'université, Rebecca. Je voulais parler à M. Brightman d'une idée que j'ai eue…

— Appelez sa secrétaire pour fixer un rendez-vous. M. Brightman n'aime pas être dérangé chez lui.

— Non ! Attendez. S'il vous plaît, dites-lui simplement que Marley est là. Je suis sûre qu'il voudra me voir.

Elle se mordit la lèvre.

Il y eut une hésitation, puis un laconique :

— Attendez là.

Marley était le chat de Rebecca. La douce créature était morte peu de temps après Rebecca. Gabriel l'avait enterré avec sa fille. Audrey doutait que l'agent de sécurité fasse le lien entre les deux. Mais Gabriel le ferait certainement.

Appellerait-il les flics ? Elle espérait que non.

Elle espérait aussi qu'il serait seul. Devon vivait dans un appartement en ville. Ses parents vivaient à Fern Creek, à environ dix minutes de route de son appartement de Jefferson-town, de l'autre côté de la ville. Cela leur fit mal de penser à eux. Elle souffrait également de penser à ce que sa meilleure amie aurait dit si elle avait pu la voir en cet instant. Elle n'aurait pas approuvé. Rebecca avait idolâtré son père, tout comme il avait adoré sa fille. Il avait eu du mal à accepter sa mort.

Audrey chassa ces souvenirs. Indépendamment de la perte et du chagrin, les gens n'étaient pas pour autant autorisés à essayer de tuer d'autres personnes. C'était mal. Elle patientait en tapant du pied avec impatience et une bonne dose de nervosité.

Le froid avait été un choc après la chaleur des tropiques. Mais c'était un soulagement d'être de retour sur le sol national. Au moins avait-elle plus de chances de survivre à un séjour en prison.

Elle pinça les lèvres. *Bon sang.* Elle n'avait rien fait de mal. Les portes commencèrent à s'ouvrir et elle sursauta.

— Avancez jusqu'à la porte d'entrée, dit la voix mécanique du haut-parleur.

— Merci, cria Audrey à travers la pluie.

Elle se dépêcha de monter l'allée. Le dispositif d'écoute que Killion lui avait posé lui permettait, ainsi qu'à Parker, de tout entendre. Son code de sécurité était « caramel ». Si elle disait quoi que ce soit lié au caramel, Killion lui avait promis d'entrer et de faire feu. Du moins il n'avait pas parlé d'armes, mais elle était sûre que c'était ce qu'il ferait.

Penser aux armes et aux balles fit ressurgir les souvenirs de Rebecca. Elle serra les doigts dans ses poches. On n'oubliait jamais ce genre de violence insensée. C'était tatoué avec une précision photographique dans votre cerveau – comme Hector avec le couteau, comme Killion brisant le cou de cet homme sur la plage sous le soleil chaud des Caraïbes. La civilisation humaine était censée être plus évoluée, mais ne l'était manifestement pas. Il était paradoxal de réaliser qu'ils ne pouvaient pas vivre dans une société pacifique sans de solides institutions militaires et policières.

Une goutte de pluie s'écrasa sur son nez et la ramena au présent, où elle parcourait péniblement le chemin ridiculement long. La pelouse avait été tondue. De vieilles statues de pierre étaient placées à des endroits stratégiques du jardin. De petites haies donnaient forme au paysage. De grands arbres bordaient le manoir du côté est, cachant la maison de la propriété voisine.

Tout ce qu'elle avait à faire était de laisser Killion entrer dans la maison sans se faire repérer pour qu'ils puissent trouver des preuves incriminantes qui reliaient Gabriel au cartel de la drogue.

Cela avait l'air facile.

Alors pourquoi sa gorge était-elle si sèche et son cœur battait-il la chamade ?

Parce qu'Audrey Lockhart était une biologiste, pas un agent du gouvernement. Mais elle ne serait plus biologiste si elle ne pouvait pas récupérer sa vie d'avant. C'était la raison pour laquelle elle se tenait sous la pluie froide de janvier, s'approchant de la maison d'un milliardaire du Kentucky.

Elle se prépara à frapper à l'imposante porte d'entrée rouge, mais celle-ci s'ouvrit brusquement sur Gabriel, vêtu d'un pull noir et d'un jean, des pantoufles écossaises aux pieds. Son visage était beau – des yeux rappelant ceux de sa fille, mais un peu plus enfoncés à présent, les os de son crâne plus proéminents que la dernière fois qu'elle l'avait vu. Il n'y avait aucun doute que cet homme avait aimé son enfant – peut-être même assez pour souhaiter du mal à Audrey pour avoir survécu.

Une lueur de joie s'alluma dans les yeux de l'homme.

— Oh, mon Dieu, Audrey, c'est vraiment toi ? Quand Marten a dit que « Marley » était là, j'ai espéré que ce soit toi…

Il tendit les bras et l'attira contre lui, malgré son ciré mouillé. Elle se raidit dans ses bras.

— Je me suis tellement inquiété pour toi.

Il la fit entrer dans la chaleur de la maison, vérifiant par-dessus son épaule que personne ne l'avait vue de la route.

Audrey n'eut pas à simuler les larmes qui coulaient.

— J'ai beaucoup d'ennuis, M. Brightman.

— Gabriel, insista-t-il. Tu m'as toujours appelé Gabriel.

Il passa son bras autour de ses épaules et la guida jusqu'au salon privé. La pièce était sombre et confortable, avec un énorme écran de télévision qui occupait presque un mur entier et une petite cheminée allumée. Il y avait des photos de Rebecca partout, y compris des photos d'elle et de Rebecca ensemble.

— Laisse-moi te débarrasser de ton manteau.

Il tendit les mains et elle fit glisser son manteau et le lui remit, imaginant Killion assis dans le van de surveillance à côté, prêt à sauter à la gorge de Parker au moindre problème.

— Vous n'avez pas peur de rester seul avec une sombre meurtrière ? demanda-t-elle d'une voix tremblante.

Gabriel secoua le ciré et un millier de gouttelettes d'eau en jaillirent.

— Je te connais mieux que ça, Audrey. La fille que je connais ne ferait pas de mal à une mouche. Tu veux une boisson chaude pour te réchauffer ?

Son équipe de soutien lui avait dit de ne rien boire pour éviter de se faire droguer, mais c'était l'un de leurs petits rituels et il aurait été étrange qu'elle refuse, surtout qu'elle frissonnait de façon incontrôlable et que ses lèvres étaient probablement bleuies par le froid.

— Je ne veux pas qu'on sache que je suis là…

— Nous sommes les seuls dans la maison – elle pouvait presque entendre les dents de Killion grincer – à l'exception de Marten qui est à la porte. Il loge dans l'appartement au-dessus du garage.

— Où sont les autres ?

— Ils ont travaillé pendant les vacances alors j'ai envoyé la cuisinière et la gouvernante en croisière aux Caraïbes.

Il lui sourit, ses yeux marron restant un peu tristes.

— Le jardinier voulait rendre visite à ses parents au Kenya, alors je lui ai offert un billet.

C'était l'homme qu'elle connaissait et aimait, gentil et généreux. Killion et Parker auraient probablement laissé entendre qu'il mettait les gens à l'écart pour pouvoir faire de mauvaises choses sans témoins. Elle détestait le fait de se mettre à penser comme eux, mais elle devait être intelligente.

— Et Devon ? demanda-t-elle d'une voix hésitante tandis qu'elle le suivait vers la cuisine.

— Je le vois à peine. As-tu parlé à tes parents ?

Il secoua la tête.

— Question stupide. Bien sûr que non. C'est le premier endroit où les flics te chercheraient.

Audrey s'arrêta net.

— Je ne devrais pas être là. Ma présence vous met en danger.

Gabriel ignora ses réticences et l'entraîna dans la cuisine blanche étincelante, qui avait été rénovée depuis sa dernière visite.

— En danger ? Moi ? Aucun risque. Et Rebecca aurait voulu que je t'aide. Le reste m'importe peu.

Sa voix se brisa et il détourna le regard.

— Elle vous manque toujours.

Audrey recouvrit ses doigts puissants des siens.

Il lui serra la main.

— Tous les jours. Chaque seconde de chaque heure de chaque jour.

Le silence de la cuisine s'abattit sur eux.

— Elle me manque aussi.

Elle scruta son visage, à la recherche d'un soupçon de haine ou de trahison.

— J'aurais aimé mourir ce jour-là à sa place.

Il la relâcha et secoua la tête en versant du lait dans une cruche et en la plaçant dans le micro-ondes.

— Ce n'est pas ce qu'elle aurait voulu. Elle n'aurait jamais voulu que tu sois blessée, et elle se serait volontiers sacrifiée pour toi. Tu le sais.

— Je sais. Je le sais bien.

La gorge d'Audrey se serra. Elle pouvait à peine parler. Il avait perdu sa femme une dizaine d'années plus tôt. Rebecca avait toujours pensé que son père se remarierait, mais il ne l'avait jamais fait. Il semblait si seul et Audrey détestait sa duplicité.

— Au moins, vous avez Devon.

Il pinça les lèvres, puis eut un sourire crispé.

— Au moins, j'ai Devon.

Il remit le lait dans le réfrigérateur.

— Tu te sentiras mieux après, et tu pourras me raconter ce qui s'est passé en Colombie.

Il la désigna du doigt.

— Mes avocats t'aideront.

Killion et Parker avaient décidé qu'il était préférable de lui dire la vérité jusqu'à un certain point.

— Un cartel de drogue local a envoyé quelqu'un pour me tuer. J'étais au travail quand cet homme horrible m'a poursuivie et poignardée.

Elle souleva son pull et baissa l'élastique de son jean. La croûte était partie, laissant une délicate cicatrice rose.

Tout le sang quitta le visage de Gabriel.

— Tu aurais pu te faire tuer.

— J'ai failli mourir, mais un étranger m'a trouvée et m'a aidée à m'échapper.

— Tu connais son nom ?

Elle secoua la tête.

— Il m'a laissé avec une famille qui m'a soignée quand je suis tombée malade. Quand j'ai pu marcher, ils m'ont mise sur un cargo et m'ont aidée à rentrer clandestinement dans le pays, mais je n'avais nulle part où aller. J'ai vu les nouvelles concernant mon étudiant quand j'étais en Colombie.

Sa voix se brisa.

— Je ne peux pas croire que quelqu'un puisse penser que je l'ai tué.

— Même pas en cas de légitime défense ? demanda Gabriel à voix basse.

Elle pensa à Hector. Gabriel savait-il pour Hector ?

— On se défend tous quand on est menacé, M. Brightman, mais Mario était mon étudiant. C'était un type génial.

Elle sentit la chair de poule naître sur ses bras.

— Il s'est occupé de mes grenouilles quand je suis revenue à Noël, quand Sienna était à l'hôpital.

Les yeux de Gabriel étaient larges et compatissants. Aucune ruse ou malice perceptible.

— La police là-bas a manifestement fait une terrible erreur. Je ferai tout ce qui est en mon pouvoir pour te sortir de ce pétrin, Audrey, mais tu vas probablement devoir te rendre.

Elle acquiesça.

— Je sais.

— Il y *a* une autre option, dit-il prudemment.

Sa bouche devint sèche.

— Comment ça ?

Il mélangea la poudre de cacao et le sucre au lait chaud – elle l'observa attentivement pour s'assurer qu'il n'avait pas glissé de sédatifs dedans – et remplit deux tasses. Il lui en tendit une.

— Je pourrais demander à quelqu'un de te fabriquer une nouvelle identité. Mais tu ne seras plus jamais Audrey Lockhart. Tu ne pourrais plus jamais travailler dans la science.

Quelle était la signification de cette proposition ? Cela faisait-il de lui un homme bon ou mauvais ?

— Vous savez combien j'ai travaillé dur pour obtenir mon doctorat. J'apprécie votre offre, mais je veux retrouver ma vie d'avant.

Il sourit et sembla satisfait de sa réponse.

— Allez. Allons nous asseoir dans le salon privé. J'appellerai mes avocats dans la matinée, mais ce soir, tu peux te détendre et ne te soucier de rien. D'accord ?

— Je savais que vous m'aideriez, Gabriel.

— Nous avons traversé beaucoup de choses ensemble. Tu fais partie de ma famille maintenant.

Et pour la première fois depuis son arrivée, elle vit une lueur de bonheur dans ses yeux. Parce qu'elle était venue à lui, et qu'il n'avait plus à chercher à se débarrasser d'elle ? Ou parce qu'il était sincèrement heureux d'essayer de l'aider ?

Elle prit une gorgée de sa boisson. Elle détestait ce questionnement constant sur ses motifs. Comment Killion pouvait-il y faire face au quotidien sans perdre foi en l'humanité ? Elle jouait ce petit jeu depuis moins d'une heure et se sentait déjà rongée par la tromperie. Audrey se força à endurcir son cœur. Si Parker et Killion avaient tort, elle pourrait s'excuser auprès de Gabriel plus tard. S'ils avaient raison, elle n'avait plus qu'à espérer qu'il ne se rende pas compte qu'elle en avait après lui alors qu'ils étaient seuls dans le manoir. Sans quoi elle serait morte avant même que Killion n'atteigne la porte d'entrée.

CHAPITRE DIX-HUIT

KILLION ETAIT ASSIS dans le van à côté de Parker, buvant le café qu'ils avaient pris avant de déposer Audrey. Il n'avait jamais été aussi en colère ou effrayé de toute sa vie, et ce n'était pas peu dire.

Parker était sur son ordinateur, à marmonner. Il avait trouvé quelque chose qu'il n'aimait pas.

Le téléphone de Killion sonna, et il vérifia l'identité de l'appelant. Crista.

— Salut, dit-il distraitement.

Il y eut un moment d'hésitation avant qu'elle ne dise :

— Il y a quelque chose de bizarre.

— Comment ça « bizarre » ?

— Avant-hier soir, une femme a frappé à ma porte.

Killion se redressa sur son siège. Il mit le téléphone sur haut-parleur.

— Une femme a frappé à ta porte ?

— Oui, écoute, c'est bizarre parce que si elle disait la vérité, je suis sur le point de foutre en l'air vos deux vies, mais si elle ne disait pas la vérité…

— Qu'est-ce qu'elle a dit ?

— Elle a dit qu'elle était enceinte de ton enfant. Elle a dit que le préservatif s'était déchiré. Elle a vu mon nom et mon numéro sur ton portable quand tu étais sous la douche, et elle a pensé que tu trompais peut-être ta femme.

— Son nom ?

— Elle ne me l'a pas donné. Elle m'a laissé une carte avec un numéro dessus. Un téléphone prépayé.

Le pouls de Killion s'accéléra.

— Elle a dit que vous étiez ensemble depuis un mois et c'est pour ça que j'ai eu un doute quant à son honnêteté.

N'était-ce pas là une déclaration accablante ? Les années bâillaient devant lui, remplies d'une ribambelle de femmes anonymes alors que tout ce qu'il voulait vraiment était de mieux connaître Audrey.

Parker l'interrompit.

— Cette personne est entrée dans sa maison ? Est-ce qu'elle est chez elle maintenant ? Dites-lui de chercher un dispositif d'écoute électronique, mais de ne pas le déplacer et de ne rien dire qui puisse laisser penser qu'elle l'a trouvé. Et donnez-moi le numéro du téléphone préparé.

Une minute plus tard, ils entendirent Crista jurer. Il y eut un silence d'environ trente secondes, puis elle revint au bout du fil.

— Il y a un micro sous la table dans l'entrée. Je suis dehors, dans ma voiture.

— Ok, dites-lui de ne pas bouger. Je vais demander à Brennan d'envoyer quelqu'un…

Une explosion massive retentit et l'appel fut coupé.

— Crista ! Crista !

Killion la rappela. Rien.

— Qu'est-ce qui vient de se passer, bordel ?

Parker était au téléphone avec Brennan.

— Quelque chose vient de se passer dans la maison d'une analyste de la CIA. Une certaine Crista… ?

Parker lui lança un regard interrogateur.

— Zanelli.

Killion donna son adresse. Il sentit la panique le gagner. Non, elle allait forcément bien. Quelque chose avait dû arriver au signal, c'était tout.

— On aurait dit une bombe. Vous devez envoyer quelqu'un là-bas dès que possible. Elle a appelé pour prévenir Killion qu'une femme était venue chez elle et prétendait être enceinte de lui. La femme a laissé un numéro de portable qui était apparemment un téléphone prépayé, mais Crista n'a pas eu le temps de nous le donner.

Killion resta assis là, se sentant vide. Crista était l'une de ses meilleures amies. Elle ne pouvait pas être blessée. Ses mains tremblèrent. Il devait se ressaisir. Audrey. Il leva les yeux vers le manoir et ouvrit la porte avant que Parker ne l'attrape par l'épaule.

Killion essaya de se dégager.

— Si Brightman a entendu cette conversation, il saura qu'on est après lui.

— Pas nécessairement, dit doucement Parker.

La pluie entrait par la porte ouverte.

— Écoutez, il y a des chances que la bombe ait été déclenchée avec un téléphone portable, mais Brightman n'a passé aucun appel. Personne dans cette maison n'a passé d'appel.

— Et par e-mail ? demanda Killion en prenant une profonde inspiration.

Il referma la porte. Il ne pouvait pas se permettre de paniquer, mais l'idée qu'Audrey puisse être en danger… Mais son micro demeurait silencieux. Il n'y avait pas de bruit d'attaque, juste le bruissement de vêtements alors qu'elle changeait de position.

Parker consulta un autre fichier.

— Rien, mais j'ai trouvé une activité électronique inhabituelle.

— De quel type ?

— Je ne sais pas, peut-être une surveillance vidéo d'une source extérieure. Je venais de m'en rendre compte quand votre amie a appelé.

Killion se força à inspirer profondément à nouveau. Il consulta sa montre. Dix minutes avant qu'il ne soit censé retrouver Audrey et fouiller la maison de Brightman.

— Continuez à enquêter sur le signal. Prévenez-moi dès que quelqu'un a des nouvelles de Crista.

Sa voix se brisa, mais ils firent comme si ce n'était pas le cas.

— Je vais entrer.

TRACEY INSERA UNE clé dans les portes du jardin qui menaient de la serre au salon privé du manoir de Gabriel Brightman, en évitant les caméras de sécurité qu'elle avait aidé à installer. Elle n'arrivait pas à croire que Killion soit déjà si proche de Gabriel. Elle avait reçu une alerte du mouchard qu'elle avait placé chez Crista Zanelli et l'avait entendue parler à Killion de sa visite à son domicile.

Malgré tous leurs efforts, ils n'avaient pas pu localiser Killion grâce au signal de son téléphone portable, qui sautait comme une grenouille de Lockhart. Mais dès que l'analyste était montée dans sa voiture et avait démarré le moteur, Tracey avait fait exploser l'engin en mille morceaux. Elle ne pouvait pas se permettre de laisser en vie quelqu'un qui pourrait l'identifier. Elle devait aussi se débarrasser de Peter, avant qu'il apprenne la mort de Crista Zanelli et commence à assembler les morceaux. Elle avait piégé sa voiture à l'avance, juste au cas où. C'était dommage. Ce type s'était avéré utile.

Puis elle avait reçu un message disant qu'Audrey Lockhart était dans le manoir de Gabriel Brightman. Et elle savait que Patrick Killion était assis juste dehors dans le van de la compagnie de téléphone qu'elle avait vu garé au coin de la rue.

Elle sentit l'excitation la gagner en traversant le salon privé.

Les caméras couvraient le coffre-fort, les deux sorties principales, la salle à manger et le salon, qui abritait des œuvres d'art très coûteuses.

Gabriel n'avait pas voulu que des caméras soient installées dans ses pièces à lui – son bureau, sa chambre et son salon privé. C'était une bonne chose. Elle portait quand même un bas sur la tête. Elle monta discrètement les escaliers, évitant toutes les marches qui grinçaient. Gabriel devait être au lit. Elle s'interrompit. Une lumière brillait sous la porte de la pièce adjacente à celle de la fille décédée de Gabriel et ses doigts la démangèrent.

Pauvre Rebecca. Pauvre Audrey. Son heure viendrait, mais l'occasion était trop bonne pour la manquer. Après des années à essayer de planifier le crime parfait, l'heure était enfin venue.

Tenant le canon de son arme en l'air, elle se faufila vers sa destination. La lumière de la chambre de Gabriel était éteinte, mais elle connaissait chaque centimètre carré de cet endroit. Elle aurait pu s'y repérer les yeux bandés.

Elle entra par la porte principale de la chambre, car celle du dressing grinçait. Gabriel s'était endormi comme il le faisait souvent, assis bien droit avec la photo encadrée de Rebecca dans les mains, des sillons creusés par les larmes sur les joues.

Elle se mit à côté du lit et observa son beau visage, accablé de chagrin même dans le sommeil. Il ne s'était jamais vraiment remis de la mort de sa fille. Elle inclina l'arme et appuya sur la gâchette. Le recul fit vibrer son avant-bras, et une éclaboussure de sang chaud atteignit son cou. Rapidement, elle dévissa le silencieux et plaça le pistolet dans la main gauche de Gabriel.

Puis elle sourit. À présent, c'était au tour d'Audrey.

IL ETAIT DEUX heures du matin et Audrey était assise avec raideur dans un fauteuil à oreilles, attendant le moment où Killion lui demanderait d'ouvrir la porte d'entrée. Son cœur battait fort dans le silence, deux fois plus vite que la trotteuse de sa montre. La tromperie et les opérations secrètes n'étaient manifestement pas son truc. À deux heures moins cinq, elle se leva, ramassa ses baskets d'une main et se dirigea vers la porte de sa chambre. Si l'alarme se déclenchait, ou s'ils se faisaient prendre, Gabriel découvrirait qu'elle n'était pas simplement une jeune fille qui fuyait la justice, mais qu'elle faisait partie d'un groupe de personnes qui enquêtaient activement sur lui pour meurtre.

Un frisson de culpabilité s'empara d'elle. S'il était innocent, il serait furieux. Après des années à ne lui avoir témoigné que de la gentillesse, il se sentirait trahi et utilisé. D'un autre côté, s'il était coupable, elle aurait en face d'elle un être sournois et manipulateur, potentiellement fanfaron et sur la défensive. Elle espérait qu'il était innocent. Chaque cellule de son corps espérait qu'il soit furieux contre elle de l'avoir soupçonné de quelque chose d'aussi odieux.

Elle ouvrit la porte de la chambre d'amis – celle qu'elle avait toujours utilisée, attenante à la chambre de Rebecca, qui était fermée en permanence. Quelque chose lui disait qu'elle n'avait pas bougé depuis le jour de la mort de son amie.

Cela signifiait-il que Gabriel nourrissait une obsession malsaine ? Ou était-ce compréhensible pour un parent qui perdait un enfant de s'accrocher à tout ce qu'il pouvait ?

Elle n'était pas mère. Elle n'était pas psychologue. Elle n'en savait rien.

Ils étaient allés se coucher environ 90 minutes plus tôt. Il n'avait pas drogué son chocolat chaud, et elle avait refusé sa proposition de boire quelque chose de plus fort.

S'était-il endormi ?

Elle dut s'arrêter un moment en haut des escaliers pour reprendre son souffle. Il faisait nuit et Killion lui avait dit de ne pas allumer les lumières sauf si elle était poursuivie par quelqu'un qui essayait de la tuer.

Une pensée rassurante.

— Je peux le faire, se murmura-t-elle à elle-même.

Elle était plus que la belle assistante, distrayant les individus dotés du chromosome Y avec ses incroyables seins. Elle descendit les escaliers, tenant la rampe, posant soigneusement les deux pieds sur une marche avant de passer à la suivante. Une horloge sonna deux notes claires et son cœur s'accéléra. *Bon sang.* Elle était en retard. Elle se précipita vers la porte et trébucha sur une petite marche qu'elle avait oubliée. Évitant de justesse de tomber face contre terre, elle fit sauter les verrous et ouvrit la porte. Killion attrapa la poignée et se glissa à l'intérieur avec un grognement incrédule.

— Faites plus de bruit et nous pourrions aussi bien mettre une annonce dans le journal.

Il avait l'air énervé. Il portait des vêtements sombres et un bonnet de laine noir. Il ressemblait à l'archétype du cambrioleur. Il s'approcha directement du système d'alarme et entra un code, qui arrêta le bip.

— Nous ne sommes pas tous des experts en effraction, rétorqua-t-elle dans un murmure à peine audible.

— C'est pourquoi certains d'entre nous auraient dû rester à la maison.

Elle ravala ce qu'elle aurait voulu dire. Ce n'était ni poli ni professionnel.

Il prit sa main dans la sienne et la conduisit dans un couloir à droite. Le bureau de Gabriel. La porte était verrouillée, mais Killion l'ouvrit en moins de temps qu'il n'en fallut à Audrey pour le croire.

— Vous pourriez faire fortune en tant que voleur de diamants.

Il haussa les épaules.

— Pas assez d'excitation.

Mais sa voix était morne. Il était visiblement toujours en colère contre elle.

— Parker s'est occupé des caméras de sécurité et du système d'alarme.

Donc ils n'avaient pas réellement eu besoin d'elle. *Formidable.*

Ils entrèrent dans le bureau et refermèrent la porte doucement derrière eux. Killion sortit une petite lampe de poche de sa poche arrière.

— Restez là et ne bougez pas, lui dit-il.

Audrey se figea sur place, déterminée à faire sa part et à ne pas entraver son opération. Elle mit ses chaussures au cas où ils devraient courir pendant qu'il passait systématiquement en revue chaque tiroir. Il regardait en dessous et derrière. Cherchant un quelconque compartiment caché dans le bureau en chêne massif. Puis il fouilla dans un petit meuble de classement.

Ne trouvant rien, il se releva et arpenta la pièce, regardant derrière les tableaux.

— Le coffre-fort est dans un dressing à côté de sa chambre. Il y a une porte qui donne directement sur le couloir.

— Comment le savez-vous ?

— Rebecca gardait ses diamants là-dedans.

— Vous connaissez la combinaison ?

— Quatre chiffres. C'était l'anniversaire de sa mère, mais j'imagine qu'il l'a changé.

Killion secoua la tête.

— S'il l'a fait, je parie que je sais ce qu'il utilise maintenant. Allons-y.

Il prit sur le bureau un ordinateur portable élégant et fin, le plaqua contre son torse et ferma sa veste noire moulante pour le maintenir en place.

Elle lui attrapa le bras.

— Il ne va pas remarquer qu'il manque quelque chose ? Et se douter que je l'ai pris ?

— Ce ne sera pas un problème puisque vous ne serez pas là.

— Et si on ne trouve rien d'utile dans le coffre ?

C'était difficile de se disputer en chuchotant, mais ils y parvenaient.

— Alors on cherchera ailleurs, mais vous ne restez pas ici, répéta Killion comme si elle était devenue sourde.

Puis il disparut dans le couloir. Elle lui emboîta le pas. Il était déjà à mi-chemin des escaliers et se déplaçait si silencieusement qu'il ne dérangeait même pas les particules dans l'air. Comment était-ce possible ?

Elle se mit à le suivre, se forçant à aller plus lentement quand une marche grinça. Il s'arrêta et la regarda par-dessus la rampe de l'escalier.

Elle grimaça et continua. En haut, ils tournèrent à droite dans un autre couloir plongé dans la pénombre. Quand Rebecca était en vie, cette maison avait toujours semblé le cadre parfait pour un roman gothique, romantique et distrayant. À présent, l'endroit était effrayant ; les fantômes et la misère marchant côte à côte dans la pénombre.

Killion ralentit pour la laisser ouvrir la voie, même s'il connaissait manifestement le plan de base. Elle se glissa devant lui et s'arrêta devant la porte du dressing. Elle tint fermement le bouton en l'ouvrant, mais Killion lui attrapa la main quand la poignée laissa échapper un faible grincement.

Son corps se plaqua soudain contre le sien, réveillant tant de souvenirs qu'elle fut prise de vertiges. Elle ne pouvait pas se permettre de se laisser distraire. Il lui serra la main, à la fois pour la rassurer et pour lui demander de le laisser faire. Elle lâcha la poignée de la porte et s'écarta.

Il tint la poignée et fit quelque chose avec la porte, mais elle grinçait toujours. Il sortit alors une petite bouteille de la poche de son pantalon et en apposa soigneusement une goutte sur chaque charnière.

— De l'huile pour bébé, chuchota-t-il. C'est utile pour d'autres choses, aussi.

Ses traits étaient indistincts dans la faible lumière, mais elle vit ses dents briller.

Elle lui pinça les fesses, car l'heure était *grave* et qu'il ne trouvait rien de mieux à faire que des allusions sexuelles.

Cette fois-ci, la porte s'ouvrit sans bruit lorsqu'il actionna la poignée. Ils avancèrent tous deux prudemment à l'intérieur. Sur tout un côté de la pièce longue et étroite, il y avait des portants de chemises et de costumes. Une étagère de chaussures soigneusement empilées se trouvait en dessous. Audrey n'y voyait rien, mais Killion se dirigea directement vers le coffre-fort, qui était caché dans le mur, à côté d'un miroir, de l'autre côté de la pièce.

La porte de la chambre de Gabriel, à l'autre bout de la pièce, était légèrement entrouverte.

Killion tourna le cadran sans qu'Audrey ne lui indique aucun chiffre. Apparemment, l'homme avait une mémoire photographique des détails. La pièce sentait le bois de santal et le cèdre, mais il y avait aussi un léger air de désuétude poussiéreuse.

Un écho du rire de Rebecca et l'image de celle-ci tournoyant devant ce miroir en portant ses diamants à ses oreilles lui revinrent en mémoire. Audrey trébucha et se rattrapa au bras d'une veste de costume. Le cintre métallique tira sur la barre de la penderie avec un léger grincement. Ils se figèrent. Killion s'arrêta dans son examen silencieux du contenu du coffre et se dirigea vers la porte qui donnait sur la chambre.

Killion l'ouvrit plus grand, et Audrey réalisa qu'il avait mis des sortes de lunettes qui devaient l'aider à voir dans le noir.

— Putain, marmonna-t-il.

Pour la discrétion, on repasserait. Il alluma un interrupteur, et Audrey mit ses deux mains sur sa bouche pour étouffer le cri qui voulait s'échapper. Gabriel était allongé dans son lit, un pistolet à la main, la moitié de son cerveau sur le mur derrière lui.

Elle resta là, à le regarder bêtement.

Le son d'une sirène au loin la fit sortir de sa stupeur. Killion la tirait déjà à toute vitesse à travers la maison, sans se soucier de faire du bruit à présent.

Elle trébucha, mais il ne ralentit pas. Ils passèrent par la porte d'entrée. Il s'arrêta net, changea de direction et courut derrière la maison, l'entraînant avec lui, même si elle avait du mal à le suivre. Ils descendirent un petit chemin entre les arbustes et les buissons. Puis ils atteignirent un haut mur à la limite de la propriété. Elle haletait lourdement, la respiration sifflante dans l'air froid. Killion joignit les mains pour lui faire la courte échelle et l'aida à atteindre le haut du mur. Elle s'accrocha, comme une enfant à son premier tour de poney. Elle se pencha pour l'aider à monter.

— Sautez, bon sang.

Il atteignit le haut du mur juste au moment où une balle ébréchait la pierre à côté de sa jambe.

— Allez-y !

Elle se laissa tomber de l'autre côté, roulant sur le sol au moment de l'impact. D'autres coups de feu retentirent et son cœur se mit à battre la chamade. Où était Killion ?

L'instant d'après il était à ses côtés, lui tenant la main et l'entraînant à toute allure dans la forêt clairsemée. Elle trébucha sur des racines saillantes, et glissa sur des feuilles humides et glacées, mais il ne ralentit pas le rythme. Il s'arrêta net en atteignant la route, et des feux apparurent dans l'obscurité. La poussant toujours vers l'avant, il ouvrit la portière passager du van, la poussa à l'intérieur et sauta à côté d'elle, bien qu'il n'y ait de place que pour une personne. Il claqua la portière et l'attira sur ses genoux.

— Foncez, dit-il à Parker. Le plus loin possible.

CHAPITRE DIX-NEUF

— **P**OURQUOI NE pas l'avoir tuée ? cracha Devon Brightman au téléphone.

Il faisait les cent pas, agité. Pourquoi Audrey refusait-elle de mourir ? Personne n'était censé être aussi chanceux. Il s'arrachait les cheveux.

— Elle a rejoint la porte d'entrée pendant que je m'occupais de ton père. Elle a fait entrer l'espion avant que je puisse aller dans sa chambre. Je ne pouvais pas risquer qu'il me voie. Le seul moyen de s'en sortir est que personne ne soupçonne aucun de nous deux. Je suis sortie de là et j'ai appelé les flics avec un téléphone prépayé à quelques kilomètres de là, pour signaler une activité suspecte. Et je suis rentrée à la maison.

— Et merde.

Il serra le poing.

— Ils ont désactivé les caméras de sécurité, mais on a toujours le flux vidéo que tu as mis en place.

Il grogna. Il avait installé une caméra dans le bureau de son père parce qu'il voulait voir ce qu'il manigançait. Pour prendre le dessus et s'assurer que son père ne soupçonnait pas ses activités illégales. Les caméras allaient aider Devon à s'en sortir avec le meurtre parfait.

— Gabriel a dit quelque chose avant de mourir ?

— Il dormait. Je ne l'ai pas réveillé pour lui demander ses derniers mots. On dirait que quelqu'un a essayé de mettre en scène son suicide. Audrey va être sur la liste des personnes les plus recherchées d'Amérique. Ton alibi est prêt ? lui demanda Tracey.

— Elle dort.

— Va la réveiller et baise-là. Elle doit pouvoir jurer que tu étais là. Bon, j'ai un appel sur mon portable professionnel. Les flics vont bientôt frapper à ta porte, mais je passerai d'abord au manoir avant de venir te voir.

Elle raccrocha.

Devon ôta la batterie du téléphone prépayé et se dirigea vers l'évier de la cuisine, jetant le téléphone dans le broyeur à ordures et le réduisant en bouillie. Il se demanda ce qu'il ressentait à propos de la mort de son père, mais tout ce qu'il voulait, c'était s'en sortir désespérément. L'homme ne lui avait jamais accordé de crédit. Il l'avait forcé à gravir les échelons de l'entreprise un à un. Ironiquement, Devon en avait appris suffisamment sur les subtilités du processus d'expédition pour mettre en place sa propre opération de contrebande de drogue. Ce n'était probablement pas ce que Gabriel avait à l'esprit quand il avait commencé cette mascarade.

Son père n'avait jamais été capable de le voir pour ce qu'il était vraiment, un putain de génie de l'informatique. Il avait toujours été le second choix, passant après sa sainte de sœur. Eh bien il lui avait montré, à elle et à son vieux père, ce dont il était capable. Devon avait commencé à planifier la mort de Rebecca le jour où il avait enterré sa mère. Sa mère le comprenait. Elle l'aimait. Une fois qu'elle avait succombé au cancer, son père l'avait encore plus repoussé, et Devon avait su exactement comment le punir.

Se débarrasser de Rebecca signifiait aussi qu'il se rapprochait de son argent, tout son argent. Il n'aurait pas à le partager avec Miss Sainte-Nitouche.

Il s'était dit que tuer Rebecca et Audrey en même temps aurait donné l'impression que ce n'était pas un meurtre ciblé, mais plutôt un crime d'opportunité. Il avait failli pisser dans son froc quand le pistolet s'était enrayé. Il n'oublierait jamais les grands yeux terrifiés d'Audrey ni les cris de douleur de Rebecca.

Après cela, il s'était lié d'amitié avec Audrey pour s'assurer qu'elle ne le soupçonnait pas. Cela avait été amusant de la mener en bateau, puis de la séduire et de la ridiculiser en secret. Et puis elle avait fait machine arrière et l'avait largué.

La salope.

Il avait caché sa colère et décidé de jouer sur le long terme. Il avait peur que si son père meurt trop tôt, Audrey comprenne. Il avait à présent l'occasion de se débarrasser d'eux en un seul coup d'éclat, et personne ne croirait Audrey.

Il entra dans sa chambre. La petite sœur d'Audrey était allongée sous ses draps de soie. Il se glissa dans le lit à côté d'elle et fit glisser ses lèvres dans le creux de son dos nu. Physiquement, les sœurs se ressemblaient. Mais Audrey était une si bonne fille et Sienna une si mauvaise.

Il savait à quel point les problèmes de Sienna troublaient sa sœur, plus responsable. Il avait été facile de faire faire une overdose à Sienna, alors qu'Audrey buvait à peine une bière. Il n'avait pas laissé Sienna se défoncer ce soir-là, même si elle l'avait supplié. Il voulait qu'elle ait l'esprit clair pour le moment où les flics arriveraient. Elle s'étira sous lui, et essaya de se retourner sur le dos, mais il ne la laissa pas faire.

Il rassembla ses cheveux noirs dans son poing et s'en servit comme d'une ancre. Il comptait bien veiller à ce qu'elle n'oublie jamais cette partie de jambes en l'air, surtout si elle devait la raconter en détail à une bande d'inspecteurs au sourire narquois qui voudraient savoir *dans les détails* ce qu'il faisait quand son pauvre vieux père avait rendu son dernier souffle.

ILS AVAIENT CHANGE de voiture et s'étaient éloignés de quelques kilomètres de la scène. Ni lui ni Audrey ne parlaient.

Parker conduisait. Finalement, il demanda :

— Que s'est-il passé ?

— Brightman était mort quand je suis arrivé. Une balle dans la tête. Mis en scène pour ressembler à un suicide.

Les pensées et les doutes tourbillonnaient dans son esprit. Il les chassa.

— Des nouvelles de Crista ?

La bouche de Parker se crispa et Killion sut ce que cela signifiait. Ils avaient tous les deux entendu l'explosion, et le signal sauter. Il s'était menti un peu plus tôt pour pouvoir faire son travail, mais Crista était morte. Et elle était morte parce qu'elle était son amie. L'émotion lui tordit les tripes.

Audrey était assise en silence sur le siège arrière, apparemment en état de choc.

Les doutes transperçaient son esprit comme des éclats de verre. Aurait-il pu se tromper à son sujet ? Avait-elle tué Brightman ? Elle aurait pu laisser le micro dans la chambre, trouver une arme dans la maison, tuer le type, revenir chercher le micro, puis le faire tranquillement entrer par la porte d'entrée.

Elle croisa le regard de Killion dans le rétroviseur et le regarda fixement.

— Vous pensez que j'ai tué Gabriel.

— L'avez-vous fait ? demanda-t-il sèchement.

— Oui, j'ai tiré sur votre principal suspect, l'homme que *je* disais être innocent.

— Vous avez insisté pour y aller seule.

Elle plissa les yeux, mais sa lèvre tremblait.

— Oui. En effet.

— Vous auriez pu en profiter pour régler les derniers détails.

— Alors vous êtes le prochain, mon grand. Vous feriez mieux de surveiller vos arrières.

Elle regardait par la vitre, et ses larmes se reflétaient dans les lampadaires qui passaient. Il se força à endurcir son cœur contre l'effet qu'elle avait sur lui. Elle aurait eu l'occasion de commettre tous les meurtres. Il devait commencer à penser avec son cerveau et pas avec sa queue.

— Qui a appelé les flics ? demanda Parker.

Killion le regarda. Puis il ferma les yeux. *Merde.* Si Audrey était l'assassin, il était impossible qu'elle ait appelé les flics alors qu'elle était encore dans le bâtiment, car c'était elle qui aurait fini en prison. Ils avaient contourné le système de sécurité, et le garde n'avait rien vu. Logiquement, la seule personne qui aurait appelé les flics était celle qui avait tué Gabriel Brightman. Une fois de plus, ils avaient piégé la biologiste pour lui faire porter le chapeau pour un meurtre qu'ils avaient commis, et une fois de plus, il était tombé dans le panneau.

— Et merde. Audrey, je suis désolée.

Elle haussa les épaules tellement haut qu'elles lui frôlèrent le bas des oreilles.

— C'est bon.

Elle continua à regarder fixement par la vitre.

Killion passa ses mains sur son visage.

— Vous avez entendu quelque chose ? Vous avez vu quelqu'un d'autre dans la maison ?

Elle secoua la tête.

L'idée que le tueur ait été si proche d'elle le rendait malade. Une sueur froide perlait sur son front et il l'essuya avec la manche de sa chemise.

— Ce que Killion a omis de mentionner, coupa Parker dans le silence tendu, c'est qu'il a peur que l'une de ses meilleures amies ait été tuée, probablement par le même assassin que nous recherchons. Il n'avait pas les idées claires.

Audrey remonta ses genoux jusqu'au menton et refusa de parler. Qui aurait pu le lui reprocher ? Que venait-il de faire ?

Le portable de Killion sonna. C'était Jed Brennan. Il savait qu'il ne voulait pas entendre ce que Jed avait à dire.

— Oui ?

— Je suis sur place. C'est un vrai bordel. Je suis désolé, Crista Zanelli n'a pas survécu. Elle est morte sur le coup. Une voiture piégée. Personne d'autre n'a été blessé.

Killion sentit des remontées acides brûlantes dans sa gorge. Crista était une personne formidable, généreuse, intelligente et drôle. Elle aurait dû avoir des décennies devant elle, un homme décent dans sa vie, des enfants. Il ravala la rage et le chagrin. Il trouverait le bâtard qui avait fait ça et le mettrait sous les verrous.

— J'ai parlé à son patron et je lui ai dit que c'était peut-être lié à l'une de nos affaires, déclara Jed. Les fédéraux sont en charge de l'enquête, et quelqu'un du bureau de Richmond est en route. Son patron a promis que j'aurais accès à toutes les recherches qu'elle a effectuées ces derniers jours.

Pour qu'ils puissent tracer le numéro de téléphone que la femme avait donné à Crista. Mais cela ne donnerait rien. Le téléphone portable serait aussi mort qu'elle.

— Crista est morte parce qu'une salope a décidé qu'elle était le maillon faible pour m'atteindre, mais elle avait tort.

Il annonça à Jed l'autre mauvaise nouvelle.

— Gabriel Brightman est mort.

— Merde, dit Jed en baissant la voix. Écoutez, je dois faire face à de sérieuses rivalités entre agences ici. Et je ne peux pas révéler ce que vous faites donc vous devez faire profil bas pendant un moment. Repliez-vous pendant qu'on essaie de tirer tout ça au clair. Je vais parler à Frazer.

Et Frazer devait parler au président pour qu'il rappelle les flics et les fédéraux lourdement armés qui avaient probablement fait d'Audrey Lockhart leur principal suspect.

— On va faire profil bas, dit Killion.

Celui qui avait tué Crista savait qu'elle et Killion étaient amis, ce qui indiquait à nouveau une fuite interne. Comment Killion pouvait-il protéger Audrey contre les siens ?

— Et merde. Je viens d'avoir d'autres mauvaises nouvelles, jura Jed avec amertume.

— Qu'est-ce qui pourrait encore mal tourner ? demanda Killion avec un rire dépourvu de joie.

— Quelqu'un vient de divulguer votre visage et votre nom aux médias.

Sérieusement ?

Killion se tourna vers Parker.

— Je croyais que vous aviez désactivé les caméras de sécurité ?

— Oui, répondit Parker en fronçant les sourcils. Je suppose qu'on vient de confirmer ce qu'était l'autre signal étrange.

Killion resta assis, abasourdi. C'était la fin de sa carrière.

— Pouvez-vous créer un black-out médiatique à ce sujet ? demanda-t-il à Jed.

— Je vais essayer, mais un hacker a mis vos informations sur le web avec ton nom et celui d'Audrey. Ils disent que vous avez tué Brightman. Désolé, mon pote, on dirait que la clandestinité est terminée.

―――――――――

ASSISE A L'ARRIERE de la voiture, Audrey regardait par la vitre, essayant d'oublier sa dernière image de Gabriel Brightman. Chaque fois qu'elle fermait les yeux, elle voyait ses cheveux noirs, l'éclat cramoisi du sang, et le gris sale de la cervelle qui dégoulinait sur la tête de lit.

Elle entendit Killion dézipper sa veste.

— J'ai pris l'ordinateur portable de Brightman, dit-il à Parker.

— Parfait. On va vous trouver un moyen de transport. Ensuite je vais retourner à Washington pour pénétrer dans l'ordinateur portable et voir si je peux accéder aux fichiers de Brightman sans que personne ne le sache.

— Vous nous laissez ici ?

Audrey n'aimait pas cette idée.

— Vous serez en sécurité avec Killion.

Elle se recroquevilla sur elle-même. Elle ne voulait pas être seule avec Killion. Comment pouvait-il être son amant un instant et la soupçonner de meurtre l'instant d'après ? Comment pouvait-elle être attirée par un mâle alpha aussi malin, qui vivait au milieu d'un danger permanent et qui tuait lui-même avec une maîtrise aussi sinistre et apparemment désinvolte ?

Et pourtant, c'était *elle* qui était soupçonnée d'être la méchante ? Une femme qui avait fait tout son possible pour sauver tout ce qu'elle pouvait. Elle le détestait, détestait son travail, détestait le fait que sa vie soit en ruine. Les larmes lui montèrent aux yeux, mais elle refusa de pleurer.

— Vous ne pouvez pas examiner l'ordinateur portable ici ?

Killion semblait aussi ravi à l'idée d'être seul avec elle.

— Je pourrais, dit Parker, mais j'aurais peut-être besoin de renforts et d'équipement pour dévier toute contre-attaque. Il est possible qu'il n'y ait rien de plus important qu'un pare-feu Windows, mais je ne veux pas être pris par surprise ou perdre des preuves précieuses en précipitant les choses. Quelqu'un espionnait Gabriel Brightman, et pourrait aussi espionner son ordinateur portable – cela pourrait nous mener directement à lui.

Killion grogna.

— De toute façon, vous êtes plus que capable de disparaître et de protéger Audrey. C'est plus facile si vous n'êtes que tous les deux.

Killion grogna à nouveau.

Un relais routier aux airs austères apparut devant eux, avec une file de motos garées devant et un parking rempli de camions. Parker s'arrêta, au grand étonnement d'Audrey.

— Attendez ici, leur dit-il.

Parker sortit de la voiture, et le silence qu'il laissa derrière lui était assourdissant.

Après quelques moments de tension, Killion lâcha :

— Je vous dois des excuses.

— Pour quoi en particulier ? M'avoir attaquée le premier soir ? Nous avoir accusés Gabriel et moi de conspiration de meurtre, et vous être trompé sur nous deux ? Ou m'avoir accusée de meurtre, encore une fois ?

La rage déferlait en elle.

— Ce n'est *pas moi* qui vous ai agressée avec un couteau. Ce n'est *pas moi* qui ai fait sauter la cervelle de Gabriel sur le mur de sa chambre.

Son estomac se retourna, mais elle refusait de vomir.

— Faites juste attention à la prochaine personne que vous soupçonnerez. Ou mieux encore, choisissez quelqu'un que vous n'aimez vraiment pas, car il est probable qu'il se fasse attaquer et assassiner peu de temps après.

Il se retourna sur son siège pour lui faire face, l'expression fermée.

— Je suis désolé pour tout ça, d'accord ? Je suis désolé de vous avoir attaquée la première nuit. Je pensais vous faire une faveur en vous envoyant un avertissement. Vous étiez censée contacter votre patron et foutre le camp. C'est ce qu'aurait fait une professionnelle.

Maintenant c'était de sa faute si elle n'était pas une tueuse professionnelle ?

— Est-ce que vous vous entendez ? Quelle personne saine d'esprit penserait qu'une biologiste spécialiste des batraciens pourrait être un assassin ?

Il regarda à nouveau la route. Sa voix était plate.

— Ça semblait plausible à ce moment-là. Vous voulez que je me mette à genoux pour vous demander pardon, que je rampe dans la boue ?

Soudain, il y avait trop d'émotion dans sa voix.

— Je vous ai mise en danger, et j'ai fait tuer l'une de mes

meilleures amies et Gabriel Brightman. Je suis un putain d'idiot. Ce n'est pas nouveau, mais apparemment ça vous a pris par surprise. Je me répète. Désolé. J'ai merdé.

Elle tordit l'anneau d'or à son petit doigt. Elle n'était peut-être pas un assassin ou un agent du gouvernement, mais elle était intelligente. Killion l'était aussi. Elle était furieuse contre lui, mais il souffrait. Se disputer ne les mènerait à rien.

— Vous dites qu'ils ont utilisé le poison des grenouilles de mon laboratoire ?

— Oui.

Il prononça ce mot comme un juron.

— Et quelqu'un a mis de l'argent sur un compte en banque pour donner l'impression que c'était moi ?

— Seulement un demi-million de dollars.

Qui aurait fait ça ? Le seul lien entre elle et Gabriel était…

— C'est Devon, n'est-ce pas ?

C'était la seule explication plausible.

— C'est mon prochain choix, convint Killion. Mais nous avons déjà établi que je n'ai pas les idées claires dans cette affaire. Pourquoi je n'ai pas laissé tomber quand Frazer m'a dit de le faire ?

Elle ne savait pas qui était Frazer, mais ils avaient un plus gros problème à régler. Elle se pencha et lui attrapa le bras.

— Devon sort avec ma sœur.

Killion enroula ses doigts autour des siens et sa chaleur l'envahit. Elle n'avait pas réalisé à quel point elle avait froid avant qu'il ne la touche.

— Tout ira bien, et dans le cas contraire, il n'y a rien que vous puissiez faire.

Audrey se dégagea.

— Mais c'est ma sœur.

— Et alors ?

— Et *alors* ?

Killion se retourna pour lui faire face à nouveau.

— Vous ne pouvez rien faire. On est recherchés pour meurtre et le premier endroit qu'ils vont surveiller est la maison de vos parents et leurs lignes téléphoniques.

— On doit la prévenir.

— Et dire quoi ? « Je sais que les flics ont dit que j'avais tué Gabriel Brightman, mais en fait c'était Devon, le gars avec qui tu sors. » Peut-être pas Devon lui-même, probablement son homme de main, parce que s'il avait un cerveau, il se serait arrangé pour avoir un putain d'alibi en béton !

La réponse de Killion la fit grincer des dents. Sienna était en danger. Devon représentait un risque pour toute sa famille.

— On *doit* faire quelque chose.

— On fait quelque chose. On se replie.

— Ça ressemble beaucoup à une fuite, dit-elle amèrement.

Elle vit ses épaules se raidir.

— Vous ne pouvez rien y faire, Audrey. Laissez tomber.

— Avez-vous au moins une famille ?

— Oui, lâcha-t-il. J'ai une famille.

— Que vous ne voyez jamais.

— Parce que je ne veux pas qu'une telle merde leur arrive.

On aurait dit que c'était elle la folle.

Elle passa ses bras autour de son corps et se blottit dans son siège.

— Devinez quoi ? Ça, ce n'est pas faire partie d'une famille. C'est juste avoir le même patrimoine génétique.

On frappa à sa vitre, et elle fit un bond sur son siège. Puis sa portière s'ouvrit et Parker lui tendit une veste en cuir et un casque de moto. Tous deux étaient étonnamment lourds.

Killion sortit et s'étira, agissant comme s'ils ne venaient pas de s'éviscérer verbalement.

— Je vous ai trouvé un moyen de transport, dit Parker. Les flics ne vous chercheront pas sur un de ces trucs.

Killion enfila une veste en cuir avec un crâne imprimé dans le dos, suivi d'un casque noir.

— On va se transformer en motards ?

Audrey était sidérée. Le plus proche qu'elle avait été d'une moto était devant le DVD de *Sons of Anarchy*.

Parker jeta les clés et Killion les saisit au vol.

— Quelle moto ?

— La Royal Enfield.

Killion siffla.

— Sympa.

— Hors de question que je monte sur ce truc, leur dit Audrey.

Parker lui prit le blouson des mains et le tendit devant elle. Elle passa ses bras dans les manches. La veste était un peu grande, et sentait la bière et les cigarettes, mais elle protégeait du vent mordant de janvier.

— Elle va avoir besoin de gants.

Killion enfila les gants en cuir noir qu'il portait lorsqu'ils avaient fouillé la maison de Gabriel.

— J'en ai une paire dans le coffre.

Parker se rendit à l'arrière de la voiture et fouilla dans un sac de sport. Il lui donna des gants qui étaient bien trop grands pour elle.

— Comment les avez-vous convaincus de se séparer de la moto ? demanda Killion en passant sa jambe par-dessus la selle du monstrueux engin.

— J'ai proposé à un type de le payer le double de sa valeur

si je le battais au bras de fer.

La porte du relais routier s'ouvrit, et deux hommes énormes en sortirent.

— C'est ce type ? demanda Killion.

— Oui.

Parker n'avait pas l'air de s'inquiéter. Il enfila le casque sur la tête d'Audrey et serra la sangle.

Les sons étaient étouffés à l'intérieur. C'était étrange et peu commode, comme si sa tête allait se détacher de ses épaules.

— Tenez-vous à Killion et imitez les mouvements de son corps, lui dit Parker, qui ne semblait pas se soucier des trois autres motards qui étaient sortis sous le porche. Ne luttez pas contre le mouvement de la machine.

Cela ressemblait à une métaphore folle.

Killion alluma le moteur et la regarda.

— Alors, Aud ? Vous allez me faire confiance une dernière fois ?

Elle fixa ses yeux bleus pendant un long moment, sans savoir ce qu'elle cherchait. Mais une chose était certaine : elle ne pouvait pas rester ici. Elle enjamba la selle et s'accrocha à sa taille tandis qu'il démarrait en trombe.

Elle regarda par-dessus son épaule et vit certains des motards s'approcher de l'homme qu'ils avaient laissé derrière eux.

— Et Alex ? demanda-t-elle.

— Je m'inquiéterais davantage pour les bâtards assez stupides pour l'affronter, cria-t-il pour couvrir le bruit. Alex Parker sait prendre soin de lui-même.

CHAPITRE VINGT

KILLION ROULA VERS le sud-est pendant plusieurs heures, en direction du Tennessee. Il prit la route panoramique vers les monts Great Smoky et ne dépassa pas les limitations de vitesse. Il y avait toujours le danger du verglas, et la dernière chose qu'il voulait était de laisser tomber la moto dans un virage. Audrey n'avait pas desserré son étreinte de tout le voyage et même s'il appréciait la sensation dans son dos, il avait un peu peur qu'elle soit physiquement soudée à lui et qu'il ne parvienne jamais à les faire descendre de moto.

Il l'avait blessée un peu plus tôt en l'accusant par réflexe, et elle s'était vengée. Il le méritait, et cela prouvait qu'il avait raison de rester loin des gens auxquels il tenait, mais elle ne l'aurait jamais admis. Audrey Lockhart s'était montrée étonnamment têtue.

Il sourit.

L'air froid mordait sa peau exposée, mais la moto lui offrait une impression de liberté qu'il chérissait. Il avait toujours eu un faible pour les motos anglaises classiques. Le fait qu'il goûtait au frisson de fuir les forces de l'ordre du pays avec les bras d'Audrey serrés autour de sa taille ne lui échappait pas. Cela voulait juste dire qu'il était plus idiot qu'il ne le pensait.

Ils passèrent devant des haras et des pâturages à vaches dans l'obscurité. Il devrait réfléchir à tout cela et trouver une solution, mais pour l'heure, son cerveau cherchait un endroit sûr où Audrey pourrait dormir. Lui-même aurait bien fait une sieste éclair.

Dans une petite ville frontalière du parc national des monts Great Smoky, il manœuvra la moto lentement dans des rues tranquilles. En été et en automne, les routes du coin étaient bondées de touristes qui tentaient d'échapper aux villes surpeuplées.

Ils déplaçaient en fait simplement ces marées humaines.

Mais le paysage en valait la peine, et il avait passé certains des meilleurs étés de sa vie ici, chez sa grand-mère. Le cottage avait été détruit des années plus tôt, lors d'une grosse tempête, et elle avait déménagé en Arizona pour être plus proche de son fils – le père de Killion.

Les paroles d'Audrey sur la famille le hérissaient. *Patrimoine génétique, mon cul.* Mais elle avait raison, cela faisait trop longtemps qu'il ne les avait pas vus.

La ville suivante était plus grande. Quittant la rue principale, il se dirigea vers le sud, vers un panneau qui annonçait des chalets à louer. Devant eux se trouvait un grand pavillon construit en rondins massifs. Comme si elle avait senti un changement, les bras d'Audrey se resserrèrent autour de lui, et la chaleur emprisonnée entre leurs corps était plus que bienvenue en ce matin glacial de janvier. Il arrêta la moto et mit la béquille. Ils restèrent assis en silence tandis que l'aube se levait sur les montagnes, les arbres s'animant dans la lumière du soleil, la brume bleue distinctive étant un rappel bienvenu de temps plus heureux.

Le moteur de la moto refroidissait. Il bougea, et Audrey le lâcha enfin.

— Restez ici, lui dit-il en passant la jambe par-dessus le

moteur.

Il ne la regarda pas. Il avait peur de voir le même mélange de méfiance et de dégoût avec lequel elle l'avait regardé plus tôt. Le craquement du gravier sous ses bottes résonnait dans le calme de la matinée alors qu'il marchait péniblement jusqu'au bâtiment principal pour trouver la réception. Un jeune homme à l'air fatigué se leva d'une chaise derrière le bureau.

— Comment puis-je vous aider ?

— Je cherche un chalet pour trois nuits.

Le type jeta un coup d'œil par-dessus son épaule pour voir Audrey.

— Jolie moto.

Killion rit.

— Oui. C'est une beauté.

Il ne savait pas s'il faisait référence à Audrey ou au véhicule – probablement aux deux.

— Vous pouvez nous aider ? On a décidé de voir un peu de paysage. On s'est dit qu'on allait s'arrêter visiter les environs sur le chemin des Keys.

Le jeune homme arbora un sourire édenté.

— C'est la basse saison, alors la place ne manque pas.

Killion enleva ses gants et sortit son portefeuille. Il avait une carte d'identité qui ne ressortirait pas dans une base de données de la CIA ou du FBI. Dans le pire des cas, il parlerait à son contact à Seattle qui ferait de même pour Audrey. Ses tripes se tordirent ; il ne voulait pas la forcer à partir en cavale, mais pour l'heure, il ne voyait pas d'autre moyen de s'en sortir. Il lui remit de l'argent liquide, reconnaissant que la plupart des motards n'utilisent pas de cartes de crédit.

— Numéro sept.

Le gamin fit glisser une clé sur le comptoir en bois abîmé

et leur indiqua un petit chemin à travers les arbres.

— Prenez à gauche. C'est le dernier chalet sur la gauche. Le plus petit. Voici une carte de quelques promenades dans la région. Il y a une chute d'eau magnifique à moins d'un kilomètre.

Ce qui lui faisait une belle jambe sachant qu'il avait un avis de recherche du FBI placardé à l'arrière de sa moto. Il sourit au gamin, se demandant à quoi aurait pu ressembler sa vie s'il s'était contenté d'une existence simple. Il fit un signe de tête.

— Merci pour les infos.

Il se dirigea vers le chemin. Audrey se pencha en arrière tandis qu'il passait sa jambe sur la selle, tous les deux parfaitement synchronisés comme s'ils faisaient cela depuis des années.

Il démarra le moteur, en essayant de ne pas grimacer devant le bruit, et roula lentement jusqu'au chalet que le réceptionniste lui avait indiqué. Il gara la moto près de la porte d'entrée, hors de la vue des passants. Il coupa le moteur et sentit la brume froide coller à sa peau.

Audrey peinait à descendre de l'engin, et il sauta pour l'aider. Il l'entoura de ses bras. Il aurait aimé que les choses soient différentes entre eux. Qu'elle ne se tienne pas fermement à l'écart de lui.

— Bien, entrons.

Sa voix était rauque, rocailleuse. Elle mettrait ça sur le compte de sa longue nuit de conduite.

Il la traîna jusqu'à la porte, tenté de la prendre dans ses bras, mais ils n'avaient plus la proximité nécessaire pour cela. Elle avait besoin d'espace. Elle méritait une certaine autonomie.

Il déverrouilla la porte et l'ouvrit en grand. L'intérieur était recouvert de tissus écossais et de pin couleur miel, avec une grande cheminée et des poutres apparentes sur un mur. Le chalet avait l'air propre, mais il faisait froid. Il laissa Audrey à la porte et augmenta le thermostat.

Il s'approcha et défit la sangle de son casque, l'ôtant de sa tête. Ses cheveux se déversèrent en cascade. Elle le dévisagea de ses yeux violets, meurtris par l'épuisement et le désespoir. Il détestait la voir ainsi.

— Allez vous coucher. Je vais aller acheter ce qu'il nous faut. Je reviens dans une heure. Vous avez besoin d'aide ?

Ses narines se dilatèrent tandis qu'elle semblait rassembler sa force intérieure.

— Je vais me débrouiller. Achetez du dentifrice.

Il hocha la tête. Il aurait aimé que tout cela soit terminé, mais il était secrètement heureux qu'elle soit toujours là avec lui. Ce qui faisait de lui le bâtard le plus égoïste sur Terre.

Tout ce qu'il dit fut :

— Fermez à clé. Et ne vous approchez pas des fenêtres.

AUDREY ENTRA DANS la salle de bain en titubant et ferma la porte. L'effort de s'accrocher au dos de Killion toute la nuit et de ne pas tomber du moyen de transport le plus dangereux du monde l'avait laissée en miettes. Mais, même à présent, chaque fois qu'elle fermait les yeux, elle revoyait la cervelle de Gabriel Brightman éparpillée sur le mur de sa chambre.

La nausée bouillonnait en elle. Elle se sentait trop vide pour pleurer, engourdie et creuse. Comme si quelqu'un pouvait lui planter des aiguilles dans le corps sans qu'elle le sente. Comment sa vie était-elle passée de l'inquiétude quant à sa mère surprotectrice à devoir fuir pour sauver sa peau en moins d'une semaine ? Comment était-elle devenue si dépendante d'un homme qui ne lui faisait même pas confiance ?

Elle avait vu son regard circonspect quand il était monté dans le véhicule après leur fuite du manoir de Brightman – elle avait vu le côté calculateur dans ses yeux. Il avait honnêtement pensé qu'elle était capable de faire *ça*. Elle s'agrippa à la cuvette et vomit le peu qu'elle avait dans l'estomac. Après quelques instants, elle se releva et se rinça la bouche à l'eau froide. Puis elle ouvrit le robinet de la douche et se déshabilla.

Patrick Killion était un caméléon. Ses cheveux blonds ensoleillés qui avaient bien besoin d'être coupés et sa démarche assurée correspondaient parfaitement au motard qu'il prétendait être.

De la même façon qu'il avait été le parfait jeune marié en Jamaïque, le parfait cambrioleur à Louisville, le parfait agent lors du vol de l'avion en Amérique du Sud. Il pouvait jouer n'importe quel personnage à n'importe quel moment.

Cela incluait-il l'amant ?

Elle sentit ses entrailles se ratatiner à cette idée. Elle avança sous le jet d'eau chaude et sentit l'eau couler sur sa peau, réchauffant sa chair gelée. Elle trouva du savon et se frotta le corps.

Killion était la seule constante de sa vie depuis le jour où Hector Sanchez l'avait poignardée. Il s'était méfié d'elle parce qu'il pensait qu'elle pouvait être une tueuse, mais elle l'avait *vu* tuer des gens et elle était quand même tombée amoureuse de lui.

L'eau se déversa sur son crâne. Elle était amoureuse de lui, réalisa-t-elle avec une horreur croissante. Des larmes chaudes brouillèrent sa vision, et elle sanglota. Elle était amoureuse d'un agent du gouvernement qui pouvait ôter des vies aussi facilement que n'importe quel tueur du cartel. Elle s'essuya les yeux et se ressaisit.

Que savait-elle vraiment sur ce type ?

Il était intelligent et plein de ressources. Il n'avait pas peur de prendre des risques. Il portait une arme et était un bon tireur. Il était renfermé et secret. Il avait une famille qu'il voyait rarement.

Il travaillait seul.

Mais il inspirait la loyauté.

Il était cynique et froid.

Mais elle avait vu dans ses yeux qu'il avait le cœur brisé parce que son amie avait été embarquée dans ce pétrin et avait perdu la vie.

Elle ferma les yeux et déglutit.

Il travaillait seul, mais il n'était pas aussi solitaire qu'il le prétendait. Il avait un réseau de soutien. Des amis qui auraient tout laissé tomber pour venir à son secours en hélicoptère ou en jet privé. Et il était resté à ses côtés non seulement lorsqu'il l'avait crue coupable, mais aussi lorsqu'il avait décidé qu'elle était innocente, alors que le meilleur plan d'action pour lui et sa mission était de la laisser sous protection rapprochée.

Il était cynique et détaché, mais son contact avait été chaud comme la braise, et elle ne s'était jamais sentie aussi bien en présence d'un amant ou aussi satisfaite au lit.

Elle aurait aimé savoir comment se défendre, à la fois contre les méchants et contre l'attirance émotionnelle qu'elle ressentait envers Killion.

Elle ferma brusquement le robinet et se sécha avec une serviette, essuyant l'excès d'eau de ses cheveux. Elle passa ses doigts dans ses cheveux en pagaille, essayant de défaire les nœuds. Puis elle lava ses sous-vêtements pour avoir quelque chose de propre à se mettre plus tard.

Bien qu'elle ait reproché à Killion ses problèmes, c'était probablement Devon Brightman qui avait tout manigancé. Il était le seul lien entre elle et Gabriel, à part Rebecca, et Rebecca était morte. Rebecca et son frère ne s'étaient jamais très bien entendus. Après sa mort, il avait changé d'attitude envers Audrey, ou du moins il en avait donné l'impression.

Devon lui avait menti et l'avait piégée pendant des années. C'était la seule explication plausible. Elle remit son T-shirt sur sa tête et se dirigea vers la chambre. Puis elle se blottit sous les couvertures et sombra dans l'oubli.

———————

KILLION ENTRA DANS le chalet, qui s'était fort heureusement réchauffé, et déposa ses achats sur la petite table de la cuisine. Il avait acheté un nouveau sac à dos, un téléphone, un ordinateur portable, assez de nourriture pour tenir quelques jours, et quelques produits de toilette, dont de la teinture pour cheveux et des ciseaux.

Le chalet était aussi silencieux qu'une église, et son cœur s'emballa sous l'effet de l'inquiétude jusqu'à ce qu'il aperçoive sa biologiste préférée allongée sous les couvertures du lit.

Elle était encore en vie. Ils se battaient toujours pour survivre, mais les probabilités n'étaient pas en leur faveur.

Il regarda le côté vide du lit, puis tourna les talons. Il se débarrassa de sa lourde veste en cuir et l'accrocha au dossier d'une chaise de la cuisine, rangea les courses au réfrigérateur et plaça une chaise sous la poignée de la porte d'entrée, juste au cas où. Puis il s'allongea sur le canapé et tira une couverture sur lui.

Il ferma les yeux et laissa le sommeil le gagner.

———

AUDREY SE REVEILLA brusquement en sueur et se redressa dans son lit. Ses mains tremblaient sous l'effet d'une peur inconnue. Elle entendit des rires d'enfants dehors et des adultes se joignant à eux. Ils s'amusaient en toute innocence.

Elle consulta sa montre. Il était midi passé. Elle fronça les sourcils. Le lit était vide. Killion était-il rentré ? S'était-il fait attraper ? L'avait-il abandonnée ?

Elle utilisa la salle de bain, enfilant des sous-vêtements propres avant de se glisser dans son jean. Elle se précipita dans l'autre pièce, son cœur battant la chamade à l'idée qu'il ne soit pas là.

Sa veste en cuir pendait sur le dossier d'une chaise, et un sac de course était posé sur la table, avec notamment du dentifrice et une nouvelle brosse à dents. Elle jeta un coup d'œil dans le salon. Killion était étalé sur le canapé, les pieds dans le vide. Une étrange douleur la frappa en pleine poitrine. La tension retomba.

L'horrible sensation dans ses dents la poussa à retourner à la salle de bain pour les laver. Quand elle revint dans la cuisine, elle essaya de se déplacer aussi silencieusement que possible, mais il remua quand même. Il étira ses bras au-dessus de sa tête et gémit.

— Il y a du café et du bacon dans le frigo si vous avez faim.

Son estomac gargouilla en entendant parler de nourriture. Elle ne se souvenait pas de la dernière fois où elle avait mangé un vrai repas.

Plutôt que de parler, elle trouva une poêle et sortit le bacon, le mettant sur le feu avant de s'attaquer au fonctionnement de la cafetière.

Killion passa devant elle, probablement pour aller à la salle de bain. Ils n'échangèrent pas un mot.

Elle trouva des tasses et des assiettes, et ouvrit en deux quatre petits pains blancs. L'arôme du café et du bacon emplissait l'air, lui mettant l'eau à la bouche et lui rappelant une époque plus simple. Elle enleva la graisse des tranches et leur versa deux cafés, réalisant qu'elle ne savait même pas comment Killion buvait le sien. Puis elle se retourna et le vit derrière elle, vêtu d'un simple jean, les cheveux mouillés.

Surprise, elle renversa du café sur le dos de sa main. Elle reposa sa tasse et aspira le liquide brûlant sur sa peau.

— Tout va bien ?

Il la fixait de ses yeux légèrement rougis, évaluant clairement son bien-être et sa santé mentale.

— Je veux dire à part le fait que vous êtes en cavale avec le plus gros connard du monde ?

— Pourquoi faites-vous ça ? demanda-t-elle doucement. Pourquoi vous faites-vous passer pour quelqu'un de bien pire que ce que vous êtes en réalité ?

Il secoua la tête. Pour une fois, il avait l'air vulnérable.

— Je ne veux pas me disputer avec vous.

— Ce n'est pas une dispute, Patrick. C'est une conversation.

Les émotions étaient clairement encore trop proches de la surface. Elle s'efforça de détendre ses épaules.

— Comment buvez-vous votre café ?

— Comme il se présente à moi.

Il prit les deux mugs et les posa sur la table. Il fit de même avec des assiettes et sortit des serviettes en papier pendant qu'Audrey éteignait la cuisinière.

Ils s'assirent et commencèrent à manger comme s'ils étaient affamés. Elle fut frappée par ce goût divin, ferma les yeux et émit un bruit appréciateur avec sa bouche.

— C'est le meilleur repas de tous les temps.

Quand elle rouvrit les yeux, Killion la regardait avec avidité, et elle savait exactement ce qu'il pensait. Elle fut prise d'un désir sensuel. Elle ne savait pas pourquoi elle était attirée par cet homme. Peu importaient ses connaissances en biologie, jusqu'aux processus biochimiques les plus complexes, les règles de l'attirance demeuraient un mystère.

— Vous pensez que Parker va bien ? demanda-t-elle, en essayant d'ignorer l'attirance.

— Parker va bien.

— Comment le savez-vous ?

Il se contenta de hausser les épaules. C'était exaspérant.

— Il pourrait être blessé.

Il pourrait être mort.

— Alex Parker sait prendre soin de lui-même.

— Ne me dites pas qu'il partage vos compétences de guerrier ninja.

Elle croisa les bras sur sa poitrine, se demandant si elle était la seule personne impliquée dans toute cette saga à ne pas savoir se battre.

— Qu'est-ce que j'aurais dû faire ? demanda-t-elle soudain.

Il fronça les sourcils, à l'évidence sans comprendre.

— Cette nuit-là, quand vous m'avez attaquée et ligotée si vite. Comment auriez-vous évité de finir attaché ?

Il eut un sourire malicieux. Il prit une gorgée de café et répondit le plus sérieusement du monde :

— D'abord, la lumière extérieure éteinte aurait dû vous mettre la puce à l'oreille.

— Mais dans le monde réel, ces choses-là arrivent.

Il haussa les épaules.

— Il existe toutes sortes de mondes réels. Une fois que je vous ai attrapée par-derrière, vous auriez dû cibler les endroits vulnérables. Les yeux, le nez, la gorge, le sexe. En envoyant votre bras droit ou votre coude dans une mâchoire ou un nez, vous pouvez tuer quelqu'un si vous avez le bon angle. Attraper mes couilles était une bonne idée, mais vous auriez dû serrer plus fort.

Il sourit et elle sentit son pouls s'accélérer légèrement.

— Ça dépend de ce que vous voulez.

— Je ne veux pas finir ficelée comme un rôti du dimanche par un connard.

Il fronça les sourcils.

— Je croyais que vous aviez dit que je n'étais pas un connard ?

— J'ai dit que vous ne devriez pas vous traiter de connard. *Moi* je peux tout à fait vous appeler comme ça.

— C'est bon à savoir.

Il essayait de masquer son amusement.

Bon sang.

Il se leva, se rendit dans le salon et déplaça la table basse dans un coin de la pièce. Puis il lui fit signe d'approcher.

— Vous arrivez donc dans un environnement où vous ne pouvez rien voir et où vos deux mains sont prises. La première règle est de toujours garder libre la main qui tient l'arme.

— Je ne porte pas d'arme.

— Votre langue devrait rentrer dans cette catégorie, marmonna-t-il, irrité. Ce qui me fait penser… les dents. Les dents sont une arme formidable et les gens ont tendance à l'oublier.

Elle grimaça à l'idée de mordre l'un des hommes qui l'avaient attaquée récemment. Du moins, à l'exception de…

Killion s'approcha d'elle par-derrière et elle était si perturbée par sa présence masculine qu'elle fut choquée lorsqu'il l'attrapa brutalement par la taille.

— Défendez-vous, Aud.

Elle cessa de penser au sexe et se souvint de ce qu'il lui avait dit. Elle balança son poing en direction de son visage et il esquiva. Puis il la cloua facilement au sol, lui saisit un poignet et le coinça avec son genou dans son dos. Exactement comme il l'avait fait la première nuit.

Elle réalisa autre chose. Il avait fait de son mieux pour ne pas la blesser cette nuit-là, tout comme il le faisait à présent.

— Laissez-moi faire, dit-elle. Je veux voir comment vous vous en sortez.

Il hocha la tête et s'allongea sur le sol, face contre terre.

Elle s'appuya sur le bas de son dos et tenta de prendre son bras. Elle se retrouva rapidement sur le dos, fixant son visage souriant.

— Comment avez-vous fait ? demanda-t-elle, légèrement essoufflée.

— J'ai juste fait pivoter mon corps et utilisé l'élan pour vous déséquilibrer.

Bon sang.

— Donc je suis juste censée accepter le fait que si je suis attaquée, je suis à la merci de mon agresseur.

Cette idée était exaspérante.

— Bien sûr que non, sauf si vous avez une raison de penser

que vous risquez d'être sérieusement blessée en vous défendant. Parfois, il est préférable d'attendre le bon moment.

Il était assis sur sa poitrine, l'entrejambe près de ses dents.

— Et si je mordais là-dedans ?

Elle leva la tête et ouvrit la bouche pour illustrer son propos.

— Putain, Oui.

Il recula légèrement.

— Ça les éloignerait assez rapidement. L'intérieur de la cuisse est aussi très vulnérable. Une fois qu'ils sont affaiblis, utilisez vos jambes. Frappez-les aussi fort que vous le pouvez.

Il s'éloigna d'elle et s'allongea à côté d'elle sur le sol.

— Le fait est que vous pesez 50 kg toute mouillée et que j'en fais plus de 80. J'ai un gros avantage de poids et de force juste parce que je suis un homme. Et ce n'est pas être sexiste, c'est une question de biologie basique, et je sais que vous le savez.

Il fixa le plafond pendant quelques secondes, puis prit sa main dans la sienne, leurs doigts entrelacés. Sa bouche devint sèche.

— Vous n'aviez aucune chance contre quelqu'un avec mon entraînement.

Et pourtant, il ne l'avait pas blessée. Elle n'avait pas eu un seul bleu suite à leur confrontation. Elle s'allongea à côté de lui, consciente de sa chaleur, de son parfum qui l'envahissait. D'un sentiment de paix et d'acceptation de tout ce qui s'était passé entre eux. Elle lui avait pardonné, réalisa-t-elle. Elle savait qu'il faisait ce qu'il faisait par conviction et par loyauté envers son pays. Cela forçait bien entendu l'admiration.

Elle s'assit. L'homme était ridiculement sexy, allongé là, à la regarder. Elle passa un doigt le long de l'élastique de son jean, s'arrêtant au niveau du bouton.

— Je n'ai jamais eu la moindre chance contre vous. Dès le moment où vous m'avez récupérée et emmenée.

Il arrêta sa main en cours de route.

— N'idéalisez pas les choses. Je vous ai kidnappée, je vous ai laissée vous vider de votre sang à l'arrière d'un avion volé, je vous ai refusé un traitement médical et j'ai ensuite lutté pour vous empêcher de succomber à une terrible fièvre. N'oubliez pas le nombre de fois où mes actes ont failli vous faire tuer.

Elle retira sa main de la sienne et continua à tracer le contour de son nombril.

— Je ne vous absous pas de vos péchés.

Les yeux de Killion s'assombrirent.

— Je propose juste de vous aider à en commettre quelques-uns de plus.

Il attrapa sa main avant qu'elle ne descende plus bas.

— Vous savez que ça ne nous mènera nulle part.

— Je suis en fuite, Killion. Je ne m'attends pas à recevoir des fleurs ou du chocolat.

Elle garda un ton léger et retira sa main de la sienne.

Il déglutit bruyamment.

— Mon travail est trop dangereux pour…

Elle frotta sa main contre sa tige rigide, lui disant sans mots qu'elle savait exactement où cela les mènerait.

— Putain, pour ce que j'en sais, je n'ai même plus de carrière.

Il se leva et la prit dans ses bras.

— Au fait, on ne dit pas « les grenouilles coassaient » …

Elle gémit et pressa son visage contre son torse.

— … mais « C'est quoi les grenouilles ? »

Elle utilisa ses dents comme punition et il étouffa un juron.

— Plus de blagues sur les grenouilles, insista-t-elle.

Il l'installa sur le lit et lui grimpa dessus.

— Je ne vous promets rien.

Et soudain, ses paroles n'étaient plus des blagues stupides sur les grenouilles. Elles parlaient d'eux deux, de leur relation improbable.

Elle enfonça ses doigts dans ses cheveux.

— Je ne demande pas de promesses. Je veux juste vous faire l'amour sans aucun secret ni mensonge.

Il laissa tomber sa tête entre ses seins.

— Vous savez que c'est impossible, n'est-ce pas ?

Sa voix était étouffée.

— Alors on va juste baiser comme des lapins.

— Merci mon Dieu.

Il remonta son T-shirt et le fit passer par-dessus sa tête. Il palpa sa poitrine nue avec un air de révérence.

— Votre corps m'avait manqué.

Elle aurait pu trouver une réplique amusante, mais il avait mis son téton dans sa bouche. Sa vision se brouilla, et ses talons s'enfoncèrent dans l'arrière des cuisses de Killion tandis que son dos se cambrait sur le lit.

— Je vois ça.

Il recula et se concentra sur son autre sein.

— J'espère que vous avez acheté des préservatifs pendant votre shopping, chuchota-t-elle alors que ses doigts s'enfonçaient dans son cuir chevelu.

Il se figea, un regard d'horreur sur le visage, et elle eut envie de pleurer.

Puis il sourit.

— Je plaisante. Mais pour mémoire, la seule chose que je

considérais comme acquise était mon incapacité à vous résister.

Il glissa les doigts dans sa culotte, puis en elle, avant qu'elle n'ait eu le temps de dire ouf. Ses caresses lui firent tant d'effet qu'en quelques secondes, tout son être explosa comme une myriade d'étoiles. Elle cria en sentant le plaisir déferler.

Lorsqu'elle redescendit sur terre, elle ouvrit les yeux et vit qu'il la regardait, l'air grave.

— Vous êtes magnifique.

Il ne lui avait jamais rien dit de tel auparavant, et elle était comme paralysée. Ils se regardèrent pendant un long moment. Pour combattre la tristesse que ses mots évoquaient, elle le poussa sur le dos et utilisa ses dents sur son corps, plus doucement qu'il ne l'avait suggéré plus tôt.

Il se souciait d'elle. Elle le savait. Mais elle savait aussi que cela ne faisait aucune différence.

Leur temps ensemble touchait à sa fin. En supposant qu'ils s'en sortent vivants, elle partirait d'un côté et lui se chargerait de sa prochaine mission top secrète. Elle fit glisser ses mains sur sa peau. Elle voulait lui montrer qu'elle avait compris. Et qu'elle lui pardonnait.

Il descendit son jean, et ils se déshabillèrent tous deux.

Il s'allongea sur le lit, et elle se pencha pour embrasser sa lèvre inférieure.

— Quelle est la viennoiserie préférée des grenouilles ?

Il traçait du bout du doigt l'arête de son nez tandis qu'il la taquinait.

— Le coassant.

Elle décida d'ignorer ses mauvaises blagues. Sa peau était bronzée, ses poils fins dorés. Elle touchait et goûtait chaque parcelle de son corps, le caressant doucement, absorbant tout ce qu'elle pouvait de cet homme durant ce qui était probablement leur dernier moment ensemble. Elle trouva enfin sa bouche et il gémit tandis qu'elle l'embrassait tendrement. Il frôlait son corps de ses mains tremblantes, visiblement terrifié à l'idée de faire quelque chose qui gâcherait ce moment.

Puis il s'occupa de son corps, le caressant, le goûtant, le palpant. Elle s'allongea, ferma les yeux et s'offrit à lui. Au moment où il s'enfonça en elle, ses muscles étaient de la cire fondue. Elle cria lorsqu'il la pénétra en profondeur. Elle enroula ses jambes autour de ses hanches, et ils entamèrent une danse à la fois ancienne, élémentaire et étonnante. Ils bougeaient en parfaite harmonie, se rapprochant toujours plus de l'extase, ralentissant le rythme, accélérant, aucun des deux n'étant pressé, tous deux essayant de prolonger ce moment.

Finalement, les muscles de son sexe se contractèrent. Prise de spasmes, elle cria, sanglotant son nom alors qu'il s'enfonçait en elle une dernière fois. Ensuite, il vint se lover contre elle, peau contre peau, les battements de leurs cœurs se mêlant lentement. Ils restèrent enlacés pendant un long moment, sans parler.

CHAPITRE VINGT ET UN

KILLION RECHAUFFAIT DE la soupe sur la cuisinière tandis qu'Audrey sortait les petits pains restants. Ce qui s'était passé dans la chambre plus tôt avait ébranlé ses fondations. Il savait qu'il avait manqué quelque chose au fil des ans, mais ce lien était tout bonnement époustouflant.

Soudain, elle se jeta sur la télécommande de la télévision, et il se retourna pour voir quel était le problème.

— Le milliardaire de l'industrie Gabriel Brightman a été retrouvé mort à son domicile la nuit dernière dans des circonstances que la police qualifie de suspectes. La police souhaite interroger le Dr Audrey Lockhart – une photo d'Audrey, souriante cette fois s'afficha – qui était une amie de la famille et qui est recherchée pour le meurtre de son étudiant diplômé en Colombie la semaine dernière. Nous ne savons pas comment Lockhart est rentrée aux États-Unis. La police recherche également un autre homme qui répondrait au nom de Patrick Killion, bien que son identité n'ait pas été confirmée.

Son image s'afficha dans sa tenue de cambrioleur. Formidable. Voilà qu'ils passaient aux informations nationales.

— Son implication exacte n'est pas connue.

Sauf pour tous ceux avec qui il avait travaillé, et tous ceux qu'il avait manipulés, arnaqués ou mis à l'écart. *Et merde.* Il ferma les yeux jusqu'à ce qu'il entende Audrey haleter. Elle ne semblait pas comprendre que son monde avait volé en éclats, et pourquoi le comprendrait-elle ? Il ne lui avait jamais rien dit de son travail ou de sa mission. Mais il n'avait pas besoin de sa pitié. Ce qu'il voulait, c'était que cette foutue histoire soit terminée et que les méchants soient arrêtés.

Les parents d'Audrey passaient à la télévision, la suppliant de se rendre avant que quelqu'un d'autre ne soit blessé.

— S'il te plaît, Audrey, on sait que quelque chose de terrible a dû se produire pour que tu fasses ça.

Condamnée par sa propre famille. Ce devait être terrible.

Elle porta sa main à sa gorge.

— Peut-être que je devrais me rendre. Vous laisser le temps de trouver des preuves contre Devon ou celui qui a fait ça.

— Le cartel peut vous atteindre aussi facilement aux États-Unis qu'en Colombie, *chica*.

Bon sang, il était furieux.

La caméra fit un panoramique. Devon se tenait là, l'air en piteux état et dévasté, son bras autour de la sœur d'Audrey, sa main reposant sur l'épaule d'un petit garçon tandis que la femme tenait l'enfant dans ses bras.

Pouvaient-ils se tromper sur ce type ? Bien sûr. Mais Audrey avait l'impression que ce n'était pas le cas. Et le mobile était vieux comme le monde. L'argent. Putain d'argent.

La façon dont le présentateur relatait l'histoire laissait croire qu'Audrey était tellement jalouse que sa sœur sorte avec son ex qu'elle avait été prise d'une sorte de folie meurtrière.

À côté de la table, Audrey fixait l'écran d'un air absent, alors qu'ils passaient à une autre histoire.

— Personne ne croira que Devon est coupable sans aveux,

n'est-ce pas ? demanda-t-elle doucement.

Il ne répondit pas.

— Et il n'y a aucune chance qu'il renonce alors qu'il est si près d'avoir tout ce qu'il a toujours voulu.

— L'argent ?

— Le pouvoir, acquiesça-t-elle. Son père l'a forcé à gravir les échelons de l'entreprise et à vivre d'un salaire normal d'employé. Devon lui en voulait énormément pour ça. Gabriel disait que ça forgeait le caractère.

Killion renifla.

— D'où son implication dans le cartel. Je pense qu'il utilise l'entreprise de son père pour faire passer de la drogue dans le monde entier. La société a des installations en Colombie, je suppose ?

— Oui.

Audrey se mordit la lèvre. Il savait qu'elle avait reconstitué le reste du puzzle.

— Vous pensez que c'est lui qui a tiré sur Rebecca ?

Killion passa sa main sur sa nuque et l'attira vers lui.

— Il a la bonne taille et la bonne corpulence ?

Elle frotta ses bras, et hocha la tête.

— Alors, oui. Probablement.

Il vit la colère passer sur ses traits alors qu'elle se souvenait de sa confrontation avec cet enculé.

— Il a pointé une arme sur moi et a appuyé sur la gâchette. Puis il m'a réconfortée aux funérailles de Rebecca et j'ai pleuré sur son épaule. Il savait tout de l'opération d'infiltration que les flics montaient avec le policier sous couverture.

— C'est pourquoi il ne vous a jamais touché, suggéra Killion. Personne n'était censé connaître l'identité de la personne qui était avec Rebecca quand elle a été tuée. S'il avait cherché à s'en prendre à vous, cela aurait signifié que le tueur se trouvait dans son cercle proche – famille ou amis. Une agression au hasard se sera transformée en une agression personnelle. Les flics lui seraient tombés dessus.

— Et maintenant, un assassin professionnel travaille pour lui.

Le désespoir se lisait dans ses yeux.

— On n'arriva jamais à le faire avouer. Il est super intelligent et s'y connaît en ordinateurs…

— Si jamais je trouve ce connard et que j'arrive à être seul avec lui dans une pièce, je peux le faire parler, promit-il.

Elle le regarda intensément pendant quelques instants, mais il ne pensait pas qu'elle le voyait vraiment. Elle se mit à faire les cent pas, plongée en son for intérieur tandis qu'elle se mordait la lèvre. Il aimait observer les rouages de son cerveau tourner.

— On doit le kidnapper.

Il cligna des yeux.

— Vous êtes folle ?

— Pourquoi ?

Ses yeux brillaient d'une couleur presque lavande.

— Vous m'avez bien kidnappée. Faites-lui croire que la CIA en a après lui et qu'ils l'ont emmené dans un Black Camp.

Il la regarda fixement. Son innocente biologiste s'était transformée en stratège.

Elle mit les mains sur ses hanches.

— Si on ne lui met pas la main dessus les premiers, l'assassin pourrait bien décider de se débarrasser de lui aussi. Et alors personne ne me croira jamais.

Killion fronça les sourcils.

— Des aveux obtenus dans ces circonstances ne tiendraient jamais devant un tribunal.

— Et alors ? Vous avez dit que vous ne pouviez pas le poursuivre pour le meurtre que vous pensiez que j'avais commis de toute façon. Vous avez juste besoin de savoir que c'était lui, pas vrai ?

C'était exact. En supposant que Devon avoue ce qu'il avait fait, cela importait peu que la procédure ait été suivie ou non. Le président avait ordonné à Killion de découvrir qui se cachait derrière le meurtre du vice-président. Ce qu'ils feraient une fois qu'ils auraient découvert son identité n'avait jamais été très clair. Killion n'était pas un meurtrier. Mais il n'avait jamais désobéi aux ordres.

— Secouez-le. Forcez-le à avouer et à vous révéler le nom de l'assassin.

Il leur servit à chacun un bol de soupe.

— La CIA n'est pas autorisée à opérer sur le sol américain ou contre des citoyens américains.

— Alors maintenant vous suivez les règles ?

Il rit. Brightman devait être impliqué, mais qui avait bien pu faire le coup ? Il n'était pas plus près de trouver l'assassin que lorsqu'il avait surveillé l'Institut de recherche sur l'Amazonie un millénaire plus tôt.

— Écoutez, nous savons que c'est Brightman…

— Non, c'est faux.

Audrey s'était mise en mode conférence et bon sang, c'était sexy.

— Nous ne faisons que le soupçonner, de la même façon que vous nous avez soupçonnés, Gabriel et moi.

Le rappel qu'il avait eu tort tout comme son manque de confiance en lui le blessèrent. Mais elle avait raison.

Une ligne verticale se forma entre ses sourcils.

— Il se croit plus intelligent que nous. Ça ne vous agace pas ?

Évidemment.

— Donc on le fait avouer, on trouve qui est son complice et on les fait tous tomber.

Elle agitait une cuillère dans sa direction comme si c'était une épée. Il aurait voulu la prendre dans ses bras et l'embrasser passionnément, mais leurs baisers les auraient menés à d'autres choses, et ils ne savaient pas encore quelle stratégie adopter pour la suite.

— Vous aurez toujours le cartel à vos trousses.

Il détestait faire éclater sa bulle.

— Vous ne retrouverez pas votre ancienne vie aussi facilement même si Devon avoue. Et vous êtes aussi recherchée pour meurtre en Colombie.

Sa lèvre trembla alors même qu'elle prenait place à table.

— J'espérais un peu que la CIA pourrait m'aider avec ça.

Il se pencha et caressa sa joue.

— Je ferai de mon mieux, vous le savez.

Elle déglutit péniblement et hocha la tête. Elle semblait comprendre les enjeux. Vu ce qui était arrivé à sa vie, elle le devait.

L'enlèvement de Devon pourrait fonctionner, bien que la restitution d'un citoyen américain sur son sol soit contraire à la Constitution. Le président risquait de ne pas le soutenir s'ils se faisaient prendre. L'alternative était de rester plantés là pendant que le filet se refermait sur eux. Tout aussi désagréable. Ces personnes avaient tué Crista, le vice-président, Gabriel Brightman, et avaient piégé Audrey pour lui faire porter le chapeau, tout en essayant de la tuer à plusieurs reprises. Ils ne plaisantaient pas.

Un coup à la porte fit battre son cœur tandis qu'il poussait Audrey derrière lui, saisissant son pistolet dans son étui. *Merde alors.*

— Si c'est les flics, accompagnez-les et appelez l'agent Lincoln Frazer du FBI. Ne leur dites rien d'autre.

Il lui donna un numéro qu'il connaissait par cœur.

— *Lincoln Frazer.* N'oubliez pas ce nom.

Il avait foutu en l'air toute cette mission dès le début.

On frappa à nouveau.

Killion regarda par la fenêtre et la vague de soulagement qui le traversa le fit presque tomber à genoux. Logan Masters et Noah Zacharius se tenaient sur les marches, lui souriant comme deux imbéciles.

Il ouvrit la porte et Logan lui passa devant. Noah lui emboîta le pas, adressant à Audrey un sourire qui fit grincer les dents de Killion.

— On vous a vus aux informations. On s'est dit que vous pourriez avoir besoin d'un peu d'aide.

Killion croisa les bras.

— Ah oui ? Et comment nous avez-vous trouvés ?

— Ton pote, Parker. Il a mis un traceur sur la moto et nous a appelés.

— Il vous a engagés ? demanda Killion.

Même après l'incident du manoir de Gabriel Brightman, il n'était pas sûr à cent pour cent de la fiabilité de l'ancien agent de la CIA. À présent, il aurait été prêt à l'embrasser sur les lèvres s'il le revoyait un jour.

— Il a essayé.

Masters sourit et donna un coup dans le bras de Killion tout en se servant dans sa soupe.

— Nous sommes officiellement en vacances.

Le Britannique lui adressa un sourire carnassier.

Noah s'approcha d'Audrey.

— Vous avez meilleure mine. Nous nous sommes déjà rencontrés, mais vous ne vous en souvenez peut-être pas. Je m'appelle Noah, dit-il en lui tendant la main.

Killion mit ses mains sur ses hanches et s'efforça de ne pas bouger. Pas besoin d'être possessif. Et s'il écoutait cette petite voix dans son oreille qui lui soufflait que sa carrière était déjà terminée, alors quel était le problème de vouloir être avec Audrey ? Il avait des ennemis. Il ne les amènerait pas sur le pas de la porte d'Audrey alors qu'elle avait déjà vécu l'enfer.

Audrey sourit à Noah, et le cœur de Killion se dilata et se contracta en même temps, ce qui n'était pas l'expérience la plus agréable qui soit.

— Je m'en souviens. Vous êtes l'homme qui a juré ne pas avoir regardé quand j'étais nue.

— Contrairement à certaines personnes, dit Noah d'un air narquois, en lançant un regard à Killion.

Audrey rit.

— Eh bien, il m'a sauvé la vie plusieurs fois. Je vous suis infiniment reconnaissante à tous.

Noah ouvrit la bouche pour dire quelque chose qui aurait probablement été peu subtil. Killion menaça le type de son index dressé.

— Un seul mot, et je te tue de mes mains nues.

Noah rit et se pencha pour embrasser Audrey sur la joue. Elle avait l'air minuscule à côté du gars.

— Voilà. Toutes les dettes sont payées. Je serais prêt à tout pour un baiser d'une jolie femme, ou pour toi, espèce de gros connard jaloux et moche.

Killion sentit sa gorge se serrer ; Noah l'avait taquiné pour la forme, pas pour faire le con. D'habitude, il donnait autant qu'il recevait, mais récemment, il avait perdu le sens de l'humour. Un sentiment de honte s'insinua en lui.

— Vous ne savez pas encore ce que nous avons l'intention de faire, dit-il d'un ton bourru.

Noah haussa les épaules, s'assit et commença à manger la soupe d'Audrey.

— Sans toi, je serais mort depuis des années. Chaque jour est un cadeau, mon pote. Profitons-en.

LA MEILLEURE CHANCE de réussite consistait à faire ce que votre ennemi attendait le moins. Devon Brightman et l'assassin pensaient avoir réussi à diaboliser Audrey et Killion et à les faire prendre la fuite. Ils comptaient bien s'en prendre à leur tour aux méchants.

Killion était assis dans un van blanc dans Billy Goat Strut Alley, rue au nom intriguant, au coin de l'appartement de Devon dans le centre de Louisville. Il faisait nuit et les gens vaquaient à leurs occupations habituelles.

Tous les quatre étaient vêtus de jeans, de T-shirts imprimés et de baskets. Logan avait coupé les cheveux de Killion si courts qu'il ne se reconnaissait pas dans le miroir, et avait fourni à Audrey une courte perruque de cheveux blonds décolorés avec une mèche rose.

Killion et Logan portaient tous deux des casquettes de baseball des Bats rabattues sur leur visage pour échapper aux caméras de surveillance sans avoir l'air suspects. Ils n'étaient qu'à un jet de pierre du stade de baseball de Louisville Slugger Field.

Logan était posté sur le toit d'un immeuble avec une vue dégagée sur l'appartement de Devon Brightman. Leur cible était seule.

— Il quitte son appartement, il passe la porte.

Audrey consulta sa montre.

— Pile à l'heure.

Selon Audrey, Devon avait l'habitude de se rendre à pied à un restaurant mexicain sur East Market Street et de couper par cette ruelle pour y arriver.

— Il pourrait ne pas suivre sa routine habituelle s'il est censé faire le deuil de son vieux père, ajouta Noah.

Killion avait mis les types au courant de tout, sauf de l'identité de la cible de premier plan. Leur approche de la vie conforme aux trois singes de la sagesse signifiait qu'ils n'avaient rien demandé.

— Il va sortir. Il ne sait pas cuisiner, dit Audrey avec certitude, mais il pourrait aller dans un endroit plus chic.

— Et on le récupère après.

Killion la regarda comme pour lui demander d'avoir confiance en sa capacité à faire son travail.

Elle se mordit la lèvre et hocha la tête.

— Hé, tu savais que le frère de Gómez est en prison dans un établissement fédéral américain ? dit soudain Noah.

— Hors sujet, mais oui ? dit Killion.

— Je me suis renseigné pour savoir comment on a mis la main dessus. Un informateur anonyme. Le cartel avait organisé une grande réunion dans les collines autour de Bogota et la *policía* locale a débarqué et a fait le ménage.

— Et ? demanda Audrey avec impatience.

— Raoul était censé être là, mais sa voiture est tombée en panne en chemin. C'était il y a environ quatre ans.

— Quand Devon est venu me rendre visite ? demanda Audrey.

— Deux semaines après.

Killion sourit.

— Je ne comprends pas, dit Audrey en les regardant tour à tour.

— Vous n'avez pas besoin de comprendre, dit Killion.

Il venait de trouver comment faire en sorte que le cartel lâche les basques d'Audrey.

Noah lui fit un clin d'œil. La voix de Logan sortit faiblement de la radio.

— Il sort par l'entrée principale. À pied. Seul. Il tourne au coin de la rue. Il se dirige vers la ruelle.

Killion mit le van en marche. Noah et Audrey enfilèrent tous deux une cagoule sur leur tête.

Il avança. Il entendait Logan progresser dans la rue. Le plan fonctionnait.

Une voiture de police passa à l'extrémité ouest de la ruelle.

Killion jura intérieurement, mais ne paniqua pas. Il l'avait déjà fait des centaines de fois, mais jamais en tant qu'homme recherché, et jamais sur le sol américain.

— Il devrait sortir juste là.

Audrey indiqua un petit chemin entre les bâtiments.

Killion conduisit lentement et arriva à l'ouverture juste au moment où Devon Brightman l'atteignait. Killion s'arrêta et fit signe au gars de traverser devant lui. Puis il entendit la porte latérale s'ouvrir.

Noah sauta, et avec un mouvement énergique, enfonça un sac sur la tête de Devon. Il le traîna, le jetant à l'arrière de la camionnette pendant qu'Audrey fermait la porte. Brightman agitait les bras et les jambes en tous sens, se débattant, ses jurons étouffés résonnant dans le véhicule.

Noah s'assit sur lui pendant qu'Audrey préparait une seringue.

— Attention à ses pieds, prévint Noah, alors que Devon tentait de ruer.

Audrey acquiesça et enfonça l'aiguille dans le postérieur de Devon, appuyant sur le piston. Dès que Devon fut inconscient, Noah fouilla ses poches et trouva un téléphone, puis un second. Il plaça les deux téléphones prépayés dans une boîte avec un brouilleur de signaux. Cela signifiait aussi qu'ils n'avaient pas de communications, mais c'était peut-être mieux ainsi.

Killion fit le tour du quartier et récupéra Logan à un feu rouge. Il s'éloigna du trottoir. S'il se trompait cette fois-ci, il n'avait aucune idée de la manière dont il allait s'expliquer devant le président des États-Unis. Ils perdraient probablement tous leur emploi et pourraient s'estimer heureux d'échapper à la prison. Mais il n'avait trouvé aucune alternative viable. Il aperçut le sourire tremblant d'Audrey dans le rétroviseur et sentit son cœur se fendre. Que Dieu ait pitié de lui s'il échouait.

————————

TRACEY ETAIT ASSISE seule à une table du restaurant mexicain préféré de Devon. Elle consulta sa montre. Devon était en retard, mais ce n'était pas inhabituel. Tout se passait comme prévu. Le fils en deuil. L'ex-amant trahi. La presse mangeait dans la main de Devon.

Elle consulta à nouveau sa montre.

Elle avait volontairement enfilé un costume noir pour que

cela ressemble à une réunion d'affaires plutôt qu'à un rendez-vous amoureux. Ses sous-vêtements étaient tout sauf professionnels, et elle avait déboutonné sa chemise autant qu'il était permis.

Elle sirotait son eau avec impatience. Où était-il, bon sang ? Elle aurait dû passer le prendre. Peut-être les médias ou la police l'avaient-ils retardé ? Peut-être que cette stupide salope de Sienna pleurait encore sur son épaule ? Elle envisageait sérieusement d'organiser une autre overdose et de sortir une fois pour toutes les Lockhart de leur vie.

Une pensée horrible lui vint soudain. Et s'il lui avait posé un lapin ?

Sa bouche devint sèche. Tous ces gens qu'elle avait tués pour cet homme, les gens qu'elle avait baisés – y compris le père de ce dernier, à quelques occasions tristes et solitaires. Non, se rassura-t-elle, il était en retard, c'était tout. Elle composa à nouveau son numéro, mais cette fois, il n'y eut pas de sonnerie. Elle tomba directement sur le répondeur. Elle fronça les sourcils et essaya d'appeler son téléphone prépayé depuis le sien. Elle s'entendit dire que le numéro n'était pas disponible.

Sa bouche se transforma en cendre. Elle resta assise quelques instants à fixer son petit pain à moitié mangé. Puis elle se leva d'un bond et partit, montant dans sa BMW Z4 Roadster et s'éloignant sans se retourner.

CHAPITRE VINGT-DEUX

AUDREY AVAIT DU mal à croire qu'elle venait d'aider un agent de la CIA et deux mercenaires britanniques à kidnapper un milliardaire américain en pleine rue tout en étant recherchée pour un double meurtre.

Dans les locaux, ils avaient déshabillé Devon et l'avaient déposé sur un sol en béton nu. Il était enchaîné à un mur avec un sac noir sur la tête. Certains auraient qualifié cela d'inhumain, et s'il était innocent, cela aurait été le cas, mais il ne l'était pas. Elle le savait de la même manière qu'elle savait que les grandes compagnies pétrolières n'admettraient jamais l'idée du changement climatique, tout comme un supporter de Trinity ne porterait jamais de vert et or pendant le match de football annuel opposant les lycées St. X et Trinity.

Elle frissonnait malgré les couches dans lesquelles les hommes l'avaient enveloppée. Ils utilisaient un entrepôt vide à la périphérie de la ville, à moins de 15 km de l'endroit où vivaient ses parents. Les téléphones portables avaient été remis à Parker et à un type à l'allure de geek qui semblait capable de programmer une navette spatiale. Les téléphones devraient leur donner beaucoup d'informations et de preuves même si Devon refusait de parler, mais ils avaient encore besoin du nom de son complice.

L'envie de contacter sa famille était presque irrésistible,

mais elle n'était pas prête à mettre cette opération ou ces personnes en danger. Soudain, elle comprenait beaucoup mieux la façon dont Patrick Killion vivait sa vie.

— Tout va bien ?

Elle leva les yeux et vit Noah qui lui souriait de ses jolis yeux gris. Ce type était magnifique, mais tout ce qu'elle ressentait pour lui était une chaleureuse affection fraternelle. Concernant Killion, elle alternait entre l'envie de se noyer dans la baignoire, de lui sauter dessus, ou simplement de le regarder sourire avec son air suffisant. C'était stupide. Elle était amoureuse de ce type. Elle lui avait dit qu'elle savait à quoi s'en tenir, mais elle leur avait menti à tous les deux. Tout ce qu'elle réussirait à faire avec cette faiblesse, c'était se faire briser le cœur et le blesser. Il ne le méritait pas. Elle ne voulait pas être une tarée de groupie accrochée à sa jambe alors qu'il essayait de s'éloigner.

Noah agita sa main devant son visage.

— Audrey ?

Elle cligna des yeux et sourit.

— Oui, je vais bien, merci. Je suis juste inquiète.

— Ça va commencer.

Elle sentit sa cage thoracique se serrer.

— D'accord.

— Vous voulez regarder ? demanda-t-il en la fixant.

Voulait-elle regarder Patrick Killion interroger son ancien amant ? Voir les deux hommes pour ce qu'ils étaient vraiment ? Ou préférait-elle garder ses illusions ? Elle se leva.

— Allons-y.

———————

LES PAS DE Killion résonnaient sur le sol en béton nu lorsqu'il entra dans la pièce où ils détenaient Devon Brightman. L'heure était venue de jouer.

Les interrogatoires mettaient souvent des mois à donner des informations utiles, mais Killion n'avait pas des mois. L'autre clé d'un bon interrogatoire était la connaissance. Et il en savait beaucoup sur ce trou du cul.

L'homme aux yeux bandés se raidit en l'entendant approcher.

— Que voulez-vous ?

La voix de son prisonnier était en colère, mais effrayée.

— Levez-vous.

Killion parlait avec un fort accent espagnol, mais en anglais, car il savait que Brightman ne parlait pas un mot de cette langue, sauf peut-être *la cuenta, por favor. L'addition, s'il vous plaît.*

— Allez vous faire foutre.

Devon voulut lui donner un coup de pied, mais le manqua et atterrit les fesses par terre.

Il faisait froid, et le souffle de Killion formait un petit nuage de vapeur.

Devon était très clairement choqué, déstabilisé et stressé. Il était passé de PDG et héritier d'une fortune pharmaceutique à captif nu comme un ver en l'espace de quelques heures. Toutes les conditions étaient réunies pour une bonne restitution selon son manuel d'interrogatoire – hormis le fait que ladite restitution n'était absolument pas approuvée par les canaux officiels.

— Où suis-je ? Que voulez-vous de moi ! De l'argent ? Je vais vous en trouver. Enlevez-moi ces putains de chaînes.

— Vous pensez que c'est un kidnapping contre rançon ?

Devon se releva, et Killion s'approcha. Devon tenta à nouveau de lui donner un coup de pied, et Killion le retourna. Il atterrit avec un bruit sourd sur le dos.

— Vous pensez que vous pouvez vous mêler des affaires de *El cartel de Mano de Dios* et vous en sortir ? dit Killion.

— Le cartel ? Vous faites partie du putain de cartel ?

Devon haletait sur le sol. Il bougeait lentement, comme si ses côtes lui faisaient mal.

— Je veux parler à Raoul.

Killion se pencha et siffla à l'oreille de Devon :

— Je ne travaille pas pour Raoul.

Il s'éloigna et se mit à faire les cent pas. Il aurait voulu voir l'expression de Devon, mais il ne pouvait pas se permettre de révéler son identité avant d'avoir obtenu ce dont il avait besoin.

Devon roula sur le ventre puis se mit à quatre pattes, suivant le bruit de ses pas avec méfiance.

— Pour qui, alors ? demanda-t-il.

— Le chef de *Mano de Dios*.

— Raoul est le putain de chef de *Mano de Dios*, imbécile !

Killion attendit quelques instants puis surprit le gars en lui parlant à l'oreille.

— Manuel Gómez.

Devon recula jusqu'à ce qu'il se heurte au mur.

— Manuel est en prison.

— Et il a récemment découvert que c'est grâce à vous, mon ami. Il n'est pas content. En fait, il est très, très mécontent.

— Je n'ai rien à voir avec le fait que Manuel ait été arrêté, se défendit Devon.

— Menteur, chuchota Killion.

Devon tressaillit et se recroquevilla contre le mur.

— C'était l'œuvre de Raoul.

— Raoul n'aurait jamais eu les couilles de trahir son frère, pas sans aide, soutint Killion.

— Sérieusement. Je suis allé voir Manuel pour lui parler de mes idées de distribution, mais il a rejeté mon offre. Il a dit que je n'étais pas capable de respecter mes engagements – c'étaient des conneries, évidemment. Il m'a dit que si je faisais équipe avec quelqu'un d'autre, il m'étriperait. Je l'ai cru. Ce gars me faisait une peur bleue. Puis Raoul m'a ramené à l'endroit où je logeais. En chemin, il m'a dit de ne pas prendre trop vite ma prochaine décision. Un mois plus tard, Manuel et ses acolytes étaient arrêtés par les flics, et Raoul devenait le roi du cartel.

— Vous voulez me faire croire que Raoul a fait ça tout seul ? insista Killion.

— Carrément. Il m'a appelé après l'extradition de Manuel, il m'a dit que nous n'aurions plus de problème maintenant que Manuel avait été écarté. Mais rien de tout ça n'était mon idée.

Il rit d'un rire nerveux, maladif.

— Manuel vient *seulement* de comprendre que Raoul l'a trahi ?

— Parce qu'ils sont de la même famille, *pendejo*. Ça signifie quelque chose pour certaines personnes.

Killion avait ce qu'il lui fallait pour garantir la sécurité d'Audrey. Il laissa tomber l'accent espagnol.

— Je vais enlever le sac, Devon.

Il parlait calmement, comme un agent faisant son travail.

— Si vous essayez de me donner des coups de pied ou de me cracher dessus, je vous le remets et je vous enchaîne les jambes aussi. Vous allez être sage ? demanda-t-il sévèrement.

Devon se figea, troublé par ce nouvel accent américain. Puis il hocha la tête d'un mouvement rapide et saccadé.

Killion défit les liens à l'arrière du sac en toile. Il l'enleva et se remit hors de portée. Devon cligna des yeux rapidement, ses yeux s'adaptant lentement à la lumière et à son environnement sordide.

— Vous, dit-il sous le choc.

— Oui, merci d'avoir posté mon visage sur Internet, espèce de con. Ça a facilité ma décision de venir vous chercher.

Killion vit Devon repasser rapidement leur précédente conversation dans sa tête, essayant de déterminer ce qu'il avait laissé échapper.

Il croisa les bras sur sa poitrine.

— Vous allez être emmené dans une installation sécurisée dans un lieu tenu secret…

— Quoi ? Vous n'êtes pas sérieux. Je connais mes droits.

— Aux États-Unis, peut-être.

Killion rit, en posant ses mains sur ses hanches.

Devon regarda autour de lui d'un air hagard.

— Où suis-je ?

— C'est confidentiel.

Les chaînes cliquetèrent bruyamment quand Devon se leva d'un bond.

— Vous ne pouvez pas faire ça. Vous savez qui je suis ?

Killion lui jeta un regard.

— Vous êtes un terroriste présumé, et je peux faire ce que je veux avec un terroriste présumé. Il s'approcha du visage de Devon. Il sourit.

— C'est ma spécialité.

La confusion déforma les traits de Devon.

— Je ne suis pas un terroriste.

— Vous étiez de mèche avec Burger, donc c'est assez proche.

Killion haussa un sourcil et consulta sa montre comme s'il avait quelque chose à faire.

De la salive s'échappa des lèvres de Devon.

— Je n'ai jamais été de mèche avec ce salaud. Ce type était une sorte de justicier. Il a proposé à mon père de rejoindre son organisation après la mort de Rebecca. Papa a refusé parce que c'était un connard pieux. Je voulais en être, mais Burger s'est moqué de moi, m'a traité d'enfant stupide.

Devon essaya de hausser les épaules avec nonchalance, mais ses yeux étaient remplis de larmes et il avait tellement froid que ses dents claquaient de manière incontrôlable.

— J'ai mis son ordinateur portable sur écoute. J'ai des enregistrements dans mon coffre-fort. Toutes les saloperies qu'il faisait, mais je n'étais pas impliqué.

Killion haussa les épaules comme s'il s'en fichait, même si Devon lui donnait en réalité tout ce qu'il voulait.

— Et puis vous l'avez fait tuer.

Devon jeta des regards nerveux alentour et se lécha les lèvres, se rendant compte qu'il en avait trop dit.

— Je veux un avocat.

— Oui, je reviendrai vers vous à ce sujet.

— Quelle heure est-il ?

— L'heure n'a pas d'importance. Pas pour vous. Plus maintenant.

Killion eut un sourire sinistre, puis ajouta :

— Une question plus pertinente aurait été de savoir quel jour nous sommes, mais cela n'a pas d'importance non plus. Bref, je suis juste venu vous dire *adios*, j'ai une nouvelle mission. Merci de vous être débarrassé du vice-président. Ça nous a évité de le faire.

Il fit quelques pas vers la sortie.

— Mais je n'ai pas…

— Garde ta salive, mon grand.

Killion secoua la tête et sourit. Il jouait peut-être mal le coup, mais Devon avait l'air prêt à pisser dans son froc – s'il en avait eu un.

— Vous ne m'écoutez pas. Nous avons trouvé assez de choses sur votre ordinateur pour trouver votre complice. Elle a passé un accord pendant que vous étiez dans les vapes, elle nous a tout dit. Belle femme d'ailleurs.

C'était une supposition basée sur les descriptions de la femme de chambre qui avait infiltré la maison de Burger.

— Et j'ai déjà compris que vous avez tué votre sœur et votre père.

Il haussa un sourcil.

— Joli coup que d'emballer la biologiste après l'enterrement. La conquérir pendant qu'elle était vulnérable. Et ensuite, la piéger pour le meurtre de Burger. Brillant.

L'expression de David devint amère.

— Audrey m'a fait chier pendant des années, mais j'ai éprouvé une certaine satisfaction à l'entuber.

— Chacun son truc.

Killion resta impassible alors qu'il mourait d'envie d'enrouler ses deux mains autour de la gorge de Brightman et de serrer fort pendant 60 secondes.

— C'est une salope doublée d'une miss je-sais-tout. Je voulais qu'elle souffre.

Killion s'écarta d'un pas pour s'empêcher de frapper ce connard égocentrique en pleine face. Il avait encore besoin du nom de l'assassin.

— Eh bien, Audrey est sous protection des témoins, maintenant. Tant pis pour le concert des grenouilles, hein ? Et vous avez un avion à prendre.

— Attendez, dit Devon frénétiquement. Vous n'allez pas prendre ma déposition ?

— Nous avons tout ce dont nous avons besoin pour le moment. Rien ne presse. La procédure judiciaire pour les accusations de terrorisme peut être terriblement lente, surtout lorsque les avocats ne peuvent pas vous retrouver.

— Tracey a passé un accord ? demanda Devon, l'air incrédule.

— Tracey ? fit Killion en riant. Nous savons tous les deux que Tracey n'est pas son vrai nom.

C'était une supposition, mais il savait qu'il avait raison. C'était quelqu'un qu'il connaissait personnellement, et il ne connaissait pas de Tracey.

— June, cracha Devon, le visage contorsionné par la fureur. June Vanek.

La *salope*.

— La seule chose qu'elle ne nous a pas dite, c'est comment vous vous êtes rencontrés ?

— Au travail. C'était la cheffe de la sécurité de mon père.

Devon avait l'air vaincu, la voix basse, il réalisait qu'il était complètement foutu.

— Elle a découvert que je communiquais avec Raoul Gómez en Colombie. Je pensais qu'elle allait le dire à mon père, mais à la place elle m'a dit que si je ne voulais pas me faire prendre, je devais investir dans un tas de téléphones prépayés. J'ai creusé dans son passé et découvert qu'elle avait travaillé à la CIA, je lui ai donné une part de l'opération. Après ça, il suffisait d'un peu d'attention masculine, et elle faisait tout ce que je voulais. C'est elle qui a tuait les gens. C'était son idée.

Ce bâtard s'accrochait enfin à une bouée de sauvetage.

Killion garda le visage impassible en se rapprochant de Devon.

— Elle dit que c'est vous qui avez mis le cartel sur le dos d'Audrey.

Devon soutint son regard et déglutit bruyamment.

— Elle voulait tuer Audrey dès que Burger serait mort, mais je ne l'ai pas laissée faire. J'ai *sauvé* Audrey des griffes de Tracey.

Le poing de Killion s'abattit sur le visage de Devon, et le nez de Brightman explosa sur le mur.

— C'est pour Audrey, au fait. Et elle dit que vous étiez un mauvais coup à cause de votre petite bite molle et égocentrique.

Pendant que le gars était étalé sur le sol, il enfonça une nouvelle aiguille dans le cul blanc et nu de Devon, et appuya sur le piston.

———

AUDREY ETAIT ASSISE sans mot dire sur une causeuse miteuse dans le coin d'un petit bureau qu'ils avaient aménagé pour assister à l'interrogatoire, mais sa bouche était sèche et son pouls vrombissait comme cette moto que Killion avait remisée dans le Tennessee. Devon et cette femme, June, avaient assassiné un vice-président en exercice et avaient essayé de faire porter le chapeau à Audrey. Pas étonnant que la CIA en ait eu après elle. Ces révélations étaient stupéfiantes. Rebecca et Gabriel auraient été dévastés par l'étendue de la trahison de Devon. Elle n'arrivait pas à croire qu'elle se soit laissée si facilement duper.

— J'espérais au moins pouvoir jouer au bon flic/méchant

flic, plaisanta Logan quand Killion entra dans la pièce. Ou un peu d'action du genre *Vous ne l'encaissez pas, la vérité !*

Il avait sorti sa meilleure imitation de Jack Nicholson.

— Je m'en souviendrai la prochaine fois que j'aurai un public.

Killion s'arrêta net quand il la vit assise là.

— Les choses que vous venez d'entendre…

— Oui, on sait. Tout le monde pense que Burger est mort d'une crise cardiaque et cette dissimulation ferait mauvais effet auprès de tous les conspirationnistes, dit Logan.

— Vous n'avez pas idée, fit Killion.

Il ne la quitta pas des yeux, mais ne s'approcha pas davantage.

— Il faudrait plus que cette *brillante* démonstration de conneries pour tirer quelque chose de moi, mon pote.

Noah frappa le bras de Killion.

— Tu as passé un bon moment ? sourit Killion.

— Formidable. Surtout la dernière partie.

Le sourire de Killion disparut.

Une part d'elle était choquée par la facilité avec laquelle il avait manipulé Devon et l'avait forcé à avouer. Une autre était ravie de la façon dont il l'avait défendue à la fin.

Parker passa la porte avec son ordinateur portable ouvert.

— C'est notre assassin.

Audrey s'approcha pour regarder l'écran.

Killion suivit plus lentement.

— C'est la femme dont je vous ai parlé, mais elle a changé d'apparence, dit-il à Parker. Elle a manifestement changé de nom pour essayer d'échapper à sa réputation de merde.

Son expression se troubla sans qu'Audrey ne comprenne pourquoi. Ce qui s'était passé avec Devon ressemblait à une victoire. Mais à présent, les choses semblaient tourner au vinaigre.

— Elle va s'en prendre à moi. Elle me déteste, et j'ai ruiné sa vie – encore une fois.

Parker hocha la tête.

— Je suis d'accord.

Audrey n'arrivait plus à respirer. Elle avait bêtement pensé que les choses seraient terminées à présent.

Killion contracta les épaules.

— J'ai déjà appelé Frazer. Il fait ce qui doit être fait.

Ils parlaient toujours en code, mais après ce qu'elle avait entendu, cela lui allait très bien. Elle avait pleuré Ted Burger comme le reste du pays et avait été attristée par sa mort. Mais il n'avait pas l'air d'avoir été un homme très sympathique.

— Et maintenant ? demanda Audrey, sortant de son silence.

Le portable de Parker sonna, et il le mit à son oreille.

— Frazer dit de mettre les informations.

Noah lança les dernières actualités sur son ordinateur portable. La photo de June Vanek s'afficha en gros plan. Le présentateur déclarait que la police avait découvert des preuves désignant la cheffe de la sécurité de Gabriel Brightman et son fils comme les principaux suspects du meurtre de l'homme, et qu'Audrey Lockhart et Killion, bien que recherchés pour interrogatoire, n'étaient plus suspects.

Elle se couvrit la bouche, mais laissa échapper un sanglot. Killion se retourna et l'attira dans ses bras. Elle s'accrocha à lui, presque gênée par son besoin de toucher cet homme. C'était si bon d'être dans ses bras. Après quelques secondes, elle se mit sur la pointe des pieds et essaya de l'embrasser. Il recula. Elle chassa sa confusion.

— Merci, dit-elle. Vous m'avez dit que vous le feriez. Vous m'aviez dit que nous retrouverions nos vies.

Noah et Logan échangèrent un regard.

— Que voulez-vous, je suis doué.

Killion lui sourit, ne cherchant pas à garder l'air impassible qu'elle détestait quand il cachait quelque chose. Elle se détendit.

— Mais vous aurez toujours besoin qu'on assure votre sécurité jusqu'à ce que je puisse aller parler à Manuel et prendre des dispositions, lui dit-il.

— Je peux voir ma famille ?

Elle voulait désespérément voir ses parents, sa sœur et son neveu.

— Ma mère va être hors d'elle. Je suis surprise qu'elle ne soit pas à l'hôpital.

Killion la relâcha et recula.

— Bien sûr. Noah et Logan peuvent vous accompagner. Je dois attendre que quelqu'un prenne la relève pour Brightman. Les flics pourront vous interroger chez vous. Frazer fera en sorte qu'un procureur américain soit présent. Ne dites pas un mot sans lui. Ne mentionnez pas l'enlèvement de Brightman ou ce que vous avez entendu aujourd'hui.

Elle acquiesça.

— Vous allez poursuivre cette femme, June ?

Killion secoua la tête et croisa les bras sur son torse, fixant le mur par-dessus son épaule.

— Je doute que Vanek traîne par ici.

— Mais je croyais que vous aviez dit qu'elle s'en prendrait à vous ? fit Audrey.

Il y avait décidément quelque chose qui clochait.

— Elle finira par le faire quand elle pensera que le danger

est passé. Mais les flics l'arrêteront bien avant ça. Je vais devoir faire profil bas pendant un moment, c'est tout.

— Mais je vous reverrai, n'est-ce pas ?

Sa voix monta dans les aigus.

— Avant que vous partiez pour votre prochaine mission ?

— Arf…

Il recula d'un demi-pas et haussa légèrement les épaules comme pour dire *c'est dommage, mais c'est comme ça.*

— Probablement pas.

Un courant d'air glacial lui balaya la peau. Elle regarda le visage des autres hommes. Ils regardaient tous maladroitement leurs bottes, visiblement gênés pour elle.

— Vous me dites au revoir ici ? Comme ça ?

Logan alla ouvrir la porte pour partir.

— C'est bon. On a presque fini.

Killion avait l'air peiné.

— Ne faites pas de scène, Aud. Vous saviez que ça se passerait comme ça. C'est terminé. Vous avez dit que vous compreniez quand tout a commencé en Jamaïque. Maintenant vous pouvez retourner à vos grenouilles.

Il rit, mais le son sortit tel un grincement horrible.

— Mais j'éviterais la Colombie si j'étais vous, même si je peux vous débarrasser du cartel.

Son ton était devenu condescendant comme si elle était un peu limitée.

Elle plissa les yeux, essayant de déterminer s'il plaisantait en l'envoyant balader en public de la sorte. Mais il avait l'air très sérieux – un brin contrarié, impatient, comme s'il avait des choses plus importantes à faire.

Elle serra les poings. Elle sentit l'émotion monter en elle, et le sang rugit dans ses oreilles. Bon sang. Il était sérieux. C'était terminé. Il lui disait au revoir devant ses copains comme si elle n'était qu'un rouage de plus dans la mécanique. Les larmes lui montèrent aux yeux, mais elle refusa de les laisser couler. Elle était en train de se ridiculiser.

— Allez, ma grande.

Noah la prit par les épaules et la conduisit vers la porte.

— Et attention à cette salope de Vanek, leur cria Killion.

Logan lui fit un doigt d'honneur. Audrey aurait voulu en faire de même. Elle ne lui avait jamais dit qu'elle l'aimait. Elle n'en avait jamais eu l'occasion. Mais alors que son cœur se brisait en mille morceaux dans sa poitrine, elle s'en réjouit. Cela ferait une humiliation affreuse de moins à encaisser.

— TOUT VA bien ? demanda Parker quand Killion s'affala sur la causeuse et mit la tête entre ses genoux.

Merde.

— Oui. Formidable.

Il avait seulement laissé la meilleure chose qui lui soit arrivée partir en pensant qu'il était une putain de merde. Il aurait voulu frapper quelque chose, de préférence le visage de Devon Brightman.

— Je suppose que vous avez fait ça pour elle ?

Sa lèvre se retroussa en signe de dégoût alors qu'il regardait l'autre homme.

— Je ne suis pas aussi chevaleresque. Je ne peux pas faire mon travail avec Audrey à mes côtés.

— Si c'est le mensonge que vous vous racontez, alors très bien. Nous faisons tous ce que nous devons faire pour nous en sortir.

Le téléphone de Parker sonna avant que Killion ait eu la chance de répondre.

— Les flics sont en route. Partons d'ici.

— Et Brightman ?

Parker lui montra un flux en direct sur son ordinateur portable. Quelqu'un avait rhabillé Brightman avec ses vêtements et l'avait allongé sur un matelas sale. Ils avaient nettoyé le sang, enlevé les chaînes et le sac, mais avaient laissé tout l'attirail du drogué à côté de lui.

— Nous avons assez de preuves pour que les autorités locales l'inculpent de conspiration pour le meurtre de son père et d'Audrey, et je suis presque sûr qu'ils peuvent aussi le juger pour le meurtre de sa sœur, Rebecca. Sans compter le trafic de stupéfiants et les autres personnes que lui et Vanek ont tuées pour construire leur réseau de contrebande.

— Et le fait qu'on l'ait kidnappé et forcé à avouer ? demanda Killion.

— Ce n'est jamais arrivé. Les médicaments qu'on lui a donnés vont le rendre assez distrait pendant un moment. Venez, je dois trouver un moyen de rentrer dans son coffre-fort avant les flics.

Killion grogna et se leva.

— Partons d'ici alors.

Il garda les yeux rivés sur le dos de Parker. Il ignora son cerveau qui lui criait de suivre Audrey. Elle était une faiblesse qu'il ne pouvait pas se permettre. Il devait attraper Vanek, et ensuite avoir une petite discussion avec Manuel Gómez à Atwater. Audrey n'était pas encore tirée d'affaire. Pas avant qu'il n'ait réglé les derniers détails. Noah et Logan pourraient la protéger. Le fait qu'il se comporte comme un connard lui permettait de le détester, d'aller de l'avant plus facilement. Puis il devrait décider de ce qu'il ferait de sa vie.

CHAPITRE VINGT-TROIS

CELA FAISAIT TROIS jours qu'ils avaient arrêté Devon et blanchi le nom d'Audrey Lockhart. Tracey avait su dès qu'elle avait compris qu'ils avaient enlevé Devon que Patrick Killion finirait par lui soutirer son nom. Devon était peut-être un génie de l'informatique, mais Killion avait été formé par les meilleurs, tout comme elle. Il était le maître de la manipulation.

Elle n'en voulait pas à Devon, mais elle ne comptait pas se faire prendre en essayant de sauver ses fesses, peu importe à quel point elle l'aimait. Il l'avait trahie, et ce n'était pas quelque chose qu'elle pardonnait.

Voir sa photo aux informations l'avait rendue folle, mais elle s'était préparée à cette éventualité. Elle avait planqué sa BMW et conduisait une berline argentée banale enregistrée sous un faux nom. Elle avait changé de look, avait une nouvelle carte d'identité, du liquide, des cartes de crédit. Elle avait aussi accès au compte bancaire aux Caïmans qu'elle et Devon avaient ouvert pour faire passer Audrey pour coupable.

Elle pouvait s'enfuir.

Mais chaque fois qu'elle s'apprêtait à sortir de la ville, elle faisait demi-tour.

Si Audrey était morte comme prévu, Devon aurait été à la tête de Brightman Industries et Tracey et lui auraient été ensemble. Elle devait punir cette salope pour avoir ruiné leurs plans. Elle voulait également détruire Killion, tant sur le plan personnel que professionnel. Faire exploser son analyste de compagnie avait été un début, mais tuer Audrey Lockhart – dont il s'était fait une mission personnelle d'assurer la sécurité – l'aurait dévasté.

Elle savait que Lockhart serait protégée pour l'heure, mais qu'en était-il de sa sœur ? Elle sourit. Au cours des six mois précédents, elle avait passé de nombreuses heures à suivre Sienna, à découvrir son dealer, sa routine, le moment de la journée où son envie de fumer l'emportait sur son désir de rester clean. Au lieu de surveiller Audrey, elle avait surveillé le dealer de Sienna. Ce n'était qu'une question de temps avant que la rencontre ne survienne.

Ce n'était pas le meilleur quartier, mais il était approprié pour ce qu'elle avait en tête. Les gens se taisaient dans des endroits comme celui-ci. Personne ne la dénoncerait aux flics.

Killion avait disparu de la circulation.

Elle frissonna de satisfaction en se disant qu'elle avait détruit ses chances de retourner sous couverture lors d'une prochaine mission. Pendant leur formation à la Ferme, cela avait été son rêve. Elle bâilla largement et ouvrit une bouteille de soda, ne prenant qu'une gorgée pour ne pas avoir besoin d'aller pisser. Au fur et à mesure que la nuit tombait, les loups commencèrent à sortir du bois.

Finalement, une petite Toyota *Prius* s'arrêta devant la maison du dealer. Sienna Lockhart en sortit et se précipita vers les marches de l'entrée.

Tracey l'observa. Elle n'était pas pressée. Cette looseuse n'allait pas rentrer chez elle pour se défoncer. Sienna sortit de la maison et trottina jusqu'à sa voiture. Elle sauta dans le véhicule et démarra précipitamment. Tracey la suivit hors de la ville et descendit la rivière jusqu'à Cox's Park. Sienna s'arrêta sur un parking désert et coupa ses phares. Tracey attendit à bonne distance pendant dix minutes, puis se rapprocha, sortit de sa voiture, empoigna son pistolet et plaqua un faux badge sur la vitre pour que la fille pense qu'elle était flic.

Lentement, la vitre s'ouvrit. Tracey braqua sa lampe de poche sur son visage. Les yeux de Sienna étaient énormes et ses pupilles dilatées. La fille se balançait sur son siège.

— Sortez de la voiture, mademoiselle.

Sienna marmonna une obscénité et poussa maladroitement la porte.

— Vous ne pouvez pas m'inculper.

Elle et Audrey se ressemblaient beaucoup, mais Sienna était plus grande de quelques centimètres et plus mince. Et elle n'avait pas l'intelligence d'Audrey, probablement parce qu'elle avait grillé son cerveau avec des produits chimiques.

Tracey la fouilla et empocha le reste de sa réserve et son téléphone portable. Puis elle lui passa les menottes et l'aida à monter du côté passager de sa berline.

— Je n'ai rien fait de mal.

Tracey s'assit sur le siège conducteur et sortit son arme. Elle la pointa sur la fille qui se réfugia contre la porte.

— Appelle ta sœur.

Les yeux bleus de Sienna étaient exorbités. De la sueur perlait sur son front.

— Oh, mon Dieu. Vous êtes cette femme. L'agent de sécurité de l'entreprise de Devon.

Tracey attrapa Sienna par les cheveux et lui écrasa la tête contre la vitre.

— J'étais la cheffe de la sécurité, espèce de salope ! Devon te baisait seulement parce que je lui ai dit de le faire.

De la morve et des larmes maculaient les joues de la femme. Son visage était d'un blanc livide. Ses yeux terrifiés.

Tracey sortit le téléphone portable de Sienna.

— Appelle ta sœur. Dis-lui que tu as fait une bêtise. Pleure et chouine autant que tu veux. Dis-lui que tu as besoin qu'elle vienne te chercher ici. Supplie-la de ne pas le dire à vos parents.

Elle enfonça ses doigts plus profondément dans les cheveux de Sienna.

— Vous allez la tuer. Nous tuer toutes les deux.

— Je veux juste lui parler, mais si tu ne le fais pas… Je vais te tuer tout de suite. Et plus tard, quand ils penseront qu'il n'y a plus aucun risque, je tuerai ton petit garçon. Je lui mettrai une balle dans la tête comme un putain de rat.

Sienna sanglota et composa le numéro. Tracey tenait l'arme à côté du nez de la fille et ne lâchait pas son regard. Dès que Sienna eut délivré son message, elle prit le téléphone et raccrocha avant que la femme ne puisse la trahir.

— Bien joué, Sienna. Pour une fois que tu fais quelque chose de bien.

Puis elle enfonça la crosse de l'arme dans sa tempe et chercha un endroit où cacher la voiture.

AUDREY TENTAIT D'ECHAPPER au cauchemar qu'était devenue sa vie en mettant son neveu préféré au lit. Le fait qu'il soit si mignon était probablement un impératif biologique – une raison pour laquelle les femmes restaient dans le coin même si elles savaient que les garçons devenaient des hommes et que les hommes brisaient le cœur des femmes.

Bon sang, comme Killion lui manquait. Il lui manquait et elle le détestait à parts égales.

Le corps chaud de Redford était blotti contre le sien, dans un rocking-chair de sa chambre. Elle venait de lui lire pour la quatrième fois son livre pour enfants préféré, *La Grenouille qui avait une grande bouche*, et il s'était finalement endormi dans ses bras. Elle posa soigneusement le livre sur une table non loin de là, le prit dans ses bras et le glissa dans son lit.

Elle se prépara psychologiquement à retrouver ses parents.

— Il reste quelque chose à nettoyer ? demanda-t-elle pendant que sa mère essuyait la cuisinière.

— Je m'en occupe, ma chérie.

Elle aurait voulu s'arracher les cheveux. Elle était devenue « ma chérie ». C'était ce qui se passait quand votre mère croyait à tort que vous aviez tué deux personnes de sang-froid.

Elle essaya de ne pas grincer des dents.

— Papa est au salon ?

Le fait qu'elle se trouve réduite au rang de quasi-prisonnière dans la maison de ses parents parce que sa mère refusait de la laisser sortir lui tapait sur les nerfs. Noah et Logan logeaient chez un voisin de l'autre côté de la rue, avec une vue imprenable sur la maison de ses parents et un système de surveillance installé pour surveiller la cour arrière. Elle avait un talkie-walkie qu'elle emportait avec elle partout où elle allait.

Killion était parti. Aucun appel téléphonique, malgré le nouveau téléphone portable élégant que Noah lui avait remis ce premier jour terrible où la presse avait refusé de la laisser tranquille. Pas d'e-mails. Aucun message. Il avait disparu.

Pouf. Comme si elle n'avait rien signifié pour lui, alors que son cœur était éparpillé entre la Colombie et le Kentucky.

— Il regarde le match de foot. Tu es sûre que ça va ? Pas de mauvais rêves ?

— Non, maman, je vais bien.

Elle s'approcha pour embrasser la femme qui lui avait donné la vie. Elle n'avait pas réalisé qu'une personne pouvait pleurer autant jusqu'à ce qu'elle rentre à la maison. Sa pauvre mère avait traversé une période difficile. Son père, heureusement, était beaucoup plus équilibré. Audrey avait versé ses propres larmes – pour Mario, pour Gabriel et Rebecca. Elle avait surtout pleuré parce qu'elle savait que Killion ne reviendrait pas. Elle ne le reverrait plus jamais. Son cœur ne s'emballerait plus jamais à la vue de son sourire confiant. Elle ne gémirait plus jamais en entendant une autre plaisanterie déplorable sur les grenouilles. Elle ne serait plus jamais allongée dans ses bras, essayant de faire correspondre le moindre centimètre carré de son corps au sien.

Cela avait été vexant de réaliser qu'elle n'était qu'un travail comme un autre. Quand il lui avait dit qu'après lui, tout autre homme serait fade, il n'avait pas menti.

Il était temps de se secouer avant que sa mère ne réalise sa tristesse. Elle ne supporterait pas de voir ses parents à nouveau si anxieux. Audrey consulta sa montre.

— Sienna n'est pas encore rentrée ?

Sa mère leva les yeux vers l'horloge de la cuisine, puis ajusta les torchons accrochés à la poignée de la cuisinière.

— Non, mais les files d'attente à l'épicerie peuvent être importantes, même à cette heure-ci.

Audrey sourit de manière rassurante, mais elles évitèrent de se regarder dans les yeux. C'était difficile de faire confiance à quelqu'un qui avait replongé tant de fois, mais elles devaient essayer.

— Je vais aller regarder le match avec papa.

Elle se dirigea vers le couloir donnant sur le salon. L'université l'avait réintégrée – après l'avoir licenciée, ce qu'elle avait trouvé horrible –, mais ils avaient insisté pour qu'elle prenne un congé payé de six mois pour laisser les choses se tasser.

Elle ne tiendrait pas six mois sans rien faire. Elle ne pensait pas qu'elle tiendrait un jour de plus, pas avec son cœur qui se brisait chaque fois qu'elle pensait à un certain agent de la CIA.

Elle pourrait peut-être s'envoler pour Buenos Aires et se porter volontaire pour un projet de biodiversité en Patagonie. Peut-être trouver un bel Argentin pour lui faire oublier l'Américain auquel elle n'arrêtait pas de penser.

Son portable sonna, elle le sortit de sa poche et eut à peine le temps de dire « Allô ? » que la voix de Sienna retentit. *Merde alors.* Elle était défoncée, pleurait et suppliait Audrey de venir la chercher. Elle ferma les yeux et se laissa glisser contre le mur. Sienna et elle s'entendaient mieux depuis le retour d'Audrey, mais elle pouvait voir que la tension commençait à se faire sentir sur sa petite sœur. Bon sang, elle la ressentait aussi. Sienna balbutia sa localisation et raccrocha avant qu'Audrey ne puisse répondre.

Bon sang.

Qu'était-elle censée faire ? Sa mère aurait fait une dépression en cas de nouveau drame dans son foyer.

Audrey n'avait plus quitté la maison depuis qu'elle avait été accueillie en héroïne, escortée par des agents fédéraux et ses deux gardes du corps. Heureusement, la presse s'était désintéressée d'elle et les journalistes la laissaient tranquille, à présent qu'elle les avait rabroués. Il était évident qu'elle ne leur dirait rien de plus.

Elle consulta sa montre. Il n'était pas tard. Elle pouvait faire l'aller-retour en moins de 40 minutes. La dépendance de Sienna était frustrante et exaspérante, et pourtant Audrey sentait le poids de la responsabilité peser lourdement sur ses épaules. Même si rationnellement elle savait que ce n'était pas sa faute, Devon avait quand même ciblé Sienna à cause d'elle. Cela n'avait pas été facile pour Sienna de savoir qu'elle avait été utilisée de cette façon. Audrey savait par expérience à quel point cela était blessant.

Si elle prenait la voiture de son père et partait immédiatement, elle pourrait récupérer sa sœur avant que quelqu'un ne sache que Sienna avait merdé. Le lendemain, elle appellerait un centre de désintoxication et ferait en sorte que Sienna y soit inscrite. Si cela ne fonctionnait pas, au moins aurait-elle essayé.

Elle prit les clés de son père et se glissa dans le garage, fermant discrètement la porte. Elle mit la casquette blanche et les lunettes de soleil de son père, même s'il faisait nuit. Logan et Noah ne sauraient pas qu'elle était partie.

Elle traversa la ville, descendit Zorn Avenue, puis River Road vers Cox's Park. Quand elle était au lycée, c'était l'endroit où les adolescents se regroupaient, mais plus récemment, c'était là que Sienna allait pour se défoncer.

Le lycée avait semblé être un tel zoo à l'époque. Elle avait souvent eu l'impression que le monde allait s'écrouler, mais ça n'avait jamais été le cas. Se faire larguer par Patrick Killion, c'était comme la fin du monde. Ça allait être sacrément dur de s'en remettre. Bien sûr, elle avait son travail – jusqu'à un certain point –, mais il lui avait fallu quelques secondes seulement après qu'il l'eut congédiée si impitoyablement pour réaliser qu'elle ne s'en remettrait jamais. Le salaud.

Elle ravala sa tristesse.

Elle ne le détestait pas vraiment. Elle aurait préféré le détester, car l'idée de continuer sans lui rendait la perspective du reste de sa vie vide et solitaire. Elle l'aimait.

Mais elle ne lui avait pas dit ce qu'elle ressentait. Elle avait eu trop peur d'être rejetée. C'était fou après tout ce qu'ils avaient vécu ensemble. Le voir cuisiner Devon, à l'aide de ses mensonges et de ses inventions, lui avait ouvert les yeux. Il n'avait pas besoin de torturer qui que ce soit pour obtenir ce qu'il voulait. Il déformait les mots, faisant croire à sa cible une chose, même s'il était évident pour l'observateur que c'est un mensonge…

Ses mains se crispèrent sur le volant et elle eut un hoquet de rage.

— Quel bâtard.

Il l'avait manipulée exactement de la même manière que Devon, et elle avait été trop peu sûre d'elle pour s'en rendre compte. Ou bien il lui avait dit la vérité…

Ses mains tremblèrent.

Se pouvait-il qu'il ait joué la comédie quand il l'avait rejetée si cruellement ? Elle n'en savait rien. Et elle n'avait aucun moyen de le lui demander. Elle aurait pu interroger Logan ou Noah, mais cette idée la mettait mal à l'aise. Si elle avait tort à ce sujet, elle préférait avoir tort en questionnant un étranger.

Elle composa le numéro que Killion lui avait donné dans le chalet au Tennessee avant qu'il ne réalise que c'était la cavalerie sur le pas de la porte et non les flics.

— Frazer, répondit une voix grave.

— Euh, je m'appelle Audrey Lockhart.

— Dr Lockhart. Je suppose que vous vous sentez mieux après tout ce que vous avez traversé ?

Sa gorge lui donnait l'impression d'avoir avalé une poignée de verre brisé. La *Prius* de Sienna était garée juste devant. La large étendue de la rivière qui serpentait scintillait en arrière-plan. Elle s'arrêta.

— Je me demandais si vous pouviez transmettre un message à Patrick Killion pour moi.

— Bien sûr. De quel type ?

Elle pensa à toutes les blagues stupides sur les grenouilles qu'elle pourrait envoyer comme message codé, mais l'essentiel était :

— Je l'aime. Je sais qu'il est bien trop occupé à faire des choses importantes que nous, les Américains moyens, pouvons à peine deviner – le sarcasme était perceptible dans son ton –, mais dites-lui juste que je l'aime même s'il m'a fait les adieux les plus minables du monde. J'attendais mieux de sa part.

Elle entendit le sourire dans la voix de l'agent du FBI.

— Je vais lui transmettre. Où êtes-vous ?

Rien qu'à la façon dont il l'avait dit, elle savait qu'il surveillait le signal de son téléphone.

— Vous êtes déjà au courant. Ma sœur s'est défoncée. Je suis venue la chercher et la ramener à la maison.

C'était plus facile de parler de ces choses à un étranger qu'à des gens qu'elle connaissait, comme elle s'en rendait compte.

— Vous avez votre équipe de protection avec vous ?

— Je rentre directement à la maison dès que j'ai Sienna…

— Faites demi-tour et allez chercher votre équipe de protection.

— Je suis déjà sur place.

Elle fronça les sourcils.

— Tiens, c'est étrange.

— Quoi ? demanda-t-il de manière laconique.

— On dirait qu'il n'y a personne dans la voiture. Elle ouvrit sa portière.

— Remontez dans la voiture et faites demi-tour. Masters et Zacharias sont en route vers vous.

Elle faillit lâcher le téléphone et se pencha pour le rattraper au moment où le pare-brise explosa.

———————

— Donc, tu n'as *vraiment* pas l'intention de la revoir ? Plus jamais ? demanda Noah entre deux bouchées d'un hamburger que Killion lui avait acheté en chemin.

Killion dut se retenir de mettre son poing dans la figure de Noah. L'expression innocente du Britannique ne parvenait pas à dissimuler son désir d'avoir Audrey pour lui-même. Killion se détourna de son ami. C'était à Audrey de décider avec qui elle sortait. Son estomac se contracta. Il était malade à l'idée de la voir dans les bras d'un autre homme.

Il n'aurait pas dû venir, mais il n'avait pas pu résister à l'envie de voir Audrey une dernière fois. Malgré cela, il n'avait toujours pas trouvé le courage de frapper à la porte de ses parents.

Elle devait le détester. Mais une autre partie de lui était inquiète qu'elle ne le fasse pas. Qu'après quelques jours, elle repense au temps qu'ils avaient passé ensemble et réalise qu'il s'agissait juste d'une de ces aventures du moment qui ne signifiaient rien dans le monde réel.

Le fait qu'il préfère la haine à l'indifférence montrait quel fils de pute malade il était. Il prit une gorgée de la bière qu'il avait également apportée pour les gars, et descendit la moitié de la bouteille.

Le lendemain, il partait pour une nouvelle mission. Il avait été chargé des opérations de renseignement au Moyen-Orient. Après toutes les erreurs qu'il avait faites pendant cette mission, c'était un travail de rêve. Un travail pour lequel il était éminemment qualifié. Une énorme responsabilité. Un poste important.

Il sentit le désespoir l'accabler.

D'abord, il devait régler quelques détails ici. Il comptait bien tenir au courant et remercier Logan et Noah. Ils avaient sauvé son cul, et plus important encore, ils avaient sauvé celui d'Audrey.

— Manuel Gómez a accepté la mise en scène d'évasion. En échange, il travaillera pour les États-Unis et garantit que le cartel cessera de s'en prendre à Audrey.

— Comment sais-tu que tu peux lui faire confiance ? demanda Noah d'un air sceptique.

— On n'en sait rien, répondit Killion en haussant les épaules. Mais le règne de Manuel était beaucoup moins sanglant que celui de son frère. Il sait que Raoul a joué un rôle dans son arrestation. Il sait aussi que nous savons où le trouver. Je lui ai fait écouter un enregistrement de ma conversation avec Devon Brightman, et je parie que Raoul ne passera pas la Saint-Valentin.

Noah parut déçu. Le régiment voulait toujours mettre la main sur Raoul Gómez, mais c'était le mieux qu'il pouvait faire pour Audrey. Il avait abattu toutes ses cartes pour négocier cet accord. Il n'avait plus d'atouts dans la manche, que ce soit au niveau de Frazer ou du président. Mais ça en valait la peine. Audrey ne serait plus sur la liste des cibles du cartel.

— Et du côté de Brightman ? demanda Noah.

Killion sourit.

— Il raconte aux flics une histoire pourrie sur une conspiration géante impliquant le vice-président et son enlèvement par la CIA dans le centre de Louisville. Ils ont arrêté d'écouter quand ils ont relié une arme trouvée dans son appartement au meurtre de sa sœur. Les locaux poursuivent ce fils de pute. Chaque mot qu'il prononce le fait paraître plus désespéré.

— Et June ou Tracey ou quel que soit son putain de nom ? On a une piste ?

Elle était la seule pièce du puzzle qui dérangeait encore Killion.

— Pas encore. Les comptables du FBI ont trouvé son argent, et ce n'est qu'une question de temps avant qu'elle n'essaie d'y accéder. Parker a des gens qui peuvent vous remplacer dans quelques jours, d'ailleurs.

Une deuxième voiture piégée avait tué un analyste de données appelé Peter Fredericks. Il s'était avéré que Vanek et lui étaient de vieux amis, et il avait probablement été sa source d'information privilégiée.

— Quelqu'un quitte la maison, leur dit Logan depuis la fenêtre. On dirait que c'est le véhicule du père.

Logan se détendit, mais prit ensuite le talkie-walkie et demanda à Audrey de confirmer sa position. Il y eut quelques secondes de silence.

— Elle ne répond pas.

— Je vais y aller et m'assurer que tout va bien.

— Tu es sûr que c'est une bonne idée ? Tu as été assez dur avec elle, dit Noah avec des yeux innocents.

Logan essaya de cacher un sourire. Killion donna un coup de pied dans la chaise sur laquelle Noah était appuyé.

— Pauvre type.

Killion partit avant que Noah n'ait pu se relever. C'était fou qu'il soit si possessif avec Audrey alors qu'il l'avait larguée publiquement. *Merde.* Il s'arrêta de marcher et regarda le ciel pendant un bref instant avant de traverser la rue. Il était temps d'en finir avec ça.

Avant qu'il ait pu frapper à la porte, Noah sortit en courant de la maison, tenant son téléphone.

— Le signal du traceur indique qu'elle bouge.

— Quoi ?

Qu'allait-elle faire ?

— Je la suis, Logan reste ici. Vérifie la maison.

Killion secoua la tête.

— Je viens avec toi.

Ils coururent jusqu'au véhicule de location des Britanniques qui était garé devant la maison du voisin et sautèrent dedans. Killion vérifia son arme et la remit dans son étui.

— Elle est peut-être sortie faire quelque chose, suggéra Noah.

Killion essaya de l'appeler, mais ça sonnait occupé. *Bon sang.*

— Quelle que soit la raison, je vais…

— Tu lui as déjà brisé le cœur, Patrick. Il n'y a pas grand-chose que tu puisses faire pour y remédier, mon pote.

Killion ravala ce qu'il voulait dire. *Et merde.*

— Je veux juste qu'elle soit en sécurité.

— Nous savons tous les deux que personne n'est jamais complètement « en sécurité ».

— Mais qu'est-ce qu'elle fout ?

Il fixait le point sur l'écran qui se dirigeait vers la rivière. Puis son portable sonna. C'était Frazer.

— Audrey Lockhart vient de m'appeler pour me demander de vous dire que vous êtes un connard, mais qu'elle vous aime quand même. Ensuite il y a eu un coup de feu.

L'exaltation puis un froid glacial remplirent les veines de Killion.

— Où êtes-vous ? demanda Frazer.

— Environ à cinq minutes d'elle.

Et chaque seconde semblait durer un million d'années.

— Elle a dit que sa sœur était défoncée, et qu'elle est allée la chercher. Vous pensez que Vanek est derrière tout ça ?

— Oui.

— J'appelle les flics locaux en renfort.

Killion raccrocha.

— Je suis presque sûr que Vanek l'a piégée en utilisant sa sœur comme appât.

Noah poussa un juron.

— Quelle espèce de salope sournoise.

Killion ne dit rien. Si June Vanek blessait Audrey, elle ne survivrait pas à leur prochaine rencontre. Mais si Audrey mourait, lui non plus.

CHAPITRE VINGT-QUATRE

AUDREY AVAIT REGARDÉ assez de films policiers pour savoir que le meilleur endroit pour se cacher d'une balle était derrière le bloc moteur d'une voiture.

On avait tiré sur ses deux pneus avant juste au moment où elle avait décidé de fuir cette embuscade.

Bon sang, comment avait-elle pu être aussi stupide ? Sienna était-elle encore en vie ? Probablement pas, et le chagrin l'envahit alors qu'une autre balle s'écrasait sur le radiateur. Elle prit son téléphone dans sa main et appuya sur le bouton d'appel rapide de Noah.

— Audrey ?

Puis une autre voix. Une voix qu'elle reconnut et qui fit vibrer tous les nerfs de son corps.

— Où êtes-vous, bon sang ? demanda Killion.

— Cox's Park. Juste à côté de River Road. Quelqu'un me tire dessus, mais je ne peux pas voir d'où ça vient.

— Pistolet ou fusil ?

— Comment le saurais-je ?

— Très bien. Désolé. On est en route. Restez planquée. On est là dans cinq minutes.

— D'accord.

Elle tremblait tellement qu'elle pouvait à peine tenir le téléphone. Elle en avait plus qu'assez de cette terreur qui la suivait partout. Elle voulait en finir. Elle voulait retrouver sa vie d'avant.

Une voix cria dans l'obscurité.

— Tu es prête à échanger ta vie contre celle de ta sœur ?

Une femme.

— Si vous allez la voir, je vous descends moi-même, cria Killion si fort qu'elle n'avait pas besoin de tenir le téléphone contre son oreille.

Elle rit.

— Je t'aime, Patrick. Je voulais te le dire, mais je suis tombée dans le panneau à l'entrepôt. Je suis tellement stupide… Je venais de voir ta performance avec Devon, et je n'ai pas pensé un seul instant que tu pourrais faire pareil avec moi.

Le bruit de la rivière voisine étouffait presque ses paroles.

— Je me suis dit que ce serait plus facile si tu pensais que je m'en fichais.

— Plus facile ? répondit-elle en étouffant un rire. Voir mon cœur déchiqueté par ton indifférence professionnelle était censé être *plus facile* ?

— Avec ma carrière, c'est trop dangereux d'avoir une relation…

Elle eut un rire sec. Un autre coup de feu retentit. Assez proche pour effleurer ses cheveux. Elle cria et se recroquevilla en une boule encore plus petite.

— Je vais tirer une balle dans la jolie petite tête de Sienna si tu ne sors pas, dit une voix chantante dans l'obscurité.

— Ne *bouge* pas, Audrey.

Killion avait l'air furieux.

Elle essuya une larme sur son visage.

— J'ai compris que tu ne faisais pas dans les relations avant qu'on fasse l'amour. Et tu sembles oublier que j'étais déjà en danger *avant* que tu ne débarques.

Elle entendit le bruit de pas dans l'herbe.

— Oh, mon Dieu. Elle arrive.

— On y est presque.

— Elle aussi.

Audrey jeta un coup d'œil par-dessus le capot. Une jolie femme blonde apparut à une trentaine de mètres, portant un fusil. Si Audrey courait vers la route, elle l'abattrait. Même chose pour toutes les issues possibles, sauf si elle courait vers les broussailles jusqu'à la rivière. Elle envisagea de sauter dans l'eau pendant trois secondes, mais les courants traîtres l'auraient entraînée sous l'eau et l'auraient engloutie. Elle n'aurait pas survécu, surtout par cette température glaciale.

Il y eut un autre coup de feu, et Audrey sentit la piqûre d'une balle sur son cuir chevelu et le flot de sang chaud jaillissant sur son visage. Elle cria et laissa tomber le téléphone. Killion criait si fort qu'elle pouvait encore l'entendre, même si elle était étalée sur le dos dans la boue. Il avait l'air très, très loin. Souhaitant que les choses aient pu être différentes entre eux, elle ferma les yeux et resta allongée là, absolument immobile.

———

Durant toutes ses années en tant qu'agent de renseignement, Killion n'avait jamais connu le genre de terreur qu'il ressentit lorsqu'il entendit le coup de feu suivi du cri d'Audrey qui fut brusquement interrompu.

— Elle a été touchée.

Il appela les secours sur son téléphone et demanda à une ambulance d'accompagner les flics.

— Ce n'est plus très loin.

Le signal du traceur était à environ 400 mètres sur un chemin de gravier. Noah mit le pied au plancher, sachant que la vitesse était plus importante que la discrétion si Audrey avait été blessée par balle. Enfin, ils arrivèrent à une clairière près de la rivière. Le SUV du père d'Audrey, les phares allumés, se trouvait là. June Vanek se tenait à côté, dominant le corps allongé d'Audrey et tenant un fusil pointé sur elle.

La rage l'envahit et il roula hors de la voiture, se mettant en position de tir accroupie.

— Lâche ton arme, June. C'est terminé !

— Qu'est-ce que ça fait d'arriver quelques secondes trop tard, Patrick ?

Sa voix dégoulinait de vitriol. Elle avait le doigt sur la gâchette. S'il lui tirait dessus, elle tirerait quand même et toucherait Audrey. Et ce n'était pas parce qu'Audrey semblait morte qu'elle l'était. Audrey était une battante. Il ignora la peur qui rongeait son cœur et fixa le visage rieur de June.

La victoire brillait dans ses yeux.

Soudain, Audrey donna un coup de pied à June dans l'entrejambe, et le canon de son fusil se leva.

Il mit deux balles entre les yeux de la femme et la regarda s'écraser sur le sol avec une satisfaction macabre. Audrey se releva immédiatement. Du sang cramoisi striait son visage, la faisant ressembler à la survivante d'un film d'horreur.

Killion courut vers elle et commença à soulever ses vêtements pour essayer de trouver la blessure.

— Où es-tu blessée ?

Elle le repoussa.

— C'est juste une éraflure sur mon cuir chevelu. On doit trouver Sienna.

Elle s'éloigna en trébuchant et courut vers les arbres pendant qu'il restait là à la regarder comme un idiot.

Noah s'élança derrière elle. Killion chassa sa stupeur et courut derrière eux, les rattrapant avant qu'ils n'atteignent les arbres. Une berline argentée était garée dans l'ombre, et la sœur d'Audrey était allongée sur le siège arrière. Killion retint sa respiration pendant que Noah cherchait un pouls.

— Elle respire. Blessure par balle à l'épaule.

Il inspecta sa plaie tandis que Killion appelait les flics pour leur donner le feu vert, s'assurant d'avoir rangé son arme dans son étui quand deux voitures de police descendirent le chemin de gravier, sirènes hurlantes. Il leur fit signe d'approcher. Ils avaient contacté l'ambulance par radio et, après ce qui leur parut être une éternité, les ambulanciers arrivèrent sur place.

Il écarta Audrey pour qu'ils puissent faire leur métier. Elle se retourna et commença à pleurer, posant sa tête sur son torse.

— Merci. Merci d'être venu et de m'avoir encore sauvée.

— Tu te débrouillais très bien toute seule.

— Non, dit-elle en secouant la tête. Même si tu détestes les éloges, je serais morte si tu n'étais pas arrivé au bon moment. C'est une habitude que j'apprécie.

Il esquissa un sourire.

— Je déteste les éloges ? Tu es sûre que tu t'adresses au bon gars ?

— Oh, tu es clairement le bon gars.

Ses bras s'enroulèrent autour de sa taille et il la serra contre lui. Bon sang, cela lui avait tellement manqué. Sa douceur, son parfum, son courage. Il ferma les yeux et essaya de graver cette sensation dans sa mémoire. Alors que son cœur commençait à revenir à la normale, il fut frappé par une nouvelle inquiétude. Comment allait-il lui dire qu'il devait partir le lendemain ? Comment pouvait-il la retrouver pour l'abandonner un jour après ?

Elle le tenait fermement, comme s'il était son filin de sécurité, et il aurait voulu l'être. L'idée de la quitter à nouveau lui donnait envie de vomir. Mais il venait de recevoir la plus belle promotion de sa vie, une promotion qui pouvait contribuer à façonner l'avenir de millions de personnes désespérées. Il ne pouvait pas refuser, même si elle le suppliait.

Les médecins sortirent Sienna de la voiture et la mirent sur un brancard. Soudain, Audrey s'arracha à son étreinte.

— Je viens avec vous, cria-t-elle en s'élançant derrière eux.

— Les flics vont avoir besoin d'une déposition, lança-t-il d'une voix pathétique même à ses propres oreilles.

— Ils savent où me trouver.

Elle se retourna et lui sourit de ses yeux aussi beaux que tristes.

— Au revoir, Patrick.

Il ouvrit la bouche, puis la referma sans rien dire. Elle monta dans l'ambulance, et l'ambulancier ferma la porte. Elle n'allait pas le supplier. Elle n'allait pas s'accrocher.

Tout dépendait de lui à présent, réalisa-t-il. Leur relation. Leur avenir. Étant donné qu'il s'était éloigné d'elle sans ménagement la dernière fois et qu'elle lui avait déjà dit qu'elle l'aimait, c'était son tour.

Il s'envolait pour l'Arabie Saoudite le lendemain.

Et il restait là, à regarder l'ambulance s'éloigner d'un air benêt. Noah le frappa à l'arrière de la tête.

— Si c'était ma femme, elle ne partirait pas d'ici seule.

Killion acquiesça, puis cligna des yeux et regarda autour de lui le chaos et le carnage de la scène de crime. Il inspira profondément.

— Réglons ce merdier.

CHAPITRE VINGT-CINQ

Sienna sortit de l'hôpital 11 jours après s'être fait tirer dessus. Près de la porte, Audrey regardait sa mère pousser sa sœur dans un fauteuil roulant.

Sienna s'arrêta sur le seuil de sa chambre et toucha la main d'Audrey.

— Tu es sûre que tu vas bien, Audrey ?

L'enlèvement et la fusillade avaient rendu Sienna plus inquiète pour elle que sa sœur ne l'avait jamais été dans le passé.

— Ça va, ma belle.

Elle prit la main froide de sa sœur dans la sienne.

— Fais tout ce que tu peux pour aller mieux.

Les ombres sous les yeux de Sienna ressemblaient à des bleus, sa peau était d'une pâleur d'albâtre. Mais il y avait aussi une détermination dans ses yeux, une fermeté qu'Audrey n'avait jamais vue auparavant. L'émotion lui noua la gorge.

— Je suis fière de toi, Sienna. Je suis très fière de toi.

Sa sœur prit une profonde inspiration et hocha la tête. Elle avait demandé à être placée en désintoxication, ce qui était particulièrement important compte tenu des médicaments contre la douleur que Sienna devait prendre pour guérir sa blessure.

— Je ne veux pas mourir, Audrey, dit-elle d'une voix

tremblante. Ça faisait longtemps que je n'avais pas ressenti ça, mais j'ai enfin envie de vivre.

— Je t'aime, lui dit Audrey et elle l'embrassa sur la joue.

Elle le disait souvent ces derniers temps. Chaque membre de sa famille l'entendait au moins une fois par jour. Elle l'avait même dit à Logan et Noah avant qu'ils ne rentrent en Colombie. Elle ne pourrait jamais leur rendre la pareille pour avoir pris soin d'elle.

Une autre personne aurait dû l'entendre, mais elle ne l'avait pas vu depuis la fusillade. Certains jours, cela la mettait hors d'elle. La plupart du temps, cela la rendait juste triste.

L'infirmier prit le relais et Audrey tira sa mère par le bras.

— Allez, toi. Il est temps de faire une pause.

Sa mère n'avait pas arrêté depuis la fusillade.

— Tu crois qu'elle va s'en sortir ? demande Sandra Lockhart d'un air las.

Sienna devrait rester sur place trois mois sans aucun contact avec sa famille ou ses amis. Le plus dur serait de se séparer de Redford, mais tout le monde savait qu'il valait mieux passer à côté de trois mois de sa vie que de poursuivre le cycle douloureux de la dépendance.

Elle installa sa mère sur le siège passager et prit la direction de la ville. Elle conduisait à nouveau son propre véhicule et était retournée vivre dans sa propre maison. Mais elle ne se sentait plus chez elle. Plus maintenant.

Elle s'engagea dans l'allée de ses parents. Son père sortit avec Redford dans les bras. Il n'avait probablement pas cru que Sienna irait en cure de désintoxication. Audrey se retourna pour voir une autre voiture se garer le long du trottoir. Elle sourit et alla à la rencontre de la jeune femme qui en sortit. Elle lui serra la main et présenta la femme à ses parents.

— Maman, papa. C'est Frances. Frances Torrino. C'est la nouvelle nounou.

— On ne peut pas se permettre une nounou.

Sa mère avait l'air horrifiée, mais son père fronçait les sourcils d'un air pensif.

— Gabriel m'a légué de l'argent dans son testament.

Audrey manqua de s'étouffer en pensant à sa générosité et essaya d'oublier comment il était mort. Sans douleur, selon l'officier de police à qui elle avait parlé.

— J'ai décidé de l'utiliser comme ça.

— On ne peut pas prendre ton argent, Audrey, objecta sa mère.

Audrey leva les mains.

— C'est fait, et vous seriez idiots de ne pas accepter mon aide. Frances m'a été chaudement recommandée.

Elle s'approcha pour embrasser ses parents sur la joue.

— Je vous aime, mais je ne peux pas rester. Plus maintenant.

Elle fit des grimaces à Redford pendant quelques secondes, puis rit et retourna vers sa voiture.

Le vrombissement d'une moto lui fit tourner la tête vers la rue. Son cœur eut un de ces petits bonds douloureux qui précèdent toujours une déception. Elle avait le soleil dans les yeux, mais cela ne pouvait pas être celui qu'elle voulait que ce soit, même si la largeur de ses épaules et sa silhouette filiforme correspondaient exactement. Puis la moto s'arrêta en bas de l'allée, et le conducteur souleva la visière de son casque, révélant une paire de magnifiques yeux bleus.

Son cœur menaçait de sortir de sa poitrine, mais elle se força à rester là où elle était.

Il retira soigneusement le casque noir et se frotta la tête.

Ses cheveux courts la choquaient encore, rendant son visage plus maigre, plus dur, jusqu'à ce qu'il lui sourie de ce sourire caractéristique.

Il lui tendit un autre casque qu'elle n'avait pas remarqué, accroché à son bras droit. Il passa la jambe par-dessus la selle et se dirigea vers elle.

— Ça te dirait d'aller faire un tour ?

Son cœur manqua un battement.

— Tu connais cet homme, Audrey ? demanda sa mère en s'avançant. Ce n'est pas l'homme dont la photo est passée aux infos ? Celui qui est entré par effraction dans la maison de Gabriel ?

— Oui, maman, les mêmes informations qui ont conduit à me faire rechercher pour un double homicide, rétorqua-t-elle d'un ton mordant. Je vous présente Patrick Killion.

Elle se retourna vers lui et vit ses yeux affamés rivés sur son visage.

— Il m'a sauvé la vie un nombre incalculable de fois.

Son père se présenta, tout comme sa mère, bien qu'elle ait l'air beaucoup moins sûre du voyou à l'air peu recommandable sur la moto. Probablement à cause de la veste en cuir peu recommandable, des bottes peu recommandables et du sourire peu recommandable.

— On vous laisse à vos affaires, insista son père, et Audrey fut reconnaissante lorsque tout le monde rentra à l'intérieur.

Tout chez Killion était beau et douloureux, et elle avait envie de le toucher, mais elle ne savait pas pourquoi il était là. Elle ne pensait pas pouvoir recoller tous les morceaux de son cœur s'il le brisait à nouveau.

— Où as-tu trouvé cette moto ? demanda-t-elle.

Ce n'était pas celle qu'ils avaient empruntée auparavant.

C'était une grande Harley avec un réservoir rouge cerise.

— De toutes les questions que tu aurais pu poser, tu choisis celle-là ? fit-il en haussant les sourcils.

Elle ne répondit rien.

Il jeta un coup d'œil à la moto. Se frotta le menton. Pour la première fois depuis qu'elle l'avait rencontré, il semblait nerveux.

— J'ai pensé qu'on pourrait faire un road trip.

Son cœur était tellement serré qu'elle n'était plus certaine qu'il fonctionne. C'était peut-être pour ça qu'elle se sentait si faible.

— Un road trip ?

Elle le regarda déglutir.

— Ils m'ont proposé un nouveau travail.

— C'est ta couverture ? demanda-t-elle.

Il secoua la tête.

— J'ai refusé.

— Pourquoi ?

Il pinça les lèvres.

— J'ai décidé de prendre un peu de temps libre.

— Pourquoi ?

Il se rapprocha jusqu'à se tenir juste en face d'elle, ses orteils contre les siens. Elle regarda les coutures de son blouson noir. Il lui leva le menton, la forçant à croiser son regard. Elle était furieuse, car les larmes brouillaient sa vision, encore plus que la normale. Elle détestait pleurer.

— Je n'ai jamais eu de vraie relation avant de te rencontrer. Je ne suis jamais tombé amoureux d'une femme avant de te rencontrer. La seule chose que j'avais dans ma vie était mon travail. Et je n'arrivais pas à le faire correctement parce que je ne pensais qu'à *toi*.

— Donc rien n'a changé.

Elle voulut se retourner, mais il l'arrêta en posant ses deux mains sur ses épaules.

Il se pencha pour être à la hauteur de ses yeux.

— Tout a changé, et tu le sais.

Il baissa la tête et l'embrassa lentement. Elle mit les bras autour de sa nuque et il l'embrassa plus passionnément, l'entourant de ses bras comme s'il ne voulait jamais la lâcher. Mais il l'avait déjà fait par le passé. Et il l'avait quand même laissée partir.

Elle s'écarta de lui.

Il poussa un soupir audible et se détourna.

— J'ai merdé. Je le sais bien. Si je pouvais revenir en arrière et tout arranger, dire les bons mots au bon moment, je le ferais. Mais ce n'est pas possible, et je ne sais pas comment faire autrement pour que tu me pardonnes.

Elle le regarda, abasourdie. Était-il vraiment si ignare ?

— Tu ne m'as pas dit la seule chose que j'ai besoin d'entendre.

Il fronça les sourcils, puis son expression s'éclaira. Ses lèvres se retroussèrent en un sourire confus.

— Que je t'aime ? Comment peux-tu ignorer que je t'aime ?

Son cœur se remit finalement à battre, rattrapant le temps perdu. Il lui avait dit exactement ce qu'elle avait besoin d'entendre, mais il ne comprenait toujours pas.

— Je ne suis pas un agent, Patrick. Je ne vais pas passer le reste de mes jours à deviner tes secrets. Il faut que tu me parles. Tu dois communiquer.

Elle prit une profonde inspiration. Puis il fit quelque chose qui la déconcerta. Il se mit à genoux.

— Audrey Lockhart. Je te supplie à genoux de me donner une autre chance. Je t'aime.

Il se désigna lui-même, presque avec colère.

— Si ce n'est pas assez évident, que dirais-tu en sachant qu'un jour, j'aimerais me mettre à genoux et te demander de m'épouser ?

Elle n'arrivait plus à respirer.

— Un jour, j'aimerais m'installer dans une maison quelque part où nous pourrons tous les deux aller travailler le matin et rentrer le soir, et nous endormir dans les bras l'un de l'autre. J'espère que j'aurais de la chance et que tu voudras des enfants. Sinon, on pourra prendre un chien.

Elle ouvrit la bouche pour dire quelque chose, mais il la fit taire.

— J'espère que tu me pardonneras, mais je ne m'y attends pas. J'ai failli te faire tuer un gazillion de fois.

— Tu sais que le gazillion n'est pas un vrai chiffre, finit-elle par dire.

Il plissa les yeux, puis se releva.

— Je t'aime. Je suis tombé amoureux de toi dès l'instant où as commencé à me parler de grenouilles avec ces lunettes sexy. Je ne m'attendais pas à ce que tu démolisses mon monde et que je doive le reconstruire à partir de zéro, mais c'est ce que tu as fait.

Il allait en dire plus, mais elle l'interrompit en levant la main.

— D'accord.

Il pencha la tête sur le côté.

— D'accord ? C'est tout ?

Elle sourit, et il dut voir la vérité dans ses yeux.

— Tu as déjà tout ce que j'ai à donner. Tu l'as depuis que

tu m'as sauvée en Colombie, même si tu étais trop aveugle pour le voir.

Ses narines se dilatèrent. Il fit un pas vers elle, puis il se ravisa et se dirigea vers la moto pour prendre les deux casques.

— Alors ça te tente un road trip avec moi ?

Elle s'avança vers lui et lui prit le casque des mains.

— Où allons-nous ?

— J'ai pensé qu'on pourrait commencer en Arizona.

Il grimpa sur la moto.

— Saute, ma grenouille.

Ses yeux étaient pleins d'humour et il démarra le moteur.

Elle ramena ses cheveux en arrière et enfila le casque. Encore des blagues sur les grenouilles. Quelque chose lui disait qu'il ne s'en lasserait jamais. Elle fit passer sa jambe par-dessus la selle et trouva son équilibre.

— Tu es prête ?

Sa voix sortait d'un écouteur à l'intérieur du casque.

Enroulant ses bras autour de sa taille, elle pressa sa poitrine contre son dos et s'accrocha. Elle se livrait tout entière à cet homme, et même si c'était effrayant, ça l'était bien moins que l'idée de ne jamais le revoir.

— Je suis prête.

Elle jeta un dernier regard à ses parents qui les fixaient depuis la fenêtre du salon. Elle leur fit un signe de la main et il s'éloigna doucement du trottoir.

— Alors, qu'y a-t-il en Arizona ?

— Mon patrimoine génétique.

Son ton était amusé, mais il y avait aussi autre chose. Quelque chose de plus chaleureux.

— Je me suis dit que tu voudrais peut-être faire leur connaissance.

◆

Découvrez le prochain tome de la série Le Sommeil des justes, *Comme l'ombre d'un doute.*

La traque d'un tueur qui ne respecte aucune règle du jeu.

L'inspectrice Erin Donovan s'attend à ce que la vie retrouve son cours paisible après l'arrestation et la condamnation du violeur en série qui a semé la terreur dans la ville où elle a fait ses études, l'été dernier. Soudain, deux jeunes femmes sont brutalement assassinées et les meurtres portent l'empreinte du violeur du campus. Erin aurait-elle arrêté un innocent ?

Son poste est en jeu et la tension est forte. Alors que les choses semblent aller de mal en pis, l'unité d'analyse comportementale du FBI envoie un profileur pour l'aider dans son enquête… sous la forme d'un homme qu'Erin n'a jamais réussi à oublier.

Il y a trois ans, à cause de ses sentiments pour Erin, l'ex-tireur d'élite des Marines, Darsh Sing, a enfreint toutes les règles. Maintenant, il cherche seulement à savoir si l'ancienne inspectrice de la police de New York a raté son enquête et envoyé le mauvais coupable en prison.

Contraints à travailler ensemble, ils ne vont pas tarder à retrouver leur ancienne flamme. Alors que Darsh et Erin retombent amoureux, le prédateur prend pour cible la femme qui le traque. Sauront-ils identifier le meurtrier avant qu'il ne fasse d'Erin sa toute dernière victime ?

Comme l'ombre d'un doute (tome 6) disponible ici.

Commandez *Comme l'ombre d'un doute* !

Inscrivez-vous à la newsletter de Toni Anderson pour recevoir les dates des nouvelles parutions, des scènes bonus et un exemplaire gratuit de The Killing Game :

www.toniandersonauthor.com/newsletter-signup

DEFINITIONS UTILES DE QUELQUES ACRONYMES UTILISES DANS LES LIVRES DE TONI

PG : procureur général

ASAC (Assistant Special-Agent-in-Charge) : agent spécial adjoint responsable

ATF (Alcohol, Tobacco, and Firearms) : alcool, tabac et armes à feu

DSC : département des sciences du comportement

BOLO (Be On the Look-Out) : avis de recherche

BUCAR (Bureau, Car) : voiture du FBI

CIRG (Critical Incident Response Group) : groupe de réaction aux incidents critiques

CMU (Crisis Management Unit) : cellule de gestion de crise

CN (Crisis Negotiator) : négociateur de crise

CNU (Crisis Negotiation Unit) : cellule de négociation de crise

CODIS (Combined DNA Index System) : banque de données qui répertorie les profils ADN

PC : poste de commandement

DEA (Drug Enforcement Administration) : administration pour le contrôle des drogues

DDN : date de naissance

DOJ (Department of Justice) : département de la Justice

EMT (Emergency Medical Technician) : urgentiste

ERT (Evidence Response Team) : (police) scientifique

FOA (First-Office Assignment) : première affectation

FBI (Federal Bureau of Investigation) : bureau fédéral d'enquête

FO (Field Office) : bureau régional

IC (Incident Commander) : commandant des interventions

HRT (Hostage Rescue Team) : équipe de libération d'otages

HT (Hostage-Taker) : preneur d'otages

LAPD (Los Angeles Police Department) : département de police de Los Angeles

LEO (Law Enforcement Officer) : agent des forces de l'ordre

ML : médecin légiste

MO : mode opératoire

NAT (New Agent Trainee) : nouvel agent stagiaire

NCAVC (National Center for Analysis of Violent Crime) : centre national pour l'analyse des crimes violents

NCIC (National Crime Information Center) : centre national d'information sur la criminalité

NYFO (New York Field Office) : bureau local de New York

CO : crime organisé

OCU (Organized Crime Unit) : unité de lutte contre le crime organisé

OPR (Office of Professional Responsibility) : bureau de la responsabilité professionnelle

POTUS (President of the United States) : président des États-Unis

RA (Resident Agency) : agence locale

SA (Special Agent) : agent spécial

SAC (Special Agent-in-Charge) : agent spécial en charge

SAS (Special Air Squadron) : forces spéciales aériennes

SIOC (Strategic Information & Operations) : informations et opérations stratégiques

SSA (Supervisory Special Agent) : agent spécial superviseur

SWAT (Special Weapons and Tactics) : armes et tactiques spéciales

TC (Tactical Commander) : tacticien

TOD (Time of Death) : heure du décès

UNSUB (Unknown Subject) : sujet inconnu, suspect

ViCAP (Violent Criminal Apprehension Program) : programme d'arrestation pour actes criminels violents

WFO (Washington Field Office) : bureau régional de Washington

REMERCIEMENTS

Merci à Marcela Gergin qui m'a apporté une aide précieuse en ce qui concerne l'espagnol colombien, dont on m'a assuré qu'il ne ressemble à aucun autre type d'espagnol. Merci pour les conseils avisés, Marcela. Merci également à mon ami Fred Pennell de m'avoir mise en contact avec Vonnette Monteith, qui m'a fourni des informations précieuses sur la géographie de Louisville, dans le Kentucky, et dans les environs. Il va sans dire que j'ai traité les informations qui m'ont été fournies avec une certaine licence artistique. Toute erreur est donc de mon fait.

Un immense merci à ma formidable partenaire critique Kathy Altman – je ne sais vraiment pas ce que je ferais sans elle. Merci à mes relectrices, Alicia Dean et Joan Turner de JRT Editing, qui ont aidé à peaufiner le manuscrit en un temps record. Merci à Regina Wamba, artiste déterminée et talentueuse qui a créé les magnifiques couvertures de la série *Le Sommeil des justes*. Mes remerciements à Paul Salvette (BB eBooks) pour sa mise en page professionnelle. Il m'évite une bonne dose de stress et m'aide à rester saine d'esprit en cas de problème. Et il y en a *toujours*. Merci à toutes les autres personnes qui travaillent en coulisse pour que ces livres se retrouvent sur les étagères numériques. J'apprécie votre aide et votre soutien.

Je tiens à remercier ma famille de m'aimer et d'accepter mes horaires étranges, les notes griffonnées sur la moindre surface qui s'offre à moi et mon regard perdu dans le vague au dîner. Nous sommes tous bien occupés et vivons à un rythme effréné, mais j'espère que nous ne serons jamais trop occupés pour être là les uns pour les autres. Je vous aime.

Merci à Laure et Diane de Valentin Translation pour leur travail de traduction de ces titres en français.

DECOUVREZ L'UNIVERS DE LA SERIE COLD JUSTICE (EN ANGLAIS)

COLD JUSTICE
A Cold Dark Place (tome #1)
Cold Pursuit (tome #2)
Cold Light of Day (tome #3)
Cold Fear (tome #4)
Cold In The Shadows (tome #5)
Cold Hearted (tome #6)
Cold Secrets (tome #7)
Cold Malice (tome #8)
A Cold Dark Promise (tome #9 ~ nouvelle de mariage)
Cold Blooded (tome #10)

COLD JUSTICE – THE NEGOTIATORS
Cold & Deadly (tome #1)
Colder Than Sin (tome #2)
Cold Wicked Lies (tome #3)
Cold Cruel Kiss (tome #4)
Cold As Ice (tome #5)

La série *Cold Justice* en anglais est également disponible en audiolivres interprétés par Eric G. Dove, et dans de nombreuses collections et coffrets.

Surveillez les nouvelles parutions de Toni sur son site web (www.toniandersonauthor.com/books).

À PROPOS DE L'AUTEURE

Toni Anderson est une auteure de best-sellers classés par le *New York Times* et *USA Today*, finaliste de RITA®, accro aux sciences, touriste professionnelle, amoureuse des chiens, jardinière et maman. Originaire d'une petite ville d'Angleterre, Toni a étudié la biologie marine à l'Université de Liverpool (B.Sc.) et l'Université de St. Andrews (Ph.D.) avec l'intention de ne jamais s'éloigner de l'océan. Jusqu'à ce que ce plan vole en éclats et qu'elle atterrisse dans les prairies canadiennes avec son mari, professeur de biologie, deux enfants, un chien rescapé et un gecko léopard nonchalant. Ses plus belles réussites sont d'avoir compris le fonctionnement du métro de Tokyo, gravi le mont Ben Lomond, plongé dans la Grande Barrière de corail et survécu à de nombreux hivers à Winnipeg. Elle adore voyager à des fins de recherche et elle a eu la chance de visiter le centre des opérations et de l'information stratégique au quartier général du FBI à Washington en 2016. Elle a également réussi l'exploit notoire de déclencher une sortie de route lors de sa formation en course-poursuite à l'académie de police pour écrivains, dans le Wisconsin. Chaud devant, le monde, j'arrive !

Inscrivez-vous à la newsletter de Toni Anderson en anglais :
www.toniandersonauthor.com/newsletter-signup

Suivez Toni Anderson sur Facebook :
facebook.com/toniandersonauthor

Découvrez la bibliographie de Toni Anderson :
www.toniandersonauthor.com/books-2

Suivez Toni Anderson sur Instagram :
instagram.com/toni_anderson_author